———— 阅读之前 没有真相

午夜文库

苔丝·格里森
Tess Gerritsen (1953—)

美籍华裔女作家，母亲是中国移民，父亲是华裔海鲜厨师。苔丝·格里森在加利福尼亚州圣地亚哥长大，自幼梦想创作出自己的《神探南茜》故事。一九七五年，她毕业于斯坦福大学人类学专业，一九七九年，取得加州大学旧金山分校医学博士学位，并开始在夏威夷檀香山担任内科医生。

产假期间，她向《檀香山》杂志的小说比赛投稿了一篇短篇小说，获得一等奖及五百美元奖金。之后，因酷爱写作，并且为了照顾两个幼儿，她辞去医生职务专注于创作，于一九八六年出版了第一本浪漫惊悚小说《半夜铃声》(Call After Midnight)。

一九九五年，苔丝·格里森出版了第一本医疗惊悚小说《宰割》，刚上市就迅速跃居《纽约时报》畅销书排行榜前列。之后，她又接连出版了三部医疗惊悚小说《急诊医生》《生命线》《太空异客》，成为畅销榜的常客。

二〇〇一年，她的第一本犯罪惊悚小说《外科医生》甫一面世便获得瑞塔文学奖。自此，波士顿警察局凶案组女警简·里佐利作为配角首度登场，在随后的十二本小说里，她作为核心人物，与女法医莫拉·艾尔斯搭档冒险，共同探案。本系列的第五部小说《消失》入围爱伦·坡奖,并获得尼洛·沃尔夫奖年度最佳侦探小说。从此,苔丝·格里森被《出版人周刊》誉为"医学悬疑女王","里佐利与艾尔斯系列"为她的代表作,后被改编为美剧《妙女神探》,已制作七季,时间跨度长达七年,受到许多观众的喜爱。

苔丝对女性心理刻画入微,擅长营造紧张氛围,故事情节曲折离奇,对人性的把握精准深邃。她的作品已在四十个国家和地区出版,全球销量突破三千万册。

苔丝·格里森主要作品年表

"妙女神探"系列（Rizzoli & Isles series）
2001 The Surgeon《外科医生》
2002 The Apprentice《学徒》
2003 The Sinner《罪人》
2004 Body Double《替身》
2005 Vanish《消失》
2006 The Mephisto Club《梅菲斯特俱乐部》
2008 The Keepsake《祭念品》
2010 Ice Cold《寒冰之地》
2011 The Silent Girl《沉默的女孩》
2012 Last To Die《最后的幸存者》
2014 Die Again《再死一次》
2017 I Know A Secret《我知道一个秘密》
2022 Listen To Me《听我说话》

医疗惊悚系列
1996 Harvest《宰割》
1997 Life Support《急诊医生》
1998 Bloodstream《生命线》
1999 Gravity《太空异客》
2007 The Bone Garden《人骨花园》

替身
Body Double

[美] 苔丝·格里森 著
郭朝伟 译

新星出版社　NEW STAR PRESS

目 录

1 | 替身

363 | 无名氏

替身

序章

那个男孩又在盯着她看了。

十四岁的爱丽丝·罗丝试图将注意力集中在面前的十道考试题上。但她的心思并不在入学英语考试,而在伊利亚身上。爱丽丝能感觉到男孩的注视,他的目光像一道射线对准她的脸,那道炽热的目光令她面红耳赤。

爱丽丝!集中精神!

试卷上的下一道题目被油墨打印机印花了,爱丽丝不得不眯着眼睛仔细辨别那些文字。

查尔斯·狄更斯常常会赋予笔下的人物与其性格相对应的姓名。请举例说明其作品中的人物姓名如何反映了该人物的性格。

爱丽丝咬着铅笔,努力地思考答案。她根本无法思考,因为他就坐在她的邻桌。两个人离得很近,爱丽丝都能闻到他身上松香肥皂和木烟的气味。那是男性的气息。狄更斯,狄更斯……当被如此迷人的伊利亚·兰克盯着看的时候,谁还有心思去想查尔斯·狄更斯和尼古拉斯·尼克尔贝,还有那无聊的入学英语考试?天哪,他真的太帅了。他有着一头乌黑的头发和湛蓝的眼睛——托尼·柯蒂斯[①]那样的眼睛。爱丽丝第一次见到伊利亚时

[①] 托尼·柯蒂斯(Tony Curtis, 1925—2010),美国男演员。第二次世界大战后好莱坞青春偶像、英俊男星的典型代表,曾获奥斯卡影帝提名。

就是这么想的：他长得太像托尼·柯蒂斯了——那张俊美的面孔经常出现在她最喜欢的杂志《当代影坛》[①]和《电影》[②]中。

她将头微微前倾，让头发披在脸旁，透过金发的缝隙偷偷往旁边瞥了瞥。发现他确实在看她时，爱丽丝的心跳忽而漏了一拍。他的确在盯着她看，却不像学校里的其他男孩那样轻浮，那些讨厌的男孩总让爱丽丝感到自卑和怯懦。他们常常聚在一起窃窃私语，爱丽丝听不太清谈话的内容，不过即便声音很轻，爱丽丝也知道他们是在议论她，因为他们总是一边说，一边看向她。那些男孩还曾在爱丽丝的储物柜上贴上奶牛的图片，并在她经过走廊不小心踏到他们的时候发出"哞哞"的声音。然而伊利亚——他看向爱丽丝的眼神完全不同。他的眼睛里闪着光，就像电影明星一样。

爱丽丝慢慢抬头，看向伊利亚，这次她不再借助头发的遮掩，而是直勾勾地对上了他的目光。他已经答完了所有题目并将试卷扣了起来，铅笔也放回了课桌里。他的所有注意力都在她身上，在他的注视之下爱丽丝快要无法呼吸了。

他喜欢我。我就知道，他这是喜欢我。

她抬手摸了摸喉咙，刚好是她外套上方第一颗扣子的位置，手指拂过的肌肤还留着些许温热。爱丽丝想到了托尼·柯蒂斯对拉纳·特纳的深情注视，那种眼神会让女孩们神魂颠倒，之后往往伴随着深情的接吻。这些画面出现在电影里时总会被虚焦处

[①]《当代影坛》(*Modern Screen*)，影迷杂志。于一九三〇年创办于美国纽约，主要刊登文章、画报及电影音乐名人访谈。短时间内风靡美国，曾被宣传称为"发行量最大的电影杂志"。
[②]《电影》(*Photoplay*)，影迷杂志。于一九一一年创办于美国芝加哥，世界上最早的影迷杂志之一。于一九二〇年开始颁发首个重要电影奖项——《电影》荣誉奖 (Photoplay Medal of Honor)，即后来的金球奖。

理。为什么非要这样呢？为什么总在人们最好奇、最想看的时候变模糊呢？

"同学们，时间到了！请大家上交试卷。"

爱丽丝的注意力重新回到了课桌上，那张被油墨印花的试卷上还有一半的题目没答完。哦，天哪！时间都到哪儿去了？她是知道这些题目的答案的，只是还需要几分钟时间……

"爱丽丝！爱丽丝！"

爱丽丝抬起头，看到了梅利韦瑟女士伸来的手。

"你没听到我说话吗？时间到了，该交卷了。"

"但是，我……"

"别找借口了，爱丽丝。你已经听到我说的话了。"梅利韦瑟女士扯走了爱丽丝的试卷，沿着过道继续向前。尽管爱丽丝几乎听不到她们窃窃私语的声音，但她知道那些女孩是在议论她。她转过身去，看到她们侧着头围在一起，捂着嘴咯咯地偷笑。爱丽丝会读唇语，别让她看到我们在说她。

这时有些男孩也开始指着她，笑话她。有什么好笑的？

爱丽丝低下了头。让她慌张的是，外套最上方的扣子不知道什么时候掉了，现在领口正敞着。

放学的铃声响了。

爱丽丝一把抓起书包抱在胸前，逃出了教室。她不敢和任何人对视，只是径直往前走，喉咙哽咽。爱丽丝冲进卫生间，把自己锁在了隔间里。当其他女生走进来，在镜子前笑着交谈的时候，爱丽丝正躲在锁起的隔间门后。她能够闻到她们身上不同的香水味，感受到卫生间的门每次开关时嗖嗖窜进来的空气。那些带着光环的女孩，身上的毛衣都是崭新的，她们的衣服扣子从来不会掉，她们也从不会穿着旧裙子和硬底鞋来上学。

走开吧，大家赶紧走开吧。

爱丽丝紧紧贴着隔间的门，努力辨听卫生间里是否还有其他人。她从门缝悄悄向外看去，看到镜子前没有人了，才蹑手蹑脚地走出去。

走廊里空无一人，大家都放学回家了，没有人再来折磨她了。爱丽丝走在长长的走廊上，肩膀耸起，全身戒备。墙上到处张贴着两周后万圣节舞会的宣传海报，她才不会去参加呢，上周舞会上的羞辱感依旧历历在目，甚至可能会永远刻在爱丽丝的心里。当时她独自一人靠在墙边足足两个小时，一直在期待着，期待会有一个男孩过来邀请她到舞池中跳舞。终于有个男孩走近她，却并不是为了邀请她跳舞。相反，那个男孩突然弯下腰，吐在爱丽丝的鞋子上，然后走开了。他不是来邀请她跳舞的。爱丽丝刚到这个镇上两个月，现在已经盼望着妈妈能带她们再次搬家到别处去。她真希望她们能在别的地方重新开始，这样一切可能就会变得不同了。

只不过，这是不可能的。

爱丽丝出了校门，走在秋天的阳光里。她弯着腰，全神贯注地开着自行车的锁，以至于完全没有听到脚步声。直到阴影遮住了她的视线，她才意识到伊利亚已经站在她身边了。

"你好啊，爱丽丝。"

她猛地站了起来，撞到了自行车，车倒在了地上。天哪，她简直就是个白痴，怎么能这么蠢呢？

"今天的考试有点儿难，对吧？"他慢条斯理地说着，咬字清晰。这就是爱丽丝喜欢伊利亚的另一个原因，他说话时不像其他人那么含糊不清，总是口齿清晰。而且伊利亚总能让爱丽丝看清他的嘴唇。他知道我的秘密，她想，但他还是愿意和我做朋友。

"试卷上的题目你都答完了吗?"他问道。

爱丽丝弯下腰扶起车子。"我知道那些题目的答案,只是还需要点儿时间。"站稳后,她发现伊利亚正在盯着她的上衣,上面因为掉了一粒扣子而豁开一条缝。她立刻两手交叉挡在了胸前。

"我有个曲别针。"他说。

"啊?什么?"

他伸手摸进口袋,拿出了一枚曲别针。"我也总会弄丢衣服扣子,确实挺尴尬的。来,我帮你别上吧。"

当伊利亚伸手碰到爱丽丝的上衣时,她屏住了呼吸。她很难止住颤抖,他的手指正在织物下滑动,帮她扣别针。他能听到我的心脏在怦怦直跳吗?爱丽丝想。他知道我现在头昏脑涨吗?

直到伊利亚扣好别针,向后退了几步,爱丽丝才呼了口气。低头一看,原来的那道缝隙已经完美地合上了。

"好点儿了吗?"他问道。

"嗯,好多了!"她努力让自己镇定下来,然后用女王一般平静优雅的口吻说道,"谢谢你,伊利亚。你太贴心了!"

在这个短暂的瞬间,乌鸦呱呱地叫着,秋天的树叶仿佛一团团火焰包裹着树枝。

"你能不能帮我个忙,爱丽丝?"他问道。

"帮什么忙?"

这是什么破回答,太蠢了。你刚刚应该说"好的!是啊,我愿意为你做任何事,伊利亚·兰克"。

"我正在做一项生物研究,需要有个合作伙伴来帮忙。我也不知道该去问谁了。"

"什么样的研究?"

"我带你去看看，就在我家里。"

他家。爱丽丝还从未去过别的男孩家里。

她点了点头，说："那我先回家放书包。"

伊利亚从停车架上把他的自行车拽了出来。他的车子和爱丽丝的车子几乎一样破旧，挡泥板已经生了锈，车座上的塑胶皮也剥落得十分斑驳。这辆旧车子让爱丽丝更喜欢他了。我们真是一对儿，她想，"托尼·柯蒂斯"和我。

他们先一起回到了爱丽丝的家里。她并没有邀请他进屋做客，她觉得让伊利亚看到家里破旧的家具和掉了漆的墙面实在太丢人了。她快步跑进屋，把书包丢在餐桌上，又跑了出去。

不巧的是，她弟弟的狗巴迪也跟着跑了出来。在她从前门出来的一瞬间，巴迪像一道模糊的黑白影子一样窜了出来。

"巴迪！"她喊道，"回家去！"

"它不太听话，是不是？"伊利亚问道。

"它就是只傻狗。巴迪！"

这只杂种的小家伙回头瞥了一眼，摇着尾巴，转身沿着马路跑走了。

"算了，不管了。"她说，"等它玩够了会自己回来的。"她骑上了车，"你住在哪儿？"

"在天际路上，你去过吗？"

"没有。"

"我们要骑一条很长的登山路，能行吗？"

她点头。

我可以为你做任何事。

他们蹬着车子离开了爱丽丝的家。她希望他能绕到主路上，路过那家酒铺。学校的那些孩子经常下课之后到那里闲逛，抱着汽水，玩自动点唱机。他们会看到我们一起骑车，爱丽丝想，应该让那些女生也看看，她们肯定会大吃一惊：爱丽丝和蓝眼睛的伊利亚在一起！

但是他并没有带她到主路上去。相反，他拐进了蝗虫巷，那里几乎没有住户，只有几家公司的后院和海王星罐头工厂的员工停车场。哦，好吧，反正他们两个在一起，不是吗？他们离得足够近，爱丽丝能看到他的腿在不停地蹬着车子，还有车座上伊利亚的后背。

伊利亚转过头瞥了她一眼，他的黑头发在风中飘舞。"你还好吗，爱丽丝？"

"我没事。"尽管事实上，她已经累得上气不接下气了。他们离开了小镇，开始朝山上去。伊利亚每天都要沿着天际路骑车，所以他已经习惯了，他看上去几乎完全不累，双腿像强力活塞一样转动着。但是爱丽丝已经累得气喘吁吁了，她勉强让自己坚持着往山上骑去。爱丽丝眼前闪过了一道影子，她向路边瞥了一眼，发现是巴迪在跟着他们。巴迪跟着他们跑了一路，看起来也很累，舌头一直挂在嘴边。

"回家去！"

"你说什么？"伊利亚回过头来。

"又是那只蠢狗，"爱丽丝喘着粗气说道，"它会不停地跟着我们的，它会——会迷路的。"

她瞪着巴迪，可它还是不停地蹦蹦跳跳地围着她跑，一脸兴奋，冒着傻气。好吧，随便你，她心想，反正累坏的是你自己，我可不在乎。

他们接着朝山上骑去，山路蜿蜒曲折。透过树林，爱丽丝偶然瞥见了远处的福克斯港，港口的水面映着夕阳的光，像是撒了一层碎铜片。树林变得更加茂密了,她的视线完全被树林填满,树木上方披着一层闪闪的红橙色的光。他们面前的路弯弯曲曲,铺满了树叶。

当伊利亚终于停下的时候,爱丽丝的腿已经累得直发抖了,她快要站不住了。巴迪也不在视线范围内,她只希望它能找到回家的路,反正她是一定不会去找它的,起码不是现在,不是伊利亚正站在她面前的时候。他正对着她微笑,眼睛里闪着光。伊利亚让自行车靠在一棵树上,把书包挂到了肩上。

"所以,你家在哪儿呢?"爱丽丝问道。

"就在那条路上。"他指着那条竖着邮箱的路,那里的邮箱已经锈迹斑斑了。

"我们不是要去你家吗?"

"哦,不是。我的表妹今天生病在家,她整晚都上吐下泻,我们还是不要去家里的好。没关系,我的研究项目就在这儿,在这片树林里。把你的车子停在这里吧,我们走过去。"

爱丽丝把自行车立在他的车子旁,跟了过去,刚刚骑上山累得发抖的腿还没完全恢复过来。他们踏进了树林,眼前的树木茂密,地上铺着一层厚厚的树叶。她一边努力跟上伊利亚的脚步,一边挥着手驱赶蚊子。

"你的表妹和你们住在一起吗?"她问道。

"嗯,她是去年搬来和我们一起住的,我猜她要一直在我们家待下去了,因为她没有别的去处了。"

"你的父母不会介意吗?"

"家里只有爸爸,我妈已经去世了。"

"哦。"她不知道该说什么好,半天挤出了一句"抱歉",但是他好像并没有听见。

灌木丛变得越来越密，荆棘刺破了她露在外面的腿，她真的很难跟上他了。伊利亚依旧往前走着，把爱丽丝一个人落在后面，她的裙子被树莓的树枝缠住了。

"伊利亚！"

他并没有回应，只是自顾自地往前走着，像一个无畏的探索者，书包挂在肩头。

"等等！"

"你到底想不想看？"

"我想，但是——"

"那就快点儿跟上。"他的声音里透露出了一丝不耐烦，吓了爱丽丝一跳。他在离她几米的地方停了下来，回过头看她，爱丽丝注意到他的手已经攥成了拳头。

"好，"她弱弱地回答道，"我来了。"

又往前走了几米，树林中突然开辟出了一片空地。她看到了几块旧石板，那是很久之前的老农场留下的。伊利亚又回头瞥了她一眼，夕阳斑驳的光照在他的脸上。

"就是这儿了。"他说道。

"在哪儿？"

他弯下腰，拉开两块木板，露出了一个很深的洞。"你看那儿，"他说，"我花了三个星期才挖出了这个洞。"

爱丽丝慢慢地凑近，望向洞里面。夕阳斜映向树林，洞的底部照不到光，只有一片阴影。她能看出洞底堆着一层枯叶，一根绳子在洞的侧壁上挂着。

"这是用来捕熊的吗？"

"它可以用来捕熊。如果我在上面铺一些树枝，把洞口隐藏起来，就能捕到很多东西，甚至还能捕到鹿。"他指向洞口，

"喏,你看得到吗?"

爱丽丝靠得更近了一些,洞底的阴影里隐隐约约有什么东西在闪着光,透过堆积的树叶露出了一些白色的碎片。

"那是什么?"

"这就是我的研究项目。"伊利亚抓住洞边的绳子向上拉。

洞的底部,枯叶在沙沙作响,掉落到周围。爱丽丝盯着紧绷的绳子,有什么东西被伊利亚从洞底拉了出来。是一个篮子。他把篮子从洞里拽出来放在地上,拂去树叶,洞底的白色碎片露了出来。

是一小块头盖骨。

伊利亚拨开了盖在上面的树叶,她看到了一团黑色的皮毛和脊骨。那是连在一起的几节脊柱骨,还有细得像树枝一样的腿骨。

"真了不起,不是吗?已经闻不出任何味道了。"他说,"它已经在这里埋了将近七个月,上次我来看的时候,上面还有一些肉,现在全部消失了。从五月开始,天气逐渐变暖之后腐化速度也变得很快了。"

"这是什么?"

"你看不出来吗?"

"嗯,看不出来。"

伊利亚捡起头骨,轻轻扭了扭,将它从脊柱上拽了下来。当他把头骨拿到爱丽丝面前的时候,她被吓得抖了一下。

"别!"她尖叫着。

"喵!"

"伊利亚!"

"嗯?你不是问我这是什么吗?"

她盯着那双空洞的眼窝。"这是猫?"

他从书包里掏出一个购物袋，准备把骨头装进袋子里。

"你要拿这些骨头做什么？"

"这就是我的科学研究项目，七个月之内从小猫变成尸骨。"

"你从哪儿弄来的猫？"

"我找到的。"

"你刚好找到了一只死猫？"

伊利亚抬起头来。他蓝色的眼睛盈满笑意，但那已经不再是托尼·柯蒂斯的眼睛了。这双眼把爱丽丝吓坏了。"谁说这是死猫的？"

她的心猛地开始怦怦直跳，她向后退了一步。"我想，我现在该回家了。"

"怎么了？"

"做作业，我还有作业要做。"

他忽然毫不费力地站了起来，脸上的笑容消失不见了，取而代之的是一种平静的期待。

"我们……我们学校见。"爱丽丝说着，转过身走了几步，面对着眼前的树林，所有方向的景色看起来都一样。她四处张望着，他们从哪个方向来的？她该往哪边走？

"但是你才刚刚到这儿，爱丽丝。"他说着，手里好像拿着什么东西。直到他把手抬到高过头顶的时候，她才看清那是什么。

一块石头。

这一击让爱丽丝跪倒在地。她趴在泥土里，双眼发黑，四肢麻木。她并没有感觉到疼痛，只是仍然不敢相信伊利亚攻击了她。她开始往前爬，却看不清眼前的路。接着他抓住了她的脚踝，把她向后拉。他拖着她的脚，她的脸在地上摩擦。爱丽丝试图挣脱，试着尖叫求救，但是她的嘴逐渐塞满了树枝和泥土。正当她的脚掉下边缘时，爱丽丝抓住了一棵树苗，她紧紧地攥着，腿在洞里晃来晃去。

"爱丽丝，放手。"他说。

"拉我上去！拉我上去！"

"我让你放手。"他抓起一块石头砸在她的手上。

她尖叫着松开了手，滑进了地洞，落在一堆枯叶上。

"爱丽丝，爱丽丝。"

她已经被摔蒙了，抬头看向洞口的天空。她看到了伊利亚脑袋的轮廓，他正向前倾着身子，俯视着她。

"你为什么要这么做？"她抽泣着问，"为什么？"

"我并不是要针对你，我只是想看看需要花多长时间。一只小猫用了七个月，你觉得你要花多长时间呢？"

"你不能这么对我！"

"再见，爱丽丝。"

"伊利亚！伊利亚！"

木板划过，盖住了洞口，最后一丝光线也消失了。她的眼里已经看不到天空。这不是真的，她心想，这只是个玩笑，他只是想吓唬我，把我丢在这里，然后过一会儿就会回来了，他会放我出去的。他一定会回来的。

接着她听到木板上发出了什么声音。是石头。他正往洞口处堆石头。

爱丽丝站起身，试图爬出地洞。她发现了一些干枯的藤条，但刚抓到手里就碎了。她把手抠进泥土，但是完全抠不住，她根本爬不上去，反而还不停地往下滑。她的尖叫声穿透了黑暗。

"伊利亚！"她尖叫着。

而回答她的只有石头堆在洞口的声音。

1

> 每天早上都要意识到你可能活不过今天，
> 每天晚上都要意识到你可能活不过今夜。
> ——巴黎地下墓室中的雕刻匾

一排头骨被挂在墙的最顶端，瞪视着行人，错综复杂的股骨和胫骨布满余下的墙壁。尽管现在已经是六月，太阳正火辣辣地炙烤着她头顶六十英尺[①]的巴黎街道，但在这昏暗的隧道里，莫拉·艾尔斯还是感到脊背发凉。墙壁上的遗骸几乎堆到了天花板。死亡，这是一个令她感到熟悉甚至亲密的概念，她曾无数次在尸检台前面对遗体，但在这种规模的展览面前，在这座储存着大量遗骸的光明之城[②]地下，在交错的隧道之间，她还是感到无比震撼。她已经在隧道里走了快一公里，可这还只是地下墓室的一小部分。游客禁行区是很多侧向的隧道，里面堆满了骷髅，在紧锁的闸门后张着漆黑的嘴巴，引诱着路过的访客。这里存放着六百万巴黎人的遗骸，这些人也曾感受过阳光照在脸上，感受过饥渴，感受过爱，感受过心脏在胸腔里跳动，感受过空气流过肺叶。他们从未想到有一天自己的遗骸会被人从安息之所挖掘出

[①] 一英尺约合零点三一米，下同。
[②] 光明之城，指法国巴黎，源自法语 La Ville-Lumière。

来，摆放在这座阴森的地下墓室中。

他们也从未想到有一天自己的遗骸会被拿来展出，让成群结队的游客惊叹不已。

一个半世纪前，源源不断的死者让巴黎的墓地变得十分拥挤，为了给他们腾出安葬的空间，工匠们便将尸骨从墓地中掘出，转移到地下深处——这处古老的蜂窝状采石场中。搬运尸骨的工匠并没有敷衍地随意堆砌，而是十分巧妙地完成了一项惊人的工程。他们将尸骨精心摆放，组成了异想天开的图案。这些工匠就像苛刻的石匠一般，造起用头骨和长骨交替装饰的高墙，将腐朽变成了一种艺术。他们还在地下墓室里挂上了石碑，石碑上冰冷的语言提醒着所有路过的游客：死亡是不会放过任何一个人的。

其中一块石碑引起了莫拉的注意，她在来往的游客中驻足阅读。她正努力用自己高中水平的法语翻译上面的内容，却听到了走廊中回荡着孩子们不合时宜的笑声，还有一个得克萨斯口音的男人对妻子小声嘟囔道："这地方真诡异，雪莉！太邪乎了……"

这对夫妇接着往前走去，声音渐渐消失。地下墓室里一时只有莫拉一个人，呼吸着沉淀了几个世纪的尘埃。昏暗的隧道灯光之下，有一堆头骨上已经生出霉菌，被一层绿色覆盖着；还有一个头骨的前额处有一个弹孔，就像是他的第三只眼睛。

我知道你是怎么死的。

隧道中的寒意深入骨髓，但是莫拉并没有离开。她决心要把石碑上的内容翻译出来，她要用这个毫无意义的举动驱赶恐惧。加油，莫拉。三年的高中法语基础，难道不足以让你明白这几句话吗？现在这已经是一项个人挑战了，那些有关死亡的想法都被莫拉暂时抛开。紧接着，她明白了这句话的意义，这反而令她浑身发冷……

随时面临着死亡，并且随时准备死亡的人才是幸福的。

突然间，莫拉意识到了这里的寂静。没有任何声音，也没有脚步声的回音。她转身离开了这个昏暗的墓室。她是什么时候掉的队，还离其他游客这么远？这条隧道里只有莫拉一个人，余下的只有死者。她不禁联想到了意外停电，在一片漆黑中因走错路而迷失方向。莫拉听说在一个世纪以前，巴黎的工人曾在地下墓室中迷路而被饿死。她加快了脚步，试图赶上其他游客，重新加入生者的队伍。在这条隧道中，她感到了死神的压迫，一个个头骨仿佛在用哀怨的眼神盯着她，这个有着六百万人的"合唱团"正斥责着她残忍的好奇心。

我们也曾经像你一样活着。

你觉得你能逃得掉死亡的未来吗？

莫拉终于从这座地下墓室中逃了出来，踏进了雷米杜蒙赛尔街道的阳光里。她深深地吸了一口气，第一次对嘈杂的交通噪音和拥挤的人群感到亲切，仿佛重获新生。街上的色彩看起来更加鲜艳了，路人的表情也变得友好了。这是我在巴黎的最后一天，她想，直到现在我才真正感受到这座城市的美。在过去一周的大部分时间里，莫拉都被困在会议室里参加国际法医病理学会议，几乎没有时间观光游玩，甚至连会议组织者安排的游览活动都是与死亡和疾病相关的：医学博物馆、外科手术室旧址。

还有这座地下墓室。

她在巴黎最生动的回忆竟然是人类的骸骨，多讽刺啊。这也太不利于身心健康了。莫拉坐在露天咖啡店里，一边品尝着最后一杯浓缩咖啡和草莓塔,一边这样想道。两天之后,她就要重新回到验尸房了——那个四面都是不锈钢墙壁,没有一丝阳光的地方。在那里只能呼吸到通风口里吹出的寒冷的过滤空气。到了那时,今天在巴黎的回忆就会像天堂一样美好。

她不紧不慢地把眼前的景象记在脑海里:咖啡的香气,黄油点心的味道,衣着整洁的商人们拿着手机将话筒贴在耳旁,女士们脖子上的围巾系着精致的结。莫拉开始幻想每个去过巴黎的美国人都曾想过的事:如果我错过回家的飞机会怎么样?我就留在这里,留在这间咖啡店,在这座华丽又繁荣的城市度过余生。

但最终,她还是从座位上站了起来,叫了一辆出租车去往机场。她放下了幻想,放下了巴黎,不过这仅仅是因为她答应了自己以后还要再回来。尽管她并不知道会是什么时候。

回家的航班延误了三个小时。这三个小时我本可以沿着塞纳河畔散步的,莫拉一边心怀不满地在戴高乐机场等待,一边想道。这三个小时她还可以在玛莱区或者巴黎大堂附近逛逛。然而,她现在正被困在满是乘客的机场里,甚至找不到坐的地方。当莫拉终于坐上法国航空的飞机时,早已身心俱疲、暴躁不堪。吃过飞机餐又喝下一杯配餐酒后,她沉沉地睡了过去,度过了无梦的一夜。

直到飞机开始下降至波士顿时莫拉才醒过来,她感到了头痛,夕阳的光正照着她的眼睛。她站在行李提取处,看着行李箱一个个从眼前经过,却没有一个是自己的,她头痛得更厉害了。接着当她排队等待登记丢失行李索赔的时候,她的头痛已经变得剧烈难耐。最终,坐上回家的出租车时,莫拉只拎了手提包。外面天已经黑了。她现在只想洗个热水澡,再喝点儿大剂量的止痛药。坐进出租车,她又一次迷迷糊糊地睡着了。

突然的急刹车惊醒了她。

"怎么回事?"她听到司机说。

莫拉动了动身子,看着外面朦胧闪烁的蓝光。过了好一会儿,她才反应过来自己看到的是什么。原来他们已经开进了她所住的街道,莫拉坐起身,随即变得警觉起来,她被眼前的景象惊呆了。这里停着四辆布鲁克莱恩警用巡逻车,不停闪烁的警灯划破了傍晚的黑暗。

"好像发生了什么紧急情况,"司机说道,"这是你们家的街道吧。"

"那边的那栋房子就是我家,街区中间的那栋。"

"停着警车的地方吗?我觉得警察不会让我们过去的。"

一名巡警朝他们走来,像是要来确认一下出租车司机的情况,他一边走着一边挥手示意他们掉头。

出租车司机从车窗探出头去:"我载的乘客要在这里下车,她就住在这条街上。"

"不好意思,伙计。整个街区都已经封锁了。"

莫拉倾身向前,对司机说:"我就在这里下车吧。"

她递过车费,抓起背包然后下了车。她刚才还觉得昏昏欲睡,现在这个温暖的六月傍晚却忽然变得紧张起来。莫拉走上人行道,慢慢接近围观的群众,焦虑逐渐侵蚀她的内心。警车都停在她家门前。是她的邻居出了什么事吗?一连串可怕的念头从她脑海中闪过:自杀,他杀。她想到了特鲁斯金先生,就是那位住在她隔壁的机器人工程师,现在是未婚。上次见到他的时候,他看起来好像有些郁郁寡欢?还有住在另一边的莉莉和苏珊,这对情侣都是律师，鲜明的同性恋身份很容易令她们成为目标。但是莫拉看到莉莉和苏珊就站在人群边上，两人都还活得好好的，于是她又开始担心特鲁斯金先生，人群中并没有他的身影。

莉莉侧头时刚好看到莫拉走了过来，她并没有向莫拉招手，而是一声不吭地盯着她，还狠狠地撞了一下苏珊。苏珊也转头看向莫拉，惊讶地张开了嘴。这时其他邻居也注意到了莫拉，脸上带着同样的惊讶。

他们为什么都在看我？莫拉想。我做了什么？

"艾尔斯医生？"一名布鲁克莱恩区的巡警不可思议地看着她，"是……是你……是你吗？"

真是个愚蠢的问题，她想。"那边那栋房子是我家。出什么事了吗，警官？"

巡警深吸了一口气："嗯……我想你最好跟我走一趟。"

他拉住莫拉的胳膊，带着她穿过人群。邻居们一脸严肃地分散在两旁，好像在给被判刑的囚犯让路。他们的沉默令人毛骨悚然，除了警用雷达的电流声，这里什么声音都没有。他们来到了被黄色胶带封锁的隔离带前，胶带是缠在木桩上的，其中几个木桩还立在特鲁斯金先生家的前院。这片草坪可是他的宝贝，他看到一定会生气的，莫拉下意识地想道。巡警拉起胶带，弯腰钻过去，她这才意识到——这里是犯罪现场。

因为她看到一个熟悉的身影站在那儿。即便隔着草坪，莫拉也能认出她。那是简·里佐利，凶案组的警探。小个子的里佐利已经怀孕八个月了，她穿着裤装，就像一个熟透的梨。她出现在这里是另一个让人困惑的地方。波士顿的警探来布鲁克莱恩做什么？这里并不是她的辖区。里佐利并没有注意到莫拉正走过来，她的目光完全集中在特鲁斯金先生家门前停着的那辆车上。她摇着头，很明显在为什么事发愁，黑色的卷发像往常一样凌乱蓬松。

最先发现莫拉的是里佐利的搭档，巴里·弗罗斯特警探。他先是瞥了莫拉一眼，然后把目光移开，突然又看向她，接连确认了几次，一脸苍白地盯着她。他一声不吭地摇了摇搭档的手臂。

里佐利完全呆住了，巡逻警车闪烁的蓝色灯光映出了她难以置信的表情。她朝着莫拉走来，看起来有些恍惚。

"医生？"里佐利轻声说道，"真的是你吗？"

"不然你以为是谁呢？为什么每个人都问我奇怪的问题？你们怎么都像看到鬼一样？"

"因为……"里佐利顿了一下，又摇了摇头，甩了一下蓬乱的卷发，"天哪，有那么一瞬间我真的以为你是鬼。"

里佐利转过身，喊道："布洛菲神父！"

莫拉刚刚并没有在人群里看到神父。他现在正从黑暗中走来，衣领在他的脖子上围成一道白圈，平日里英俊帅气的脸庞此时却显得非常憔悴。神父看着她，一脸震惊。丹尼尔怎么在这儿？一般情况下，除非受害者家属有要求，否则是不会请神父到犯罪现场的。而莫拉的邻居特鲁斯金先生并不是天主教徒，他信奉犹太教，那就更没有理由请神父过来了。

"可以麻烦你陪她进屋吗，神父？"里佐利说道。

莫拉问："有人能告诉我究竟发生了什么吗？"

"进去说吧，医生。一会儿我们会告诉你的。"

莫拉感觉到布洛菲的手臂圈住了她的腰，腰间传来的紧握感让她明白现在不是反抗的时候，她应该乖乖听从警探的指示。莫拉任由布洛菲带她走到家门口，她努力无视亲密接触带来的刺激，还有随之传来的他的体温。他们贴得太近了，莫拉大部分的注意力都在他身上，以至于当她拿钥匙开门时，手上的动作都变得笨拙了。尽管他们几个月前就是朋友了，但她从未邀请丹尼尔·布洛菲到家里来做客。站在神父身边的感觉再次提醒了她为什么要一直努力和他保持距离。两人走进客厅，自动定时器控制的灯已经亮起。她在沙发边停了一会儿，不知道接下来该干什么。

现在的主导者看起来是布洛菲神父。

"坐。"他说，指着沙发让她坐下，"我给你拿点儿喝的来。"

"在我家你是我的客人，应该是我来招待你。"莫拉说道。

"但现在这种情况下不行。"

"现在这种情况是什么情况？我不明白。"

"里佐利警探会告诉你的。"他离开了客厅，回来的时候手里拿着一杯水——这完全不是她想要的饮料，不过这种情况下，让神父给她拿瓶伏特加好像也不太合适。她抿了一口，他的目光让她感到不安。布洛菲就坐在她对面的沙发上，目不转睛地盯着她，就好像怕她会突然消失一样。

终于，她听到了里佐利和弗罗斯特走进房间的声音，他们正在玄关和第三个人低声交谈，这个人的声音莫拉并不认识。有秘密，她想。为什么每个人都在对我保密呢？他们到底不想让我知道什么事情？

她抬头看着两位警探走进客厅。和他们一起进来的，还有一位自称埃克特的布鲁克莱恩警探，一个她可能五分钟就会忘记的名字。莫拉这时的注意力完全在里佐利身上，她们曾在一起共事，这是她既喜欢又尊敬的女人。

警探们都已经在椅子上落座，里佐利和弗罗斯特坐在茶几对面，正对着莫拉。她觉得自己现在寡不敌众，四对一，每个人都在盯着她。弗罗斯特拿出了笔记本和钢笔。他怎么开始记笔记了？这怎么感觉像是要审讯她呢？

"休息得还好吗，医生？"里佐利问道，她轻声细语，还带着些关切。

这个老套的问题引得莫拉大笑："要是我现在能知道究竟发生了什么，可能会更好一些。"

"我想问一下你今晚去哪儿了？"

"我刚从机场回到家。"

"你为什么会在机场？"

"我刚从巴黎飞回来——从戴高乐机场。相当长途的旅行，而且我现在不是很想玩问答游戏。"

"你在巴黎待了多久？"

"一周。我是上周三到的巴黎。"莫拉感觉自己从里佐利过于直白的提问中听出了指控的意味，她的不满正在向愤怒的方向发展，"如果你不相信我说的话，可以去问问我的秘书露易丝，是她帮我订的机票。我去巴黎是为了开会——"

"国际法医病理学会议，对吗？"

莫拉吃了一惊。"你已经知道了？"

"是露易丝告诉我们的。"

他们已经向别人询问过关于我的事情了。在我到家之前，他们已经找到我的秘书问过话了。

"她告诉我们，你的飞机今天下午五点就应该到达洛根机场了，"里佐利说，"可是现在已经快十点了，这期间你去哪儿了？"

"飞机很晚才从戴高乐机场起飞。我们接受了额外的安检，航空公司实在是太偏执了。虽然晚了三个小时，但我们最终能起飞已经算很幸运了。"

"也就是说，你乘坐的飞机晚点了三个小时。"

"我刚刚已经告诉你了。"

"那飞机是什么时间降落的？"

"我不太清楚，大概是八点半左右。"

"你从洛根机场回家需要花一个半小时吗？"

"我的行李不见了。我只能去填一张丢失行李索赔单，向法国航空索赔。"莫拉说完停了下来，她的忍耐已经到了极限，"天哪，该死的，这到底是怎么回事？在回答你们的其他问题之前，我有权利知道到底发生了什么。你们是在指控我什么吗？"

"不是的，医生，我们并没有要指控你的意思。我们现在只是想弄明白时间线。"

"什么时间线？"

弗罗斯特说："艾尔斯医生，你之前有受到过什么威胁吗？"

莫拉不解地看向他："什么？"

"你能想到谁可能会有理由伤害你吗？"

"没有。"

"你确定吗？"

莫拉无奈地笑了笑："那，有人能确定吗？"

"之前在法庭上为一些案件做证的时候，你一定有什么证词激怒了某些人。"里佐利说。

"只有真相会激怒他们。"

"你树敌了，你帮助法庭给他们定罪。"

"我相信你也一样，简。仅仅是做你的本职工作有时也会得罪某些人。"

"那你有没有收到过什么具体的威胁呢？比如说恐吓信或者

恐吓电话？"

"我的电话号码不对外公开，露易丝也不会透露我的住址。"

"寄到你法医办公室的信呢？"

"确实偶尔会有一些奇怪的信件。我们都会收到那种信。"

"奇怪的信？"

"有人会写一些关于外星人或者阴谋论的内容，或者指责我们刻意隐瞒尸检真相。对于这样的信，一般我们会直接丢到碎纸机里，除非是一些公然的威胁，那些我们会交给警方。"

莫拉注意到弗罗斯特在笔记本上唰唰地写着什么，她很想知道他到底在记什么。此刻她已经怒不可遏了，她只想伸手越过茶几，从他手里夺过笔记本。

"医生，"里佐利突然轻声问道，"你有姐姐或者妹妹吗？"

这个出人意料的问题一下子打断了莫拉的愤怒，她盯着里佐利，问："你说什么？"

"你有没有姐姐或者妹妹？"

"为什么问这个？"

"我需要你回答我。"

莫拉深吸了一口气。"没有，我没有姐姐也没有妹妹，你也知道我是被收养的。所以你什么时候能告诉我该死的到底发生了什么？"

里佐利和弗罗斯特对视了一眼。

弗罗斯特合上了笔记本。"我想是时候带她去看看了。"

里佐利带路走出大门。莫拉来到屋外，再次走进温暖的夏夜中。在巡逻警车闪烁的灯光下，这里就像正在举行一场华丽的狂欢派对。她的时差还没倒过来，巴黎现在应该是凌晨四点，她带着昏昏沉沉的倦意看着这一切，今晚就像是一场噩梦。当莫拉走出家门的那一刻，所有人都转头看向她，她看到邻居们都聚集在街对面，隔着事故现场的隔离带盯着她。作为一名法医，公众的目光她早就习以为常，她的一举一动都会被警方和媒体关注。但今晚和往常不同，这些关注有些莫名其妙，赤裸裸的，甚至让人感到恐惧。他们一路走向特鲁斯金先生家门前，在那里的路边停着一辆黑色福特"金牛座"轿车。她很庆幸有里佐利和弗罗斯特站在身边护着她，就像是在保护她免受外界好奇的目光。

莫拉并不认识那辆车，但是她认识车边站着的那个留胡子的男人，他厚实的双手戴着乳胶手套。那是亚伯·布里斯托医生，她在法医鉴定中心的同事。亚伯是个胃口很好的人，从腰围就能看出他对食物的热爱，他腰上的赘肉已经溢出了腰带。亚伯盯着莫拉说："天哪，这也太不可思议了。差点儿吓死我了。"他朝车的方向点了点头，"莫拉，希望你已经准备好了。"

准备好什么？

她看向停在那里的轿车，看到在闪烁的警车灯下，一个人的侧影倒在方向盘上，喷溅出的黑色液体遮住了挡风玻璃。是血。

里佐利拿着手电筒照向副驾驶的门。一开始，莫拉并不知道她到底要看什么，她的注意力还在溅满血迹的挡风玻璃和坐在驾驶座的那个黑影上。紧接着她看到了里佐利手中的镁光手电筒照向的地方。车门把手的正下方有三道平行的划痕，深深地刻在车门上。

"像是爪痕一样。"里佐利说道，她卷曲着手指，模仿着车上的爪痕。

莫拉盯着那些划痕。那并不是简单的划痕，她突然背后一凉。这是野兽的爪痕。

"我们绕到驾驶座看看。"里佐利说。

莫拉没有说话,她跟着里佐利绕到了轿车的后方。

"马萨诸塞州的车牌。"里佐利说着,手电筒扫过轿车保险杠,不过这只是顺道观察一下其他细节。里佐利绕到驾驶座那侧,停顿了一下,看向莫拉。

"这就是我们都如此震惊的原因。"她说着,拿着手电筒对准了驾驶座。

手电筒的光照在那个女人的脸上,她的脸正对着车窗。女人的右脸倒在方向盘上,睁着眼。

莫拉说不出话来了。她盯着那象牙色的皮肤、乌黑的头发、微微张开的丰满双唇,感到惊恐万分。她向后踉跄了一下,有点儿腿软,她感到头晕目眩,仿佛整个人都要从地上腾空飘起来一样。一只手抓住了她,把她扶稳。是布洛菲神父,她甚至都没注意到他的存在。

现在她终于明白了,为什么每个人看到她都那样震惊。她一动不动地盯着车里的尸体,盯着那张被里佐利用手电筒照亮的脸。

是我,那个女人是我。

2

莫拉坐在沙发上，抿着兑了苏打水的伏特加，冰块在她手中的玻璃杯里喀喀作响。白开水见鬼去吧，在如此令人震惊的情况下就该喝点儿烈酒。布洛菲神父也十分体谅她，调了一杯酒，不假思索地递了过来。并不是每天都有机会看到自己死了的样子，也并不是每次走进案发现场，都能恰好看到死去的自己的分身。

"这只是个巧合，"她低声说，"那个女人只是长得像我，仅此而已。黑色头发的女人有那么多。还有她的脸——你是怎么透过车窗看清她的脸的？"

"我也不知道，医生。"里佐利回答道，"你们的相似程度确实很吓人。"她躺进安乐椅，呻吟着让怀有身孕的沉重躯体陷进柔软的靠垫中。可怜的里佐利，莫拉想，把一个怀孕八个月的孕妇牵扯进来调查案件真是太不应该了。

"她的发型和我不一样。"莫拉说。

"她只是头发比你长一点儿，仅此而已。"

"我有刘海，她没有。"

"你不觉得这些只是无关紧要的细节吗？你看看她的脸，她很可能是你的姐妹。"

"等到天更亮一点儿的时候再看看吧，也许她长得一点儿也不像我呢。"

布洛菲神父说道:"可是你们长得确实很像,莫拉。我们都看到了,她和你长得一模一样。"

"另外,她坐的车就停在你家的街区,"里佐利补充道,"几乎就停在你家门前,后座上还放着这个。"里佐利举起一个封装袋。透过透明的封装袋,莫拉能看到里面装着的是从《波士顿环球报》上裁下来的一篇文章。文章标题的字号很大,她隔着茶几也能看清。

法医证实,罗林斯的婴儿因受虐待致死。

"这里有你的照片,医生。"里佐利说,"文章写着'法医莫拉·艾尔斯医生开庭做证后离开法庭'。"她看向莫拉,"受害者的车里放着这个。"

莫拉摇头:"为什么?"

"我们也想知道为什么。"

"罗林斯案子的庭审——那已经是两周前的事了。"

"你有印象在法庭上见过那个女人吗?"

"没有,我从来没见过她。"

"但是很明显,她见过你,至少是在报纸上见过。之后她出现在了这里——她是在找你,还是在跟踪你?"

莫拉盯着手里的酒,伏特加让她头晕目眩。就在不到二十四小时前,她还在巴黎的街道上散步,享受着阳光,闻着咖啡厅飘来的香气。她是怎么错入这个噩梦中的呢?

"你家里有备枪吗,医生?"里佐利问道。

莫拉僵住了。"你这是什么意思?"

"不,我不是要指控你什么。我只是想问问你有没有自我保护措施。"

"我家没有备枪。我目睹过枪对人类的伤害，是不会在家里放枪的。"

"好吧，我只是问问。"

莫拉又喝了一口伏特加，她需要再借助些酒精提下一个问题："你们对受害者了解多少？"

弗罗斯特拿出了他的笔记本，像个谨慎的出纳员一样翻阅着。巴里·弗罗斯特总会让莫拉联想到温文尔雅的官员，他身边随时备着纸笔。"从她钱包里的驾照来看，这位女性名叫安娜·杰索普，四十岁。住址在布莱顿，与车辆登记信息一致。"

莫拉抬起头，说："那里离这儿只有几公里。"

"她的登记住址在一栋公寓楼里，邻居似乎都不太了解她。我们还在联系女房东，以便进屋搜查。"

"之前有没有姓杰索普的人给你打过电话？"里佐利问道。

她摇了摇头，说："我不认识姓这个姓氏的人。"

"那你在缅因州有认识的人吗？"

"为什么要这么问？"

"她的钱包里有一张超速罚单。两天前她曾在缅因州向南行驶的收费高速公路上被警察拦下来过。"

"我在缅因州没有认识的人。"莫拉深吸了一口气，接着问，"是谁发现的她？"

"是你的邻居特鲁斯金先生打电话报的案，"里佐利回答道，"他在外面遛狗的时候发现了停在路边的福特汽车。"

"大概是什么时间？"

"晚上八点左右。"

的确，莫拉心想。特鲁斯金先生每天晚上都会在同一时间出门遛狗。工程师就是这样，作息规律并且规划清晰。但是今晚，他遇到了意料之外的事情。

"他有没有听到什么声音？"莫拉问道。

"他说他当时听到了汽车熄火的声音，大概是在他发现尸体前十分钟，不过现场并没有目击者。发现福特汽车的时候，他拨打了九一一，称有人枪击了他的邻居艾尔斯医生。布鲁克莱恩警方首先接到报案，埃克特警探先到达了现场，弗罗斯特和我大概九点钟到的这里。"

"为什么？"莫拉说着，然后问了一个她最开始就想问的问题：里佐利怎么会在她家门前的草坪上？"你为什么会在布鲁克莱恩？这里并不是你的辖区。"

里佐利看了一眼埃克特警探。

他有点儿害羞地说道："你也知道的，去年一整年布鲁克莱恩只发生了一起凶杀案。我们认为这种情况下，有必要请教波士顿警方。"

的确，确实有必要。莫拉意识到了这点。布鲁克莱恩只不过是波士顿市内一个起居室大小的社区。去年，波士顿警方共侦破了六十起凶杀案。每一起案件都完美结案，无论是谋杀案还是其他案件。

"无论如何我们都会插手这个案子的，"里佐利说道，"尤其是当我们听到受害者名字的时候——我们原本以为的受害者名字。"她停顿了一下，"我必须承认，我从未想过那个人可能不是你。我看过受害者之后想也没想就开始假设……"

"我们也一样。"弗罗斯特说。

所有人都沉默了。

"我们了解到你今晚就会从巴黎坐飞机回家，"里佐利说，

"这些是你的秘书告诉我们的。我们唯一不明白的是那辆汽车,为什么你会坐在一辆登记在别人名下的车上。"

莫拉喝光了杯子里的酒,把杯子放在茶几上。今晚她只能喝这一杯了。她的四肢已经开始发麻,很难集中注意力。房间笼罩在温暖的灯光下,已经变得模糊起来。这都不是真的,她想,我现在正在大西洋上空的飞机上睡觉呢,等我醒来的时候飞机就已经降落了,而这一切都从未发生过。

"我们对安娜·杰索普一无所知,"里佐利说,"我们所了解的——我们亲眼看见的——只有她是谁这一点,她简直就是你死去的分身,医生。也许她的头发比你长了一点儿,也许她这里或那里和你有些许的不同,但问题是,我们都被那张脸骗了,所有人。我们都认为那是你。"她停顿了一下,"你能明白我的意思吗?"

是的,莫拉能明白,可是她不想说出来。她就只是呆坐着,盯着茶几上的玻璃杯,盯着杯里正在融化的冰块。

"如果我们都被骗了的话,其他人也可能会被骗。"里佐利说,"包括那个朝她头部开枪的人。就在晚上八点之前,你的邻居听到了汽车的熄火声。那时天已经黑了,而她就在那儿,坐在那辆车里,车停在距离你家门前车道几米的地方。任何人看到她坐在车里都会以为那是你。"

"所以你认为凶手原本的目标是我。"莫拉说。

"这确实说得通,不是吗?"

莫拉摇头说道:"这整件事都说不通。"

"你从事的工作备受公众瞩目,你会在庭审中为凶杀案做证,还会出现在报纸上。你就是我们的'亡灵女神'。"

"别这么叫我。"

"但所有警察都是这么称呼你的,媒体也是这么称呼你的。你知道的,不是吗?"

"知道并不意味着我喜欢这个称呼。说真的,我受不起。"

"可是这确实说明了你备受瞩目。不仅仅是因为你所从事的工作,还因为你的外表。你知道那些家伙会盯上你的,不是吗?除非你是个瞎子。漂亮的女人总会引起别人的注意,是不是,弗罗斯特?"

弗罗斯特吓了一跳,显然没想到自己会突然被叫到,他的脸一下子涨得通红。可怜的弗罗斯特,他太容易害羞脸红了。"这就是人性。"他承认道。

莫拉看向布洛菲神父,但对方并没有回应她的目光。她很想知道他是否也一样会遵循吸引力法则。她希望他会。她愿意相信丹尼尔不会对她的吸引力无动于衷。

"大众眼里的漂亮女人,"里佐利说道,"在自己家附近被跟踪、袭击,这种案件之前是发生过的。那个洛杉矶的女演员叫什么名字来着?就是被谋杀的那个。"

"丽贝卡·希弗。"弗罗斯特回答道。

"对,就是她。还有洛里·黄的案子。你应该还记得她,医生。"

没错,莫拉的确记得,因为就是她给这位第六频道的新闻主播进行的尸检。洛里·黄在演播室前被枪杀的时候,才刚刚做了一年的新闻主播。她从来没有意识到自己被跟踪了。嫌犯一直在电视上看她,还写过几封粉丝信。接着某一天,嫌犯来到了演播室门外守着。当她出门走向自己的车时,他朝着她的脑袋开了一枪。

"这就是生活在公众视线中的危险,"里佐利说,"你永远都不知道究竟是谁在电视屏幕前关注着你。你也永远都不知道当你晚上下班回家的时候，谁会开车尾随你。这些都是我们不曾设想的——有人可能在跟踪我们。"里佐利停顿了一下，接着静静地说道，"这些我都经历过，我知道成为某人迷恋的对象是什么感觉。我甚至没有多么美丽迷人，但事情还是发生在了我身上。"她伸出双手，露出了掌心的疤痕。那是里佐利同那个男人争斗后留下的永久纪念品，那个男人两次差点要了她的命。尽管现在他已经四肢瘫痪了，但他依然活着。①

"这就是为什么我会问你有没有收到过奇怪的信件。"里佐利说道，"我就是想到了她的案子，洛里·黄。"

"杀害她的凶手已经被捕了。"布洛菲神父说。

"没错。"

"所以你并不是在暗示凶手是同一个人。"

"是的，我只是在指出案件的相似之处。头部中枪，从事公众工作的女性，这些都会让人产生联想。"里佐利挣扎着起身，自己从安乐椅上起来对她而言确实有些费劲。弗罗斯特及时伸手过去扶她，但她并没有理会。虽然怀着孕，但里佐利并没有向别人寻求帮助。她拿起封装袋搭在肩上，然后认真地看着莫拉问："你今晚要住到别的地方去吗？"

"这里是我家，我为什么要到别的地方去？"

"我只是问问。我想应该不用我嘱咐你一定要锁好门了吧。"

"我在家向来会锁门的。"

里佐利看向埃克特："布鲁克莱恩警方能守好这里吗？"

他点了点头："我会确保巡逻车时不时来这边看看的。"

---

① 参见同系列《外科医生》《学徒》。

"我很感激,"莫拉说道,"谢谢你们。"

莫拉将三位警探送出家门,目送他们上车离开。现在已经是午夜时分了。屋外,街道已经变回了那个她熟悉的安静街区。布鲁克莱恩的巡逻车已经开走了,那辆事发的福特轿车也被拖到犯罪实验室去了,就连黄色的警用胶带都被撕掉了。等到了早上,她心想,醒来时我会认为这一切都是梦。

她转过身,看到布洛菲神父,他还在客厅里站着。现在屋里只剩下他们俩,莫拉变得越来越不自在。他们肯定都想到了某件事。或者只有我的脑子里在想这些?深夜一个人躺在床上的时候,你有想起过我吗,丹尼尔?就像我会想起你那样?

"你确定自己一个人能行吗?"他问道。

"我不会有事的。"难道还有别的选择吗?难道你会留下来和我一起过夜吗?你是这个意思吗?

他转向门口。

"谁通知你来的,丹尼尔?"她问,"你怎么知道这件事的?"

他转过头看向莫拉。"是里佐利警探。她告诉我……"他停顿了一下,"你知道的,我总会接到来自警察局的电话。如果谁家有人去世了,需要请神父过去,我总是乐意帮忙。但是这次……"他又停顿了一下,"记得锁好门,莫拉。"他说,"我不想再次经历今天这样的夜晚了。"

她目送他走出家门坐上了车。他并没有马上发动引擎离开,而是在等着确定莫拉今晚在家是安全的。

她关好门,然后上了锁。

透过客厅的窗户,她看到丹尼尔开车离开了。她盯着空荡荡的街道看了一会儿,突然感觉自己被抛弃了。那一刻,她真想打电话叫他回来。但是之后呢?她希望他们之间发生什么呢?她想：有些诱惑，最好是离得越远越好。她最后又扫了一眼漆黑的街道，离开了窗边。客厅的灯光照在她身上，她拉上窗帘，挨个屋子检查了一遍，确保窗户都已锁好。这样温暖的六月夜晚，她通常会开着窗户睡觉。但是今天，她关上所有的窗户，打开了空调。

早上醒来的时候莫拉被空调吹出的冷风冻得瑟瑟发抖。她梦到了巴黎，梦到自己漫步在蔚蓝的天空下，路过一桶一桶的玫瑰和星空百合，一时间竟记不得自己身在何处。我现在已经不在巴黎了，而是在我的床上，她终于意识到，而且还发生了可怕的事情。

现在才早上五点，她却已经完全清醒了。现在是巴黎时间的上午十一点，那儿的太阳已经升起来了，如果她还在巴黎的话，应该已经喝过两杯咖啡了。莫拉知道，晚些时候时差还会影响她，早上起床的这股能量到了下午就会消失，可是她不能再强迫自己睡觉了。

她起身穿好衣服。

家门前的街道看上去和平时别无二致。清晨的第一缕阳光照亮了天空。她看到隔壁特鲁斯金先生家的灯亮了起来。他总是起得很早，通常比她提前至少一个小时就去上班了，但是今天早晨，莫拉是第一个起床的，她用新奇的目光打量着她所在的街区。街对面的自动洒水机在草坪上唰唰作响地工作着，报童骑着车从门前经过，反戴棒球帽，然后砰的一声将《波士顿环球报》丢在她家门前的草坪上。仿佛一切照旧，她想，但事实并非如此。死神到访过我的街区，住在这里的每个人都会记得。他们会透过门前的窗户看向那辆福特汽车停过的路边，并为自己曾经离它那么近而战栗。

街角处有车灯闪烁，一辆汽车沿着街道驶来，快接近莫拉家门前的时候慢慢减速。是布鲁克莱恩的巡逻警车。

不，一切都变了。看着巡逻车驶过家门前时她这么想道。

没有什么是恒定不变的。

莫拉早于秘书到达办公室。早上六点，她已经坐在了办公桌前，处理她去巴黎开会时堆积在收件箱里的转录口述和实验报告。听见脚步声的时候，她已经处理完了三分之一的文件，抬头，她看到露易丝站在门口。

"你来了。"露易丝低声道。

莫拉微笑着向她打招呼。"早上好①！我觉得我需要早点儿来处理这些文件。"

露易丝只是盯着她看了一会儿，然后走进房间，在莫拉办公桌对面的椅子上坐了下来，好像突然累得站不起身来了。尽管露易丝已经五十岁了，但她的体力看起来总是要比莫拉好上一倍（莫拉比她年轻十岁）。但是今天早上，露易丝看起来疲惫不堪，荧光灯下她的脸看起来消瘦而蜡黄。

"你还好吗，艾尔斯医生？"露易丝小声问道。

"我很好，不过时差还没完全倒过来。"

"我是说——在昨晚那件事发生后。听起来弗罗斯特警探当时十分确定那就是你，那辆车里的女人……"

莫拉点头，脸上的笑容随即消失了。"简直就像《阴阳魔界》一样，露易丝。一回家就看到所有警车都停在我家门前。"

---

① 原文为法语。

"简直太可怕了,我们都以为……"露易丝吞了吞口水,低头看着自己的大腿,"昨晚布里斯托医生给我打电话时,我才松了一口气。他告诉我那是个误会。"

两人陷入了沉默,沉重的氛围里充满了责备。莫拉突然意识到,她本应亲自打电话告知秘书这个消息。她早该意识到露易丝会被吓坏的,她肯定想听到莫拉的声音。我已经独自一人无依无靠地生活了这么久,她想,我甚至从未想到世界上还有一个人可能会如此担心我。

露易丝站起身准备离开。"很高兴看到你回来,艾尔斯医生。我就是想告诉你这些。"

"露易丝。"

"嗯?"

"我从巴黎给你带了些小礼物回来。虽然听起来是个很蹩脚的借口,但是我把它装在行李箱里,行李箱被航空公司搞丢了。"

"哦,"露易丝笑了,"如果是巧克力的话,我想我已经够胖了,不能再吃了。"

"没有卡路里的,我保证。"莫拉看了一眼桌上的时钟,"布里斯托医生来了吗?"

"他刚到,我在停车场看到他了。"

"你知道他今天什么时候做尸检吗?"

"你说的是哪台?他今天有两台尸检。"

"昨晚那个枪击的案子,那个女人。"

露易丝盯着她看了一会儿。"我想那应该是他今天的第二台尸检。"

"你对那个女人还有别的了解吗?"

"这我不知道,你得问问布里斯托医生。"

3

虽然当天的工作表里并没有安排尸检，但是在下午两点的时候，莫拉还是下楼换了一套手术服。女更衣室里只有她一个人，她慢慢脱掉便装，把上衣和裤子叠好，整齐地摆在更衣柜里。手术服摩擦着皮肤，感觉硬硬的，就像刚洗过的床单。她拉紧裤带，把头发塞进帽子里，这些习惯性动作给了她一丝慰藉。穿着洗干净的棉质手术服和制服，进入法医的角色，让她有一种被保护的感觉。她瞥了一眼镜子，镜子里的自己像个陌生人一样沉着冷静，所有的情绪都被隐藏起来。她离开更衣室，走过大厅，推门进入验尸房。

里佐利和弗罗斯特已经站在了尸检台旁，两人都身着手术服，戴着手套。他们的背影挡住了莫拉看向死者的视线。布里斯托医生最先发现了莫拉。他面对着她，超大号的手术服紧紧地裹着宽厚的腰身，莫拉走进验尸房时，两人刚好对上视线。他的眉毛在外科口罩上方皱成一团，她从他眼中看到了疑惑。

"我想我应该来看看。"她说。

这时里佐利转头看向她，也皱起了眉头。"你确定要来看吗？"

"你难道不好奇吗？"

"但是我也不确定我是否想看尸检过程，考虑到……"

"我只是来旁观一下。如果可以的话,亚伯。"

布里斯托耸了耸肩。"那好吧,换成是我也会好奇的,"他说道,"来吧。"

她绕过尸检台走到亚伯那一边,看到了毫无遮挡的尸体,顿时觉得喉头一哽。她在这个验尸房里目睹过各种各样的惨状,见过腐烂至每个阶段的尸体,见过因火灾或外伤而损坏的尸体,有些甚至不成人形。在她见过的尸体中,尸检台上的这个女人可以说是奇迹般地完好无损。血迹已经被清洗干净,头部左边被子弹打出的弹孔被她的黑色头发挡住了,面部完好,身上也只是略微有几处疤痕。腹股沟和脖子处有被穿刺的痕迹——停尸房的助理吉岛提前抽血进行了检查,但身体的其他部位没有任何痕迹。亚伯的手术刀还没在上面划过。等到尸体的胸腔被打开、内脏全都露出时,这具尸体对她来说就不会如此令人不安了。被解剖的尸体是没有姓名的,心、肺、脾这些也只是器官,可以像汽车配件一样从一个身体移植到另一个身体,与曾经的主人告别。但这个女人依然是完整的,她的面貌依然惊人地清晰可辨。昨天晚上,莫拉见到的尸体穿着衣服,在黑暗中,只有里佐利手里手电筒的灯光照着她。而现在,这具尸体被尸检灯照得格外清楚,一丝不挂,那些特征也已经不仅仅是相似了。

我的天哪,这简直就是我自己的脸、我自己的身体,躺在尸检台上。

只有她知道她们有多么相似。这间屋子里再没有其他人见过莫拉裸露的乳房的形状,以及她的腹股沟,他们只见过她露在外面可以让人看到的部分:她的脸,她的头发。他们根本不可能知道,她和这具尸体相似到连阴毛间的红褐色斑点都一模一样。

莫拉看向女人的手,手指又细又长,就像她自己的手一样,非常适合弹钢琴。尸体的手指已经被墨水标记。头骨和牙齿的 X 光片已经拍完了,牙片的完整图像正显示在灯箱上,两排洁白的牙齿就像柴郡猫①微笑时一样闪闪发光。莫拉想知道,是不是她们像到连牙齿上的牙釉质都一模一样?

她用一种自己都觉得平静得异常的声音问道:"你们对她还有别的了解吗?"

"我们还在查这个名字,安娜·杰索普。"里佐利说,"目前为止我们手里只有她在马萨诸塞州的驾照,四个月前签发的。上面显示她今年四十岁,身高五英尺七英寸②,黑头发,绿眼睛。体重一百二十磅③。"她看着尸检台上的尸体,"我觉得描述属实。"

我也觉得,莫拉想。我今年也是四十岁,身高五英尺七英寸。只有体重不同——我是一百二十五磅,但是哪个女人不会在驾照的体重信息上撒谎呢?

莫拉一言不发地看着亚伯完成体表检查。他在预先打印好的女性身体图纸上标了几处记号。左侧太阳穴的弹孔,下肢和大腿处的斑痕,阑尾炎手术疤痕。接着他放下记录板,走到尸检台另一端收集阴道拭子。当亚伯和吉岛挪动大腿露出会阴部时,莫拉的注意力集中在尸体的腹部。她盯着那道阑尾切除手术的疤痕,一道细细的白痕划过象牙般的皮肤。

我也有一道疤。

---

①柴郡猫,英国作家刘易斯·卡罗尔创作的童话《爱丽丝漫游仙境》中的虚构角色,形象是一只咧着嘴笑的猫,拥有凭空消失或出现的能力。甚至在它消失以后,笑容还挂在半空中。
②约一点七米。
③一磅约合零点四五千克,下同。

收集完拭子后,亚伯走到工具盘前拿起了手术刀。

第一刀下去简直让人无法直视。莫拉甚至捂住了自己的胸口,感觉那一刀就像划在自己身上一样。这真是个错误,看着亚伯在尸体上做 Y 形切口时她想,我不确定自己到底能不能看下去。但她依然站在原地没有离开,她被亚伯解剖尸体时的魄力震慑了。他将尸体胸部的皮肤翻开,然后像蒙皮游戏一样迅速将它剥离。他并没有意识到莫拉的恐惧,他的注意力全都集中在当下的解剖工作上。一位高效率的病理学家可以在一小时内完成一台简单的解剖,而在尸检的这个阶段,亚伯完全没必要浪费时间进行所谓的优雅解剖。莫拉一直以来都觉得亚伯是个讨人喜欢的人,他热衷于吃喝玩乐,懂得欣赏歌剧,但是此时此刻,他的肚子圆鼓鼓的,脖子粗得像公牛一样,他正像个屠夫一般用手术刀解剖着尸体。

胸部的皮肤已经完全张开,被剥到一边,肋骨和肌肉裸露在外。吉岛倾着身子,用肋骨钳一根一根地剪断肋骨。每一下断裂声都让莫拉皱眉。人的骨头太脆弱了,她心想,我们总以为心脏被坚固的肋骨保护着,但实际上只要手稍微用力,开合刀刃,肋骨便会一根一根地屈服于钢具。我们是如此脆弱。

吉岛剪断了最后一根肋骨,亚伯也取掉了最后几块软骨和肌肉。两人一起打开了胸腔,就像掀开盒盖一样。

在展开的胸腔内,心脏和肺部闪着光。年轻的器官,这是莫拉的第一个念头。哦不,她意识到:四十岁已经不年轻了,不是吗?虽然不想承认,但是四十岁已经走完了人生的一半。而她,和躺在尸检台上的女人一样,已经不能算年轻了。

胸腔里的器官看起来都十分健康,没有明显的病变。亚伯利索地划了几刀,切下了心脏和肺,放入金属器皿中。在明亮的灯光下，他做了几个切片观察肺部的情况。

"她不抽烟，"他对两位警探说，"并没有水肿，十分健康的器官组织。"

他把肺放回器皿里，器官堆成了一座粉色的小山，接着他拿起了心脏，把它轻松地握在他的大手中。莫拉突然想到了自己的心脏，正在胸膛里怦怦直跳。她的心脏就像这个女人的一样，刚好能被亚伯拿在手里。一想到他拿着自己的心脏来回转动着检查冠状血管，就像他现在做的那样，莫拉就感到一阵反胃。尽管理论上这只是身体里的一个泵，但心脏是人体最核心的部位，看到它如此暴露在眼前，她感到自己的胸腔里也空落落的。她吸了一口气，血腥味却让她更加恶心了。她转过身背对尸体，发现自己正好对上里佐利的目光。里佐利见过的场面太多了。她们已经认识两年了，在一起处理过足够多的案件，也已经培养出了对彼此作为专业人士的最高敬意，但是与之相伴而生的是一种尊敬之下的谨慎。莫拉很清楚里佐利的直觉有多么敏锐，当她们隔着尸检台互相看着对方时，她便知道里佐利此刻一定非常清楚莫拉已经快要逃离验尸房了。面对着里佐利眼中不言而喻的疑问，莫拉只是抬起了下巴，努力维持住"亡灵女神"的威严。

她再次将注意力集中在了尸体上。

亚伯并没有察觉到房间里涌动的紧张气氛，他已经切开了心室。"心瓣看起来都很正常，"他说道，"冠状动脉是软的，血管也很干净。我真希望我的心脏看起来也这么健康。"

莫拉瞥了一眼那个圆滚滚的肚子，对此表示怀疑。她很了解他对于鹅肝酱和奶油的狂热，尽情地享受生活，这就是亚伯的人生哲理。尽管敞开胃口享受美食吧，因为我们总有一天会像这位躺在尸检台上的朋友一样结束人生。如果你都没有享受过快乐的生活,冠状动脉再干净又有什么用呢?

他把心脏放回器皿,开始处理腹部的其他器官。解剖刀切得很深,直接划开了腹膜、胃、肝脏,还有脾脏和胰腺都露了出来。死亡的气味,冰冷的器官,这些对莫拉来说都再熟悉不过了,如今却令她如此不安,就仿佛第一次做尸检一样。她似乎不再是那个驾轻就熟的验尸官了,看着亚伯手握剪刀和解剖刀,残忍的解剖过程竟然令她感到震惊。哦,我的天哪,这就是我每天在做的事,可是当我执起解剖刀时,切开的是陌生人的尸体。

这个女人却一点儿都不陌生。

她有些麻木,陷入了恍惚,仿佛正站在远处看亚伯工作。那个不安的夜晚和时差让她疲惫不堪,她感觉自己似乎离尸检台的场景越来越远,慢慢退到了一个更加安全的地方,能让她抽离迟钝地旁观。桌上的只是一具尸体罢了,和她没有任何关系,也不是她认识的人。亚伯利索地取出小肠放入器皿中。他用剪刀和手术刀剥离了内脏,只剩下一个空空的腹腔。他端起满是内脏的器皿,放到不锈钢尸检台面上,拿出内脏一个一个地仔细检查。

在切板上,亚伯剖开了胃部,把里面的内容物倒进一个小容器中。尚未消化的食物的气味使得里佐利和弗罗斯特同时转过头去,脸上露出了嫌弃的表情。

"这些看起来像是晚餐残渣。"亚伯说道,"我想她应该是吃了一份海鲜沙拉,我看到了生菜和西红柿,也许还有虾……"

"她的最后一餐和死亡时间大概相距多久?"里佐利问道。她的声音有些奇怪,带着鼻音,她用手遮着脸,阻挡气味。

"一个小时,或者更长一些。我想她应该是在外面吃的饭,因为海鲜沙拉不像是我们自己在家做的那种。"亚伯看了一眼里佐利,"你有在她的钱包里找到餐厅收据之类的吗?"

"没有,她可能是用现金支付的。我们还在等她的信用卡账单。"

"天哪,"弗罗斯特说,扭头避开眼前的景象,"这简直让我对虾完全没了胃口。"

"嘿,别让它影响到你。"亚伯说,然后接着解剖胰腺,"当你足够了解之后就会知道,我们都是由相同的器官和组织构成的。脂肪、碳水化合物,还有蛋白质。你吃的多汁的牛排,其实就是肌肉。你觉得我会因为每天都在解剖这些组织,就发誓再也不吃牛排了吗?所有的肌肉生物化学成分都是相同的,只不过做成牛排之后会比在其他状态下更好闻一点儿。"他伸手去取肾脏,将它切成薄薄的切片,然后把组织样本放入一罐福尔马林溶液中,"目前为止,一切看起来都很正常。"他说着,然后看了莫拉一眼,"你同意吗?"

她机械地点了点头,什么话也没说。忽然间,她被吉岛挂在灯箱上的一组新的 X 光片吸引了注意力——头骨的 X 光片,从侧视图上可以看到软组织的轮廓,就像一个半透明的面部轮廓。

莫拉走到 X 光片前,盯着那块星形的图像,它在骨头灰色的阴影衬托下亮得惊人。头皮部分的弹孔很小,很难想象它能对人脑造成如此巨大的伤害。

"天哪,"莫拉小声嘀咕着,"这是黑爪子弹。"

亚伯放下器官,抬起头。"有一段时间没见这种子弹了。我们得小心一点儿,那种子弹的金属尖端非常锋利,会直接割破手套。"他看向吉岛。吉岛在法医鉴定中心工作的时间比任何验尸官都要长,堪称这里的人形记录仪。"上一次我们遇到死于黑爪子弹的受害者是什么时候来着?"

"我想是两年以前了。"吉岛回答道。

"有这么近吗？"

"我记得是蒂尔尼医生接手的案子。"

"你能请史黛拉查一下这个案子吗？看看结案了没有。这个子弹真的相当罕见，足以让人怀疑它们之间可能存在联系。"

吉岛摘下手套，走到对讲机前，跟亚伯的秘书通话。"喂，史黛拉吗？布里斯托医生想查一下和黑爪子弹有关的最新案子，应该是蒂尔尼医生的……"

"我听说过这种子弹。"弗罗斯特走上前去，仔细地看着X光片，"这是我第一次真正遇到死于这种子弹的受害者。"

"这是一种空心弹，由温彻斯特公司制造，"亚伯说，"设计用于割裂软组织。当子弹穿透皮肉时，铜皮会裂开，形成六角星状，每一个尖端都像爪子一样锋利。"他走到尸体头部的方向，"一九九三年这种子弹被撤出了市场，因为旧金山有几个疯子曾在一次大规模枪击事件中用它杀害了九个人。温彻斯特公司在这件事中备受舆论批评，之后他们决定停止生产这种子弹。但是市面上依然有一些在流通，每隔几年，就会有受害者死于这种子弹，但是已经非常少见了。"

莫拉的目光仍然停留在X光片上那个致命的白色星形弹孔上。她想到了亚伯刚刚说过的话：每一个尖端都像爪子一样锋利。她记得受害者车门上留下的划痕。就像猛兽的爪痕。

莫拉转身回到尸检台边，亚伯刚好完成头皮切口。就在那短短的一瞬间，在他将头皮剥离之前，莫拉发现自己不禁盯住了那个女人的脸。死亡让她的嘴唇呈斑驳的暗蓝色。她的眼睛睁着，暴露在空气中的角膜变得干燥而浑浊。眼睛只有在人活着的时候才是潮湿光亮的，当人不再眨眼，角膜接触不到泪液，眼睛就会变得干燥无光。并不是因为人的灵魂出窍而使得眼中没有生机，只是因为死人无法再眨眼了。莫拉低头凝视着那双模糊的眼睛，想象着它们活着时的样子。这一瞥仿佛照镜子一样，令她吃惊。刹那间，她产生了一种混乱的错觉，觉得躺在尸检台上的人就是自己，她正看着自己的尸体在被解剖。鬼魂不是总会去在世时常去的地方徘徊吗？这里就是她常去的地方：验尸房。

我注定会永远留在这里。

亚伯剥掉了头皮，尸体的脸如同橡胶面具般塌了下去。

莫拉浑身一抖，转开了视线，她发现里佐利又在看她了。

她是在看我吗？还是在看我的灵魂？

史赛克电锯的嗡嗡声仿佛直接钻进了她的骨头。亚伯切开了头骨的颅顶，保留了子弹穿过的部位。他轻轻地撬开并取下头盖骨。黑爪子弹从敞开的头骨中啪嗒一声掉进了吉岛接在下面的容器中。它闪着光，分裂的尖端像致命的花一样绽开。

大脑里布满了黑色的血迹。

"两个半脑都存在大面积出血。正如你们看 X 光片时分析的那样，"亚伯说，"子弹从这里穿过，停在了颞骨处，没有继续深入。你们可以从 X 光片里看出来。"他指了指 X 光片，子弹像一颗闪亮的星星一样暴突出来，就在左枕骨的内弧线旁边。

弗罗斯特说："奇怪的是它怎么会停在弹孔这边。"

"有可能是跳弹。子弹射入颅骨，来回弹跳割穿大脑，把所有能量都消耗在了软组织上，就像料理机的搅拌刀片一样。"

"布里斯托医生？"对讲机的另一边，秘书史黛拉喊道。

"怎么了？"

"我找到和黑爪子弹有关的案件了。受害者名叫瓦西里·蒂托夫，验尸官是蒂尔尼医生。"

47

"负责那个案子的警探是谁？"

"嗯……找到了。是范恩和邓利维警探。"

"我会找他们了解一下情况的，"里佐利说，"看看他们还记得些什么。"

"谢谢你，史黛拉。"布里斯托说，然后看向已经准备好相机的吉岛，"好，赶紧拍照吧。"

吉岛开始拍摄大脑的照片，在亚伯将大脑从颅骨中取出来之前保留下它的图像。莫拉凝视着那个亮晶晶的灰色物体，心想，这里储存着一生的回忆。童年的字母表、乘法口诀、初吻、初恋和第一次失恋，所有这些都以信使核糖核酸的形式储存在复杂的神经元集合体中。记忆虽然只是生物化学概念，却能将人与人区分开来。

亚伯用解剖刀划了几下，取出了大脑。他像捧着宝贝一样将大脑放在尸检台上。他今天暂时还不会解剖它，而是把它在稳定剂里浸泡过后再进行切片。不过他并不需要借助显微镜就能确认创伤，它太明显了，就在那儿，那块表面被血染变色的部分。

"所以我们现在知道弹孔进入的位置在这儿，左侧太阳穴。"里佐利说。

"是的，表皮弹孔和颅骨弹孔完全一致。"亚伯说。

"说明子弹是直接由侧面射入头部的。"

亚伯点了点头。"凶手可能持枪正对着驾驶座一侧的车窗，而且当时车窗是开着的，所以没有玻璃干扰弹道轨迹。"

"所以她当时只是坐在那儿。"里佐利说，"温暖的夜晚，敞开的车窗，晚上八点，天色已经渐渐黑了。然后嫌疑人走到她的车旁，冲着她开了一枪。"里佐利摇了摇头，"为什么？"

"嫌疑人没有拿走她的钱包。"亚伯说。

"所以并不是抢劫。"弗罗斯特接道。

"所以只可能是激情犯罪，或者预谋杀人。"里佐利看了莫拉一眼。又是那个假设——可能是有预谋的凶杀。

凶手的目标是这个人吗？

亚伯将大脑泡进一桶福尔马林溶液中。"目前为止没有其他发现。"他说着，转过身继续解剖颈部。

"你还会做毒理测试吗？"里佐利问道。

亚伯耸了耸肩。"我们可以送去检测一下，不过我觉得没那个必要。死因已经很明确了。"他朝着 X 光片努了努下巴，子弹在颅骨阴影的映衬下格外显眼，"你有什么要做毒理测试的理由吗？是检测人员在车里发现了什么毒品或者毒具吗？"

"没有，车里很整洁。我的意思是，车里除了血迹之外没别的了。"

"而且所有的血迹都是受害者的？"

"所以无论如何检测结果都会显示 B 型血。"

亚伯看了一眼吉岛。"验过她的血型了吗？"

吉岛点了点头。"验过了，是 B 型血。"

没有人看莫拉，也没人注意到她紧绷着下巴，呼吸急促。她突然转过身，背对着大家，然后解开口罩，用力地扯下。

当她走向垃圾桶时，亚伯问道："莫拉，你觉得累了吗？"

"时差还没倒过来。"她回答道，然后脱下了手术服，"我想我今天应该早点儿回家。明天见，亚伯。"

她头也不回地逃离了验尸房。

开车回家的路上莫拉一直都迷迷糊糊的，直到开进布鲁克莱恩郊区，她才突然清醒过来，摆脱一直盘旋在脑海中的噩梦。别再去想尸检了，忘掉它吧。想想晚饭吃什么，只要别再去想今天看到的东西。

她在杂货店门前停了下来。家里的冰箱是空的，除非她愿意吃金枪鱼罐头或者速冻豌豆，不然必须买点儿什么回家。用其他事情转移注意力也是一种解脱。她拿起东西往购物车里一通乱丢。想想要吃什么，想想这周接下来的菜谱。别再去想那些血迹和盘子里的器官了。我还需要点儿葡萄柚和苹果。茄子看起来也不错？她拿起一捆新鲜的罗勒叶，贪婪地深吸了一口它的香气。哪怕只有一瞬间，罗勒的香味也能将验尸房的气味一扫而空。过去一周里清淡的法国菜让她十分渴望香料。今晚，她要煮一份泰式青咖喱，热到烫嘴的那种。

回到家，莫拉换上了短裤和T恤，精心地准备着晚餐。她一边切着鸡肉、洋葱和大蒜，一边小酌着波尔多白葡萄酒。泰国香米的热气弥漫在厨房里。她根本没时间再去想B型血和黑头发的女人了。油正在热锅里冒着烟，接下来该炒鸡肉了，然后加入咖喱酱，再倒入一罐椰奶。她盖上锅盖，让咖喱慢慢地炖着。

莫拉抬头看向厨房的窗户，突然注意到窗上映出的她自己的身影。

我长得像她，我和她一模一样。

突然一股寒意袭入她的身体，仿佛窗户上的那张脸不是倒影，而是一个正在凝视着她的幽灵。锅盖被不断冒出的蒸汽顶得咔咔作响。幽灵想从里面逃出来，不顾一切地想要吸引她的注意力。

她关掉炉子，走到电话前，拨通了一个十分熟悉的号码。

很快，简·里佐利便接通了电话。莫拉能听到背景里电话铃响的声音，所以里佐利还没有回家，可能正坐在施罗德广场上的办公室里。

"很抱歉打扰你,"莫拉说,"我有事情想问你。"

"你还好吗?"

"我没事。我只是想再了解一件关于她的事情。"

"安娜·杰索普?"

"对,你说过她有一张马萨诸塞州签发的驾照。"

"没错。"

"驾照上写的她的出生日期是什么时候?"

"什么?"

"今天在验尸房里,你说过她今年四十岁了。她是哪天出生的?"

"怎么了?"

"拜托,我需要知道。"

"好,稍等一下。"

莫拉听到了翻页的声音,接着里佐利又回到了电话旁。"驾照上显示,她的出生日期是十一月二十五日。"

莫拉安静了。

"你还在吗?"里佐利问道。

"嗯。"

"有什么问题吗,医生?发生什么事了?"

莫拉咽了咽口水。"我需要你帮我个忙,简。这听起来可能有点儿疯狂。"

"你尽管说。"

"我想让犯罪实验室做一下我和她的DNA比对。"

莫拉听到电话那头那个电话终于不响了。里佐利说:"你再说一遍,我可能没听清。"

"我想知道我的DNA和安娜·杰索普的是否一致。"

"听着，我同意你们之间的确有相似性——"

"不仅如此。"

"你还要说什么？"

"我们血型相同，都是 B 型血。"

里佐利理所当然地说："还有多少人是 B 型血？大约总人口的百分之十？"

"还有她的生日。你说她的生日是十一月二十五日对吧。简，我的生日也是那天。"

这个消息引来了一阵沉默，里佐利轻声说："好吧，你刚刚的话让我后背的汗毛都竖起来了。"

"现在你知道我为什么要让你帮我查了吧？关于她的一切——从她的长相、血型，再到出生日期……"莫拉停顿了一下，"她就是我。我想知道她是从哪里来的。我想知道那个女人到底是谁。"

沉默了很长一段时间后，里佐利说："事实证明，回答这些问题远比我们想象的要难得多。"

"为什么？"

"下午我们收到了她的信用卡记录，上面显示她的万事达账户刚开通了六个月。"

"所以呢？"

"她的驾照才签发了四个月，车牌也是三个月前刚登记的。"

"住址呢？她在布莱顿不是有房子吗？你肯定已经和她的邻居确认过了。"

"我们昨天半夜才好不容易联系到了房东太太。她说，三个月前她把房子租给了安娜·杰索普。她让我们进去公寓看了看。"

"然后呢？"

"屋子里是空的,医生,里面一件家具都没有,没有平底锅,甚至连牙刷都没有。有人付了宽带费和电话费,但是并没有人住在那儿。"

"邻居们怎么说?"

"没有人见过她。邻居都说她是'幽灵'。"

"那肯定还会有她之前的住址,其他的银行账户——"

"我们都查过了,但是找不到任何这个女人更早的信息。"

"所以这是什么意思?"

"意思是,"里佐利回答道,"在六个月以前,安娜·杰索普这个人根本不存在。"

4

里佐利走进J.P.道尔餐厅时，发现这里聚集着不少熟面孔。他们大多是警察，一边喝着啤酒吃着花生，一边分享当天执勤时发生的故事。道尔餐厅就位于波士顿警察局牙买加平原分局所在的街道上，可以说是这座城市里最安全的酒馆了。稍有不慎，十几名警察就会像一群新英格兰爱国者队[①]里的人一样盯上你。里佐利认识这帮人，他们也认识她。他们让开一条路来让这位怀孕的女士通行，看着她晃晃悠悠走过时露出微笑。她的肚子像船头一样在前边带路。

"天哪，里佐利，"有人喊道，"你怎么胖了这么多？"

"是啊。"她笑着说，"不过和你不同，到了八月我就能瘦回去了。"

她向在吧台处冲她招手的范恩警探和邓利维警探走去。大家都喊他们山姆和佛罗多[②]——胖乎乎的霍比特人和瘦小的霍比特人。他们一起合作了很久，就像一对老夫妻一样。这两人相伴的时间甚至可能比他们和妻子在一起的时间还要长。里佐利几乎看不到他们单独行动的时候，她觉得他们早晚会开始穿情侣装的。

他们一边笑着，一边敬了她一杯健力士啤酒。

[①]新英格兰爱国者队，一支位于美国马萨诸塞州大波士顿地区的美式橄榄球球队。
[②]山姆和佛罗多，源自《魔戒》三部曲中的霍比特人山姆·怀斯和佛罗多·巴金斯。

"嗨，里佐利。"范恩说。

"——你迟到了。"邓利维接上。

"我们都已经开始第二轮了——"

"——你要来一杯吗？"

天哪，他们可以完全接住对方的话。"这里太乱了，"她说，"我们换个地方说吧。"

他们走进就餐区，朝着爱尔兰国旗下的椅子走去，那是里佐利常坐的位置。邓利维和范恩瘫在她对面，舒服地并排坐着。她想到了自己的好搭档，巴里·弗罗斯特，一个很不错的人，还是个壮汉，不过与里佐利毫无相似之处。每天下班后，两人都是各走各的。他们非常喜欢对方，但里佐利觉得他们不可能像邓利维和范恩那样，肯定做不到。

"所以，你也遇到了黑爪子弹的受害者。"邓利维说。

"昨晚，就在布鲁克莱恩。"她说，"你们遇到的第一起黑爪子弹的案子是在两年前吗？"

"对，差不多吧。"

"结案了吗？"

邓利维笑了："早就尘埃落定了。"

"凶手是谁？"

"一个名叫安东宁·列昂诺夫的人。他是乌克兰移民，一个无名小卒，想混出点儿名堂。就算我们没逮捕他，估计俄罗斯的暴徒也迟早会把他解决了。"

"简直就是个白痴，"范恩冷哼一声，"他都不知道我们在跟踪他。"

"你们当时为什么要跟踪他？"她问。

"我们得到一个小道消息，说他正准备接收塔吉克斯坦的一批货。"邓利维说,"海洛因,一票大的。我们在他的船上待了将近一个星期,他都没发现我们,所以我们又跟踪他去了他同伙的家。瓦西里·蒂托夫。蒂托夫一定是有什么事惹火了列昂诺夫。我们看着列昂诺夫走进蒂托夫的家门,接着就听到了枪声,然后列昂诺夫就从房子里出来了。"

"而我们正在等他,"范恩说,"就像我刚说的一样,他就是个白痴。"

邓利维举起健力士啤酒。"嫌疑人一打开门出来,他和他的凶器就都被我们扣住了。我们目睹了全过程,也不知道他为什么还要费尽心思地狡辩。陪审团用了不到一小时就做出了判决。"

"他有没有交代他是从哪儿得到的黑爪子弹?"她问。

"你在开玩笑吗?"范恩说,"他什么都不肯告诉我们。他几乎不会说英语,但他肯定知道米兰达[①]这个词。"

"我们带了一伙人去搜查他的房子和仓库,"邓利维说,"在他的仓库里,我们发现了八箱黑爪子弹,你敢信吗?真不知道他是从哪儿弄到这么多的,但是他有相当多的藏匿点。"邓利维耸了耸肩,"这就是列昂诺夫案子的独家信息。我看不出他和你的枪击案有什么联系。"

"近五年来和黑爪子弹有关的案子只发生过两起,"她说,"你的那个案子和我的。"

"嗯,好吧。黑市上可能还流通着一些黑爪子弹,该死的,查查亿贝吧。我只知道我们抓住了列昂诺夫,"邓利维喝光了杯子里的啤酒,"你遇到的是另一个杀手。"

这个结论她先前就已经得出了。两年前的东斯拉夫小混混之

[①] 米兰达原则,指警察必须告诉被捕者其权利,包括有权保持沉默,以及他所说的话可能会成为呈堂证供。

间的矛盾不太可能和安娜·杰索普的案子有联系,那么黑爪子弹是条死路。

"你能把列昂诺夫案子的档案借给我看看吗?"她问道,"我还是想再过一遍。"

"明天放到你办公桌上。"

"谢了,兄弟们。"她挪出座位,站起身来。

"你什么时候卸货?"范恩一边问,一边朝她的肚子点点头。

"还没到时间呢。"

"我告诉你,那帮人在打赌,关于孩子的性别。"

"你在逗我吧。"

"现在赌注涨到七十美元,赌是个女孩;四十美元,赌是个男孩。"

范恩咯咯地笑了起来。"还有二十美元,"他说,"赌的是别的可能性。"

里佐利刚走进公寓,就感觉到孩子踢了她一脚。消停点儿吧,小家伙,她想,你白天把我当沙袋已经够折腾的了,现在你还打算整晚这样吗?她也不知道孩子到底是男还是女,或者是双胞胎,她只知道这孩子已经迫不及待想要出来了。

省着点儿力气,别再展示你的功夫了,好吗?

她把钱包和钥匙扔在厨房的料理台上,鞋子踢到门口,然后将运动夹克丢到了餐桌旁的椅子上。两天前,她的丈夫加布里埃尔作为联邦调查小组的成员去了蒙大拿州,调查准军事武器储备库。现在,公寓又恢复到了他们结婚前那种舒适又混乱的状态,那时加布里埃尔还没有住进来,也还没带来那些所谓的"规矩"。

让那个前海军陆战队队员自己回来按照大小顺序重新摆放这些锅碗瓢盆吧。

在卧室里，里佐利瞥见了镜中人。她都快要认不出自己了，脸颊圆润，身形摇晃，肚子在孕妇松紧裤里圆鼓鼓的。我什么时候消失了？她想。我还在吗？藏在这个走样的身体的某个地方吗？面对镜中的陌生人，她想起了自己的肚子曾经是多么平坦。她不喜欢自己现在饱满的脸，她的脸颊变得像孩子一样红润。怀孕的光彩，加布里埃尔是这么说的，他试图让自己的妻子放宽心，说服她此时并不像一头油亮的鲸鱼。可这个女人不是我，她心想，这不是那个能一脚踹开门带走罪犯的警察。

她仰面躺倒在床上，双臂张开，就像一只正在飞翔的小鸟。她能在床单上闻到加布里埃尔的气息。我今晚很想你，她想，这不是婚姻该有的样子。两种职业，两个痴迷于工作的人。加布里埃尔在外工作，而她一个人躺在公寓里。但是她决定结婚的时候就知道会面临这样的困难。他们经历过太多这样的夜晚了，不是他在工作，就是她有事不在家，各自的工作会把两人分开。她想再给他打个电话，可是他们早上已经打过两次电话了，她已经从工资里贡献给威瑞森电信公司足够的话费了。

唉，管他呢！

她侧过身，从床上爬起来，正准备伸手去拿床头柜上的手机，铃声突然响了。她吓了一跳，看了看来电显示：一个陌生的号码，不是加布里埃尔。

她接起电话："你好？"

"里佐利警探吗？"一个男声问道。

"我是。"

"很抱歉这么晚打扰你。我今晚刚回到城里，然后——"

"请问您是？"

"我是巴拉德警探，来自牛顿警察局。我知道你是负责布鲁克莱恩区那起枪击事件的警探。案件受害者名叫安娜·杰索普。"

"没错，是我。"

"去年我这里接到一个案子，涉及一个名叫安娜·杰索普的女人。我不确定她们是不是同一个人，但是——"

"您说您是牛顿警察局的人？"

"是的。"

"那您能辨认出杰索普女士吗？如果看到她的尸体的话。"

电话那头停顿了一下。"我想我需要这么做。我想知道是不是她。"

"如果是她呢？"

"那我就知道凶手是谁了。"

在里克·巴拉德警探掏出警官证之前，里佐利就猜到了这个人是名警察。她一走进法医鉴定中心接待厅，他立刻就站了起来，仿佛接到了号令。他有着清澈透亮的蓝色瞳孔，棕色的头发梳成干净利落的发型，衬衫熨烫得干净整洁。他有着加布里埃尔一般沉稳的指挥官气质，同样坚定的眼神仿佛在说：有需要的时候，你可以完全依靠我。在那个瞬间，里佐利希望自己可以像曾经一样苗条、迷人。他们握手以及里佐利查看他的警官证时，她都能感觉到他正在观察她的脸。

他绝对是个警察，她想。

"你准备好了吗？"她问。他点了点头，接着里佐利瞥了一眼接待员。"布里斯托医生在楼下吗？"

"他刚好快要结束尸检了,说你可以到楼下找他。"

他们乘电梯到达地下室,走到了停尸房休息室,柜子里放着鞋套、口罩和一次性帽子。透过巨大的玻璃窗,他们能看到验尸房里布里斯托医生正在和吉岛医生解剖一个消瘦的、白发苍苍的男人。布里斯托医生透过玻璃看到了他们,挥手向他们示意。

"还有十分钟!"他说。

里佐利点点头。"我们等你。"

布里斯托刚刚做完头皮切口,现在正将头皮向前剥离头骨,尸体的面部慢慢塌了下来。

"我一直很讨厌这个步骤,"里佐利说,"就是他们处理人脸的这部分。解剖其他部位时我还能承受得住。"

巴拉德没有说话。里佐利看向他,发现他的背已经僵硬了,脸色阴沉难看。他并不是凶案组的人,所以可能没怎么进过停尸房,现在透过玻璃看着里面的解剖过程,他一定很难受。她还记得自己第一次来这里实习观摩的时候,警察学院把他们分成小组,每组六个人,她是组里唯一一个女生,其他几个男生比她要高大得多。大家都以为这个柔弱的女孩一定不敢看解剖,但她站在了第一排的正中间,毫无退缩地看完了全程。而那些男生中的一个,也是身材最魁梧的那个,吓得面无血色,跌坐到了旁边的椅子上。她想知道巴拉德是不是也会这样。在荧光灯下,他的脸显得病态而苍白。

验尸房里,吉岛开始锯开颅骨。刀刃划过颅骨的声音似乎超出了巴拉德的承受范围,他转过身背对玻璃,目光看向架子上摆放的大小不一的医用手套箱。里佐利发自内心地同情他。像巴拉德这样的硬汉,被一名女警官看到自己吓得腿软的样子肯定会觉得很丢人。

她推给他一把椅子,自己也拉过一把坐下,叹了一口气说:"最近我不能站得太久。"

他也坐了下来,似乎松了一口气,终于可以不再关注那把嗡嗡作响的电锯了。"这是第一个孩子吗?"他指着她的肚子问道。

"没错。"

"男孩还是女孩?"

"不知道。不管是男孩女孩我们都开心。"

"我女儿出生时我也是这么想的,身体健康,四肢健全,这就足够了……"他停顿了一下,电锯还在嗡嗡作响,他艰难地吞了吞口水。

"你女儿多大了?"里佐利问道,试图分散他的注意力。

"哦,十四岁了,开始变麻烦了,不像小时候那么可爱了。"

"女孩的青春期。"

"看到我头上冒出的白头发了吗?"

里佐利笑了。"我妈之前也是这样,指着她的头发跟我说:'这些白头发都是因为你长的。'不得不承认,我十四岁的时候确实不让人省心。差不多就是这个年纪。"

"嗯,我们家也出了些问题。我和妻子去年分居了,凯蒂也只好两边跑。两个上班族父母,两个家庭。"

"这对孩子来说一定不容易。"

骨锯的嗡嗡声终于大发慈悲地停下了。透过玻璃,里佐利看到吉岛取下了头盖骨。布里斯托轻轻地捧着大脑,将它从头骨中取出。巴拉德将目光从玻璃上移开,看向里佐利。

"不容易吧?"他说。

"什么?"

"在孕期还要干警察的活儿。"

"至少现在没人让我去踹门逮捕嫌犯了。"

"我妻子怀孕的时候还是个新手警官。"

"在牛顿警察局吗?"

"波士顿警察局。他们想把她从巡警队里调走,但她坚持说怀孕对她来说是个优势,罪犯对孕妇会客气得多。"

"罪犯吗?他们才不会对我客气。"

验尸房里,吉岛正在用针线缝合尸体切口,就像一位令人毛骨悚然的裁缝,缝的不是衣物,而是肉体。布里斯托摘掉手套,洗了洗手,然后晃晃悠悠地走出来迎接客人。

"抱歉耽误了这么长时间,比我预计得久了些。这家伙肚子里长了好多肿瘤,他从没看过医生,所以才会落到我这里。"他伸出厚实的大手,手还有些湿乎乎的,然后向巴拉德打了声招呼,"你好,警官,你是来看枪击案受害者的吗?"

里佐利看到巴拉德的脸绷了起来。"里佐利警探让我来的。"

布里斯托点了点头。"那好,我们走吧。她正躺在停尸房里。"他带着他们穿过验尸房,通过另一扇门,来到一个大型冷库。这个冷库看起来就像寻常的肉类冷库一样:巨大的不锈钢门,上面有一个温度计,门边的墙上挂着一块记事板,写着出入记录,布里斯托刚刚尸检的老人的名字就在这上面,他是昨晚十一点被送来的。这不是一个人们希望被列入的名单。

布里斯托打开门,一阵冷冷的水雾飘了出来。他们走了进去,冷冻肉体的气味令里佐利作呕。自从怀孕,她就失去了对异味的耐受力,即便是一丝丝的腐臭也能让她跌跌撞撞地跑向水池。这一回,她忍住了反胃,凝视着冷库里的一排排轮床。那里有五个尸袋,上面罩着白色的塑料布。

布里斯托走到一排轮床前,挨个儿看了看上面的标签,然后在第四个尸袋前停了下来。"这就是我们的受害者了。"他说着将尸袋的拉链拉到足够露出上肢的位置，Y型切口被缝合线完美缝起。这是吉岛的另一件"作品"。

隔着塑料袋，里佐利的目光并不在那个死去的女人身上，而是在里克·巴拉德。他正低头看着尸体，沉默不语。安娜·杰索普睁开的眼睛似乎让他僵在了原地。

"怎么样？"布里斯托问。

巴拉德眨了眨眼，仿佛刚刚从恍惚中清醒过来。他深吸了一口气，轻声说道："是她。"

"你真的确定吗？"

"确定。"巴拉德吞了吞口水，"发生了什么？你们都查到了什么？"

布里斯托瞥了里佐利一眼，无声地询问她是否要告知对方更多信息。她点了点头。

"一枪毙命，在左侧太阳穴。"布里斯托说着，指向头皮上的弹孔，"颅内跳弹对左侧颞叶及两侧脑顶叶造成大范围损伤，颅内大量出血。"

"只有这一个伤口吗？"

"没错。一击毙命，非常准。"

巴拉德的目光已经移到了躯干上——女人的胸部。面对一个年轻女性的裸体，男性有这样的反应倒并不奇怪，可是里佐利依然对此感到不安。无论是生是死，安娜·杰索普都有权维护自己的尊严。布里斯托医生及时拉上了拉链，保护起死者的隐私之后，里佐利才松了一口气。

他们走出冰冷的冷库，布里斯托关上了沉重的不锈钢大门。"你知道她亲属的名字吗？"他问道，"有没有需要我们通知的人？"

"没有。"巴拉德回答道。

"你确定？"

"她没有其他……"他的声音突然停住了。他一动不动，正透过玻璃盯着验尸房。

里佐利顺着他的视线转过头，立刻明白了是什么吸引了他的注意力。莫拉·艾尔斯刚刚走进实验室，手里拿着X光片。她走到灯箱下，剪开胶片，打开灯。当她站在那里观察骨折处的骨片时，并没有发现有人在看她。然而，有三双眼睛正透过玻璃盯着她看。

"她是谁？"巴拉德喃喃地问道。

"她是我们的一位法医。"布里斯托回答道，"莫拉·艾尔斯医生。"

"两个人像得可怕，对吗？"里佐利说。

巴拉德吃惊地摇了摇头："有那么一瞬间，我以为……"

"我们第一次见到受害者的时候都是这么想的。"

验尸房里，莫拉把骨片收回了袋子。她走出验尸房，依然没有意识到有人在盯着她。跟踪一个人多容易啊，里佐利心想。根本没有什么第六感能提醒我们什么时候被人盯上了。我们根本感觉不到跟踪者在背后盯着我们，只有当他采取行动的时候，我们才能意识到这个人的存在。

里佐利转向巴拉德："好了，你见过安娜·杰索普了，也确认了她的身份，现在跟我们讲讲她是谁吧。"

5

终极座驾①。所有广告都是这么称呼它的，德韦恩也这么叫。马蒂·普维斯开着所谓的"终极座驾"沿着西部中央大街行驶，含泪想道：请你一定要在那里。拜托，德韦恩，你一定要在。但她并不确定。最近她越来越搞不懂自己的丈夫了，他仿佛变成了一个陌生人，一个对她毫不关心的陌生人，甚至连看都不看她一眼。我要我的丈夫回来。可是我都不知道我是怎么失去他的。

巨大的普维斯宝马车标在前方闪烁，她拐进停车场，路过那里一排排的"终极座驾"，然后发现了德韦恩的车，就停在展厅的门前。

她把车停在他的车旁边，熄了火。她在驾驶座上坐了一会儿，深呼吸。净化呼吸，就像拉马兹心理助产课上教的那样。德韦恩一个月前就不再去参加助产课了，他觉得那是在浪费他的时间。"生孩子的是你，又不是我。我为什么要去上课？"

哦，不，深呼吸得有点儿过了。她突然感到头晕目眩，倒在方向盘上，不小心碰到了车喇叭，她被喇叭发出的巨响吓得缩了回去。她瞥了一眼车窗外，发现一名技工正在看着她——德韦恩的白痴老婆，无缘无故地按喇叭。她红着脸，推开车门，把孕肚

---

①宝马的广告语。

从方向盘下拖了出来，走进了宝马展厅。

里面满是皮革和车蜡的味道。男人的催情剂，德韦恩是这么说的，这浓郁的气味令马蒂隐隐作呕。她在漂亮的车子前停了下来：今年的最新款，性感的线条和镀铬，在聚光灯下闪闪发光。男人站在这个展厅里可能会被迷得灵魂出窍，手放在金属蓝色的侧线条上，盯着挡风玻璃上的倒影看久了，他就会开始做梦。仿佛只要拥有一台这样的车，他也能变成理想中的那个人。

"普维斯太太？"

马蒂回过头，看到丈夫手下的推销员巴特·塞耶正在向她挥手。"哦，你好。"她说。

"你在找德韦恩吗？"

"是的，他在哪儿？"

"我想，嗯……"巴特瞥了一眼内部办公室，"我帮你找找。"

"没关系，我可以自己找他。"

"不！呃，我的意思是，我帮你叫他，可以吗？你应该坐下休息，别太费力，你现在的情况不适合久站。"巴特的话真搞笑，他的肚子比她还大。

她挤出了一个微笑。"我只是怀孕了，巴特，不是残废了。"

"所以，你什么时候生呢？"

"两周以后。大概是那个时候吧，谁也说不好。"

"确实是这样。我的大儿子出生时，他迟迟不愿意出来，比预产期晚了三周。从那以后，他做什么事都慢半拍。"他眨了眨眼，"我帮你叫德韦恩。"

她看着他走向办公室。她在他身后，刚好能看到他敲响德韦恩的门。里面没有回应，他又敲了敲门。门终于开了，德韦恩从屋里探出头来。当他看到马蒂正站在展厅里向他招手时，吓了一大跳。

"我们可以聊聊吗?"她叫住了德韦恩。

德韦恩走出办公室,关上了身后的门。"你来这儿干什么?"他大声呵斥她。

巴特来回打量着这对夫妇,一步一步溜向门口。"呃,德韦恩,我想我该出去喝杯咖啡休息一下了。"

"嗯,你去吧。"德韦恩小声说,"没关系。"

巴特溜出了展厅,夫妻俩面面相觑。

"我一直在等你。"马蒂说。

"什么?"

"我的B超检查,德韦恩,你答应我会来的。费斯曼医生等了二十分钟,我们等不下去了。你错过了看超声图。"

"哦。哦,我的天!我给忘了。"德韦恩把手放在头上,整理着他的黑发。他总是对自己的头发、衬衫和领带大惊小怪。德韦恩总说,如果你要贩售高端产品,就必须仪表堂堂。"抱歉。"

她从钱包里掏出一张拍立得照片来。"你要看看照片吗?"

"什么照片?"

"我们的女儿,这是超声图的照片。"

他看了一眼照片,耸了耸肩。"什么也看不出来。"

"这是她的手和腿。你再仔细点儿看的话,就能看到她的脸了。"

"嗯,挺好的。"他把照片递了回去,"我今天要晚一点儿回去,可以吗?有客户要在六点钟过来试驾,我会自己吃晚饭。"

她把拍立得照片放回钱包,叹了口气:"德韦恩——"

他简单地在她的额头上吻了一下。"我送你出去,走。"

"我们就不能出去喝杯咖啡什么的吗?"

"我还有客户。"

"但是现在展厅里没有其他人啊。"

"马蒂,拜托。我还要工作,好吗?"

德韦恩办公室的门突然打开。马蒂转过头,看到一个女人走了出来。一个苗条的金发美女快步穿过大厅,走进了另一间办公室。

"她是谁?"马蒂问。

"谁?"

"刚刚从你办公室出来的那个女人。"

"哦,她啊。"他清了清嗓子,"新来的。我想我们应该聘请一位女销售员。你知道的,团队需要多样化。她的业务能力不错,上个月卖出的汽车比巴特还多,这足以证明。"

马蒂盯着德韦恩办公室紧闭的门,心想:就是从那个时候开始的,就是上个月,我们之间的一切都变了,德韦恩完全变成了一个陌生人。

"她叫什么名字?"马蒂又问。

"好了,我要回去工作了。"

"我只是想知道她的名字。"她转身看向她的丈夫,在那一瞬间,她从他眼中看出了愧疚,像霓虹灯一样闪过。

"老天,"他转身离开,"我现在没空说这些。"

"呃,普维斯太太?"是巴特的声音,他从展厅门口大声说道,"你知道你的车胎漏气了吗?刚刚技工跟我说的。"

她一脸茫然地转过身看着他。"不知道。我……我没注意。"

"车胎漏气了你都不知道?"德韦恩说。

"它可能——嗯,我可能没反应过来,但是——"

"我真不敢相信。"德韦恩朝门口走去,像往常一样从她身边离开。而且,他生气了。怎么突然一下子都变成我的错了?

她和巴特跟着他走到车旁。德韦恩蹲在后车轮边,摇着头。

"你敢相信她根本没发现吗?"他对巴特说,"你看看这个轮胎。她把这该死的车胎扎爆了!"

"嘿,这种事情很常见的。"巴特说,然后同情地看了马蒂一眼,"我让艾德来换个新的,不是什么大问题。"

"但是你看看这个轮毂,都已经变形了。你想想她开着爆胎的车走了多少公里?怎么会有这么迟钝的人?"

"好了,德韦恩,"巴特说,"这不是什么大事。"

"我真的不知道,"马蒂说,"对不起。"

"你是开着爆胎的车一路从医院到这儿的吗?"德韦恩抬头瞥了她一眼,眼中的愤怒让马蒂感到害怕,"你是在梦游吗?还是怎么了?"

"德韦恩,我不知道车胎爆了。"

巴特拍了拍德韦恩的肩膀。"你别这么凶,可以吗?"

"你他妈别在这儿多管闲事!"德韦恩大声喝道。

巴特后退了一步,举起双手投降。"好吧,好吧。"他最后看了马蒂一眼,脸上写着:祝你好运,亲爱的,然后走开了。

"只是个车胎而已。"马蒂说。

"你开在路上的时候它一定在冒火花。你想想有多少人看见你这么开车了?"

"这很重要吗?"

"嘿!这是辆宝马好吗?你开着宝马,就要注意形象。大家看到这辆车的时候,他们会希望司机更聪明一些,时髦一些。所以当你开着裸露的轮毂在地上摩擦的时候,你破坏了它的形象。就因为你,所有开宝马的人形象都会变糟。你也会让我看起来更糟。"

"但是这只是个车胎而已。"

"别再说了。"

"事实就是这样。"

德韦恩厌恶地冷哼了一声,站起身来。"我不管了。"

她把眼泪咽了回去。"所以这与轮胎无关,对吗,德韦恩?"

"什么?"

"所以矛盾是在我们身上,是我们之间出了问题。"

他的沉默只会让事情变得更糟糕。他没有看她,而是转过身,看着技工朝他们走来。

"嘿,"技工大声说,"巴特让我来看看,顺便换个轮胎。"

"嗯,都交给你了,可以吗?"德韦恩停顿了一下,他注意到一辆刚开进停车场的丰田车。一个男人从车上下来,站在那儿看着一辆宝马,然后弯下腰去看车上贴的经销商信息。德韦恩理了理头发,扯了扯领带,走向了他的客户。

"德韦恩?"马蒂喊住他。

"我要接待客户了。"

"可我是你的妻子。"

他转过身来,目光猛地一震,眼里充满愤怒:"别这样,别逼我,马蒂。"

"所以我要怎么做才能让你关心我?"马蒂哭了出来,"从你这里买车吗?这样做才管用吗?因为我实在想不出别的办法了。"她的声音顿了一下,"我想不出别的办法了。"

"那我觉得你最好别再哭了,因为我不知道你这样能有什么用。"

她看着他走远。他在半路停了一下,挺了挺胸,露出笑容。

当他走到新顾客身边时，另一个声音突然响起，温暖而友好。

"普维斯太太？夫人？"

她眨了眨眼，转身看向技工。

"如果你不介意的话，我需要你的车钥匙，这样我才能把你的车开到维修区换轮胎。"他伸出沾满油渍的手。

她没有说话，把钥匙串递给了他，然后又转身看向德韦恩。可是他甚至瞥都没瞥她一眼，仿佛她不存在。仿佛她什么都不是。

她几乎不记得自己是怎么开车到家的。

回过神来时，她发现自己坐在厨房的餐桌旁，手里还拿着钥匙，当天的信件堆在她面前。最上面的一封是信用卡账单，上面写着：致德韦恩·普维斯夫妇。她还记得第一次听别人称她为普维斯太太时内心的喜悦。普维斯太太，普维斯太太。

她现在不是任何人的太太了。

钥匙滑落到地板上，她把头埋进手里，开始痛哭。当感觉到孩子在踢她时，她哭得更厉害了，哭到喉咙痛，哭到信件都被眼泪浸湿了。

我想让他变回原来的样子。我想让他回到他还爱我的时候。

她抽泣着，突然听到了开门的声音，声音是从车库传来的。她抬起头，心中又燃起了希望。

他回来了！他回来跟我道歉了。

她飞快地跳起来，碰倒了椅子，晕晕乎乎地打开门走进车库。她站在黑暗中，眨着眼，不知所措。车库里只停着她自己的车。

"德韦恩？"她叫了叫他的名字。

一道阳光映入她的眼睛，通往侧院的门半开着。她穿过车库，关上了门。她刚一关上门，就听到了身后的脚步声。她僵住了，心脏怦怦直跳。那一刻，她突然意识到，这里还有别人。

她转过身，走到中间，面对着黑暗。

6

莫拉踏着午后的阳光走进了阴凉的圣母教堂。有那么一瞬间,她只能看到一些模糊的阴影——长椅的轮廓,以及那位低头坐在前面的孤独女信徒的背影。莫拉找了个长椅坐下,陷入了沉默,双眼逐渐适应教堂里阴暗的环境。教堂顶部的彩色玻璃闪烁着阴郁的色彩:一位盘着头发的女人崇拜地注视着一棵树,树上挂着一颗血红的苹果。伊甸园中的夏娃。女人代表着诱惑者,毁灭者。莫拉抬头凝视天窗,不由得感到了不安,于是将视线移到了别处。虽然抚养她长大的是一对天主教夫妇,可是她在教堂里并没有归属感和安全感。她凝视着窗户上镶着珠宝的圣人像,虽然他们被尊为圣人,但是她知道,作为活生生的血肉之躯,他们不可能是完美无缺的。他们还活着的时候,一定也曾被罪恶、错误的选择或琐碎的欲望缠身。她比大多数人都清楚,人类不可能是完美的。

她站起身,转向过道,停了下来。布洛菲神父正站在那里,彩色玻璃透出的光在他脸上映出马赛克一般的光影。他的脚步很轻,莫拉完全没有注意到。现在两个人正面对面站着,谁也不敢打破沉默。

"希望你不是准备走了。"他终于开口说道。

"我只是进来坐一会儿。"

"那我很开心能在你离开之前见到你。要聊聊吗？"

她朝后门看了一眼，像是在考虑逃跑。接着她松了口气。"好。我们聊聊吧。"

坐在前排的女人已经转过身，正看着他们。她看到了什么呢？莫拉心想。年轻英俊的牧师，有魅力的女人，在圣人的注视下低声交谈。

布洛菲神父看起来好像和莫拉一样不自在。他看了看自己的另一位教友，说道："我们不一定非要在这里聊天。"

他们沿着河边的林荫小路走进牙买加河道公园。在这个温暖的下午，他们和慢跑的人、骑自行车的人还有推着婴儿车的妈妈们一起享受着公园。在这样的公共场所，一位神父和一位被心事所困的教徒在一起，并不会引起什么闲言碎语。我们之间总是这样，当两人停在垂柳下时，莫拉想。这没什么见不得人的，也不必怀有罪恶感。我最想从他那里得到的，恰好是他不能给我的，可我还是到这里来了。

我们都到这里来了。

"我还在想你什么时候会来找我。"他说。

"我确实想过。这是很难熬的一个星期。"她停住了，然后凝视着河面。附近道路上来来往往的车流声掩盖了水声。"这些天我总感觉好像自己已经死了。"

"你以前有过这种感觉吗？"

"不太一样。我上周去看了那台尸检之后——"

"你看过那么多尸检。"

"我不仅是看过，丹尼尔，我还做过很多台尸检，拿着手术刀解剖人体。我几乎每天都会做解剖，但是从未被这种想法困扰过。也许这意味着我已经失去了人性，我已经变得如此麻木，以至于做切片的时候都已经意识不到自己正在切人肉了。但是那天，看着她被解剖的时候，我仿佛看到了自己。现在我只要一拿起手术刀就会想起她。我忍不住去想她曾经的生活，她有过什么样的感受，在想些什么……"莫拉停住了，然后叹了口气，"重新开始工作真的很难。就是这样。"

"一定要回去吗？"

她被这个问题搞糊涂了，看向他："我还有别的选择吗？"

"你这话说得就像自己签了奴隶契约一样。"

"这是我的工作，是我擅长的事情。"

"不，这本身并不能成为你从事这个职业的理由。你为什么选择做这个工作呢？"

"你为什么要做神父呢？"

现在轮到他露出困惑的表情了。他想了想，一动不动地站在她身边，湛蓝的眼眸在柳树的阴影下变得柔和。"我很久之前就做出了这个选择。"他说，"我没有想太多，也没有过多的疑问。"

"所以你当时一定很虔诚。"

"我现在依然如此。"

"这不就够了吗？"

"难道你真的认为有信仰就足够了？"

"不，当然不是。"她转身继续走着，沿着一条阳光和阴影斑驳的小路。她不敢跟他对视，怕他从她的眼里看出太多。

"有时候，直面自己的死亡是件好事。"他说，"那会让我们重新思考我们的生命。"

"我宁愿不去思考。"

"为什么？"

"我不擅长反思。我对哲学变得越来越不耐烦了，所有的哲学问题都没有答案。但是我能解出物理和化学问题，它们能让我感到安心，因为这些法则都是有迹可循的。"她停了下来，看着一个穿着旱冰鞋的年轻女人从身边经过，手里还推着一辆婴儿车，"我不喜欢无法解释的事情。"

"嗯，这我知道。你希望你的数学问题都能解出答案，这就是为什么你会对那个女人的死耿耿于怀。"

"这是个无解的问题，我很讨厌这类事情。"

她坐在一张面对着河流的木凳上。天色暗了下来，越来越浓郁的夜色中，水流渐渐变成了黑色。他也坐了下来，虽然没有肢体接触，但莫拉很清楚，他就坐在她身边，她仿佛能感受到他露在外面的手臂的温度。

"你有没有从里佐利警探那里得到更多有关案子的消息？"

"她并没有全都告诉我。"

"你希望她全都告诉你吗？"

"作为一名警察？并不。她不会告诉我的。"

"那作为朋友呢？"

"这就是问题所在了，我以为我们是朋友，可是她什么都不跟我说。"

"这你不能怪她。毕竟受害者是在你家门口被发现的，她会想要知道——"

"想知道什么？难道我是嫌疑人吗？"

"也许你是原本的目标。那天晚上我们都是这么想的，我们都认为车里的人是你。"他凝视着河对岸，"你说你没办法不去想那台尸检，而我，也没办法不去想那天晚上。当我和那些停在你家门前街道上的警车站在一起的时候,我简直不敢相信发生的一切。我不想去相信。"

两个人都沉默了。他们面前淌着一条黑色的河,背后则是来来往往的车流。

突然,她问道:"今晚要和我一起吃饭吗?"

他半晌没有回答,这份犹豫让莫拉尴尬地红了脸。多么愚蠢的问题。她真想收回她的话,让时间回到六十秒以前。如果刚刚说句再见然后直接离开该多好,但是她脱口而出了那个考虑不周的邀请,那个他们都知道他不应该接受的邀请。

"抱歉,"她低声道,"我想这可能不是个好——"

"好,"他回答道,"我非常愿意。"

她站在厨房里,切着做沙拉用的西红柿,握着菜刀的手微微颤抖。炉子上煨着一锅红酒炖鸡,飘出红酒和鸡肉的香气。一顿简单熟悉的晚餐,她不需要参考食谱,也不需要费心思考。她做不来更复杂的饭菜了。她的思绪完全集中在那个正在倒黑皮诺红酒的男人身上。

他倒了两杯红酒,把其中一杯放到了她身后的台子上。"我还能做点儿什么?"

"不用了。"

"做沙拉酱?还是洗洗莴笋?"

"我请你来吃饭不是为了让你打杂的。我只是觉得比起餐厅那种公共场合,你也许更喜欢在家吃。"

"总是被大众关注,你一定感到厌倦了。"他说。

"我是在为你考虑。"

"神父也会去餐厅吃饭的,莫拉。"

"不,我是说……"她感觉到自己脸红了,只好把精力重新放到切西红柿上。

"我想人们会感到好奇的,"他说,"如果他们看到我们一起出门的话。"他盯着她看了片刻,厨房里只剩下菜刀切菜的声音。神父在厨房里能做些什么呢?为食物说几句祷告词吗?再没有一个男人能让她感到如此不自在,甚至暴露出人性和缺陷了。你的缺点又是什么呢,丹尼尔?她把切好的西红柿放进沙拉碗中,然后在碗里放入橄榄油和香醋一起搅拌。那件修袍白色的衣领能让你对诱惑免疫吗?

"起码让我帮你切切黄瓜吧。"他说。

"不做点儿什么,你会不安吗?"

"我没法在别人忙碌的时候让自己闲着。"

她笑了:"欢迎加入我的俱乐部。"

"工作狂俱乐部吗?那我一定是元老级会员。"他从木质刀架上抽出一把菜刀,将黄瓜切片。黄瓜散发出清新的香气,是夏天的味道。"我在家要照顾五个兄弟还有一个妹妹。"

"你家有七个孩子?天哪。"

"我爸每次听到又有新成员的消息时也是这么说的。"

"那你排行第几呢?"

"我排第四,正中间。根据心理学的说法,我天生就是个调解员。我的确是家里的和事佬。"他微笑着抬头看她,"也就是说,我知道怎么快速逃离争执。"

"那你又是怎么从家里的老四变成神父的呢?"

他低头看着案板。"如你所料,说来话长了。"

"你不想说吗?"

"我的理由可能会让你觉得不合逻辑。"

"好吧,不过有趣的是,通常人生中的重要决定都是不合逻辑的。比如说,我们选择的结婚对象。"她喝了一口酒,把杯子放回原处,"要是讲逻辑的话,我就根本解释不通自己的婚姻。"

他抬头看了她一眼:"因为情欲吗?"

"确实。这是我迄今为止犯下的最严重的错误,至少目前为止是。"她又喝了一口酒。而你可能会是我将要犯的下一个大错。如果神希望我们行为得体,那他就不该创造诱惑。

他把切好的黄瓜放进沙拉碗里,洗了洗刀。她看着他站在水槽边,背对着她。他的身材像长跑运动员那样高大又结实。我为什么要让自己经受这些?她心想。那么多可能吸引到我的男人,为什么偏偏是这一个?

"你问我为什么选择做神父。"他说。

"为什么呢?"

他转头看向她:"我的妹妹得了白血病。"

莫拉吓了一跳,一时间不知道该说什么,好像说什么都不太合适。

"苏菲当时六岁,"他说,"她是家里最小的孩子,也是唯一的女孩。"他伸手拿了一条洗碗巾擦干双手,再整齐地挂回架子上。他的动作很慢,好像需要组织一下说出口的语言。"急性淋巴细胞白血病。如果有良性白血病这种说法的话,你也可以称它为良性疾病。"

"这种病有百分之八十的存活率,对儿童来讲是康复概率最高的白血病。"虽然事实如此,但是她刚说出口就后悔了。遵循逻辑的艾尔斯医生,总是用最冰冷的事实和最无情的数据来回应悲剧。这就是她应对周围人混乱情绪的一贯方式——退回到她科学家的角色中。一个刚刚死于癌症的朋友？车祸导致的左半身瘫痪？面对每一场悲剧，她都能引用一项统计数据，从数据的准确性中得到安慰。她相信每一个惨剧的背后，都有合理的解释。

她想知道丹尼尔是否会因为她的反应而觉得她冷漠，甚至冷酷无情。但他似乎并没有生气，只是点了点头，接受了她提供的数据——那只是个简单的事实。

"当时这个病的存活率还没有那么高。"他说，"确诊时，她已经病得很重了。我无法跟你形容这对我们一家人来说是多么毁灭性的打击，尤其是我妈妈。苏菲是唯一的女孩，是她的珍宝。那时我十四岁，在家里由我负责照顾苏菲。即便她被一家人无微不至地关照着，所有人都溺爱她，她也没有表现得像一个被宠坏的孩子。她总是乖得超乎你的想象。"他依然没有看向莫拉，而是盯着地板，好像并不愿意将自己的痛苦表露出来。

"丹尼尔？"她说。

他深吸一口气，直起了身子。"我不知道该如何向你这样经验丰富的怀疑论者讲述这个故事。"

"后来发生了什么？"

"医生说她得的是绝症。在那个年代，医生说什么就是什么。那天晚上，我的父母和其他几个兄弟去了教堂，我想他们是为了祈求奇迹出现吧。那时我留在医院里陪着苏菲，这样她就不会感到孤单。因为化疗，她那时已经没有头发了。我记得她在我的腿上睡着了，然后我祈祷着，祈祷了几个小时，向上帝做出各种疯狂的承诺。如果她死了，我就再也不会踏进教堂半步了。"

"但是她活下来了。"莫拉轻声说。

他看向她，笑了。"是的，她活下来了。我遵守了我许下的所有承诺，每一个。因为那天，上帝听到我的祈祷了。我相信他是听到了。"

"苏菲现在在哪儿呢？"

"在曼彻斯顿，婚姻幸福美满，还收养了两个小孩。"他隔着餐桌在她对面坐了下来，"所以我就这样了。"

"变成了布洛菲神父。"

"现在你知道我为什么会做出这个选择了吧。"

但这真的是正确的选择吗？她想这么问，却没有问出口。

他们满上了酒杯。她切了几片法棍面包丢进沙拉，然后将热气腾腾的红酒炖鸡舀到碗里。要想抓住一个男人的心，就要先抓住他的胃。她想要抓住他的心。

她真的想吗？丹尼尔的心？

也许正是因为我无法拥有他，才会觉得这种想法是安全的。他不会变成我的恋人，所以也无法像维克多一样伤害我。

但当时她嫁给维克多的时候，也觉得他绝不会伤害她。

我们并没有想象中那么坚强。

刚吃完饭，门铃就响了，两个人都愣住了。尽管这没什么见不得人的，但他们还是不安地对视了一眼，就像两个偷情的恋人被抓个正着。

简·里佐利正站在莫拉家门口的前廊上，黑发在夏日潮湿的空气中变成了一团乱糟糟的卷发。尽管晚上温度不低，她还是穿着平常上班时的深色套装。她不是来探望朋友的，莫拉看着里佐利阴沉的目光这样想道。再一低头，她发现里佐利提着一个公文包。

"很抱歉来家里打扰你，医生，但是我需要跟你谈谈。我想在这里见你更好，而不是在办公室。"

"是关于案子的事吗？"

里佐利点了点头。两人都不需要说明具体是哪个案子,她们都清楚。尽管她和里佐利都很尊重对方专业人士的身份,但她们还没有越过那道线,成为真正的朋友。今晚,她们打量着对方,氛围有些紧张。出事了,莫拉想,一定有什么事让她现在对我保持着警惕。

"请进。"

里佐利走进屋子,停下脚步,闻了闻饭菜的香气。"我是不是打扰你吃饭了?"

"没有,我们刚好吃完。"

屋里还有其他人,这当然没能逃过里佐利的眼睛。她疑惑地看了看莫拉,听到脚步声,转头看到了走廊里正拿着酒杯回到厨房的丹尼尔。

"晚上好,警探!"他大声说。

里佐利惊讶地眨了眨眼:"布洛菲神父?"

他走进厨房,里佐利转头看向莫拉。她虽然什么也没说,但很明显在想些什么。她的想法和教堂里的那个女信徒一样。确实,这看起来很不妙,但是我们什么都没做,只是一起吃了顿晚餐,聊了聊天。你为什么要用那种眼神看着我?

"好吧。"里佐利说,简单的一个词隐含了好多种意思。她们听到了瓷器和银器碰撞的声音——丹尼尔正在用洗碗机。一个神父就在她家的厨房里。

"如果可以的话,我想和你单独谈谈。"里佐利说。

"真的有这个必要吗?布洛菲神父是我的朋友。"

"否则我们真的会很难交谈,医生。"

"可我不能赶他走。"听到丹尼尔从厨房走出来的脚步声,她停了下来。

"但我真的该走了,"他说,看了一眼里佐利的公文包,"因为你们明显要谈正事。"

"没错,是的。"里佐利说。

他冲莫拉笑了笑。"谢谢你的晚餐。"

"等等,"莫拉说,"丹尼尔。"她和他一起走出门,走到前廊,关上了身后的门,"你不用非得离开。"

"她需要和你单独谈谈。"

"我很抱歉。"

"为什么抱歉?这是个很美好的夜晚。"

他伸出手,温暖又令人安心地握住了她的手臂。"需要找人说话的时候再给我打电话,"他说,"任何时候都可以。"

她看着他走向自己的车,黑色的外衣渐渐融进了夏夜。当他转身向她挥手告别的时候,她瞥见了他的衣领,那是黑暗中的最后一抹白。

她回到屋里,发现里佐利仍然站在走廊上看着她。显然,她想知道丹尼尔是怎么回事。她又不是瞎子,当然能看出他们之间慢慢燃起的并不仅仅是友谊。

"要给你倒杯喝的吗?"莫拉问。

"那太好了。不要酒精。"里佐利拍了拍自己的肚子,"孩子还太小,不能喝酒。"

"当然。"

莫拉带她穿过客厅,强迫自己扮演得体的女主人角色。在厨房里,她往两个杯子里扔了点儿冰块,倒上了橙汁,然后在自己的那杯里加了点儿伏特加。莫拉转过身把饮料放到餐桌上,看见里佐利从公文包中拿出一个文件夹,也放在了桌上。

"这是什么?"莫拉问道。

"为什么不先坐下再说呢,医生?我要告诉你的事可能会让你感到不安。"

莫拉坐到餐桌旁的椅子上,里佐利也坐了下来。她们相对而坐,文件夹就摆在中间。这就是潘多拉的魔盒,莫拉盯着文件夹想道。也许她真的不想知道里面到底是什么。

"你还记得上周我和你说的关于安娜·杰索普的事吗?我说我们几乎找不到她六个月以前的任何记录,而且已知的她唯一的住所只有一处空荡荡的公寓?"

"你当时说她是幽灵。"

"某种意义上来说,确实是这样。安娜·杰索普并不是真实存在的人。"

"这怎么可能?"

"因为根本没有安娜·杰索普这个人,那是个假名,她的真实姓名叫安娜·莱尼。大约六个月前,她换了一个全新的身份,注销了之前所有的账户,搬出了住所,然后用新的名字在布莱顿租了一套她一开始就没打算搬进去的公寓,这样就没人能知道她的新名字了。然后她收拾行李搬到了缅因州,在靠近海边的一个小镇里。过去两个月她一直住在那里。"

"你是怎么得到这些信息的?"

"我和一位曾经帮过她的警察谈过了。"

"警察?"

"一位叫巴拉德的警探,在牛顿市。"

"所以这个假名——不是因为她在潜逃吗?"

"不是。你应该能猜到她在躲避什么,老掉牙的故事。"

"男人?"

"很不幸,还是个非常富有的男人。查尔斯·卡塞尔博士。"

"我不认识这个人。"

"城堡制药就是他创立的。安娜是他们公司的研究员,他们搞到了一起。三年后,她想离开他。"

"而他不肯放她走。"

"卡塞尔博士听起来不像是那种会轻易放你走的人。有天晚上,她顶着乌青的眼圈住进了急诊室。从那时起,事态就升级了。跟踪,死亡威胁,甚至她的邮箱里还收到过一只死金丝雀。"

"天哪!"

"是的,这就是世间所谓的真爱吧。有时候,阻止一个男人伤害你的唯一办法就是一枪打死他,或者躲起来。如果她当时选了前者,也许她还能活着。"

"他找到她了。"

"我们要做的就是证明这一点。"

"你能做到吗?"

"我们还没和卡塞尔博士谈过。巧合的是,他在枪击案发生的第二天一早就离开了波士顿。过去一周他一直在出差,预计明天才能回来。"里佐利端起橙汁举到唇边,冰块的咔嗒声刺痛了莫拉的神经。里佐利把杯子放下,沉默了片刻。她好像在拖延时间,可是为什么呢?

"关于安娜·莱尼,还有一些你需要了解的事情。"里佐利说着指了指桌上的文件夹,"我给你带来了。"

莫拉打开了文件夹,立即认出了里面的东西。是一张钱包大小的彩色照片复印件。一个黑头发、目光严肃的年轻女孩站在一对老夫妇之间,夫妇二人双臂环绕把她抱在中间。她轻声说:"这个女孩可能是我。"

"她把这个带在钱包里。我们觉得这是安娜十岁左右的照片,当时她正和父母露丝·莱尼和威廉姆·莱尼在一起。他们都已经去世了。"

"这是她的父母?"

"是的。"

"但是……他们年龄很大。"

"是的,没错。母亲露丝拍这张照片的时候六十二岁。"里佐利停顿了一下,"安娜是他们唯一的孩子。"

唯一的孩子,年长的父母。她知道这是怎么回事了,也知道里佐利要说什么了。这才是她今晚到这里来的真正原因,不仅仅是有关安娜·莱尼和虐待她的爱人,而是一些更惊人的事情。

莫拉抬头看向里佐利,问道:"她是被收养的?"

里佐利点了点头。"莱尼太太在安娜出生的时候已经五十二岁了。"

"她的年纪对大多数收养机构来说都太大了。"

"所以这可能就是他们不得不通过律师来安排私下的收养的原因。"

莫拉想到了自己的父母,他们都已经去世了。他们在四十多岁的时候收养的她,年纪也算大了。

"你对自己的收养流程了解多少呢,医生?"

莫拉深吸了一口气。"父亲去世之后,我找到了我的收养信息,都是波士顿的一位律师经手的。几年前我给他打过电话,想问问他能否告诉我生母的姓名。"

"他告诉你了吗?"

"他说我的收养记录是被保密的,拒绝向我透露任何信息。"

"然后你也没有追问?"

"没有。"

"那个律师是叫特伦斯·范·盖茨吗?"

莫拉沉默了。她并不需要回答这个问题,因为她知道里佐利能从她震惊的眼神中读出答案。"你怎么知道的?"莫拉问道。

"安娜去世前两天入住了波士顿的特里蒙特酒店。她从酒店房间里打了两通电话:一通是打给巴拉德警探的,他当时不在城里;另一通打给了范·盖茨的律师事务所。我们不清楚她为什么要打给他——他还没有回我的电话。"

谜底终于要揭晓了,莫拉想。她今晚来到我家的真实原因。

"我们知道安娜·莱尼是被收养的,你们的血型还有出生日期都一致,而且就在去世之前,她曾和范·盖茨——负责你的收养事宜的律师沟通过。这么一系列惊人的巧合。"

"你知道这些事多久了?"

"有几天了。"

"却没有告诉我?你在瞒着我。"

"我觉得没有必要,我不想让你难过。"

"可是,你隔了这么久才告诉我,这才让我难过。"

"我不得不这么做,因为我还查到了一件事。"里佐利深吸了一口气,"今天下午,我在DNA检测室和沃尔特·德格鲁特谈了谈。这周早些时候,我请他加急处理了你的DNA检测。今天下午,他给我看了整理出的三维图像。他做了两份单独的DNA序列图,一份是安娜的,另一份是你的。"

莫拉僵坐着,为她已经料想到的打击做好准备。

"DNA是匹配的,"里佐利说,"两份基因序列一致。"

7

厨房墙上的时钟在滴答作响,餐桌上玻璃杯中的冰块在缓缓融化。时间流逝,但莫拉觉得自己被困在了那一刻,里佐利的话在她的脑海中不停地循环着。

"对不起,"里佐利说,"我不知道还能怎么跟你说,但是我觉得你有权知道你还有个……"里佐利停住了。

有过。我有过一个妹妹。而我之前甚至都不知道她的存在。

里佐利隔着餐桌抓住了莫拉的手。这不像她的作风,里佐利不是一个会轻易给人安慰或者拥抱的女人。但是现在她这么做了,她握着莫拉的手,看着她,就好像预料到莫拉会崩溃一样。

"跟我讲讲她吧。"莫拉轻声说,"她是个什么样的人?"

"那你应该会想要和巴拉德警探聊聊。"

"谁?"

"里克·巴拉德。他在牛顿市。卡塞尔博士虐待安娜的时候,是他负责的案子,我想他应该很了解她。"

"他都跟你说了些什么关于安娜的事?"

"她在康科德市长大。二十五岁的时候,她曾有过一段短暂的婚姻,但并没有持续多久。他们后来和平分手了,没有孩子。"

"前夫没有嫌疑吗?"

"没有。他后来再婚了,现在住在伦敦。"

像我一样的离异女人。难道基因还能决定婚姻是否会失败?

"就像我之前说的,她在查尔斯·卡塞尔的'城堡制药'公司工作。她是研发部门的微生物学家。"

"一位科学家。"

"是的。"

又是一样的。看着照片中妹妹的脸,莫拉心想。所以我知道她和我一样重视理性和逻辑。科学家依赖逻辑思维,从事实中寻求安慰。我们会理解对方的。

"我知道,你一下子要接受的东西太多了。"里佐利说,"我想试着站在你的立场上,但完全无法想象。这就像是发现平行时空里还有另一个你,她一直存在着,还和你住在同一座城市,如果……"里佐利停住了。

还有比"如果"更没用的词吗?

"抱歉。"里佐利说。

莫拉深深地吸气,然后坐直,表现出并不需要安慰的样子。她能承受得住。她合上文件夹,推回给里佐利。"谢谢你,简。"

"不用,你留着吧,这份复印件是给你的。"

两人都站了起来。里佐利伸手从口袋里拿出一张名片放到了桌上。"你也许还会需要这个,他说有任何问题都可以打电话给他。"

莫拉低头看着名片上的名字:理查德·D.巴拉德,警探。牛顿警察局。

"你应该找他谈谈。"里佐利说。

她们一起走到前门,莫拉依然控制着自己的情绪,扮演着举止得体的女主人。她在门廊上站了很长时间,挥手告别,然后关上门走进客厅。她站在那儿,听着里佐利的车开走,社区街道再次变得寂静无声。独自一人，她想。又一次，又只剩下我自己。

她走进客厅，从书架上拿出了一本旧相册。自从父亲去世，莫拉在葬礼的几周后打扫完他的屋子，她已经很久没有翻开相册看过了。她是在父亲的床头柜上找到的相册。莫拉想象着他在生命的最后一晚，在那栋大房子里，独自坐在床上，凝视着自己年轻的女儿。在关灯之前，他看到的最后几张照片就是那一张张幸福的脸庞。

她现在又打开了相册，看着照片中的那些面孔。相册已经很老旧了，有些照片都已经有将近四十年的历史了。她翻到了第一张母亲的照片，照片中的母亲对着镜头微笑着，怀里抱着一个黑色头发的婴儿。他们身后是一栋莫拉毫无印象的建筑，装修成了维多利亚风格，还带着拱形的窗户。在照片的下方，她的母亲金妮用她特有的小巧字体写了一行字：带莫拉回家。

并没有在医院拍的照片，也没有母亲怀孕时的照片，只是很突兀地出现了这样一张照片：金妮在阳光下微笑着，怀里抱着她的孩子。莫拉想到了另一个黑色头发的婴儿，被另一位母亲抱在怀里。或许，就在同一天，另一个小镇上的一位父亲也骄傲地拍下了新女儿的照片——一个名叫安娜的女孩。

莫拉翻着相册，看着自己从一个蹒跚学步的婴儿到幼儿园学生。这张是她在骑她的新自行车，父亲正用手扶着稳住她。还有她的第一场钢琴独奏会，绿色的蝴蝶结将她黑色的头发束在脑后，她的双手放在钢琴键上。

她翻到了最后一页，圣诞节。莫拉那时大概是七岁，她站在父母中间，父母的手臂交叠在一起，将她围进了充满爱意的怀抱。他们的身后是一棵装饰过的圣诞树，正在闪闪发光。一家人都在微笑着。真是个完美的时刻，莫拉想。但这些时刻不是永恒的，它们一闪而过。我们也无法再将它们带回来，我们只能创造新的回忆。

她已经翻到了相册的末尾。当然，还有其他相册，至少还有四本相册记录了莫拉的过去，有关她的每件事都被父母编号记了下来。但是这本相册是父亲放在床边的那本，里面是莫拉婴儿时期的照片，那时他和金妮还精力充沛，意气风发。之后金妮去世了，悲伤便降临了他们的生活。

莫拉低头凝视着父母的脸，心想：我是多么幸运被你们选中了啊，我很想你们，非常想念。她合上了相册，泪流满面地盯着相册的皮革封面。

如果你们还在，如果你们能告诉我我到底是谁就好了。

她走进厨房，拿起了里佐利留在餐桌上的名片，上面印着里克·巴拉德在牛顿警察局的电话号码。她翻到名片背面，看到他在上面写了他的家庭电话，还有一句："不管白天还是晚上，随时打电话给我。——R.B."

她走到电话旁，拨通了他家的电话号码。铃声响到第三声时，电话接通了。"我是巴拉德。"他干脆利落地说道。这是个做事直奔主题的男人，她心想。他不会愿意接一个情绪崩溃的女人打来的电话的。她听到背景音中正在播放电视广告。他正在家里，放松身心，最不希望的就是被人打扰。

"你好？"他问道，声音中带着一丝不耐烦。

她清了清嗓子。"很抱歉直接打电话到你家。里佐利警探给了我你的名片，我叫莫拉·艾尔斯，我……"我什么？我想让你帮我度过这难熬的夜晚？

"我正在等你的电话，艾尔斯医生。"他说。

"我知道我该等到明天早上再打给你的,但是——"

"没关系的,你一定有很多问题想问。"

"这些事情真的很糟糕。我从来都不知道自己还有个妹妹,然后突然间——"

"对你来说,一切都变了,对吗?"片刻之前还有些强硬的声音现在却变得如此温柔且充满同情心,莫拉不得不努力眨着眼控制住自己的眼泪。

"是的。"她低声说。

"也许我们应该见一面。下周的任何一天都可以,或者你想晚上见面的话——"

"你今晚能见我吗?"

"我女儿在家。我暂时出不去。"

当然了,他是有家庭的人。她尴尬地笑了笑:"抱歉,我糊涂了——"

"或者你可以来我家找我?"

她停住了,心跳声在耳边震动。"你住在哪儿?"她问。

他住在牛顿市,波士顿西边一个舒适的郊区,距离她在布鲁克莱恩的家只有不到四英里①的距离。路上很安静,相似的房屋从街头排到巷尾,巴拉德警探的家就是其中并不起眼的一户。这些房子四四方方,看起来平平无奇,却干净整洁。她在前廊看到了电视屏幕的蓝光,听到了屋内响起的旋律单调的流行乐。是MTV——她完全没想到警察会看这种节目。

---

①一英里约合一点六一千米,下同。

她按了按门铃，门打开了，里面走出一个金发女孩，穿着蓝色破洞牛仔裤和露脐T恤。从平坦的臀部和几乎没有发育的胸部来看，她的年龄绝对没超过十四岁，这身打扮对她来说太过成熟了。女孩一句话也没说，只是用阴沉的目光盯着莫拉，仿佛要将这个陌生的不速之客阻挡在门外。

"你好，"莫拉说，"我是莫拉·艾尔斯，来找巴拉德警探。"

"我爸知道你要来吗？"

"嗯，他知道。"

一个男人的声音响起："凯蒂，是找我的。"

"我还以为是妈妈，她这会儿应该已经到了。"

身材高大的巴拉德来到门口，站在女儿身后。莫拉很难相信这个留着保守发型、穿着熨烫整齐的牛津衬衫的男人会是这个青春期叛逆少女的父亲。他伸出手，紧紧地握住莫拉的手。"我是里克·巴拉德。请进，艾尔斯医生。"

莫拉走进屋子的时候，女孩已经转身回到了客厅，坐在电视机前换台。

"凯蒂，你起码要和客人打个招呼吧。"

"我快错过节目了。"

"表示一下礼貌用不了多长时间，不是吗？"

凯蒂大声叹了口气，不情愿地点了点头。"嗨。"她说，然后重新将视线固定在了电视上。

巴拉德看了自己的女儿一会儿，好像在思考是否还要再要求她更礼貌一些。"把声音调小一点儿，"他说，"我需要和艾尔斯医生谈谈。"

女孩一把抓起电视遥控器，像拿着武器一样瞄准电视，音量却几乎没有降低。

巴拉德看向莫拉:"你要喝点儿咖啡吗?还是茶?"

"不了,谢谢。"

他表示理解地点了点头。"你来就是想听听安娜的事情。"

"是的。"

"我书房里有一份她的档案复印件。"

如果书房能反映出一个人的性格,那么里克·巴拉德就像摆在房间里的那张橡木办公桌一样坚实可靠。他并没有退到书桌后面,相反,他指了指沙发让莫拉坐下,然后自己坐在了扶手椅上面对着她。他们之间只有一张茶几,桌上放着一个文件夹。隔着紧闭的屋门,他们依然能听到外面电视发出的暴躁的哐哐声。

"我必须要为我女儿的粗鲁向你道歉。"他说,"凯蒂经历了一段难熬的日子,这段时间我都不知道该怎么对付她。我能应付得来那些重罪犯,但是十四岁的女孩太难搞了。"他无奈地笑了笑。

"希望我没有给你们添乱。"

"这和你没关系,相信我。我们家正处于一段艰难的过渡期。我和妻子去年分居了,凯蒂无法接受,然后就引发了一系列争执,家庭关系也变紧张了。"

"抱歉。"

"离婚从来都不是件愉快的事。"

"我离婚的时候也是。"

"可你还是挺过来了。"

她想起了维克多,他最近又来打扰她的生活了。有那么短短的一瞬间,他几乎说服了她要跟他和好。"我不知道离婚带来的影响是否真的会消失。"她说,"一旦你和某个人结婚,无论他们是好是坏，都会永远成为你生活的一部分。关键是要记住那些美好的日子。"

"有时候也没那么容易。"

他们沉默了片刻。屋里唯一的声音就是代表青少年叛逆的旋律。然后他直起身，挺起了宽阔的肩膀，看着莫拉。那是她无法躲避的目光，此时他的注意力全在她身上。

"所以，你是来问安娜的事情的。"

"是的。里佐利警探跟我说你认识安娜，你之前保护过她。"

"可是我没保护好她。"他平静地说，眼中闪过一丝痛苦，又看向茶几上的文件夹。他拿起文件夹递给她。"它们会让人不舒服，但是你有权看看。"

莫拉打开了文件夹，盯着里面安娜·莱尼的照片。照片中的安娜靠在一面白墙上，穿着一件一次性病号服。她的一只眼睛已经肿得几乎要睁不开了，脸颊上青一块紫一块的，另一只没有受伤的眼睛看着镜头，表情充满恐惧。

"我第一次见到她时她就是这个样子。"他说，"这张照片是去年在急诊室拍的，当时和她同居的男人打伤了她。她刚搬离那个男人在马布尔黑德的房子，在牛顿市租房住。有天晚上他出现在她家门前，想劝她回去。她让他离开，但是没有人可以命令查尔斯·卡塞尔，所以就变成了这样。"

莫拉从他的声音中听出了愤怒，她抬起头，看到他的嘴巴已经抿紧了。"她对他提出了指控。"

"是的，该死的。我一步一步教她怎么去做。只有一件事能让这种男人学到教训：惩罚。我他妈一定要确保他自食恶果。我一直负责家暴事件，每次看到都气得不行。我就是见不得这些事，我只想抓住那家伙，所以我就这么做了。"

巴拉德厌恶地摇了摇头。"他最终只在监狱里待了一个糟糕的晚上。有钱能使鬼推磨。我当时还希望这件事能就此打住,他没准能离她远点儿,但他是个不能接受失败的男人。他不停地给安娜打电话,频繁出现在她家门口。安娜搬了两次家,但每次他都能找到她。她最后还拿出了限制令,但就算这样也没法阻止他开车经过她家门前。接着,大概在六个月前,事情变得更加严重了。"

"怎么了?"

他冲着文件点了点头:"在那儿。有天早上,她发现那个东西夹在门缝里。"

莫拉看过去,白纸的正中间只有两个打印上去的字。

You're dead.(你死了。)

莫拉被吓得脊背发凉。她想象着某天早上一觉醒来,打开家门拿报纸的时候,一张白纸飘到地上,展开一看,上面写着那两个大字。

"这只是第一次,"他说,"后来字条还出现过好多次。"

她翻到了下一张,上面同样写着两个字。

You're dead.

再翻到第三张,接着是第四张。

You're dead.

You're dead.

她喉咙发干,看向巴拉德,问:"难道就没有什么办法能阻止他吗?"

"办法我们都试过了,但是我们无法证明那些东西是他写的,就像我们没有证据证明是他刮花了她的车,是他划破了她家的纱窗一样。接着有一天,当她打开邮箱的时候,里面躺着一只被拧断了脖子的金丝雀。那一刻,她就决定要离开波士顿,消失得无影无踪。"

"然后你帮助她离开了。"

"我一直在帮她。每次卡塞尔来骚扰她的时候,她都会打电话给我。我帮她拿到了限制令,当她决定要离开波士顿时,我也帮了她。但是想要人间蒸发并不容易,尤其是有个像卡塞尔这种有手段的人在找你的时候。安娜不仅改了名字,还用新名字找了个假住址。她租了一套公寓,但并没有住进去——只是为了迷惑跟踪她的人。她本来想在一个新的地方重新开始,日常开销全都用现金支付,远离熟悉的人和环境。"

"但他还是找到了她。"

"我想这就是她回到波士顿的原因——她觉得那里已经不再安全了。你知道那天她打了电话给我,对吗?在她去世的前一天晚上。"

莫拉点了点头:"里佐利是这么告诉我的。"

"她在我的答录机上留了言,告诉我她住在特里蒙特酒店。那天我去丹佛探望姐姐,所以很晚才听到留言,那个时候安娜已经不在了。"他迎上莫拉的目光,"卡塞尔当然会否认。但是如果他当时设法跟踪她到福克斯港的话,镇上肯定会有人见过他。这就是我接下来要做的事——证明他到过福克斯港,我要查查有没有人记得他。"

"但她不是在缅因州被杀害的,而是在我家门前。"

巴拉德摇摇头:"我不知道你是怎么被卷进来的,艾尔斯医生,但我不相信安娜的死和你有任何关系。"

门铃响了。他并没有起身去开门,而是依然坐在椅子上看她。他一动不动地凝视着她,她只好和他对视。莫拉心想:我要相信他的话,因为我总是忍不住去想她的死在某种程度上是我的错。

"我会把卡塞尔抓起来的,"他说,"我会尽我所能帮助里佐利。我从一开始就目睹了整件事的发生经过,早就猜到了这件事会以怎样的结局收场,但是我没能阻止。我对不起她,对不起安娜。"他说,"我一定要彻查。"

愤怒的声音转移了她的注意力。另一个房间里,电视机已经安静了下来,凯蒂正在和一个女人激烈地争执着。当争执声转变成喊叫声时,巴拉德朝门口看了一眼。

"你到底在想什么?"女人大叫着问。

巴拉德站起身。"不好意思,我可能要出去看看外面到底是怎么回事。"他走出房间,然后莫拉听到他说:"卡门,怎么回事?"

"你应该问问你女儿。"女人回答道。

"别再说了,妈妈。你就别管了。"

"告诉你爸爸今天发生了什么,说,在你学校的储物柜里发现了什么。"

"那不是什么大不了的事。"

"告诉你爸爸,凯蒂。"

"你太大惊小怪了。"

"到底怎么了,卡门?"巴拉德问。

"校长今天下午给我打了电话。学校今天随机检查了储物柜,你猜他们在我们女儿的柜子里找到了什么?大麻烟。这让别人怎么看?父母都在执法部门工作,而孩子的储物柜里发现了毒品。学校让我们自己处理真是万幸,如果他们报警了怎么办?我只能亲手逮捕自己的女儿。"

"哦,上帝啊。"

"我们必须一起想办法,里克,必须想想怎么处理这件事。"

莫拉从沙发上起身走到门口,她不知道应该如何礼貌地离开。她不想侵犯别人家的隐私,但她还是听到了不该听的谈话内容。她觉得自己应该打声招呼马上离开,不再给这对陷入苦恼的父母添乱。

她走进走廊,快到客厅时停了下来。凯蒂的妈妈抬起头,吃惊地看着这位不速之客。如果从这位妈妈身上能看出凯蒂长大的样子的话,那么这个闷闷不乐的少女一定会变成又高又美的金发女郎。凯蒂的妈妈几乎和巴拉德一样高,修长的身材像运动员一样。她的头发随意地扎成马尾,脸上几乎没有化妆,不过骨相绝美的女人也用不着打扮。

莫拉说:"不好意思,打扰你们了。"

巴拉德转身看向她,疲惫地笑了笑。"恐怕你还没见过我们吵得最凶的时候。这是凯蒂的妈妈,卡门。这是莫拉·艾尔斯医生。"

"我准备走了。"

"但我们都还没开始谈。"

"我改天再打电话给你。你今天还有别的事情要烦恼。"她对卡门点了点头,"很高兴认识你们,晚安。"

"我送你出去吧。"巴拉德说。

他们走出屋子,巴拉德叹了口气,好像在为摆脱了家庭的束缚而松了口气。

"很抱歉打扰了你们。"她说。

"我很抱歉让你听到家里吵架。"

"你有没有发现我们总是在不停地互相道歉呢?"

"你没什么可道歉的,莫拉。"

他们走到她的车前,停了那么一会儿。

"我还没能告诉你关于你妹妹的事情。"他说。

"下次？"

他点了点头："下次见。"

莫拉钻进车里，关上了车门。看到他俯身要和她说话，于是摇下了车窗。

"我会跟你讲更多关于她的事情的。"他说。

"是吗？"

"你长得太像安娜了，像得我都要喘不过气来了。"

莫拉坐在客厅里，看着年轻的安娜·莱尼和父母的合影，忍不住回想着那些话。她想，这么多年来，自己竟从未意识到生活中缺少了一个人。但她隐约是知道的，在某种程度上，她察觉到了妹妹的缺席。

你长得太像安娜了，像得我都要喘不过气来了。

没错，莫拉抚摸着照片中安娜的脸想道。她自己也有些喘不过气来。她和安娜有着相同的DNA，除此之外还有什么相似之处呢？安娜也选择了科学相关的工作，由理性和逻辑支配的工作。她在数学方面一定也很出色。她会不会也像莫拉一样弹钢琴呢？她会不会喜欢看书，喜欢喝澳大利亚葡萄酒或者看历史频道呢？

关于你，我还有太多想知道的。

天色已晚。她关上了台灯，回到卧室开始收拾行李。

8

四周一片漆黑。头痛。木头和潮湿的泥土的气味,还有……不合逻辑的其他气味。巧克力。她闻到了巧克力的味道。

马蒂·普维斯睁大了眼睛,但她还不如紧紧闭着眼睛,因为她什么都看不见。没有一丝光亮,也没有一点儿影子的痕迹。

天哪,我瞎了吗?

我在哪儿?

她不在自己的床上。她正躺在什么硬邦邦的东西上,后背硌得生疼。是在地上吗?不对,她身下不是抛光的木头,而是粗糙的木板,上面还满是泥土。

如果她的头能不再痛就好了。

她闭上了眼睛,强忍着恶心。即便现在很痛苦,她依然在试图记起自己是怎么来到这个陌生而漆黑的地方的。德韦恩,她想,我们大吵了一架,然后我开车回了家。她努力地拼凑着记忆碎片。她想起桌上摆着一摞邮件,她记得自己哭了,眼泪滴到了信封上。她还记得自己从椅子上跳了起来,把椅子撞倒在地。

我听到了响声。我走进了车库。我听到了响声,然后走进了车库,然后……

记不起来了。之后的事她全都记不起来了。

她睁开了眼睛，周围还是一片漆黑。哦，太糟糕了，这简直太、太糟糕了。她的头受伤了，失忆了，而且眼睛还瞎了。

"德韦恩？"她喊道，但只听见了自己心脏的跳动声。

她必须站起来。她要寻求帮助，起码要找到一部电话。

她向右翻身，努力撑起自己的身子，脸猛地撞到了墙上，冲击力又把她弹回到地上。她被撞傻了，鼻子抽痛着。这里怎么会有一面墙？她伸出手去摸，摸到了更粗糙的木板。好吧，她想，那我就换一边。她又转向了左边。

然后她又撞上了一面墙。

心跳声越来越强，越来越快。她又一次躺在了地上，心想着：两边都是墙。这不可能。她从地板上撑起身子坐起来，又重重地撞到了自己的头顶，再一次倒在了地上。

不，不，不！

恐惧向她袭来。她挥着手臂，四处都撞到了东西。她用手抠着木头，木屑插进了她的指甲缝。她听到了尖叫声，甚至都没听出是自己的声音。四周全都是墙。她奋力地挣扎，四处乱撞，用拳头捶打，直到双手伤痕累累，浑身筋疲力尽，无法动弹。尖叫声慢慢变成了抽泣声，最终，变成了惊恐的沉默。

箱子。我被关在了一个箱子里。

她深吸了一口气，闻到了自己的汗水和恐惧的气味。她感觉到孩子在踢她，那是另一个被困在狭小空间里的囚犯。她想起了祖母曾经送给她的俄罗斯套娃。一个娃娃套着另一个娃娃，另一个娃娃里还套着一个娃娃。

我们都要死在这儿了。我们都快死了，我的宝宝和我。

她闭上眼睛，强忍着袭来的另一阵恐慌。

停，别再想这个了。想想办法，马蒂。

她的手颤抖着，摸向了自己的右侧，是一面墙。她又伸手摸向自己的左侧，是另一面墙。两边相距多远？也许是三英尺远，也许更宽。有多长呢？她把手伸到脑后，感觉还有一英尺的距离。这边好像还可以，还有一小块空间。她的手指碰到了什么柔软的东西，就在她的脑袋后面。她把它拉近了一点儿，发现是条毯子。当她展开毯子时，有什么沉甸甸的东西砰的一声掉到了地板上。一个冰冷的金属圆柱体。她的心又一次开始怦怦直跳，这一次不再是因为恐慌，而是因为希望。

一个手电筒。

她摸到了开关，打开了手电筒。一道光亮从手电筒中射出，划破了黑暗。她能看见，她没瞎！手电筒的光掠过箱子的四壁。她将光线对准顶部，发现如果她直着头的话，几乎没有空间足够她坐起来。

她挺着大肚子，动作笨重，只能扭动着身体坐起来。只有这样她才能看到放在脚边的东西：一个塑料桶、一个便盆、两大壶水还有一个杂货袋。她挪动到袋子旁边，这就是她闻到巧克力味的原因。袋子里装着好时巧克力、牛肉干和咸饼干，还有电池——三块新电池。

她向后靠在了墙上，突然听到自己笑了起来，一种完全不像自己的发狂的、可怕的笑声，疯女人的笑声。

真是太好了。我有了活下去所需要的一切，除了……

空气。

她的笑声戛然而止。她坐着听自己的呼吸声，吸进氧气，呼出二氧化碳。她不断地呼吸。可是氧气最终会被消耗殆尽，箱子里能容纳的氧气只有这么多，而且她不是已经消耗掉一部分了吗？再加上刚才她惊慌失措，不停地四处挣扎，氧气可能已经被用得差不多了。

接着她感觉到头顶有凉凉的风吹进来。她抬起头，拿起手电筒对准头顶，看到了一块圆形的开口。直径只有几厘米宽，不过也足够了，足够她在里面呼吸新鲜空气了。她盯着那个呼吸口，不知所措。

我被关在了一个箱子里，她想。我有吃的，有水，还有氧气。

那个把她关到这里的人，想让她活下去。

9

里克·巴拉德说过,卡塞尔博士是个很富有的人,但是里佐利没想到他会这么有钱。马布尔黑德庄园被高高的砖墙包围着,透过锻铁大门的栅栏,里佐利和弗罗斯特能看到里面的建筑。一座巨大的白色联邦式建筑,四周环绕着至少两英亩郁郁葱葱的草坪,不远处就是波光粼粼的马萨诸塞湾。

"哇,"弗罗斯特说,"这全是他的制药公司吗?"

"他是靠卖一种减肥药发家的,"里佐利说,"只用二十年就做到了现在的规模。巴拉德说他不是那种可以轻易招惹的男人。"她看着弗罗斯特,"如果你是个女人,你也绝不敢轻易离开他。"

她摇下车窗,按下对讲机按钮。

一个男人的声音从扬声器中传出:"姓名?"

"我们是波士顿警察局的里佐利警探和弗罗斯特警探,来找卡塞尔博士。"

大门吱呀呀地开了,他们开车进去,穿过一条蜿蜒的车道,来到一处气派的门廊前。她把车停在了一辆红色的法拉利后面,这估计是她的旧斯巴鲁离名人豪车最近的时刻。他们还没来得及敲门,大门就打开了,里面走出一个魁梧的男人,眼神说不上是友善还是不友善。尽管身穿马球衫和棕褐色的休闲裤,这个男人打量他们的方式却一点儿也不轻松随意。

"我是保罗，卡塞尔博士的助理。"他说。

"我是里佐利警探。"她伸出手，男人却看都没看她一眼，仿佛根本瞧不上他们。

保罗领他们走进一间完全出乎里佐利意料的屋子。虽然外观是传统的联邦式风格，里面的装饰却非常现代化，甚至是冷冰冰的，像一间有着白色墙面的抽象艺术画廊。客厅里摆放着一尊弯曲的青铜雕塑，隐约透露出一些性感的色彩。

"你们也知道，卡塞尔博士昨晚刚刚出差回家，"保罗说，"还在倒时差，而且有点儿不舒服，所以你们尽量不要打扰他太久。"

"他出差去了？"弗罗斯特问。

"是的。是一个月前就安排好的行程，如果你们好奇的话。"

这并不能说明什么，里佐利想，只能说明卡塞尔会提前规划好行动。

保罗领着他们穿过一间黑白格调的客厅，里面一只绯红的花瓶夺人眼球。其中一面墙上挂着一台电视，烟灰色的玻璃柜里放着各式各样的电子产品。单身男人的梦想，里佐利想。没有一点儿女性气息，全是男人的东西。她还听到了音乐的声音，大概是在播放CD。爵士曲调混着悲伤的钢琴声，没有旋律，也没有歌词，只有无言哀叹的音符。当保罗带他们走到一组推拉门前时，音乐声变得更加响亮了。他打开门，对屋内说："警察来了，卡塞尔博士。"

"谢谢。"

"需要我留下来吗？"

"不用了，保罗，你去忙吧。"

里佐利和弗罗斯特走进房间，保罗在他们身后关上了门。他们站在这个阴暗的房间里，几乎看不清坐在三角钢琴前的男人。所以他们刚刚听到的是现场演奏的音乐，并不是播放的CD。窗户上挂着厚实的窗帘，把太阳遮得严严实实，只留下一丝光亮。卡塞尔伸手打开了一盏球形台灯。虽然台灯蒙着日本宣纸，灯光昏暗，但他们还是感觉有些刺眼。一旁的钢琴上放着一杯像是威士忌的东西。卡塞尔一脸胡楂，眼睛里布满血丝——并不像个冷酷的黑心企业家，倒像个心烦意乱而无暇打理自己的男人。即便如此，他依然英俊帅气，灼灼目光仿佛能直达里佐利的心底。作为一个白手起家的商业大亨，他比她预想的年轻许多。他年近五十，看起来依然充满活力，也足够自信。

"卡塞尔博士，"她说，"我是里佐利警探，来自波士顿警察局，这是弗罗斯特警探。你知道我们为什么会来找你吧？"

"他让你们来找我的，对吧？"

"谁？"

"那个巴拉德警探，他就像只该死的斗牛犬一样。"

他伸手去拿威士忌。看他晕晕乎乎的样子，这肯定不是今天的第一杯了。"那个人说的话可不能当真。我告诉你们吧，巴拉德警探就是个彻底的浑蛋。"他仰头将杯子里的酒一饮而尽。

她想起了安娜·莱尼，她那肿得睁不开的眼睛和青一块紫一块的脸。谁才是真正的浑蛋简直一目了然。

卡塞尔放下空酒杯。"跟我说说是怎么回事，"他说，"我需要了解一下。"

"我们有几个问题想问你，卡塞尔博士。"

"先告诉我是怎么回事。"

这就是他同意见我们的原因，她想，他想摸我们的底，想知道我们到底了解多少。

"我知道她是头部中枪死的，"他说，"还有她是在车里被发现的？"

"没错。"

"这些我已经从《波士顿环球报》了解到很多了。凶手用的什么凶器？什么口径的子弹？"

"你知道我不能透露案情。"

"案子是在布鲁克莱恩发生的？她去那儿做什么？"

"这个我也不能告诉你。"

"是不能说，"他看着她，"还是你也不知道？"

"我们也不知道。"

"事发时还有别人吗？"

"没有其他受害者。"

"所以你们现在的嫌疑人都有谁？除了我。"

他摇摇晃晃地站起身，走到一个柜子前，拿出一瓶威士忌，然后擦了擦自己的酒杯。准确地说，他并没有给他的客人准备喝的。

"我就直接回答你最想问的问题吧。"他说着又坐回到钢琴椅上，"没有，我没有杀她。我已经几个月没见过她了。"

弗罗斯特问："你最后一次见到莱尼小姐是在什么时候？"

"我想是三月份的某天吧。一天下午我开车从她家门前经过，她当时正在人行道上取邮件。"

"那时她不是已经对你下了限制令了吗？"

"我没有下车，好吗？我甚至都没和她说话。她看到我，一句话都没说就直接进屋了。"

"所以你开车经过的目的是什么？"里佐利问，"恐吓？"

"不是。"

"那是什么？"

"我只是想见见她，仅此而已。我很想她，我还……"他停顿了一下，清了清嗓子，"我依然很想她。"

接下来他该说他爱她了。

"我很爱她，"他说，"我为什么要伤害她？"

就像他们从来没听过别的男人说这句话一样。

"而且，怎么会是我呢？我并不知道她在哪儿。她最后一次搬走之后，我就找不到她了。"

"但是你找过？"

"是的，我找过她。"

"你知道她住在缅因州吗？"弗罗斯特问。

他停顿了一下，抬起头，皱着眉。"缅因州的哪里？"

"一个名叫福克斯港的小镇。"

"不，我不知道。我还以为她在波士顿的某个地方。"

"卡塞尔博士，"里佐利说，"你上周四晚上在哪儿？"

"我就在这里，在家。"

"一整晚都在家？"

"从下午五点开始就在家。为出差做准备，收拾行李。"

"有人能给你做证吗？"

"没有，保罗那天晚上休息。我承认，我确实没有不在场证明，当时屋里就只有我和我的钢琴。"他按下琴键，奏出一个不和谐的和弦，"第二天一早我就飞走了，坐的是西北航空，如果你们想查的话。"

"我们会查的。"

"行程六周前就已经定下来了，我有安排好的会议。"

"你的助理告诉我们了。"

"是吗？好吧，他说的是真的。"

"你有枪吗？"里佐利问。

卡塞尔僵住了，漆黑的眼睛打量着她。"你真的认为是我干的？"

"可以请你回答我的问题吗？"

"没有，我没有枪，没有手枪，也没有步枪或者玩具枪，而且我没有杀她。她指控的罪行里有一半我都没做过。"

"你的意思是她对警察撒谎了？"

"我是说她太夸张了。"

"我们看过她在急诊室里拍的照片，那天晚上你把她的眼睛都打肿了，那也是她夸张了吗？"

他低下头，仿佛无法承受指责的目光。"没有。"他平静地说，"我不否认是我打了她。我很后悔，但是我不抵赖。"

"那不停地开车从她家门前经过呢？聘请私家侦探跟踪她呢？到她家门口，非要和她说话呢？"

"她根本不接我的电话，我能怎么办？"

"也许你可以就此作罢？"

"我不能坐以待毙，让她就这么离开我，警探，我不是那样的人。这就是为什么我能拥有这座房子，还有自己的企业。如果我真的想要什么，我就会为之努力，并且坚持不懈。我不会让她就这么离开我的生活。"

"安娜对你来说是什么？另一个所有物吗？"

"她不是物品。"他看着她的眼睛，目光坦诚，充满失落，"安娜是我一生的挚爱。"

他的回答让里佐利大吃一惊，这句轻声的陈述十分诚恳。

"听说你们在一起三年了。"

他点头，说："她是名微生物学家，在我公司的研发部门工作，我们就是这么认识的。有一天她来参加董事长会议，向我们介绍抗生素试验的最新结果。我看了她一眼，心想：就是她了。你知道这是什么感觉吗？你深爱着一个人，却要眼睁睁地看着她离开？"

"她为什么要离开你呢？"

"我不知道。"

"你一定知道些什么吧。"

"我不知道。你看看她拥有什么！这座房子，以及她想要的任何东西。我也不觉得我长得很丑，是个女人都会愿意跟我在一起的。"

"直到你开始打她。"

一阵沉默。

"你多久会打她一次，卡塞尔博士？"

他叹了口气："我的工作压力很大……"

"这就是理由吗？你扇了你女朋友一巴掌就是因为你的工作压力大？"

他并没有回答，而是伸手去拿他的酒杯。毫无疑问，这就是问题所在，她想。一个脾气暴躁的企业家，再加上酒精的作用，就会得到一个被打出乌黑眼圈的女友。

他又放下了酒杯。"我只是想让她回家。"

"可你劝她回家的方式就是在她家门缝里塞满带有死亡威胁的字条？"

"那不是我做的。"

"她向警方控诉了很多次。"

"我从来没做过。"

"巴拉德警探说确实是你干的。"

卡塞尔冷哼了一声。"那个白痴相信她说的一切。他喜欢扮演加拉哈德骑士①，这让他很有存在感。你知道他曾经来到这儿，还警告我如果我再敢碰她，他就会揍扁我吗？真是太可悲了。"

"她还说你划破了她家的纱窗。"

"我没有。"

"那你的意思是这是她自己干的？"

"我只是说那不是我干的。"

"你有没有划她的车？"

"什么？"

"你有在她的车门上划下痕迹吗？"

"这我倒真没听说过。这是什么时候的事？"

"还有她邮箱里被扭断脖子的金丝雀呢？"

卡塞尔难以置信地笑了笑。"我看起来真的像会做这种变态的事的人吗？事发时我甚至都不在城里，有什么证据能证明我是凶手？"

她看了他一会儿，心想：他当然会否认了，因为他说得对，他们确实没有证据能证明是他划了安娜家的纱窗或者她的车，或者在她的邮箱里放只死掉的金丝雀。他不会愚蠢到自己承认这些的。

"那安娜为什么要撒谎？"她问。

"我也不知道为什么，"他说，"但是她确实撒谎了。"

---

①加拉哈德骑士，亚瑟王传说中的圆桌骑士之一。他是圆桌骑士中最纯洁的一位并且独自寻找到了圣杯。

10

正午时分,莫拉已经在路上了,周末堵车的队伍又变长了。车流就像洄游的鲑鱼一样从市里一路向北,路面上蒸腾着热气。度假的人们被困在车里,孩子们在后座不停地哭闹。他们只好继续向北,去寻求凉爽的海滩和咸咸的空气。莫拉也是如此,但此刻她被堵在半路,只能凝视着延伸至地平线的车队。她还从未去过缅因州,只见过里昂比恩[①]商品简介中的背景图:肤色黝黑的男男女女穿着派克大衣和登山靴,金毛寻回犬懒洋洋地趴在他们脚边。在里昂比恩的世界里,缅因州是一片覆盖着森林、有着迷雾海岸的土地,一个美丽得如同神话、只会在幻想和梦境中出现的地方。我一定会失望的。她一边凝视着一排排车顶上闪耀的阳光,一边这样想。但是我要找的答案就在那里。

几个月前,安娜·莱尼同样踏上了北上的旅程。可能是在早春的某一天,天气还冷,路上不像今天这么拥堵。她开车从波士顿出发,应该也一样穿过了托宾大桥,然后沿着九十五号公路向北,前往马萨诸塞州和新罕布什尔州边界。

我正在走你走过的路。我要知道你是谁。这也是我了解自己的唯一办法。

[①]里昂比恩,美国著名户外用品品牌,创始于一九一二年。

下午两点，莫拉穿过新罕布什尔州来到了缅因州，一到这里，交通拥堵的状况就奇迹般地消失了，仿佛刚刚那段艰难的路程只是一个考验，而现在大门已经敞开，迎接那些通过了考验的人。她在休息站停下，买了一个三明治就继续上路了。下午三点，她已经离开了州际公路，沿着缅因州一号公路继续向北拥抱海岸。

你当时也来过这里。

安娜当时看到的景色可能会有些不同，那时田野刚刚变绿，树依旧是光秃秃的。不过她当时一定也路过了同一家龙虾卷餐厅，看到过同一个垃圾回收站。在看到草坪上堆放的废弃床架时，她一定也和莫拉做出了同样的反应——笑着摇了摇头。她可能也在经过罗克波特镇时停下车，舒展了一下身体；在安德烈海豹雕像旁凝望着海港，感受瑟瑟寒风从海上吹来。

莫拉回到车里继续向北行驶。

当她经过沿海的巴克斯波特小镇，沿着半岛转向南行驶时，阳光已经斜挂在树枝上了。她可以看到海面上翻涌的雾气，那片灰色的雾像一头饥饿的野兽吞没了地平线，还在继续向着岸边侵蚀。等到日落的时候，她想，我的车也要被雾气包裹住了。她并没有预定福克斯港的酒店，离开波士顿时，她天真地以为自己可以随便找个海边的汽车旅馆，订个房间过夜。但沿着这片崎岖的海岸线行驶，她没有看到几家汽车旅馆，而经过的几家都已经挂上了"满房"的牌子。

太阳落得更低了。

路上突然一个急转弯，她紧握着方向盘，在绕过岩石的时候好不容易把住了方向。路的一边是参差不齐的树木，另一边就是大海。

接着她突然就抵达了——福克斯港,一个被浅水湾庇护着的港口。她没想到这个小镇如此之小,比一个码头还小。这里只有一座尖顶教堂,还有一排面向海湾的白色建筑。港口处,龙虾船像被拴住的猎物一样不停地晃动,即将被到来的浓雾吞没。

她沿着主路缓慢地行驶,看到了需要重新粉刷的破旧前廊,窗户上挂着褪色的窗帘。从车道上已经生锈的卡车可以看出,这里显然不是个富裕的城镇。她唯一看到的几辆新款汽车都停在海景汽车旅馆停车场里,挂着纽约、马萨诸塞州和康涅狄格州的车牌,是那些逃离炎热城市,来寻找龙虾和度假天堂的城市难民的车。

她把车停在汽车旅馆的登记处前。她现在最需要的就是找一张床过夜,而这里看起来像是小镇里唯一能住的地方。她走下车,舒展了一下僵硬的肌肉,呼吸着潮湿的空气,空气里还夹杂着一丝咸味。波士顿虽然是个海港城市,但她在家里很少闻到大海的味道,柴油、汽车尾气和沥青的味道污染了从港口吹来的每一缕风。然而在这里,她真的能尝到海盐的味道,能感觉到海风像雾气一样黏在皮肤上。站在汽车旅馆的停车场里,吹着迎面而来的海风,她感觉自己仿佛从沉眠中醒了过来,活了过来。

汽车旅馆和她预想中的完全一样:六十年代的镶木地板,老旧的绿色地毯和挂在船舱上的钟。前台并没有人。

她前倾身子,问道:"你好?"

一扇门吱吱呀呀地打开了,一个男人走了出来。他身形肥胖,脑袋秃顶,精致的眼镜像蜻蜓一样趴在鼻子上。

"今天晚上还有空房间吗?"莫拉问道。

回答她的是死一般的沉默。男人瞪着她,张着嘴,目光落在她脸上。

"不好意思,"她说,以为他没有听到她说话,"这里有空房间吗?"

"你……要订房?"

我刚刚不是说了吗?

他低头看了看登记册,又抬头看向莫拉。"我……嗯,很抱歉,我们已经没有空房间了。"

"我是从波士顿一路开车到这里的,镇上还有其他我可以找到空房间的旅馆吗?"

他吞了吞口水:"周末房间紧张。一个小时之前有对夫妻过来说想要一间房,我四处打听,然后把他们介绍到了埃尔斯沃斯。"

"在哪里?"

"离这儿三十英里。"

莫拉抬头看了看船舵上挂着的时钟。现在已经四点四十五分了,找旅馆的事只能暂且搁置。

她说:"我想到陆海地产去。"

"在主路上。再往前走两个街区,左手边就是。"

走进陆海地产的大门,莫拉发现接待室里空无一人。难道没人在这里工作吗?办公室里弥漫着香烟的味道,桌上的烟灰缸里满是烟蒂。墙上挂着的是公司的房产情况,其中一些照片已经明显泛黄发旧了。很显然,这里的房地产市场并不繁荣。莫拉的视线扫过照片,看到了一处倒塌的谷仓(完美的马场!),一栋门廊凹陷的房子(完美的手工工作室!),还有很多树木的照片——真的只有树(安静又隐秘!完美的地段!)。她真想知道,这个镇上还有什么是不完美的吗?

她听到身后的门打开了,转身看见一个男人走了过来,把手里拿着的滴滤咖啡壶放在桌上。他比莫拉要矮,方脑袋,灰白头发。他的衣服太大了,衬衫袖子和裤脚都卷了起来,就像穿着巨人的旧衣服一样。他大摇大摆地走来向莫拉打招呼,钥匙挂在他的腰间叮当作响。

"不好意思,我刚刚去洗咖啡壶了。你一定就是艾尔斯医生吧。"

这个声音让莫拉吓了一跳。对方声音沙哑,无疑和烟灰缸里堆满的烟蒂脱不开关系,但这明显是个女人的声音。直到这时,莫拉才注意到那件宽松的衬衫下隆起的胸部。

"你就是……早上和我通话的那位吗?"莫拉问。

"布丽塔·克劳森。"她轻轻地握了一下莫拉的手,"哈维告诉我你已经到镇上了。"

"哈维?"

"就在那条路上,海景汽车旅馆。他打电话告诉我你已经在来的路上了。"女人停顿了一下,又打量了莫拉一番,"嗯,我想你也不用出示身份证件了。看你一眼,就能毫无疑问地知道你是谁的姐妹。你要开车跟我一起去房子里看看吗?"

"我开车跟着你。"

克劳森小姐整理了一下腰上的钥匙圈,满意地嘀咕了一句。"就在那儿,天际路。警察都已经检查过了,我想我可以带你过去。"

* * *

莫拉跟着克劳森小姐的皮卡车开到一条路上，这条路在快要到悬崖的时候突然转弯离开了海岸线。他们开上山时，莫拉瞥见了大海，海面现在已经被一层厚厚的雾气笼罩了，福克斯港小镇消失在了山下的迷雾里。忽然，克劳森小姐的刹车灯亮了起来，莫拉几乎来不及减速。她的雷克萨斯在湿漉漉的树叶上打了滑，保险杠碰到了陆海地产的"在售"标志才将停下来。

克劳森小姐把头探出车窗外："嘿，你还好吗？"

"我没事。实在不好意思，我走神了。"

"嗯，刚才那条弯道确实很急，容易出事。就是这儿了，在右边。"

"我在后面跟着你。"

克劳森小姐笑着说："别跟太紧，注意保持车距。"

泥土路被树木紧紧环绕，莫拉感觉自己好像在开车穿过一条林中隧道。没一会儿，前方豁然开朗，露出了一座雪松木瓦屋。莫拉把雷克萨斯停在了克劳森小姐的皮卡车旁边，下了车。她在空地上站了一会儿，凝视着那间小屋。木质台阶通向一个有挡棚的门廊，那里有一架秋千，正一动不动地悬在空中。阴凉的小花园里，洋地黄和黄花菜都在肆意生长。森林从四面八方压迫过来，莫拉的呼吸不由得加快，像是被关进了一个小房间。无形的压力在空气中弥漫。

"这里太安静了。"莫拉说。

"是的，远离市区，所以这座山才价值连城。你也知道，房价会因此上涨。几年后，你就能看到路边到处都是房子了。现在正是买入的时机。"

因为这里太"完美"了，莫拉等着她这么补充。

"我正在整理隔壁的一处房产，"克劳森小姐说，"你妹妹搬进来后，我想是时候准备其他房产了。当你看到有一个人住在这里，就像滚雪球一样，很快大家都会想要在这附近买房。"她若有所思地看了莫拉一眼，"所以你是什么医生？"

"病理学家。"

"病理学家？在实验室工作的那种吗？"

这个女人已经开始惹恼她了，她直截了当地说："我的工作和死人有关。"

对方似乎不以为意。"那么，你一定是有固定工作时间的，周末可以休息。你应该会对夏天避暑的地方感兴趣。实际上，隔壁那块地很快就要建起来了。如果你之前有过买一处度假胜地的想法，那现在就是最实惠的投资时机。"

所以这就是被房产推销员缠住的感觉。她说："我真的不感兴趣，克劳森小姐。"

"哦。"女人呼了口气，然后转过身，迈着重重的脚步走上门廊，"嗯，进来吧。既然你已经来了，就可以告诉我怎么处理你妹妹的东西了。"

"我不确定我是否有这个权利。"

"我不知道还能怎么处理这些。我可不想继续保管。如果我还想把房子租出去或者卖掉的话，就必须把她的东西清空。"她咔咔地翻着钥匙串，寻找房门钥匙，"我负责管理这个镇上大部分出租房屋，但这个地方并不容易租出去。你也知道，你妹妹签了六个月的租约。"

安娜的死对她来说就意味着这些吗？莫拉心想。她没法继续收租金，所以这里需要一位新的租客吗？她不喜欢这个女人叮当作响的钥匙串和那双贪婪的眼睛。这位福克斯港的房地产女王只关心每个月能收回多少租金。

克劳森小姐终于打开了房门:"进去吧。"

莫拉走进了屋。虽然客厅有一扇大窗户,但是现在正值黄昏,而且还有茂密的树荫遮挡,所以房子里阴沉沉的。她看到了深色的松木地板、破旧的地毯和塌陷的沙发。褪色的墙纸上挂满了绿色的藤蔓,郁郁葱葱的,让莫拉感到窒息。

"这里家具很全,"克劳森小姐说,"考虑到这些,我给她的报价很实惠了。"

"多少钱?"莫拉看着窗外的一堵树墙问道。

"每个月六百块。如果这里更靠近海岸的话,我本来可以收四倍租金的,但是建造这个屋子的房主喜欢私密一点儿的地方。"克劳森小姐缓慢地打量着客厅,她似乎有一段时间没来好好看过房子了,"她打电话问我租这个地方的时候,我还有点儿惊讶,要知道,我在靠近岸边的地方还有其他房子可以租给她。"

莫拉转头看向她。天色渐暗,克劳森小姐融进了阴影中。"我妹妹特意租的这个房子吗?"

克劳森小姐耸了耸肩:"我估计是因为租金很合适吧。"

她们离开昏暗的客厅,沿着走廊进屋。如果一栋房子能反映居住人的个性,那么安娜·莱尼一定会在墙上留下点儿什么。不过还有其他房客在这里住过,所以莫拉想知道哪些小挂件或是墙上的哪些照片是安娜的,哪些是别人留下的。那幅日落的水粉画——肯定不是安娜的,我妹妹不会挂这么难看的东西,莫拉心想。屋子里还弥漫着陈旧的香烟味——肯定也不是安娜留下的。同卵双胞胎通常会有惊人的相似之处。安娜会像莫拉一样厌恶香烟吗?她会不会也一闻到烟味就又打喷嚏又咳嗽呢?

她们来到一间卧室,床上只有一张光秃秃的床垫。

"我想,她应该没住过这间屋子。"克劳森小姐说,"柜子和梳妆台都是空的。"

然后是浴室。莫拉走进去打开医药柜,架子上摆着雅维[1]、速达菲[2]和利口乐[3],都是些耳熟能详的药品品牌。这些药品在她家的浴室药柜里也有备着,她们就连用的感冒药都是一样的,她想:我们真像。

她关上柜门,继续顺着大厅走到最后一扇门前。

"这是她住过的卧室。"克劳森小姐说。

房间被打理得井井有条,床单角被掖得工工整整,梳妆台上也是整整齐齐的,就像她自己的卧室一样。她走到衣柜前,打开柜门,里面挂着休闲裤和熨烫整齐的衬衫还有连衣裙,都是六码的,这也是莫拉的尺码。

"上周警察来过,里里外外搜查了一遍。"

"他们有什么发现吗?"

"他们没告诉我。她留在这里的东西不多,她只在这儿住了几个月。"

莫拉转过身,望向窗外。外面天还没黑,但是周围的树荫让这里看起来像是夜幕已经降临了。

克劳森小姐就站在卧室门口,好像在等着收莫拉的过路费才会放她过去。"这房子还不错。"她说。

的确,莫拉想。这个恐怖的小房子。

"每年的这个时候,这附近都没什么空房子可租了,所有地方都被订得差不多了,酒店、汽车旅馆之类的也都是满客。"

莫拉一直在看树林。只要能不和这个讨厌的女人说话,做什

---

[1] 雅维,Advil,美国止痛药品牌。
[2] 速达菲,Sudafed,一种缓解鼻炎的药品。
[3] 利口乐,Ricola,瑞士著名润喉糖品牌。

么她都愿意。

"好吧,我只是这么一说。看来你今晚已经找到住的地方了。"

这才是她真正想说的。莫拉转头看向她。"实际上,我还没找到住的地方。海景汽车旅馆已经住满了。"

女人的嘴角露出一丝微笑:"其他地方也一样。"

"他们说埃尔斯沃斯还有旅馆有空房间。"

"是吗?如果你要开车过去的话,走夜路的时间可比你想象的要长,而且路上崎岖不平。"克劳森小姐指了指床,"我可以给你拿套新床单,收你和汽车旅馆一样的费用。如果你愿意的话。"

莫拉看向那张床,感觉到后背吹来一阵凉飕飕的风。

我妹妹之前就睡在这里。

"嗯,好吧。住不住随便你。"

"我不知道……"

克劳森小姐哼了一声:"我看你也没什么别的选择了。"

莫拉站在前廊,看着布丽塔·克劳森的皮卡车尾灯消失在黑暗的树林中。她在渐渐降临的夜色中停留了片刻,听着蟋蟀的叫声和风吹动树叶的沙沙声。她听到身后传来咯吱咯吱的声音,转头一看,是秋千在摆动,像是被一只幽灵般的手轻轻推了一下。她打了一个寒战,回到屋内,正要锁门时却突然僵住了,再次感到背后传来一阵凉风。

门上挂着四把锁。

她盯着两条锁链、一个滑动式门闩,还有一把插销。黄铜依然锃亮,螺丝也没有被腐蚀的痕迹。新锁。她把所有门闩都锁上，然后将锁链卡进插槽。金属摸起来冷冰冰的。

她走进厨房，打开灯，看到地板上滴着陈旧的油渍，还有一张小餐桌，上面留有一些福米卡胶①。角落里，北极牌空调正在呼呼吹着。但是她的关注点在后门，后门上挂着三把锁，依旧是黄铜材质。当她锁上门闩时，心跳便开始加快。她转过身，吃惊地发现厨房里还有一道上锁的门。这是通向哪儿的？

她拔出门闩，打开了门，看到狭窄的木质楼梯通向黑暗的地下室。凉飕飕的空气从地下吹出来，她闻到了潮湿的泥土气息。莫拉感觉自己的后颈在隐隐作痛。

地窖。为什么会有人锁上地窖的门？

她关上门，插上门闩，这时才注意到这把锁不太一样。它已经生锈了，是把旧锁。

现在她觉得自己有必要检查一下是不是所有的窗户都已经锁好了。安娜当时害怕得把这栋房子当成了堡垒，莫拉现在依然能感觉到弥漫在房间里的恐惧。她检查了厨房的窗户，然后来到客厅。

直到她确定房子里每一处窗户都已经锁好，绝对安全了的时候，她才放心地走进卧室。莫拉站在打开门的衣柜前，看着里面的衣服。她拨着衣架，发现所有衣服都是她的尺码。她拿出了一件连衣裙——黑色针织材质的，简洁干净的线条，也是她最爱的款式。她想象着安娜站在商场里，来回挑选着架子上的连衣裙，看了看价签，然后把裙子举到身上比画，看着镜子心想：这就是我想要的。

莫拉解开衬衫扣子，脱下裤子，换上了这件黑色连衣裙，拉

---

①福米卡胶，福米卡家具塑料贴面。抗热硬塑料，常用作贴面板。

上拉链,感觉裙布就像第二层皮肤一样紧贴着她的身线。她转身看向镜子。安娜看起来就是这样,她心想。同样的脸,同样的身材。她是不是也会对下垂的臀部,还有人到中年的种种迹象感到失落呢?她是不是也经常侧身看镜子里自己的小腹是否还平坦呢?当然了,所有女性在试穿新衣服时都会在镜子前跳一段一模一样的"芭蕾舞"。这边转,那边转,然后问自己:我从后面看起来胖吗?

她停了下来,盯着镜子里自己的右半边身体,衣服上粘着几根头发。她把头发拿下来,举到灯光下——和她一样的黑头发,不过更长一些。这是已经去世的女人的头发。

突然的电话铃响吓得她一怔。她走到床头柜前停了下来,心脏怦怦直跳。电话又响了第二声,第三声。在这间寂静的房子里,每一声电话铃响都让人难以承受。在电话响起第四声前,莫拉拿起了听筒。

"喂?你好?"

咔嗒一声,接着便是拨号音。

打错了,她想,没什么的。

外面起风了,隔着紧闭着的窗户,她能听到树木摇曳着发出呻吟。屋里安静得连自己的心跳声都能听得一清二楚。这就是你曾经度过的夜晚吗?她想。在这座周围都是黑压压的森林的房子里?

这天晚上,莫拉上床之前锁上了卧室的门,然后又拿一把椅子抵住了门。她觉得自己这样做有些大惊小怪,这里没什么好怕的。可是她又觉得在这里比在波士顿更让人害怕,即便那里的捕食者——人类——比在这片森林里潜伏的动物要危险得多。

安娜当时在这里也很害怕。

她能感觉得到,恐惧依然在这座大门紧闭的房子里徘徊。

莫拉突然被刺耳的叫声惊醒了,她躺在床上喘着粗气,心脏怦怦直跳。一只猫头鹰而已,不用害怕。老天,她住在一片树林里,当然会听到动物的声音。床单被汗水打湿了,睡觉前她关上了窗户,所以现在屋里闷闷的,一点儿都不透气。她快不能呼吸了。

她起身推开了窗户,站在窗前呼吸新鲜空气,凝视着外面的树木。树叶被月光染成了银白色,没有一点儿动静,树林又恢复了一片宁静。

她躺回到床上,这一次她睡得很香,一觉睡到了天亮。

日光改变了一切。她听到了鸟叫声。窗外,两只鹿从院子里穿过,跳进树丛里,白色的尾巴晃了一下。阳光照进房间,让她觉得昨晚抵在门上的椅子非常离谱。我不会跟任何人说的。莫拉一边想着,一边挪开了椅子。

她来到厨房,用冰箱里找到的一袋法式烘焙咖啡豆冲了一杯咖啡——安娜的咖啡。她一边往过滤器里倒着热水,一边闻着咖啡的香气。她周围全是安娜买的东西:微波炉爆米花和一包包的意大利面,过期的桃子味酸奶和牛奶。这里的每样东西都代表了安娜生活中的某一个时刻,她站在杂货店的货架前曾想:我也需要这个。然后她回到家里,把东西从购物袋中拿出来,摆放好。莫拉看着柜子里的东西,眼前浮现出安娜手拿着金枪鱼罐头放在花朵图案的架子衬纸上的画面。

她拿着咖啡杯走到前廊,站在那儿抿着,看着院子里,阳光洒在花园一块一块的草坪上,绿意盎然。小草、树木还有阳光都让莫拉惊叹不已。小鸟在高高的树枝上唱着歌，现在她明白安娜为什么想住在这里了，也明白了她为什么愿意每天都从树林的气息中醒来。

突然，树上的鸟一跃而起，它们被机器低沉的轰隆声吓跑了。尽管莫拉看不见推土机，但她能隔着树林清楚地听见它的声音——让人烦躁的声音。她想起克劳森小姐说过，她正在整理隔壁的房产。对于一个平静的星期天早上来说，这声音太过分了。

她走下台阶，绕到房子侧边，想试着透过树林看看推土机，但是树林过于茂密，她连个影子都看不到。不过接着低头看，她确实发现了一些动物的踪迹，她想起早上透过卧室窗户看到的两只鹿。莫拉沿着房子的一侧追随那些足迹，在玉簪花被啃过的叶子上发现了它们到访过的痕迹。她惊叹那几只鹿竟如此大胆，敢直接在墙边吃草。她继续往前走，然后在另一串足迹前停了下来。这不是鹿的蹄印。她僵硬地站着，心开始怦怦直跳，握着杯子的手已经被汗水浸湿。她的目光缓缓地顺着足迹看向了房子的某扇窗户下的一块柔软的泥地。

地上印着靴子的足迹——有人曾站在这里，看向屋内。

看向她的卧室。

11

四十五分钟后,一辆福克斯港巡逻警车沿着木屋门前的泥路开了过来。车停在屋前,一名警察从车里走了出来。他看起来五十多岁,粗脖子,金色的头发有些秃顶。

"艾尔斯医生?"他说,然后和她握了握手,"我是罗杰·格雷沙姆,警察局局长。"

"我都不知道,我居然联系的是局长。"

"是的,其实,你打来电话的时候我们正好在开车过来的路上。"

"我们?"当另一辆福特探索者停在格雷沙姆的巡逻车旁边时,莫拉皱起了眉头。司机从车上下来向她挥手。

"你好,莫拉。"里克·巴拉德说。

有那么一会儿,她只是直勾勾地看着他,被他的意外到来吓了一跳。"我不知道你在这儿。"她终于憋出一句话。

"我是昨晚开车来的。你是什么时候到的?"

"昨天下午。"

"你在这幢房子里过的夜?"

"汽车旅馆住满了人。克劳森小姐——一位房产中介——提议我可以住在这里。"她停顿了一下,然后补充道,"她说警察已经搜查过这里了。"

格雷沙姆哼了一声。"我打赌她还收你钱了,是不是?"

"是的。"

"那个布丽塔,简直就是个怪胎。如果可能的话,空气她都会管你要钱。"他转头看向屋子,问道,"你在哪儿发现的那些脚印?"

莫拉领着他们走到前廊,绕过屋子的拐角。他们沿着屋外的墙边,一边走一边扫视着地面。推土机已经安静了下来,现在这里唯一的声音就是脚踩在树叶上的沙沙声。

"这里是新留下的鹿蹄印。"格雷沙姆指着地上说。

"对,今天早上有一对鹿从这里经过。"莫拉说。

"这就解释得清你说的那些足迹了。"

"格雷沙姆局长,"莫拉说,然后叹了口气,"我还是能分辨得出鹿蹄印和靴子的足迹的。"

"不,我是说可能有人来这里打猎。现在不是打猎的季节,他们只好打些鹿来凑合凑合。"

巴拉德突然停了下来,眼睛紧紧盯着地面。

"你看到了吗?"她问。

"嗯。"他说,声音出奇地平静。

格雷沙姆蹲在巴拉德身边,沉默了片刻。他们为什么一句话都不说?一阵风吹动了树林,莫拉颤抖着,抬头看向摇摆的树枝。昨晚,有人从树林里走出来,站在她的房间外面,在她睡觉的时候一直盯着她的窗户看。

巴拉德抬头看了看房子。"是那间卧室的窗户吗?"

"是的。"

"你的卧室?"

"嗯。"

"你昨晚睡觉时拉窗帘了吗?"他回过头看着她,她知道他在想什么:你昨晚是不是不经意间让他们看了一场偷窥秀?

莫拉红了脸。"那个房间没有窗帘。"

"这个鞋印太大了,不可能是布丽塔的靴子留下的,"格雷沙姆说,"她是唯一一个可能到这里四处走动、检查房子的人。"

"看起来像是橡胶鞋底,"巴拉德说,"八码,或者是九码。"他的目光顺着脚印看向树林里,"鹿的蹄印盖住了他的足迹。"

"也就是说,是他先来的,"莫拉说,"他在鹿之前就来了,在我睡醒之前。"

"没错,但是他提前多久来的?"巴拉德直起身子,站在窗户前凝视着她的卧室。他在那儿站了很久都没有说话,又一次,莫拉对他们的沉默感到了不耐烦,她想要快点儿听到他们的反应——任何反应。

"这里已经将近一周没下雨了,"格雷沙姆说,"这些脚印可能不是最近留下的。"

"但是谁会来这边走动,还往窗户里看呢?"她问道。

"我打电话问问布丽塔,也可能是她派了一个男人到这儿来干活儿,或者有些人出于好奇偷看了一下屋里。"

"好奇?"莫拉问。

"这里的每个人都听说了你妹妹在波士顿的事,可能有人想偷偷看看她住过的地方。"

"我理解不了这种病态的好奇心,我从来都没有过。"

"里克告诉我你是一名法医,对吧?那么,你一定会面临和我一样的问题——每个人都想知道细节。你无法想象有多少人问过我关于枪击案的事情。难道你不觉得这些爱管闲事的人里不乏一些想要来偷看的人吗?"

她不可置信地看着他。格雷沙姆汽车里突然响起的对讲机电流声打破了沉默。

"不好意思。"他说，然后转身走向他的巡逻车。

"好吧，"她说，"我想这基本上能消除我的担忧了，对吗？"

"我非常重视你担心的事情。"

"是吗？"她看向他，"进去吧，里克，我给你看样东西。"

他跟着她走到前廊的台阶上，进到屋里。莫拉关上了门，然后指了指那一排铜锁。

"这就是我想让你看的。"她说。

他皱着眉看着那些锁："哇！"

"还有更多，跟我来。"

她领着他走进厨房，指向锁在后门上更多的光洁明亮的锁链和螺栓。"这些锁都是新的，安娜当时一定都上了锁。看来是有什么东西吓到了她。"

"她完全有理由害怕。她收到过死亡威胁，不知道卡塞尔什么时候会出现在这里。"

她看着他，问："这就是你到这儿来的原因，对吗？调查他是否来过？"

"我在镇上到处给人看他的照片。"

"然后呢？"

"目前为止，没有人记得见过他，但这并不意味着他没来过。"他指着那些锁，"它们看起来也很合理。"

莫拉叹了口气，一屁股坐在餐桌旁的椅子上。"我们的生活怎么会变得如此不同呢？当我刚走下从巴黎回来的飞机时，她正……"她咽了咽口水，"如果我在安娜生长的地方长大会是什么样呢？结果会一样吗？也许现在坐在这里和你说话的就是她了。"

"你们是两个不同的人,莫拉。虽然你和她长得一样,声音也一样,但你不是安娜。"

她抬头看着他。"再跟我讲讲她的事情吧。"

"我不知道该从哪儿说起。"

"从哪儿开始都可以。你刚刚说我和她的声音一样。"

他点了点头。"是的。相同的起伏,相同的音调。"

"你记得这么清楚吗?"

"安娜不是个会被人轻易忘记的女人。"他说。他看着她,两人都盯着对方。直到格雷沙姆走进厨房,她才终于收回目光,转头看向局长。

"艾尔斯医生,"格雷沙姆说,"你能不能帮我一个忙?跟我走一段路,有些东西需要你看看。"

"什么东西?"

"刚刚对讲机里传来消息。他们接到了附近施工工人的电话,说他们施工的推土机挖出了一些……嗯,一些骨头。"

她皱起眉头。"人的骨头?"

"这正是他们想知道的。"

莫拉和格雷沙姆一起坐上了巡逻警车,巴拉德则开着他的福特汽车紧随其后。这段路根本不需要开车,经过一小段弯道,推土机就停在一片刚刚清理过的空地上。四个戴着安全帽的男人站在皮卡车旁边的阴凉处,当莫拉、格雷沙姆和巴拉德走下车时,其中一人走过来迎接他们。

"嘿,局长。"

"嗨，米奇。骨头在哪儿？"

"就在推土机旁边。我看到了一根骨头，然后就直接熄了火。这片地原来是一间古老的农舍。我最不想做的就是挖别人的祖坟。"

"在我呼叫别人之前，我们先让艾尔斯医生看看。我可不想让法医从奥古斯塔一路开车过来，只为带一堆熊骨回去。"

米奇带路穿过被清理过的空地。新挖出来的泥土混着根茎和石块，像障碍物一样挡在面前。莫拉的高跟鞋可不是为了徒步旅行设计的，不管她再怎么小心翼翼地绕行，黑色的绒面皮革还是被弄脏了。

格雷沙姆拍了一下自己的脸颊。"该死的黑蝇，肯定是盯上我们了。"

空地被茂密的树木包围着，这里空气很闷，没有风。这个时候，蚊虫闻到了他们的气味，蜂拥而上，贪婪地吸食着他们的血液。莫拉庆幸自己早上穿了长裤，而没有防护的脸和手臂已经完全成了虫子的餐厅。

当他们走到推土机前时，她的裤腿已经沾满了泥土。阳光洒落下来，照在碎玻璃片上闪闪发光。一棵老玫瑰藤被连根拔起，在太阳的炙烤下已然死去。

"在那儿。"米奇指着说道。

甚至都还没弯下腰仔细查看，莫拉就已经知道了埋在土里的是什么。她没有碰它，只是蹲在那儿，鞋子深深地陷进新挖出的泥土里。刚刚暴露在自然环境中的骨头，透过干燥的泥土外壳显出苍白。她听到树丛中传来的叫声，抬头一看，乌鸦像黑暗的幽灵一样在树枝间飞来飞去。它们也知道这是什么。

"你怎么看？"格雷沙姆问道。

"这是一块髂骨。"

"那是什么？"

"这里的骨头。"她摸了摸自己裤子边上突出的骨头。突然间，她意识到了一个可怕的事实：在皮肤之下、肌肉之下，她也只是一副骨架而已。蜂窝状的钙磷结构框架，在肉体腐烂之后依旧能保存很长时间。"是人的骨头。"她说。

他们沉默了一阵子。时值六月，风和日丽，他们却只能听到乌鸦的叫声。一群群聚在树上的乌鸦就像挂在枝头的黑色果实。它们机警地俯视着人类，发出震耳欲聋的合唱声。然后，鸦群仿佛接到了指示一般，叫声戛然而止。

"你们对这个地方了解多少？"莫拉问推土机驾驶员，"这儿曾经是什么地方？"

米奇说："这里之前有一堆古老的石墙，是房子的地基。我们把石头都搬到那边了，想着也许会有人能用到。"他指了指空地边缘一堆巨大的石块，"就是一些老墙，真没什么稀奇的。你到树林里走走，就会发现有好多像这样的旧地基。曾经沿海一带有几处养羊场，现在都已经搬走了。"

"所以这有可能是一座古老的坟墓。"巴拉德说。

"但是那根骨头刚好就在其中一堵旧墙的下方。"米奇说，"估计你不会想把自己亲爱的老妈埋在离房子这么近的地方吧，会倒霉的。"

"有些人会认为这能带来好运。"莫拉说。

"什么？"

"在古代，有人会在基石下面活埋婴儿来保护房子。"

米奇盯着她，满脸都写着"你到底是什么人啊，女士"。

"我只是想说，几个世纪以来的丧葬习俗发生了变化。"莫拉说,"这很有可能是一座古老的坟墓。"

头顶传来一阵嘈杂的振翅声,乌鸦们同时从树上飞了起来,拍着翅膀飞向天空。莫拉看着它们,被天上这么多双黑色羽翼同时扇动的景象吓到了,这些乌鸦就像是在听从某种命令一样。

"奇怪。"格雷沙姆说。

莫拉站起身,看着这些树。她还记得早上听到的推土机的噪声,以及那噪声听起来离她住的地方有多么近。"从这儿往哪个方向走能通向木屋?也就是我昨晚住的那栋房子。"她问道。

格雷沙姆抬头看了看太阳,确认自己来时的方向,然后指向了一边。"那里。就是你现在正面对的方向。"

"离这里有多远?"

"穿过这些树就是,走路就能到。"

一个半小时后,缅因州法医从奥古斯塔赶来了。那个男人裹着白色头巾,胡子修理得很整齐。他提着箱子走下车时,莫拉一眼就认出了他。她在一年前的一次病理学会议上认识了多吉特·辛格医生,他们二月份还一起吃过晚饭,当时他到波士顿参加了地区法医会议。虽然个头不高,但多吉特医生端庄的举止和传统的锡克教[①]头饰让他看起来很有威严。莫拉一直都折服于他沉稳干练的气质。还有他的眼睛,多吉特有一双褐色的眼睛,睫毛是她见过的男人里最长的。

他们握了握手,两位真心相互欣赏的同事温暖地问候了一下对方。"所以你到这儿来做什么,莫拉?你在波士顿的工作还不

[①] 锡克教,印度宗教之一。

够多吗？非要来抢我的案子？"

"我是来过周末的，谁知道变成了加班。"

"你已经看过尸骨了吗？"

她点了点头，脸上的笑容随即消失。"是一块左髂骨，部分还被埋在土里。我们还没碰过它，你应该会想看到完整的现场。"

"没有其他骨头了吗？"

"目前没有。"

"那好吧。"他看向那片空地，好像在为穿过泥土做准备。她注意到他来的时候已经穿上了合适的鞋子：里昂比恩靴，鞋子看起来像是全新的，即将要在泥泞的地上经受它的第一次考验。"我们去看看推土机翻出了什么。"

现在已经是午后，空气潮湿闷热，多吉特很快就大汗淋漓了。当他们开始要穿过空地时，蚊虫蜂拥而至，贪婪地冲上来吸食鲜血。缅因州警察局的科索警探和耶茨警探早在二十分钟前就到了，两人正在和巴拉德还有格雷沙姆勘查现场。

科索挥手喊道："美好的星期天真不该这么度过，你说是不是，辛格医生？"

多吉特挥手致意后蹲下身来观察髂骨。

"这里原来是座旧宅。"莫拉说，"工人们说，这一块原本是石墙。"

"但是没有棺材吗？"

"我们没见到。"

他看着满地的泥泞石块与被连根拔起的杂草和树桩。"推土机可能会在四周都翻出骨头。"

这时耶茨警探喊道："我又发现了一块骨头！"

"那边吗？"多吉特说着，和莫拉穿过空地走到耶茨身边。

"我刚刚从这里走过的时候,脚被黑莓的藤条缠住了。"耶茨说,"我被藤条绊了一下,然后这东西就从土里冒出来了。"莫拉蹲在他身边,耶茨小心翼翼地拨开了那一团乱七八糟的被拔出来的荆棘。在莫拉正盯着半埋在土里的东西时,一团蚊子突然从潮湿的土壤中飞出来,扑向她的脸。这是个头骨。空洞的眼眶朝上凝视着她,黑莓藤条上的荆棘仿佛刺穿了它的眼睛。

她看向多吉特,问:"带剪刀了吗?"

他打开工具箱,从中拿出手套、修枝剪和花园剪。两人一同跪在泥土里,努力把头骨弄出来。多吉特轻轻刨开泥土时,由莫拉来剪断那些根茎。太阳落山了,而土壤本身还在不断散发着热量,莫拉不得不中途停下来擦了好几次汗。一个小时前涂的驱蚊液早就挥发完了,黑蝇又蜂拥而至,在她脸旁飞舞。

她和多吉特把工具放到一边,戴上手套开始徒手挖,两个人跪在地上挨得太近,头都撞到了一起。她把手指插进温度较低的土壤,轻轻松着土。颅骨露出的部分越来越多,然后她停了下来,低头盯着颞骨[①],上面巨大的裂缝显露了出来。

她和多吉特对视了一眼,两人脑中浮现了同样的想法:这并不是自然死亡。

"我觉得周围的土已经松动了,"多吉特说,"我们把它抬出来吧。"

他铺了一张塑料布,然后把手伸进洞里。他用手轻轻托着头骨,黑莓的藤条呈螺旋形缠绕其上,刚好把下颌骨固定住。他像对待宝贝一样慢慢将它放在塑料布上。

一时间,大家都陷入了沉默,盯着那破裂的颞骨。

---

①颞骨,颅骨中的脑颅骨。位于头颅两侧,并延至颅底。

耶茨警探指着白齿中嵌着的一块闪烁的金属物。"那不是填充物吗？"他说，"嵌在牙里的那个？"

"没错。但是只有一百多年前的牙医会拿汞合金物质用作补牙材料。"多吉特说。

"所以这里依然有可能是个古墓。"

"但是棺材碎片呢？如果是正式的葬礼，应该要有棺材的。还有这里。"多吉特指着头骨上的裂痕，抬头看向两位弯着腰的警探，"无论这具尸骨是否古老，我都觉得这里是个犯罪现场。"

其他人也围了过来，空气里的氧气仿佛顿时被吸光了。蚊虫的嗡嗡声越来越大，成了脉冲一般的轰鸣。太热了，莫拉想。她站起身，晃晃悠悠地朝着树林边走去，橡树和枫树的树冠在那里辟出了一片阴凉。莫拉坐在一块石头上，把头埋在手里，心想：这就是不吃早餐的后果。

"莫拉？"巴拉德喊道，"你还好吗？"

"就是有点儿太热了。我想凉快一下。"

"你要喝点儿水吗？我的车里有水，但是我喝过了，希望你不要介意。"

"谢谢，我喝几口吧。"

她看着他走向自己的车，巴拉德衬衫的后背处已经被汗水浸透了。他并没有小心翼翼地绕开地上的泥泞，而是径直走了过去，靴子踩在凌乱的泥土上。目标明确。这就是巴拉德走路的方式——坚定地朝着目标向前。

水瓶放在车里，水已经变温了。莫拉喝了一大口，水顺着下巴流下来。她放下瓶子，发现巴拉德正在看她。有那么一刻，她既没有注意到蚊虫的嗡嗡声，也没有听到几米之外那些男人说话的声音。她在这片树荫下，只专注于他。他拿回水瓶的时候碰到了她的手。柔和的光线打在他的头发，还有他眼睛周围的笑纹上。她听到了多吉特在喊她，但她没有应，也没有转头，巴拉德也没有，他似乎也被困在了这一刻。她想：我们当中必须有人打破这个魔咒，必须有一个人站出来，但我好像控制不了。

"莫拉？"多吉特不知何时来到了她身边，她甚至都没听到他走过来的声音。"有个有趣的问题。"他说。

"什么问题？"

"过来再看看那块髋骨。"

她慢慢地站了起来，现在已经能站稳了，脑袋也清醒了。喝了水，乘了一会儿凉，莫拉又活过来了。她和巴拉德跟着多吉特走到了髋骨旁，多吉特已经又清理掉了一些泥土，露出了更多的骨盆。

"我又往下清理出了这一侧的骶骨，"他说，"刚好能看到骨盆出口和坐骨结节，在这儿。"

她蹲在他身边，一时间什么都没说，只是盯着那副骨头。

"有什么问题？"巴拉德问。

"我们需要把剩下的部分也挖出来。"她看向多吉特说，"你还有铲子吗？"

他将铲子递给她，就像递过了一把手术刀。她立刻开始工作了，十分专注。她和多吉特并排跪着，手里拿着铲子。树根穿过了骨缝，将骨头固定在土里，他们只能剪掉缠绕的根茎剥离出骨盆。挖得越深，她的心就跳得越快。寻宝人也许会挖出黄金，而她是在挖掘秘密，只有坟墓才能揭晓的秘密。他们每铲出一抔土，就会露出更多的骨盆。他们不停地挖，越挖越深。

骨盆终于被挖出时，两人都震惊得说不出话。

莫拉站起来，走上前仔细查看，骨架躺在塑料布上。她跪在头骨旁边，脱下手套，手指从眼眶上划过，感受着眉弓处结实的线条。接着她转过头骨，检查枕骨隆突。

这说不通。

她向后仰了仰身体，上衣在潮湿闷热的空气中已经被汗水浸透。除了蚊虫的嗡鸣，空地上十分安静。四周围起的树木守护着这片秘境。莫拉凝视着那堵密不透风的绿墙，感觉好像有人在看她，仿佛树林都长出了眼睛，等着看她接下来要做什么。

"怎么了，艾尔斯医生？"

她抬头看着科索警探。"我们遇到了点儿问题，"她说，"这个头骨——"

"头骨怎么了？"

"你看到眼窝上方的眉弓处了吗？再看看后面，头骨底部的位置。如果你用手摸一下，就能感觉到一块凸起，我们称它为枕骨隆突。"

"所以呢？"

"这里是颈项韧带连接的地方，将后颈部的肌肉固定在颅骨上。这块如此明显的凸起说明此人的肌肉组织很强健，几乎可以肯定这是一个男人的头骨。"

"有什么问题呢？"

"那边的骨盆是女人的。"

科索盯着她，又转身看向辛格医生。

"我完全认同艾尔斯医生的观点。"

"这么说，就意味着……"

"我们发现了两个人的尸骨，"莫拉说，"一具男人的，一具女人的。"她站起身，对上科索的目光，"问题是，这里还埋了多少人？"

有那么一瞬间,科索被吓得都没反应过来。然后他转过身,慢慢地扫视着空地,仿佛第一次看清眼前的景象。

"格雷沙姆局长,"他说,"我们需要帮手,需要很多人——警察,消防员。我会打电话从奥古斯塔叫人,但肯定还不够。"

"你需要多少人?"

"我要把这里全都检查个遍。"科索盯着周围的树,"我们要把这里的每一寸土地都翻出来看看,不管是空地还是树林。如果这里还埋了更多的人,我就要把他们全都找出来。"

12

简·里佐利从小在里维尔郊区长大,那里和波士顿市区就隔着一座托宾大桥。这是个工薪阶层社区,有限的空间里排列着方方正正的房屋,每年七月四日①,家家户户后院的烧烤架上都会传出滋滋的烤热狗的声音,门廊上也会骄傲地竖起美国国旗。里佐利一家的经历颇为坎坷。她十岁那年,父亲失去了工作,那之后的几个月堪称煎熬。她能够感受到母亲的恐惧,也能理解父亲的愤怒与绝望。生活就像在走钢丝,一边是安逸,另一边则是毁灭,她和两个兄弟都深知那种感觉。即便后来她拥有了丰厚的薪水,也无法将她心中的不安完全抚平。内心深处,她还是那个里维尔女孩,梦想着长大以后能在更好的街区拥有一栋大房子,房子里有很多间浴室,这样她就不用每天早上排队洗漱。当然还要有砖砌烟囱、双开前门以及黄铜门环。里佐利现在就坐在车里,注视着外面的那些房子,它们甚至比她想象中更加豪华:黄铜门环、双开前门,还有不止一个砖砌烟囱——而是两个。她的梦想之家。

但这是她见过的最丑的房子。

这条东戴德姆街上的其他房子就是典型中产阶级社区的样

---

① 七月四日,美国独立日。美国人民会举行游行、音乐会等活动庆祝这一天,还会举行家庭聚会,吃烧烤。

子：双车库和整洁的前院，停在车道上的新款轿车，不花哨，也不夺人眼球。但是面前的这栋房子——好吧，不仅会吸引你的注意力，还可能会让你尖叫。

这就像是塔拉[①]——《乱世佳人》中的那座农庄——被一阵龙卷风呼啸而过带到了城市里一样。房前没有庭院，墙壁几乎贴到两侧土地的边缘，与隔壁邻居家围栏之间的空间狭窄到甚至放不下一架割草机。斯嘉丽·奥哈拉[②]本来是可以站在竖着白色柱子的门廊上，一览无余地看着斯普拉格街道上来来往往的车流的。这栋房子让里佐利想起了老邻居约翰尼·席尔瓦，他把自己的第一份工资挥霍在了一辆樱桃红色的雪佛兰科尔维特轿车上。"想假装自己不是个窝囊废。"她的父亲当时是这么说的，"那小子还没搬出父母家的地下室，就给自己买了辆高档跑车。最窝囊的窝囊废买最贵的跑车。"

或者是建一座街区里最大的房子。她一边看着"塔拉"，一边想。

她把肚子从方向盘下抽出来。迈上门廊台阶时，腹中的孩子正踩着她的膀胱跳踢踏舞。当务之急就是找洗手间。她按响了门铃，铃声像教堂的钟声一样，召唤着前去礼拜的信徒。

开门的金发女子让里佐利以为自己走错门了，她长得完全不像斯嘉丽·奥哈拉，而像小鹿斑比。

女子的头发浓密，胸部丰满，穿着紧身的粉色运动服。她面部僵硬，没有表情——多半是肉毒杆菌毒素的功劳。

"我是里佐利警探，来找特伦斯·范·盖茨，之前打过电话。"

[①]塔拉，电影《乱世佳人》中斯嘉丽的豪华农庄。
[②]斯嘉丽·奥哈拉，电影《乱世佳人》中的女主角。

"哦，好，特里正在等你。"她的声音尖细而甜美，像个小女孩。偶尔听一次还可以，但一个小时之后，这声音听起来就会像用指甲刮黑板一样刺耳。

里佐利走进玄关，映入眼帘的是一幅巨大的壁挂油画。画里的"斑比"身穿绿色晚礼服，站在一只巨大的兰花花瓶旁。这栋房子里的一切都太大了，油画、天花板，还有乳房。

"工人正在翻新他的办公室，所以他今天在家工作。穿过大厅，右手边就是。"

"不好意思——呃，我该怎么称呼你？"

"邦妮。"

邦妮，斑比。很接近。

"所以你就是……范·盖茨太太？"里佐利问道。

"嗯，是的。"

花瓶太太。范·盖茨估计都快七十岁了吧。

"我可以用一下洗手间吗？最近我几乎十分钟就得去一次洗手间。"

邦妮好像这才注意到里佐利怀孕了。"哦！亲爱的！当然可以，化妆间就在那儿。"

里佐利从未见识过漆成荧光粉的浴室。马桶被安在一个高高的平台上，就像一个宝座，旁边的墙上还挂着一部电话，仿佛大家都希望能在上厕所的时候处理公务。她在粉红色的大理石洗手池里用粉红色的香皂洗了洗手，再用粉红色的毛巾擦干，然后赶紧逃出了浴室。

邦妮已经不见了，但里佐利能听到音乐的节拍，以及楼上跳动的脚步声。她忽然想起自己也该去运动了，但她可不想用粉红色的瑜伽垫。

她沿着大厅寻找范·盖茨的办公室，先是瞥到了一间宽敞的客厅，里面放着一架白色三角钢琴，铺着白色的地毯，家具也是白色的。白色的房间，粉红色的房间。下一间会是什么颜色？她又经过了走廊上挂着的另一幅邦妮的画像，这幅画里的她穿着白色长袍，装扮成希腊女神，乳头在透明的衣物下若隐若现。这些人应该住在维加斯①才对。

终于，她来到了一间办公室前。"范·盖茨先生？"她问。

坐在樱桃木书桌后的男人放下手里的文件，抬起头来。里佐利看到了一双水汪汪的蓝眼睛，一张随着岁月的流逝而变得柔和又苍白的脸，还有那头发——那是什么颜色？应该是介于黄色和橙色之间。当然不会是刻意的，肯定是染发的时候失误了。

"里佐利警探？"他说着，目光却停在了她的肚子上。他直直地盯着她的肚子，就好像没见过怀孕的警察一样。

请跟我说话，而不是跟我的肚子。她走到他的办公桌前，和他握了握手。她注意到他头皮上有植发的痕迹，竖起的头发像一簇簇黄色的小草一样坚守着他最后一丝男子气概。这就是他娶了一个花瓶太太的下场。

"请坐，请坐。"他说。

她坐到了一张光滑的皮椅上，环顾整个房间，注意到这里的装修风格和其他房间截然不同。这里是传统律师的办公室风格，用到了深色的木材和皮革，桃花心木书架上摆满了法制期刊和教材。不是粉色了。很明显这是他的地盘，一片没有邦妮的区域。

"我真不知道该怎么帮你，警探。"他说，"你查询的收养已经是四十年前的事了。"

---

①维加斯，拉斯维加斯的简称。美国最大的赌城和娱乐之城。

"起码不是远古时代的事。"

他笑了："当时你可能都还没出生。"

这是激将法吗？他是想说，她来追问那些问题还有点儿太嫩了吗？

"你记不起相关的人了吗？"

"我只是说，那是很久之前的事情了。那会儿我刚从法学院毕业，还在租来的办公室里办公，家具也是租的，没有秘书，电话都是我亲自接的。找来的每一个案子我都会接——离婚，收养，酒驾。给钱就接。"

"所以你一定还保留着那些案子的文件。"

"文件都在仓库里。"

"在哪儿？"

"保密文件，都保存在昆西。不过在我们开始之前，我必须先告诉你，特定案件相关的各方都要求了绝对保密。生母不想透露姓名，相关记录早就被封存起来了。"

"这是一起凶杀案，范·盖茨先生，两名被收养者中的一位已经遇害了。"

"是的，我知道。但是我看不出这和四十年前的收养有什么关系，又和你的调查有什么关系？"

"安娜·莱尼为什么打电话给你？"

他看起来很吃惊，后面的反应也无法掩盖最初的惊讶，他的表情仿佛在说：糟了。"你说什么？"他问。

"在被谋杀的前一天，安娜·莱尼从她在特里蒙特酒店的房间里给你的律师事务所打过电话。我们刚拿到她的电话记录，你们的谈话持续了三十五分钟。所以，你们两个在三十五分钟里肯定谈到了什么，你总不可能让那个可怜的女人一直拿着电话干等着吧。"

他一句话都没说。

"范·盖茨先生？"

"那个——那个谈话内容是保密的。"

"莱尼小姐是你的客户？她打给你的电话是付费的？"

"不是，不过——"

"所以你并不受律师客户间的隐私条款限制。"

"但是我要遵循另一位客户的保密要求。"

"生母。"

"没错，她曾经是我的客户。她弃养孩子时提出了一个条件——永远不能透露她的姓名。"

"那是四十年以前了，没准现在她已经改变想法了。"

"我不知道。我不知道她现在在哪儿，甚至不知道她是否还活着。"

"这就是安娜打电话给你的原因吗？问你和她生母有关的事情？"

他向后靠在椅背上。"被收养者总是会对他们的身世感到好奇，其中一些人甚至到了着魔的地步。他们会不停地收集信息，花费数千美元寻找想要隐姓埋名的亲生母亲。即使他们最后真的找到了，结局也不太会像他们所期望的那样美好。这也是安娜所期望的，警探，童话般的美好结局。有时他们最好还是直接忘掉这些，继续原本的生活。"

里佐利想到了自己的童年，自己的家庭。她一直以来都很清楚自己是谁。她能见到自己的父母、祖父母，还能从他们的脸上看出自己的血脉。她是家族里的一分子，这是刻在DNA里的现实。无论亲戚们如何惹恼她、让她难堪，都仍是她的家人。

但是莫拉·艾尔斯从未在祖父母身上见到过自己的影子。她走在街上的时候，会不会研究路过的陌生人，寻找和自己相似的特征呢？比较他们嘴巴的线条，或者鼻子的轮廓？里佐利完全可以理解对了解自己身世的渴望，因为人不只是一根根散落的枝条，而是来自一株根深叶茂的大树。

她看着范·盖茨的眼睛。"安娜·莱尼的生母是谁？"

他摇摇头。"我再说一遍。这和你的案子无关——"

"有没有关系我说了算，你只管告诉我名字就可以了。"

"为什么？告诉你之后任由你去扰乱一个女人的生活，让她想起自己不愿被提起的年轻时犯下的错误？这和杀人案有什么关系？"

里佐利靠得更近了，双手撑在他的桌子上，带有攻击性地侵略他的个人领地。也许他甜美的邦妮不会这么做，但里维尔的女警官可不吃他这一套。

"我可以出示传唤你的文件，或者我也可以礼貌地询问你。"

他们对峙了片刻，最终他发出了一声投降的叹息。"好吧，我受够了。我告诉你还不行吗？她们生母的名字叫阿玛提亚·兰克。那年她二十四岁，急需用钱。"

里佐利皱起眉。"你是说她卖了她的孩子？"

"这个……"

"多少钱？"

"一大笔钱。足够她开始新的人生。"

"我问你多少钱？"

他眨了眨眼："一个孩子两万美元。"

"一个孩子？"

"两个幸福的家庭各自领回了一个孩子，而她拿了钱离开。

相信我,现在的收养家庭需要花费更多。你知道现在领养一个健康的白人婴儿有多难吗?那样的小孩非常抢手。这就是供需关系,很简单。"

里佐利坐了回去,她对一个女人为了冷冰冰的钱而卖掉自己孩子的行为感到震惊。

"我能告诉你的只有这些了。"范·盖茨说,"如果你还想知道别的,那么,你也许应该找警察同行聊聊,会给你省下很多时间。"

最后一句话让她感到困惑,然后她又想起了他刚才说过的一句话:"我受够了"。

"还有谁来问过你有关这个女人的事情吗?"她问。

"你们这样的人用的都是同一招:到我这里来,然后威胁我说如果我敢不配合,就会让我过得很惨——"

"还有别的警察来过?"

"是的。"

"谁?"

"我不记得了。那是几个月以前的事了,我忘了他的名字。"

"他怎么会找到你的?"

"因为是她带他来的,他们一起过来的。"

"安娜·莱尼带他一起来的?"

"他当时过来帮她。"范·盖茨冷哼了一声,"遇到麻烦就找警察嘛。"

"这是几个月之前的事了?他们一起过来的?"

"我刚刚已经说过了。"

"然后你告诉了她生母的名字?"

"是的。"

"那为什么上周安娜又打电话给你呢?如果她已经知道了生母的名字的话。"

"因为她在《波士顿环球报》上看到了几张照片——一位和她长得一样的女士。"

"莫拉·艾尔斯医生。"

他点头。"莱尼小姐直截了当地问我,所以我就告诉了她。"

"告诉了她什么?"

"她还有个姐姐。"

13

发现那些骨头之后,一切都变了。

莫拉本来打算当天晚上开车回波士顿的,如今却赶回小屋换了身牛仔裤和T恤,又开着自己的车回到了那块空地。她想再多待一会儿,等到四点钟再离开。然而随着下午时间的推移,犯罪现场调查组从奥古斯塔赶到,沿着科索在空地上画出的网格仔细搜查,莫拉已然忘记了时间。她只休息了一小会儿,狼吞虎咽地吃下了别人带来的鸡肉三明治。所有东西吃起来都带着她涂在脸上的驱蚊剂的味道,但她实在是太饿了,就算让她啃干面包皮她都愿意。填饱了肚子,她又一次戴上手套,拿起一把铲子,跪在了辛格医生旁边的泥地里。

很快,时间已经过了四点钟。

纸箱里渐渐堆满了骨头。肋骨和腰椎骨,还有股骨和胫骨。事实上,推土机并没有把骨头铲得到处都是。女性的尸骨都在半径六英尺的范围内;男性的尸骨则被黑莓藤条缠在一起,甚至范围更小。看似只有两个人的尸骨,他们却花了一下午才完整地挖出来。莫拉沉迷于挖掘带来的兴奋感,完全无法自拔。因为她每挖出一铲土,里面都可能藏着一个战利品,有可能是一粒纽扣、一枚子弹或者一颗牙齿。作为斯坦福大学的本科毕业生,她曾花了一个暑假的时间在巴哈的考古遗址工作。尽管那里的气温能飙升到将近四十摄氏度,而她唯一的防晒措施就是一顶宽边帽,但莫拉也能坚持工作到下午最热的时间段。她像寻宝猎人一样,被一种狂热所驱使,坚信再往下几厘米还会有新的收获。如今那种狂热又回来了,她跪在蕨类植物的荆棘中,毫不畏惧黑蝇。她从下午一直工作到晚上,直到暴风雨云团袭来,雷声在远处隆隆作响。

当然,还有每次里克·巴拉德靠近她时那种隐约的躁动。

即使她正在筛着泥土,从中挑出根茎,她还是能感觉到他——他的声音,他的亲近。他给她递了一瓶水,又给她递了一个三明治,或者是把手放在她的肩膀上,问她进展如何。在法医鉴定中心,男同事们很少触碰她。也许是因为她的冷漠,也许是因为她传递出的无声的信号——她不喜欢肢体接触。但是巴拉德会毫不犹豫地伸手抓住莫拉的胳膊,或者把手放在她的背上。

不由得令她面颊升温。

当犯罪现场调查组收工时,她才惊讶地发现已经七点了,天色也渐渐暗了下来。她的肌肉酸痛,身上的衣服也脏兮兮的。她撑着两条疲惫到颤抖的腿,看着多吉特用胶带封上了两箱尸骨。他们一人抱起一个箱子,穿过空地,回到他的车上。

"今天这一折腾,你可欠我一顿饭了,多吉特。"她说。

"朱莉安饭店。我答应你,下回去波士顿时一定请你。"

"我可记住了。"

他把箱子装进车里,关上了门,然后两人用沾满泥土的脏兮兮的手握了握另一只脏兮兮的手。当他开车离开时,她向他挥手道别。大部分调查小组的人都已经离开了,只剩下几辆车。

巴拉德的福特探索者也在其中。

她在越来越深的暮色中停了下来,看向空地。他正站在树林边上，背对着她和科索警探讲话。她徘徊着，希望他能注意到她准备离开了。

然后又能怎么样呢？她希望他们之间发生什么呢？

最好在干出什么蠢事之前赶紧离开这里。

她突然转身回到车里，启动发动机。她开得太猛了，以至于轮胎都打滑了。

回到小屋，莫拉脱掉了脏兮兮的衣服，冲了很长时间的热水澡，涂了两次沐浴露，把身上的油状驱蚊剂全都冲干净，走出浴室才发现自己没有干净的换洗衣服了。她本来只打算在福克斯港住一晚的。

她打开衣柜门，看着安娜的衣服，里面都是她的尺码。穿点儿什么呢？她拿出一件夏装，白色棉布材质，有点儿女孩子气，但在这个潮湿闷热的夜晚，这正是她所需要的。她从头套上裙子，轻薄的织物亲吻着她的肌肤。她想知道安娜最后一次穿上这条裙子、抚平臀部的褶皱是什么时候，最后一次把腰带系上又是什么时候。她眼前看到、摸到的每一样东西都还留着安娜的印记。

电话铃响了，莫拉转身看向床头柜。不知怎么，她在拿起手机之前就知道电话是巴拉德打来的。

"我没看到你离开。"他说。

"我回来洗了个澡，身上脏兮兮的。"

"你什么时候开车回波士顿？"

"今天已经很晚了，我想我还不如再住一晚，你呢？"

"我也不想开夜车回去。"

片刻过去了。

"你找到能住的酒店了吗？"她问道。

"我带着帐篷和睡袋,打算在路边找个地方露营。"

她花了五秒钟的时间做出了决定。五秒钟里她考虑到了这样说的可能性,以及后果。

"我这里还有个空房间,"她说,"欢迎你过来。"

"我不想麻烦你。"

"床刚好空着呢,里克。"

电话那头停顿了一下。"那太好了,不过我有个条件。"

"什么条件?"

"让我给你带点儿晚餐。主路下面有家外卖店,没有什么太特别的,就是一些煮龙虾之类的。"

"我虽然不知道你是怎么想的,里克,但在我看来,龙虾绝对算得上特别了。"

"你想喝红酒还是啤酒?"

"今晚看起来会是个啤酒之夜。"

"我大概一个小时后到,希望你有胃口。"

她挂了电话,突然发现自己饿了。就在不久之前,她还因为太累而不想开车进城吃晚饭,心想还不如干脆早点儿睡觉。但是现在她觉得饿坏了,不仅是因为食物,还因为即将到来的陪伴。

她在房子里踱步,很多相互矛盾的欲望弄得她焦虑不安。就在几天前,她还和丹尼尔·布洛菲一起吃了晚餐。虽然丹尼尔很久之前就投奔了上帝,永远都轮不到她,但是无望的事情有时又会很诱人,只不过很少能真正带来快乐。

她听到轰鸣的雷声,走到纱窗前。屋外,黄昏沉入夜幕。虽然她没有看到闪电,但空气似乎已经充满了电流,随时可能放电。雨点在屋顶上滴答作响。起初只是零星的几滴,紧接着暴雨突然袭来，天空中仿佛有上百个鼓手在激烈地演奏。风暴席卷而来，她站在门廊上，看着倾盆大雨，感受着迎面而来的冷风拂过她的裙子，撩起她的头发。

两道银色的前车灯光穿透了银色的雨幕。

她一动不动地站在门廊上，当车停在屋子门前时，她的心就像暴雨一样狂跳着。巴拉德走下车，手里提着一个大袋子和一捆六瓶的啤酒。他低着头冒雨朝莫拉走来，一路水花四溅地走上台阶，进入门廊。

"真没想到我还得游着泳过来。"他说。

她笑了。"快进来，我去给你拿条毛巾。"

"你介意我直接钻进你的浴室吗？我还没来得及洗漱呢。"

"快去吧。"她从他手中接过杂货袋，"浴室就在客厅尽头，柜子里有干净的毛巾。"

"我去把过夜用的东西从后备厢拿出来。"

她拎着食物走进厨房，把啤酒塞进冰箱，听到了他返回屋内的关门声。接着，片刻之后，屋里传来了淋浴的声音。

她坐到餐桌前，深深地吸了一口气。只是吃个晚餐而已，她心想，只不过是在同一屋檐下一起度过一晚。她想起了几天前自己为丹尼尔做的那顿晚饭，以及那晚奇异的气氛。当她看向丹尼尔时，想到的是他难以企及。她看里克时想到的又是什么呢？也许比本应想的更多一点儿。

淋浴声停了。她静静地一边坐着，一边听着。她的感官突然被放大了，每一声轻响、每一缕拂过肌肤的空气她都能感受得到。脚步声越来越近，突然间，他出现在那里，身上穿着蓝色牛仔裤和干净的衬衫，散发着肥皂的味道。

"希望你不介意和一个光着脚的男人一起吃饭，"他说，"我的靴子太脏了，没法穿进来。"

她笑了。"那我也光着脚吧，这样感觉就像野餐一样。"她脱下拖鞋，走向冰箱，"准备好喝啤酒了吗？"

"几个小时前就已经准备好了。"

她起开两瓶啤酒，递给他一瓶。她一边抿着，一边看着他仰头喝了一大口。丹尼尔永远不会这样——无忧无虑，光着脚，还顶着刚洗完澡湿漉漉的头发。

她转身去看杂货袋。"你都带了什么过来？"

"我拿出来吧。"他走到柜边和她站到一起，伸手从袋子中拿出了一个个用锡纸打包的食物，"烤土豆，热黄油，玉米棒。还有个重头戏。"他拿出一个塑料泡沫包裹的大箱子，拆开来，里面是两只鲜红的龙虾，还冒着热气。

"我们要怎么拆龙虾呢？"

"你难道连这个小东西都搞不定吗？"

"我希望你知道怎么处理它。"

"没什么难的。"他从袋子里掏出两个钳子，"准备好手术了吗？医生。"

"你这样搞得我很紧张。"

"这就是个技术活。但是首先，我们得先穿上装备。"

"什么？"

他又伸手从袋子里拿出塑料围裙。

"你一定在开玩笑。"

"你以为餐厅提供这些东西是用来当摆设的？"

"是啊。"

"来吧，就当练练手。它会保护你的漂亮衣服。"他绕到她身后，把围裙套在她胸前。他站在她身后，帮她系脖子后面的绑带，呼吸吹进了她的头发里。他的手在那附近逗留，这样的触感让她不禁打了个寒战。

"现在轮到你了。"她轻声说。

"轮到我？"

"我才不会一个人穿这个滑稽的东西。"

他无奈地叹了口气，将围裙系在脖子上。两人对视了一眼，看到他们胸前都带着一样的卡通龙虾图案，顿时哈哈大笑了起来。直到在餐桌边坐下时两人还在笑。莫拉想：空腹喝了几口啤酒我就失控了，不过这感觉真不错。

他拿起钳子。"艾尔斯医生。现在可以开始准备手术了吗？"

她伸手去拿她的，像握手术刀一样把钳子拿在手里，准备开第一个切口。"准备好了。"

他们拆下虾钳，敲碎虾壳，取出香甜的虾肉，外面的大雨打着节拍。他们没有用叉子，而是直接用手吃，用沾满黄油的手开啤酒瓶，掰开热乎乎、香喷喷的烤土豆。没必要讲究餐桌礼仪，今晚就是野餐。两人光着脚坐在桌边，舔着手指，时不时偷瞄对方一眼。

"这可比用刀叉吃饭有趣多了。"她说。

"你之前从来没用手吃过龙虾吗？"

"不管你信不信，这可是我第一次碰到还带着壳的龙虾。"她抽了一张纸巾擦掉手上的黄油，"你知道吗，我不是新英格兰人。我两年前才从旧金山搬到这里来。"

"这可有点儿让我吃惊。"

"为什么？"

"在我看来你是个典型的南方人。"

"怎么说？"

"你既独立，又内敛。"

"我是努力让自己变成这样的。"

"你的意思是这不是真实的你吗？"

"我们都在扮演某种角色。当我身穿手术服工作时，我就是艾尔斯医生。"

"那当你和朋友在一起时呢？"

她抿了一口啤酒，慢慢放下酒杯。"我在波士顿还没有交到太多朋友。"

"如果你是个外地人，这的确要花点儿时间。"

外地人。是的，这就是她每天的感觉。她会看到警官之间互相拍打后背，听到他们谈论烧烤和垒球比赛。而她从未收到过邀请，因为她不是他们中的一员，她不是一名警官。她法医的身份就像一堵墙，将其他人拒之门外。而她在法医鉴定中心的男性同事们都是已婚身份，也不知道该怎么和她相处。像莫拉这样有吸引力的离婚人士会让人不安。没人想面对这类人带来的威胁和诱惑。

"那你为什么会到波士顿来呢？"他问。

"因为我需要改变自己的生活。"

"工作做腻了？"

"不，不是的，我在医学院时过得很开心。我当时是大学医院的病理学家，除此之外，我还能和年轻机灵的住院医生和学生们一起工作。"

"所以如果不是工作的原因，就一定是感情问题了。"

她低头看着桌子，盯着桌上的剩菜。"猜得不错。"

"你要准备让我别多管闲事了吗？"

"我离婚了。就这么简单。"

"想跟我聊聊吗？"

她耸了耸肩。"我能聊什么呢？维克多很聪明，很有魅力——"

"哦，我已经开始吃醋了。"

"但你没法和这样的人走进婚姻。他的感情太激烈了，也正是因此，它很快就会消耗殆尽。最后你只会筋疲力尽，而他……"她停了下来。

"他什么？"

她拿起啤酒，喝了很久才放下酒杯。"他对我并不诚实，"她说，"就是这样。"

她知道他还想了解更多，但他已经从她的语气中听出了拒绝的意思。到此为止。他站起身，又从冰箱里拿出了两瓶啤酒，起开瓶盖，递了一瓶给她。

"如果要聊前任的话，"他说，"我们可需要更多的啤酒。"

"如果是伤心事，那就不要提了。"

"也许正是因为你不想提起，才会觉得痛苦。"

"没人会想听我的离婚故事。"

他坐了下来，隔着桌子看向她的眼睛："我想。"

从来没有一个男人如此专注于她，而她也无法逃开他的视线。她深深地呼吸着，感受着雨水的气息和热黄油的香气。她在他的脸上看到了之前从未注意过的细节：他的头发里有一缕金色；下巴上有一道疤，就在嘴唇下方，是一道淡淡的白色印记；还有他门牙上的缺口。我才刚刚认识这个男人，她想，但他看我的眼神就好像我们早已熟识。莫拉隐约听到卧室里她的手机响了，可她并不想去接，就让它一直响着，直到安静下来。她平常不会像今天这样不接电话，但是今晚一切都不同了。她变了，变成了一个鲁莽的、故意不接电话的、徒手吃饭的女人。

一个可能会和她几乎不认识的男人上床的女人。

电话又响了起来。

这一次,急促的电话铃声终于引起了她的注意。她不能再无视它了。她不情愿地站起了身。"我去接一下电话。"

等她到了卧室,电话铃又一次停了。她打开语音信箱,听到了两条不同内容的信息,都是来自里佐利的。

"医生,我需要和你谈谈。给我回个电话。"

第二条语音留言语气更加强硬:"还是我。你为什么不接电话?"

莫拉坐到床上,看着床垫忍不住想:这床垫刚好够两个人用。她摇了摇头,深吸了一口气,拨通了里佐利的电话。

"你在哪儿?"里佐利上来就问。

"我还在福克斯港。不好意思,刚刚没有接到你的电话。"

"你在那儿见到巴拉德了吗?"

"见到了,我们刚吃完晚饭。你怎么知道他在这儿?"

"他昨天给我打过电话,问我你去哪儿了,听起来像是会过去找你。"

"他就在另一个房间,需要我把电话给他吗?"

"不用,我是找你的。"里佐利停顿了一下,"我今天见过特伦斯·范·盖茨了。"

里佐利突然转变的话题让莫拉一愣。"什么?"她困惑地问道。

"范·盖茨。你跟我说过他是那个律师,负责——"

"哦,我知道他是谁。他跟你说了什么?"

"一些有趣的事情,和收养有关的。"

"他居然和你说了这件事?"

"是的,每当我亮出警官证,总有些人会老实交代,这确实挺令人惊讶的。他告诉我，你妹妹几个月之前去找过他。就像你一样，她也在找她的生母。范·盖茨也像应付你一样敷衍了事，说是档案被封起来了，生母想要保密之类的。所以她带了一个朋友又去找了他一次，那个朋友最终劝说范·盖茨交代了她生母的名字，以保住他自己的最大利益。"

"他告诉她了？"

"是的，他说了。"

莫拉的耳朵贴着电话，都能听到自己的心跳声。她轻轻地问道："你知道我的生母是谁了？"

"是的，不过还有一个问题——"

"告诉我她叫什么，简。"

电话那边停顿了一下。"兰克。她的名字叫阿玛提亚·兰克。"

阿玛提亚。我妈妈的名字叫阿玛提亚。

莫拉舒了一口气，感激万分。"谢谢你！天哪，我真不敢相信我终于知道——"

"等等，我话还没说完。"

里佐利的语气中带着警告。她要说坏消息了，莫拉不喜欢坏消息。

"还有什么？"

"那个安娜的朋友，帮她搞定范·盖茨的那个人——"

"怎么了？"

"是里克·巴拉德。"

莫拉僵住了。厨房里传来盘子的碰撞声和水流的哗哗声。她刚刚和他一起度过了一整天，而现在才突然发现她根本不了解他到底是个什么样的人。

"医生?"

"那他为什么不告诉我?"

"我知道为什么。"

"为什么?"

"你最好亲自问问他,让他把剩下的事情都告诉你。"

莫拉回到厨房时,看到他已经清理完了桌子,龙虾壳也被扔进了垃圾袋。他正站在水槽边洗手,并没有发觉她正在门口看他。

"关于阿玛提亚·兰克,你都知道些什么?"

他突然僵住了,仍然背对着她。过了很长时间,他才伸出手去拿了一条毛巾,慢慢地将手擦干。他在拖延时间,但她是不会接受任何借口的,不管他做什么都无法改变莫拉对他的疑虑。

终于,他转过身面向她。"我一直都希望你不要知道。阿玛提亚·兰克不是个你会想去了解的女人,莫拉。"

"她是我的生母吗?见鬼,跟我说实话。"

他不情愿地点了点头:"是的,她是。"

没错,他终于说了,他也已经证实了这一点。又过了一阵子,她终于意识到他瞒了她这么重要的事情,所以一直以来他都在用关心的目光看着她。

"你为什么不告诉我?"她问。

"我是在为你考虑,莫拉,这样对你来说是最好的——"

"真相对我来说难道不是最重要的吗?"

"但是这种真相,不是。"

"你他妈到底是什么意思?"

"我在安娜那里犯了个错误,非常严重的错误。她当时很想找到自己的生母,我觉得我可以帮她。可是我没想到事情会发展成这样。"他朝着莫拉走近了一步,"我一直都在保护你,莫拉。我亲眼见到安娜变成了什么样,我不想看到你也变成那样。"

"我不是安娜。"

"但是你和她一样。你太像她了,像到让我害怕。你不仅仅是长得像她,你们的思维方式都一模一样。"

她嘲讽地笑了:"所以你现在都能读懂我的思想了?"

"不是读懂你的思想,而是你的个性。安娜是个很顽强的人,如果她想知道什么,不达目的她是不会罢休的。而你也是一样,会不停地探索和挖掘,直到找到答案为止。你今天在树林里工作的样子就说明了这一点。那并不是你的工作,也不在你的辖区,你根本没必要在那儿,你只是纯粹出于好奇。而且你也很固执,你想把那些骨头找出来,最终也做到了。安娜也是这样的。"他叹了口气,"我很遗憾她最后找到了她想找的答案。"

"我的生母是谁,里克?"

"一个你不想见到的女人。"

莫拉花了好一会儿才完全明白这个回答的真正含义。他用了现在时。"我的妈妈还活着?"

他不情愿地点了点头。

"而且你也知道在哪儿能找到她?"

他没有回答。

"该死的,里克!"她爆发了,"你为什么不告诉我?"

他走到桌子旁边坐下,看起来很累,不想再争执下去了。"因为我知道你听到真相之后会很痛苦。尤其是因为你的身份,你赖以谋生的工作。"

"这和我的工作有什么关系?"

"你在执法系统里工作,帮助警察将凶手绳之以法。"

"我没有将任何人绳之以法,只是提供事实而已,有时候事实也并不是你们警察想听到的那样。"

"但是你站在我们这一边工作。"

"不。我站在受害者那边。"

"好吧,你站在受害者那边。总之这就是为什么你不会喜欢听到和她有关的事情。"

"到现在为止你还什么都没告诉我。"

他叹气:"好吧,也许我应该先让你知道她住在哪里。"

"说吧。"

"阿玛提亚·兰克——那个抛弃了你们,害你们被收养的女人——现在被关在马萨诸塞州弗雷明翰的惩教所里。"

莫拉的腿突然一软,一屁股坐在了他对面的椅子上,胳膊蹭到了掉在桌上已经凝固的黄油。就在不到一个小时前,在她的世界崩塌之前,他们还愉快地共进了晚餐,桌上的黄油就是证明。

"我妈妈在监狱里?"

"是的。"

莫拉盯着他,已经没法再继续问下去了,因为她很害怕听到答案。但是她已经迈出了第一步,即便不知道结果会如何,她现在也无法回头了。

"她做了什么?"莫拉问,"她为什么会进监狱?"

"她被判了无期徒刑,"他说,"因为她谋杀了两个人。"

* * *

"这就是我不想让你知道的,"巴拉德说,"我亲眼看到了安娜得知母亲犯罪,得知自己的身体里流着谁的血之后的反应。没有人愿意拥有这样的血脉,杀人犯的血脉。当然,她当时是不愿意相信的。她觉得一定是搞错了,她的母亲也许是无辜的,但当她见到她之后——"

"等等,安娜见到我们的妈妈了?"

"是的。我和她一起开车去了马萨诸塞州的弗雷明翰监狱,也就是那个女人所在的监狱。这是我犯下的另一个错误,因为那次探访只会让她对母亲犯下的罪更加难过。她无论如何都接受不了这个事实,自己的母亲是个怪——"他停住了。

怪物。我的妈妈是个怪物。

雨声渐弱,淅淅沥沥地落在屋顶上。雷雨虽然已经过去,但她依然能听到海上传来隐约的轰隆声,室内厨房里却是一片寂静。他们隔着桌子相对而坐,里克默默地陪伴着她,担心她会崩溃。他不了解我,她想。我不是安娜,我不会崩溃的,而且我也不需要什么该死的守护者。

"告诉我剩下的事。"她说。

"剩下的?"

"你说阿玛提亚·兰克因为杀了两个人而被判刑。那是什么时候的事?"

"大概五年前。"

"受害者都有谁?"

"我不想说。或者说,你听到这些会很难受的。"

"目前为止,你已经告诉我我母亲是个杀人凶手了。我觉得我的接受能力还可以。"

"比安娜要好。"他承认道。

"所以告诉我受害者是谁,不要遗漏掉任何一点儿该死的信息。这才是我最接受不了的东西,里克,我不喜欢别人向我隐瞒真相。我曾经嫁给了一个有太多秘密的男人,这就是我们离婚的原因。我不会再容忍这种事情了,任何人我都不会容忍。"

"好吧。"他身体前倾,看着她的眼睛,"你想知道细节,那我就坦诚地告诉你。细节是残酷的。受害者是一对来自马萨诸塞州菲茨堡的姐妹,特蕾莎·威尔斯和尼基·威尔斯,受害时分别是三十五岁和二十八岁。当时她们的车爆胎了,两人被困在了路上。那时是十一月下旬,天上突然刮起了暴风雪。当有辆车停下来愿意让她们搭便车时,她们一定觉得自己非常幸运。两天后,她们的尸体在大约三十英里外一处烧毁的棚子里被发现。一周后,阿玛提亚·兰克因为交通违章被弗吉尼亚警方拦下。他们发现她的车牌是偷来的,并且注意到了车后保险杠上的血迹。搜车时,他们发现后备厢里有受害者的钱包,以及一个带有阿玛提亚指纹的撬棍——用来拆卸轮胎的那种,后来经过检测发现上面也带有血迹,是尼基和特蕾莎的血。决定性证据是马萨诸塞州加油站安装的监控摄像头。监控记录显示阿玛提亚·兰克往容器里灌满了汽油,那些汽油是她用来烧毁尸体的。"他与她对视,"就是这些,我很坦诚地告诉你了。这些是你想听到的吗?"

"死因是什么?"莫拉的声音异常平静,让人不寒而栗,"你说尸体被烧毁了,但是那两名女性是怎么被杀害的?"

他盯着她看了一会儿,好像接受不了她能如此镇定。"被烧毁尸体的 X 光片显示,两名女性的头骨碎裂,很可能是撬棍击打所致。妹妹尼基的面部遭到了重击,骨骼塌陷,只留下了一个大窟窿。犯罪手段太残忍恶毒了。"

她想象着他刚刚描述的场景。满是积雪的路边和一对被困的姐妹，当一个女人停下帮忙时，她们完全有理由相信她是个好心人，尤其还是个年长的女人，头发灰白的老妇人。女性互助。

她看向巴拉德。"你刚刚说安娜不相信她有罪。"

"我已经把庭审时的证据都告诉你了。撬棍、加油站的监控视频，还有被盗的钱包，任何一个陪审团都会判定她有罪的。"

"这个案子发生在五年前，那时阿玛提亚多大年纪？"

"我记不清了，大概六十多岁。"

"然后她成功制服并杀害了两个比她小几十岁的女性？"

"天哪，你简直和安娜当时一模一样。这是显而易见的事。"

"但是显而易见的事情并不总是真实的。任何一个身体健全的人都会反击或逃跑，为什么特蕾莎和尼基没有这么做呢？"

"她们当时一定被吓坏了。"

"可是她们有两个人啊？为什么没有任何一个人跑呢？"

"她们其中一个行动不便。"

"什么意思？"

"那个妹妹，尼基，她当时怀孕九个月了。"

14

马蒂·普维斯不知道现在是白天还是夜晚。她没有手表,所以无法准确地知道过去了几个小时,或者几天。这就是最难受的地方,她完全不知道自己在这个箱子里待了多久,她独自一人在无尽的恐惧中度过了多久,心跳了多少下,呼吸了多少次。她试着数秒,然后数分钟,可是才数到五分钟她就放弃了。虽然这能分散她的注意力,让她不要沉浸在绝望中,但这样做一点儿意义都没有。

她已经摸清了这个监牢的每一寸,发现这里没有破绽,没有一丝她能刨开或者撬开的裂缝。她把毯子铺在身下,隔开那块坚硬的木板。她还学会了用塑料便盆,而且也不会溅出来太多水。即使是被困在一个箱子里,生活也就是那么些事——睡觉,喝水,撒尿。真正需要她计算时间的是她的食物补给:她吃了多少根好时巧克力棒,还剩下几根。

袋子里还有十几根。

马蒂往嘴里塞了一块巧克力,但并没有咀嚼,而是让巧克力在舌头上化成香甜的酱。她一直都很喜欢巧克力,每次经过糖果店时,她总会忍不住停下来欣赏像黑宝石一样摆放在一起的松露巧克力。她想到了苦涩的可可粉、酸樱桃馅,还有顺着下巴流出来的朗姆酒糖浆——比这个巧克力棒好太多了。但巧克力就是巧克力，她已经很满足了。

剩下的巧克力可能撑不了太久了。

她低头看着周围皱皱巴巴的巧克力包装纸，不由得沮丧起来。她竟然已经吃掉这么多食物了。全都吃光之后又会发生什么？一定还会有更多食物。绑架她的人怎么会给她准备好食物和水，却让她过几天之后又活活饿死呢？

不，不，不。她会活下去，她不会死的。

她仰头对着通风口，深深吸了一口气。一定会活下去的，她不停地告诉自己。会活下去的。

为什么？

她靠在墙上，这个问题在脑海中回荡。她能想到的唯一答案就是：赎金。哦，这个愚蠢的绑匪，你被德韦恩的外表欺骗了。宝马车、百年灵手表，还有精致的领带。如果你开着一辆这样的车，这就是你的形象。她开始歇斯底里地大笑。她被绑架了，却是因为一个虚假的"形象"，打造形象的钱还都是借来的。德韦恩付不起一分钱赎金。

她想象着德韦恩走进家中，发现她不在了。他会看到车库里停的车，还有地板上倒下的椅子。这些都说明不了什么，除非他看见绑匪的信，看到要钱的字眼。

你会给他钱的，对吗？

你会吗？

手电筒的光突然灭了。马蒂一把抓起它，在手上磕了一下。手电筒闪得更亮了，但马上又灭了。糟糕，是电池。你这个笨蛋，你不该一直开着它啊！她在杂货袋里翻找了半天，撕开了一包新电池。电池散落了出来，掉得到处都是。

光消失了。

马蒂的呼吸声在黑暗中回荡，渐渐变成了恐慌的呜咽声。好了，好了，马蒂，冷静点儿。你知道自己有新电池了，只要把它装上就行了。

她一点点在地上摸索着，捡起散落的电池，深吸了一口气，拧开手电筒，小心翼翼地把盖子放在膝盖上，将旧电池拆出来，放到了一边。所有动作都是在黑暗中进行的。如果她弄丢了哪个重要的零件，可能就再也无法在黑暗中找到它了。放松点儿，马蒂，你之前换过手电筒电池的。把电池放进去，正极向上就行了。一个，两个。现在拧上盖子……

光突然绽放了出来，明亮而美丽。她舒了一口气，向后一倒，就像刚刚跑完一千米一样筋疲力尽。你又有光了，现在要保存好它，别再把电用光了。她关掉了手电筒，坐在黑暗中。这一次，她的呼吸缓慢而平稳，不再害怕。虽然她暂时看不见了，但是手指还放在开关上，随时可以打开手电筒。一切都在掌握之中。

而坐在黑暗中，她无法掌握的是逐渐吞噬她的恐惧。现在德韦恩一定已经发现她被绑架了。他一定看到了勒索信，或者接到了勒索电话。要钱还是要老婆。他会给钱的，他当然会给钱。她想象着电话里他疯狂地恳求那个匿名者的声音："不要伤害她，求求你不要伤害她。"她想象着他在厨房的餐桌旁抽泣："对不起，我对不起你。"然后为他曾对她说过的所有刻薄的坏话而道歉。他曾想尽办法让她觉得自己是如此卑微和无关紧要，而现在他想收回他说过的话，然后希望能告诉她她对他来说有多么重要……

别做梦了，马蒂。

她紧紧地闭上眼睛，痛苦如此深刻，似乎能伸进她的身体残忍地蹂躏她的心脏。

你知道他不爱你。几个月前你就知道了。

她双手环住自己的肚子，抱住自己和腹中的孩子。她蜷缩在一个角落，再也无法逃避真相。她想起有一天晚上她走出浴室时他盯着她的肚子，脸上那厌恶的表情。还有晚上她躺在他身后亲吻他的脖子时，他挥手把她赶走。两个月前埃弗雷特家的聚会上，她找不到他，却在后院的凉亭里发现他正在和珍·霍克梅斯特调情。有那么多细节、那么多蛛丝马迹都被她忽略掉了，因为她深信他是真爱。自从她在生日聚会上被介绍给德韦恩·普维斯，她就相信他是自己的真命天子，即使他的有些行为会让她不悦，比如说约会时他总是要求平分账单，或者总在对着镜子徒劳地整理头发。从长远来看，这些小事并不重要，因为他们喜欢待在一起。她就是这么告诉自己的，用美丽的谎言掩盖真相，七拼八凑地把从电影中看到的浪漫情节安在自己身上。就算那真的是浪漫，也并不属于她，不属于她的人生。

她的人生就像现在这样——被困在箱子里，等着一个不想让她回家的丈夫出钱赎她。

她想到了真正的德韦恩，而不是她幻想中的，正坐在厨房里读勒索信。你老婆在我手里，除非你拿出一百万美元……

不，一百万有点儿太多了，没有一个理智的绑匪会开价这么高的。这些绑匪绑架别人的妻子做什么？十万美元听起来就合理多了。就算是这样，德韦恩还是会犹豫的。他会权衡他的所有财产：宝马车，房子。一个老婆能值多少钱？

如果你爱我，如果你曾经哪怕有一瞬间爱过我，就付赎金吧。求你了，求求你给他钱。

她瘫倒在地板上，抱住自己，陷入了绝望。这个密闭的箱子，比任何关押罪犯的监狱都要更幽深，更黑暗。

"太太，太太。"

马蒂在抽泣声中僵住了，她不确定自己是不是真的听到了说话声。现在她确实听到声音了，她快疯了。

"回答我，太太。"

她打开手电筒，将光对准头顶。声音就是从那儿传来的——通风口。

"你能听到我说话吗？"是个男人的声音，低沉，悦耳。

"你是谁？"她问道。

"你找到吃的了吗？"

"你是谁？"

"省着点儿吃，你得靠它支撑着活下去。"

"我丈夫会付你钱的，我知道他一定会的。求求你放了我吧。"

"你有哪里不舒服吗？"

"什么？"

"有哪里不舒服吗？"

"我要出去！放我出去！"

"时间到了我会放你出来的。"

"你还要把我关在这儿多久？你打算什么时候放我出去？"

"过一会儿。"

"过一会儿是多久？"

没有人回答。

"你好？先生？有人在吗？告诉我的丈夫我还活着。你告诉他让他必须付钱给你！"

脚步声渐渐远了。

"别走!"她尖叫起来,"放我出去!"她伸手敲着箱子顶,"你必须放我出去!"

脚步声消失了。她抬头看着通风口。他说他还会回来的,她想。他明天还会过来的,等到德韦恩付给他钱,他会放她出去的。

她突然意识到,德韦恩。通风口外面的声音一次也没提到过她丈夫。

15

简·里佐利就像个波士顿人一样开着车，不停地按着喇叭。她的斯巴鲁熟练地绕过并排停放的汽车，驶向收费公路的入口匝道。怀孕并没有改变她的暴脾气，如果有的话，那就是她变得比平时更加不耐烦了，每个十字路口的红绿灯都像商量好了似的不让她们顺利通行。

"我想不明白，医生。"里佐利一边等着红绿灯，一边用手敲着方向盘，"这只会让你胡思乱想。我是说，你见到她能有什么好处？"

"起码我会知道我的母亲是谁。"

"你已经知道她的名字了，也知道她犯下的罪行了，这还不够吗？"

"不，不够。"

她们身后的喇叭响了。已经是绿灯了。

"浑蛋。"里佐利说着，从十字路口呼啸而过。

她们沿着马萨诸塞州收费公路一路向西来到弗雷明翰，里佐利的斯巴鲁在体型庞大的钻井车和SUV车队中显得有些渺小。在缅因州度过一个安静的周末后，莫拉对眼前拥挤的高速公路感到震惊。一个小失误，或者是刹那的疏忽，都可能让人徘徊在生死之间。里佐利毫不畏惧，把车开得飞快，这让莫拉感到不安。

莫拉从来都不会冒险，开的是最安全的双气囊汽车，也绝不会让油表低于四分之一。她不会轻易让自己处于失控的风险中，也绝不会在两吨重的卡车距离车窗只有几厘米的距离时开得这么猛。

直到她们下了高速，进入一二六号公路穿过弗雷明翰市中心，莫拉悬着的心才放松下来，她不再紧紧地盯着仪表盘。可她现在面临的是另一种恐惧，她最怕的并不是大型钻井车或其他飞驰而过的汽车，而是她即将要面对自己的真实身份。

她很讨厌她已经知道的那些事。

"你随时可以改变主意，"里佐利说，就像能读懂莫拉的想法一样，"只要你开口，我就马上掉头。我们可以去友好咖啡屋喝杯咖啡，或者再来点儿苹果派。"

"怀孕的女人什么时候能不惦记着吃？"

"反正我不能。"

"我不会改变主意的。"

"好吧，好吧。"里佐利沉默了片刻，"巴拉德今天早上来找过我。"

莫拉看向她，里佐利的眼睛却一直盯着面前的路。"他找你干什么？"

"他想解释为什么他一直没有告诉我们有关你母亲的事。听着，我知道你还在生他的气，医生，但是我也觉得他是真的在保护你。"

"他是这么说的吗？"

"我相信他说的话。也许我也认同他的做法，也想过不告诉你这些事。"

"但是你没有瞒着我。你还是打电话给我了。"

"关键是，我知道他为什么不想告诉你这些。"

"他没有理由瞒着我。"

"这是男人的通病,或者说,也是警察的通病。他们想要保护身边的女士——"

"所以就隐瞒真相?"

"我只是说,我理解他的出发点。"

"难道你不生气吗?"

"我当然也生气。"

"那你为什么还要帮他说话?"

"因为他很帅?"

"哦,拜托。"

"我只是想告诉你,他是真的感到很抱歉。但是我认为他尝试过亲口跟你说。"

"我现在没心情接受道歉。"

"所以你还要继续生他的气吗?"

"我们为什么要讨论这个?"

"我也不知道,我想也许是因为他谈论你的事情的方式,就像你们两个之间有点儿什么。所以,有吗?"

莫拉感觉到里佐利正在用她那犀利的警察的眼睛注视她,而且她知道,如果她撒谎的话,里佐利会看出来的。

"我现在不需要复杂的情感关系。"

"有什么复杂的?我是说,除了你还在生他的气之外?"

"女儿,前妻。"

"他这个年纪的男人都结过婚了,都会有前妻的。"

莫拉盯着眼前的路。"你知道吗,简,并不是每个女人都一定要结婚的。"

"我过去也是这么想的,但是你看现在的我。前一天我还对他怒不可遏，第二天我又忍不住去想他。我也从没料到我会这样。"

"加布里埃尔是个难得的好男人。"

"是的，他是个直率的人。但问题是，有时他也会像巴拉德一样做那种蠢事，彰显大男子主义来保护你。我也会生他的气。问题就是，你很难判断一个人是否适合你。"

莫拉想到了维克多，想到了她那灾难般的婚姻。"是的，确实很难。"

"但是你可以关注那些有可能的、有机会的人，忘记那些永远都不会有可能的人。"虽然她们没有提到那个名字，但莫拉知道两个人心里想到的都是丹尼尔·布洛菲。他就是那个"不可能的人"，一个诱人的幻境，会诱惑她几年、几十年，甚至直到她老去。那种幻境会一直把她一个人孤零零地困在里面。

"到门口了。"里佐利说着驶入了洛林车道。

看到弗雷明翰监狱的标志时，莫拉的心开始怦怦直跳。是时候面对自己了。

"现在回头还来得及。"里佐利说。

"我已经回答过你了。"

"好吧，我只是想告诉你我们还能反悔。"

"那你呢，简？如果你一辈子都想知道生母是谁，以及她到底长什么样子，你会轻易放弃吗？而且还是在你马上就要找到答案的情况下。"

里佐利转头看向她。这个平日里总是忙着处理公务，风风火火的人，现在正静静地用理解的眼神看着莫拉。"不，"她说，"我不会放弃。"

* * *

在贝蒂·科尔·史密斯大楼的行政厅里,她们出示了证件并签了名。几分钟后,芭芭拉·格利警长来到前台迎接她们。莫拉本以为来的会是一位威严的狱警,然而看到的是位像图书管理员一般的女人。她棕色的短发大部分都已经白了,身材苗条,穿着褐色的裙子和粉红色的棉衬衫。

"很高兴认识你,里佐利警探。"格利警长说,然后又转向莫拉,"你就是艾尔斯医生?"

"是的。谢谢你抽出时间来见我。"莫拉也和她握了握手,发现这个女人冷静而矜持。她知道莫拉是谁,也知道她们为什么会到这里来。

"去我的办公室聊吧,我已经把她的档案取出来了。"

格利在前面带路,没有多余的动作,也没有回头确认来访者是否跟上。她们坐上了电梯。

"这里是四级安全警戒吗?"里佐利问。

"是的。"

"那不是只有中等安全等级吗?"莫拉说。

"我们正在设计六级监狱牢房。就目前而言,这里是马萨诸塞州唯一的女子惩教所。我们负责收押所有的罪犯。"

"也包括重罪杀人犯?"

"如果她们是女性,而且已被定罪,就会被送到这里来。我们不像男子监狱那样会面临很多严重的安全问题,而且,我们的手段也有些不同。我们强调的是治疗与康复。很多囚犯都有心理问题或药物滥用的问题,除此之外,还有很重要的一点:她们当中很多人都是母亲,所以我们还要负责处理亲子分离等情感问题。很多孩子在探视结束时都是哭着离开的。"

"那阿玛提亚·兰克呢?她有什么特殊的问题吗?"

"她有……"格利犹豫了一下,目光直视着前方,"一些。"

"比如?"

电梯门打开,格利走了出去。"这就是我的办公室。"

她们穿过前厅。两位秘书一直盯着莫拉,然后又迅速将视线移回电脑屏幕上。他们不想跟我对视,莫拉想。他们在害怕什么?

格利领着两位到访者走进她的办公室,关上门。

"请坐。"

房间有些出乎意料。莫拉本以为这里会反映格利的性格,简洁朴素,但办公室里到处都挂着满是笑脸的照片。怀抱婴儿的女人、穿戴整洁的孩子,还有一对被孩子包围的新婚夫妇和许多幸福的家庭。

"她们,"格利说着,一边笑着看向墙上的照片,"是做出了改变之后回归社会的人。她们做了正确的选择,使生活得以继续。不幸的是,"她说道,脸上的笑容随即消失了,"阿玛提亚·兰克永远不会出现在这面墙上。"她在办公桌后坐下,看着莫拉,"我不确定你来看她是不是个好主意,艾尔斯医生。"

"我还从未见过我的母亲。"

"这正是我所担心的。"格利靠在椅子上,打量着莫拉,"我们都想爱自己的母亲,希望她是特别的女性,这样作为女儿的我们也会变得特别。"

"我没指望去爱她。"

"那你想要什么呢?"

这个问题把莫拉问住了。她想起了小时候,表弟不留神说出了残忍的真相:"莫拉是被收养的。"那之后,她一直在想象母亲的样子。这就是为什么在一个所有人都是金发碧眼的家庭里,只有她一个人是黑发。她根据黑色的头发想象出了一个童话般的母亲——一位意大利女继承人,迫于丑闻放弃了自己的女儿,或者是一位西班牙美女,悲惨地死于心碎。正如格利所说,她想象中的母亲是个特别的人,甚至可以说是个非凡的人。但现在她要面对的不是幻想,而是一个真实的女人,这情景让她不由得口干舌燥起来。

里佐利问格利:"你为什么觉得莫拉不该见她?"

"我只是希望她能谨慎对待这次探访。"

"为什么?犯人很危险吗?"

"并不是那种会突然攻击人的类型。相反,她表面上看起来非常温顺。"

"外表之下呢?"

"想想她都做了什么,警探。挥动撬棍的力量足以打碎一个女性的头骨,她得有多大的怒气?现在你来回答一下这个问题:阿玛提亚的外表之下隐藏着什么?"格利看向莫拉,"进去之后你必须睁大眼睛,充分意识到自己在和谁打交道。"

"她也许和我有着相同的DNA,"莫拉说,"但我对她没有任何感情。"

"所以你只是好奇。"

"我想把这件事做个了断,我还要继续生活。"

"你的妹妹当时可能也是这么想的。你知道她来探访过阿玛提亚吗?"

"知道,我听说了。"

"我并不认为这让她彻底放下了,反而还让她感到了不安。"

"为什么?"

格利把文件夹推过桌子,递给莫拉。"这些是阿玛提亚的精神病记录,你想了解的关于她的一切情况都在这里。你为什么不直接看看呢？看完，离开这儿，然后忘掉她。"

莫拉并没有碰那个文件夹，但是里佐利拿了起来。她打开文件夹问道："她在接受精神治疗？"

"是的。"格利说。

"为什么？"

"因为阿玛提亚患有精神分裂症。"

莫拉盯着眼前的警长。"那她为什么会被判谋杀罪？如果她患有精神分裂症的话，不应该被关进监狱，而是应该住在医院里才对。"

"我们其他一些囚犯也有这种情况。你应该和法官说，艾尔斯医生。这些我都已经尝试过了，司法系统本身就是很离谱的。即便你是在彻底疯了的情况下杀人，精神错乱这一理由也很难动摇陪审团。"

里佐利轻声问道："你确定她真的疯了？"

里佐利正低头盯着精神病档案。莫拉转头看向她，问："确诊记录有什么问题吗？"

"我认识这位精神病医生，乔伊斯·奥唐纳，她一般不会在普通精神分裂症上浪费时间。"里佐利看向格利，"她怎么会负责这个案子？"

"你听起来有些不安。"格利说。

"如果你认识这位奥唐纳医生的话，你也会感到不安的。"里佐利合上了文件夹，"在艾尔斯医生进去探视之前还有什么需要注意的吗？"

格利看向莫拉。"我想我并没有说服你，对吧？"

"是的，我已经准备好去见她了。"

"那我带你去访客接待处。"

16

现在回头还来得及。

这个想法仍盘旋在莫拉的脑海中。她办理访客手续，取下手表，将它和手提包一起放进储物柜里时，脑中回响的就是这句话。进入探视室时，她不能携带首饰或者钱包。没有了钱包，就没有身份证明。没了那个能证明身份的塑料卡片，她感觉自己浑身赤裸裸的。她关上了储物柜门，撞击发出的叮当声提醒她马上就要进入到另一个世界：一个无情铁门背后的世界，一个困住生命的牢笼。

莫拉原本希望能私下会面，但进入探视室时，她发现这里毫无隐私可言。下午的探视时间提前了一个小时，探视室里充满了孩子的吵闹声以及家庭团聚的激动喧哗。硬币噼里啪啦地掉进自动售货机，里面吐出了塑料包装的三明治、薯片和糖果。

"阿玛提亚很快就到。"警卫对莫拉说，"怎么不找个地方坐下？"

莫拉走到一张没人的桌子旁坐下。塑料桌面上都是黏糊糊的果汁，她双手放在膝盖上等待，心脏怦怦直跳，口干舌燥。这是典型的急性应激反应，她为什么会这么紧张？

她站起身走到水池边，用纸杯接了满满一杯水喝了下去，却依然感到喉咙发干。这种渴光靠喝水是无法解决的。口渴、心跳加快、手心出汗，这些都是应激反应，是身体在为即将到来的威胁做准备。放松，放松。待会儿见到她，说几句话，满足了好奇心之后就直接离开。这有什么难的？她捏扁纸杯，转过身，然后僵住了。

门刚刚打开，走进来一个女人。她的肩膀挺直，下巴上扬，充满了自信。她的目光落在了莫拉身上，看了她一会儿。但是，正当莫拉想着"就是她了"的时候，女人突然转过身，张开双臂微笑着抱住了一个朝她跑来的孩子。

莫拉困惑地停在原地，不知道该坐下还是继续站着。接着门又一次打开，之前和她说话的警卫出现了，搀着一个女人的胳膊。那女人拖着脚走路，身体前倾，垂着头，仿佛在地板上寻找丢失的物品。警卫把她带到莫拉的桌边，拉出一把椅子让囚犯坐下。

"好了，阿玛提亚，这位女士来看你了。跟她好好聊聊吧，嗯？"

阿玛提亚的头一直垂着，眼睛紧紧地盯着桌面。打结的头发油乎乎地垂在她的脸上，几乎全变成了白发，但显然她的头发曾经是纯黑色的。和我一样，莫拉想，也和安娜一样。

警卫耸了耸肩，看向莫拉。"好了，你们两个聊吧。等你聊完了跟我打声招呼，我就带她回去。"

警卫离开时，阿玛提亚甚至都没有抬眼看一下。她似乎并没有注意到刚刚坐到她对面的访客。她的姿势依然僵硬，脸隐藏在脏兮兮的头发后面。囚服松松垮垮地挂在肩膀上，她就像缩在衣服里面一样。她的手放在桌子上，不停地颤抖着。

"你好，阿玛提亚。"莫拉说，"你知道我是谁吗？"

没有反应。

"我叫莫拉·艾尔斯。我……"莫拉咽了咽口水,"我找了你很长时间。"

一生都在找你。

女人的脑袋往一侧抽动了一下,但并不是对莫拉的话做出了反应,只是无意识地抽搐,是偶发的刺激牵动了神经和肌肉。

"阿玛提亚,我是你的女儿。"

莫拉看着她,等待着她的反应,甚至可以说是渴望看到她的反应。这一刻,房间里的一切似乎都消失不见了。她听不到孩子们嘈杂的吵闹声,听不到硬币掉进自动售货机的声音,也听不到椅子摩擦地板的声音。她只关注着眼前这个疲惫不堪、蓬头垢面的女人。

"你能看看我吗?拜托,看看我。"

终于,她抬起了头,像个齿轮生锈的机器娃娃一样,颤颤巍巍地扭动着。凌乱的头发披散开来,她的目光集中在了莫拉身上。那是一双深不可测的眼睛,莫拉在她的眼里看不出任何东西,没有任何意识,没有灵魂。阿玛提亚的嘴唇微微动了一下,没有发出声音。又是一次肌肉抽动,没有任何含义。

一个小男孩蹒跚着从她们身边经过,身上散发着尿布的气味。隔壁桌上一位身穿牛仔监狱服的金发女郎将脸埋在手里默默地抽泣着,对面的男性访客却面无表情。在那一刻,十几部和莫拉情况相似的家庭悲剧正在上演,她只不过是又一个无法摆脱悲剧的演员。

"我的妹妹安娜也来看过你,"莫拉说,"她长得和我一模一样,你还记得她吗?"

阿玛提亚的下巴在颤动,好像在嚼东西一样。只有她才能品尝到想象当中的食物的味道。

不，她当然不记得，莫拉想。她沮丧地望着阿玛提亚茫然的表情。她没有认出我，也不知道我是谁、为什么在这儿。我就像在空荡荡的山谷里大喊大叫一样，只有我自己的声音在回荡。

莫拉决定激出她的反应，任何反应都行，她故意残忍地说："安娜死了。你的另一个女儿死了，你知道吗？"

依然没有反应。

为什么还要继续试呢？那具躯体中没有灵魂。那双眼睛里没有光。

"好吧，"莫拉说，"我下次再来，也许那时你就会愿意跟我说话了。"她叹了口气，站起身来，环顾四周寻找警卫。警卫就在房间的另一边。莫拉刚刚举起手臂朝警卫挥手，就听到了声音，那声音轻到她以为是自己想象出来的。

"快跑。"

莫拉吓了一跳，低头看着阿玛提亚，她依然坐在那个位置上，嘴角抽搐，眼神暗淡无光。

莫拉慢慢地坐了下来。"你说什么？"

阿玛提亚的目光转移到了她身上。在那一瞬间，莫拉窥见了一丝尚存的理智、一瞬间的清醒。"快跑。在他找到你之前，快跑。"

莫拉愣住了，一股寒意从后背袭来，她后颈上的汗毛都要竖起来了。

邻桌的金发女郎还在哭，她的男性访客站起身来说："对不起，但你也只能接受了。只有这一个办法。"然后他离开了，回归了监狱外的生活，外面的女人衣着光鲜亮丽，不会穿囚服，屋门也可以自由开关。

"谁？"莫拉轻声问道。阿玛提亚并没有回答。"谁会来找我，阿玛提亚？"莫拉凑近她，问道，"你说的话是什么意思？"

但阿玛提亚的眼睛又回到了失焦的状态。刚刚的清醒只持续了一瞬间，又一次，莫拉看到的只有虚无。

"探视结束了吗？"警卫开心地问道。

"她总是这样吗？"莫拉看向阿玛提亚，她的嘴唇还念着无声的句子。

"差不多，时好时坏。"

"她几乎没有跟我说一句话。"

"等她更了解你之后，会跟你说话的。她大部分时间是自我封闭的，不过有时候也会跟人交谈。她会写信，甚至还会打电话。"

"她都打电话给谁？"

"不清楚，我猜是她的精神病医生。"

"奥唐纳医生？"

"一个金发美女。她来过好多次，所以阿玛提亚很喜欢和她待在一起。是不是，亲爱的？"警卫伸手搀起囚犯的胳膊，说，"走吧，亲爱的，我们该回去了。"

阿玛提亚乖乖地从座位上站了起来，任由警卫带着离开。刚走了几步，她就停了下来。

"阿玛提亚，我们该走了。"

但是她一动不动，只是静静地站着，好像突然肌肉僵硬了一样。

"亲爱的，我可不能一直等着你。走吧。"

阿玛提亚缓缓转过身，她的双眼依然是空洞的。她说了一句话，听起来不像是人类的声音，而是机器人的声音，仿佛某个陌生的物种在通过机器进行沟通。她看向莫拉。

"现在，你也快要死了。"她说完转过身去，拖着脚走回了她的牢房。

"她有迟发性运动障碍。"莫拉说，"这就是为什么格利警长会试图阻止我去见她。她不想让我看到阿玛提亚的精神状况，她不想让我知道他们都对她做了什么。"

"他们到底对她做了什么？"里佐利问。她回到了方向盘后，毫不畏惧地驾驶着汽车从卡车车流中穿过，她的小斯巴鲁被卡车驶过的动静震得哐哐作响。"你的意思是，他们把她变成了行尸走肉？"

"你看过她的精神病记录。负责她的第一批医生给她开的是吩噻嗪，这是一类治疗精神疾病的药物。对于老年女性来说，这种药很有可能会产生破坏性的副作用。其中一种副作用被称为迟发性运动障碍——嘴巴或面部会不由自主地抽动，患者无法停止做出咀嚼、鼓腮或者吐舌头的动作。这些症状她都有，而且都无法控制。想象一下，当你做出奇怪的表情时，每个人都会盯着你看，就像看怪物一样。"

"那怎么才能改变这种症状？"

"没有办法改变。她开始出现这些症状时，他们就该立即停药。但是他们拖了太久，然后奥唐纳医生才接手。奥唐纳医生终于让阿玛提亚停止吃药，因为她意识到发生了什么。"莫拉生气地叹了口气，"迟发性运动障碍可能是永久性的。"她看着窗外的车流越来越密集。这一次看到成吨的钢铁巨怪呼啸而过，她没有再感到焦虑了。她一直在想阿玛提亚·兰克，想到她的嘴唇不停地抖动，像是在说悄悄话一样。

"你是说她一开始就不用吃那些药吗？"

"不是。我的意思是他们早就该给她停药了。"

"所以她到底是疯了还是没疯？"

"根据他们最初的诊断结果，她患有精神分裂症。"

"那你怎么想呢？"

莫拉想到了阿玛提亚茫然的眼神、含糊不清的语言，还有她说出的那些偏执狂的妄想一般毫无意义的话。"我不得不承认，"她靠向身后，叹了口气，"我在她身上看不到自己的影子，简。我看不出我和那个女人有任何相似之处。"

"那这可是一种解脱。考虑到她的情况。"

"但是我和她之间一定存在着某种联系。你无法否认自己的基因。"

"你知道那句老话'血浓于水'吗？那简直就是放屁，医生。你和那个女人完全不同。她把你生了下来，然后马上就抛弃了你。仅此而已，你们之间的联系到此为止。"

"她知道很多问题的答案，我的父亲是谁，我是谁。"

里佐利狠狠地瞥了莫拉一眼，然后又转头看路。"我给你提一点建议。我知道你想知道自己是从哪儿来的，但是相信我，我绝不是在凭空瞎说。那个女人，阿玛提亚·兰克，你绝对应该远离她。不要见她，不要跟她说话，更别去想她，她很危险。"

"她只不过是个头脑不清醒的精神分裂症患者罢了。"

"我可不敢保证。"

莫拉看向里佐利。"你还知道哪些我不知道的事？"

里佐利沉默了，她只是一言不发地开着车。让她心烦意乱的并不是红绿灯，她似乎是在权衡答案，考虑怎样最好地组织语言。"你还记得沃伦·霍伊特吗？"她终于开口。尽管说出这个名字时她没有表露出什么明显的情绪，但她的嘴巴紧闭，双手死死地握着方向盘。

沃伦·霍伊特，莫拉想。是那个"外科医生"。①

因为他对受害者施加的残酷暴行，警察给他起了这个绰号。他的作案工具是胶带和手术刀，目标是床上熟睡的女性，她们并不知道黑暗中有个不速之客正站在她们身边。简·里佐利是他的最后一个目标，他在一场从未想过自己会输的智斗中输给了他的对手。

正是里佐利一枪打中了他，子弹穿透了他的脊髓。那个男人如今四肢瘫痪，无法动弹。沃伦·霍伊特的全世界因此缩小到了一间病房里，在那里，他唯一的消遣就是自己的头脑——那个一如既往危险而活跃的头脑。

"我当然记得他。"莫拉说。她曾经见识过他的"杰作"，他的手术刀为受害者带来了可怕的残缺。

"我一直在关注他。"里佐利说，"其实就是为了告诉自己那个怪物还在笼子里，让自己放心。他还活着，活得好好的，在脊髓科病房里。在过去的八个月里，每周三下午，他都会有一名访客——乔伊斯·奥唐纳医生。"

莫拉皱眉："为什么？"

"她声称这是她研究的一部分。她专攻暴力行为学，认为凶手不应该为其行为负责，是他们年幼时受到的精神打击导致他们出现暴力行为。当然了，辩护律师们都会直接挂断她的电话。她很有可能会告诉你杰夫瑞·达莫②是被人误解了，或者约翰·韦

---

① 相关故事请见同系列作品《外科医生》《学徒》。
② 杰夫瑞·达莫，美国著名连环杀人犯，绰号"密尔沃基怪物"。曾强奸并杀害多名受害者，甚至吃过受害者的尸体。

恩·加西①只是受了太多刺激。她会为任何人辩护。"

"人们通常会拿钱办事。"

"我不觉得她这么做是为了钱。"

"那是为了什么?"

"为了有机会近距离接触杀人犯。她说这是她的研究领域,她在为科学而努力。哦,是啊,约瑟夫·门格勒②也曾经为科学做出贡献。这就是个借口罢了,她想让自己的所作所为受人尊敬。"

"她是做什么的?"

"她是个喜欢刺激的人,听到杀人犯的想法她会感到兴奋。她喜欢走进他们的内心,四处寻觅,看看他们眼中的世界。她知道作为一个怪物是什么感觉。"

"你说得好像她也是个怪物一样。"

"没准儿她真愿意当个怪物。我看过她给霍伊特写的信,催促他告诉她有关杀人的所有细节。是啊,她太爱细节了。"

"很多人都对残忍的东西好奇。"

"她不仅仅是好奇。她想知道切开受害者的皮肤看着他们流血是什么心情,以及拥有这种终极能力是什么感觉。她太渴望细节了,就像吸血鬼渴望鲜血一样。"里佐利停顿了一下,发出一声惊愕的短笑,"你知道吗,我刚刚才意识到一点——她确确实实就是个吸血鬼,她和霍伊特相互蚕食对方。霍伊特告诉她他为何杀人,而她告诉他享受杀人是没问题的,一想到要割断别人的喉咙就感到兴奋也是没关系的。"

---

①约翰·韦恩·加西,世界著名连环杀手之一,绰号"杀人小丑"。曾在芝加哥郊区先后杀死三十三名年轻男子和少年。
②约瑟夫·门格勒,德国纳粹党卫队军官和奥斯维辛集中营的"医师"。曾对集中营里的人进行残忍、科学价值不明的人体试验。

"而她正在负责治疗我的母亲。"

"是的。"里佐利看向她,"我想知道她们两人之间都分享了些什么。"

莫拉想到了阿玛提亚被判处的罪行,想知道当阿玛提亚让那对姐妹上车时脑子里都在想些什么。她也感受到了期待已久的兴奋吗?她也陶醉在力量带来的快感中吗?

"仅仅是奥唐纳认为阿玛提亚值得她拜访这一点就足以说明问题。"里佐利说。

"说明什么问题?"

"奥唐纳不会把时间浪费在普通杀人犯身上。她不会在乎抢劫便利店并射杀店员的犯人,也不会对因为生气而将丈夫推下楼梯的妻子感兴趣。她会把精力花在那些因为喜欢杀人而犯下罪行的怪物身上。那些人扭转刀柄,只是因为喜欢拿刀片刮擦骨头的感觉。她会把时间用在特殊的人——怪物身上。"

莫拉不禁想道:我的妈妈也是个怪物吗?

17

乔伊斯·奥唐纳医生在剑桥的家有一处白色的大院子,位于布拉托街一个著名的住宅区。铸铁围栏围起前院,院子里有一片精心打理过的草坪和花坛,上面的观赏玫瑰开得正盛。这是一个井井有条的花园,不允许出现任何混乱。莫拉沿着花岗岩铺就的石路走到前门,不由得想象出了房子主人的模样——衣着正式,干净整洁,还有像这座花园一般条理清晰的头脑。

开门的女人刚好符合莫拉的想象。

奥唐纳医生头发金黄,皮肤洁白无瑕。她身上的蓝色牛津衬衫掖在白色的紧身裤里,衣服的板型刚好修饰着腰身。她看向莫拉的眼神里没有一丝温暖,相反,莫拉从她的眼中看到了锐利而好奇的光芒,就像科学家在看标本一样。

"奥唐纳医生?我是莫拉·艾尔斯。"

奥唐纳干脆地握手回应道:"请进。"

莫拉走进一栋和主人一样冷淡优雅的房子,唯一能让人感到温暖的是铺在深色柚木地板上的东方地毯。奥唐纳带着她走过前厅,来到一间起居室。莫拉不安地坐在了一张铺着白色丝绸软垫的沙发上,奥唐纳则选择了莫拉对面的扶手椅。她们之间的红木茶几上摆着一摞文件和一台数字录音机。录音机虽然还没打开,却让莫拉感到了不安。

"谢谢你抽时间见我。"莫拉说。

"我很好奇,阿玛提亚的女儿会是什么样子。我确实见过你,艾尔斯医生,但只是在报纸上。"她靠在安乐椅上,看起来十分舒适惬意。她占据主场优势,是主导者,而莫拉只是个有求于她的人。"我对你本人一无所知,不过我愿意了解一下你。"

"为什么?"

"我和阿玛提亚很熟,我忍不住想知道是否……"

"有其母必有其女?"

奥唐纳抬起优雅的眉毛。"这是你自己说的,我可没说。"

"这就是你对我好奇的原因,不是吗?"

莫拉的目光转向壁炉上挂着的一幅画。那是一幅鲜明的现代主义油画,上面画着黑色和红色的条纹。她说:"我想知道那个女人到底是什么样的。"

"你知道她是谁了,你只是不想相信。你的妹妹也是这样,她也不想相信。"

莫拉皱眉。"你见过安娜?"

"没有,事实上我一次都没见过她。但是大概四个月前我确实接到过一个电话,打电话的人自称是阿玛提亚的女儿。我当时正要赶去俄克拉荷马州参加为期两周的庭审,所以没法见她,我们就通过电话谈了谈。她去弗雷明翰监狱探望过她的母亲,所以她知道我是阿玛提亚的精神病医生。她想要了解更多有关阿玛提亚的事,比如她的童年和家人。"

"这些你都知道吗?"

"有一些来自她在学校时的档案。偶尔清醒的时候,她也会告诉我一些事情。我知道她出生在洛厄尔市,母亲在她大约九岁的时候去世了,之后她就去了缅因州和叔叔还有表哥一起生活。"

莫拉抬起头，问："缅因州？"

"是的。她是在一个叫福克斯港的小镇读的高中。"

现在莫拉明白安娜为什么会去那个小镇了。她跟随安娜的脚步，而安娜则跟随阿玛提亚的脚步。

"她高中毕业后的生活就没什么记录了。"奥唐纳说，"我们不知道她搬到了哪里，也不知道她是怎么养活自己的。这段时间最有可能是她精神分裂症发作的时候，精神分裂症通常会在人刚成年的时候显现出来。她可能在外漂泊了很多年，最后变成了你现在看到的这副样子——精神分裂，妄想症。"奥唐纳看着莫拉，"确实是个很凄凉的场面，安娜当时很难接受那真是她的母亲。"

"我在她身上看不到任何熟悉的地方，没有一点儿我的影子。"

"但是我看到了相似之处，你们有一样的发色，一样的下巴。"

"我们一点儿都不像。"

"你真的这么想吗？"奥唐纳身子前倾，注视着莫拉，"回答我一个问题，艾尔斯医生，你为什么会选择法医病理学？"

莫拉被这个问题搞糊涂了，默默地盯着对方。

"你本来可以选择医学的任何一个领域，妇产科或儿科。你可以为有生命的患者看病，却选择了法医病理学，成了一名法医。"

"所以你想说什么？"

"重点是，你会被死者所吸引。"

"太荒谬了。"

"那你为什么要选择这个领域呢？"

"因为我喜欢确定的答案，不喜欢猜谜游戏。我喜欢在显微镜下观察诊断结果。"

"你讨厌不确定性。"

"有人不讨厌吗?"

"那你也可以选择数学或者工程学。那么多领域都涉及精确性,都有准确的答案,你却在法医鉴定中心和尸体打交道。"奥唐纳停顿了一下,轻声问道,"你享受这份工作吗?"

莫拉正视着她的目光:"不。"

"你选择了一个你不喜欢的职业?"

"我选择了挑战。我从挑战中获取满足感,即使挑战本身并不能让人感到愉快。"

"你没有明白我想表达的意思吗?你告诉我说,你觉得自己与阿玛提亚·兰克毫无相似之处。你看着她的时候,很可能会觉得她是一个可怕的人,或者至少是个犯下可怕罪行的人。当有些人看着你的时候,艾尔斯医生,他们可能也会这样想。"

"这不能相提并论。"

"你知道你母亲被判了什么罪吗?"

"知道,我听说了。"

"但是你看过尸检报告吗?"

"还没有。"

"我看过。庭审过程中,辩护团向我咨询你母亲的精神状况。我看过那些照片,那些证据。你知道受害者是两姐妹吧?被困在路边的两个年轻女孩。"

"嗯。"

"而且妹妹当时已经怀孕九个月了。"

"这些我都知道。"

"所以你也知道你母亲在高速公路上接她们上车,把她们带到三十英里外树林的一个棚子里，用撬棍打碎了她们的头骨。然后她做出了一系列惊人、奇怪，又合乎逻辑的行为。她开车去了一个加油站，灌满了一桶汽油，然后又回到那个棚子里放火，烧焦了那两具尸体。"奥唐纳歪着头，"你不觉得这很有趣吗？"

"我只觉得恶心。"

"是的，不过从某种程度上来说，你可能还有别的感觉，一些你甚至不想承认的感觉。你对这些行为很感兴趣，它们对你来说不仅仅是智力谜题，而有着某些让你着迷，甚至兴奋的因素。"

"就像让你感到兴奋一样？"

奥唐纳显然没有感到被冒犯。相反，她微笑着，轻松地承认了莫拉的话。"从专业层面上来讲，是的，我的工作就是研究杀人行为。我只是想知道你对阿玛提亚感兴趣的原因。"

"两天前，我还不知道我的生母是谁，而现在我正努力接受真相。我试着去理解——"

"你是谁？"奥唐纳轻声问道。

莫拉看着她的眼睛："我一直都知道我是谁。"

"你确定吗？"奥唐纳靠得更近了一些，"当你在验尸房里研究受害者的伤口，分析凶手使用的凶器时，你难道没有感到一丝丝激动吗？"

"你为什么觉得我会激动？"

"因为你是阿玛提亚的女儿。"

"我是个生物学上的偶然，她并没有抚养我长大。"

奥唐纳靠在椅子上，冷眼审视着她："你知道暴力遗传基因吗？这种基因很可能在某些家族中出现。"

莫拉想起了里佐利提到奥唐纳医生时所说的话：她不仅仅是好奇。她想知道切开受害者的皮肤看着他们流血是什么心情，以及拥有这种终极能力是什么感觉。她太渴望细节了,就像吸血鬼渴望鲜血一样。莫拉在奥唐纳的眼里看到了那种闪烁的渴望。这个女人喜欢和怪物交流,莫拉想,奥唐纳肯定觉得自己又找到了一个目标。

"我是来聊阿玛提亚的。"莫拉说。

"我们不是一直在谈论她吗?"

"弗雷明翰监狱的工作人员说,你见过她不下十几次。你为什么这么频繁地见她?我敢肯定不是为了她好。"

"作为一名研究人员,我对阿玛提亚很感兴趣。我想了解是什么驱使人们杀人,为什么他们会从中获得乐趣。"

"你是说,她杀人是为了获得快感?"

"那你知道她为什么杀人吗?"

"很明显她有精神问题。"

"绝大多数精神病患者是不会杀人的。"

"那你觉得她是精神病患者吗?"

奥唐纳犹豫了:"她看起来像是。"

"你听起来也不太确定。即便探视了这么多次之后你还是不能确定?"

"你母亲可能不仅仅患有精神疾病,她的案子不像表面上看起来那么单纯。"

"这是什么意思?"

"你已经知道她都做了什么,或者说,你至少已经知道检方都指控她做了什么。"

"证据确凿,直接给她定罪。"

"哦,证据太多了。加油站监控记录下了她的车牌照片,撬棍上那两名受害女性的血迹,还有她车的后备厢里受害者的钱包。但你可能还没听说过这个。"奥唐纳拿起茶几上的其中一个文件夹递给了莫拉,"这是弗吉尼亚州犯罪实验室的记录,阿玛提亚是在那里被捕的。"

莫拉打开文件夹,看到了一张照片,照片上是一辆马萨诸塞州车牌的白色轿车。

"这就是当时阿玛提亚驾驶的轿车。"奥唐纳说。

莫拉把文件翻到下一页,上面是搜集的指纹证据。

"警察在那辆车里发现了很多处指纹,"奥唐纳说,"其中包括两名受害者的指纹,尼基·威尔斯和特蕾莎·威尔斯,她们的指纹都在后排的安全带上,这说明她们自己坐进后座并扣上了安全带。当然还有阿玛提亚的指纹,她的指纹在方向盘和变速杆上。"奥唐纳停顿了一下,"除此之外,还有第四个人的指纹。"

"第四个人?"

"就在那儿,那份报告里写了。第四个人的指纹出现在杂物箱上、两侧车门上以及方向盘上,这个人的身份一直没有被查清。"

"这不能说明什么,也许是机械师修车的时候留下的。"

"还有一种潜在的可能。你再看看毛发和纤维报告。"

莫拉又往后翻了一页,上面写着在车的后座发现了金色的头发,毛发的DNA与特蕾莎·威尔斯和尼基·威尔斯一致。"我觉得没什么奇怪的,受害者就在车里。"

"但是两名受害者的头发都没有在前排座位上出现。你想想看,两个女人被困在路边,有人靠边停车,说要顺路带她们一程。然后这两姐妹是怎么做的?她们一起坐到了后座,留驾驶员一个人在前面开车。这看起来有点儿没礼貌,不是吗?除非……"

莫拉看着她："除非前排座位上已经有人了。"

奥唐纳坐了回去，嘴角牵起一个满意的微笑。"这是一个很吸引人的问题，也是一个在庭审过程中没能被回答的问题。这就是我一次又一次去找你母亲的原因。我想弄清这个警察根本没有在意过的问题：当时是谁和阿玛提亚一起坐在前排座位上？"

"她没有告诉你吗？"

"她没有告诉我他的名字。"

莫拉盯着她："是名男性？"

"性别是我猜的，但我确实相信，当阿玛提亚在路边看到两名受害者时，车上一定还有其他人。有人帮她控制住了两名受害者。一个足够强壮，足以帮她把这些尸体抬到棚子里，然后帮她烧毁尸体的人。"奥唐纳停顿了一下，"他才是我感兴趣的人，艾尔斯医生，我真正想找的是他。"

"你去探视了阿玛提亚那么多次，甚至都不是为了她本人。"

"我对疯子不感兴趣，我关心的是魔鬼。"

莫拉盯着她，心想：是啊，没错，你喜欢靠得足够近来观察它，嗅它的气味。吸引你的并不是阿玛提亚，她只是个中间人，她可以把你所渴望的人介绍给你。

"一个同伙。"莫拉说。

"我们不知道他是谁，也不知道他的样貌。但是你母亲知道。"

"那她为什么不肯说出他的名字？"

"这就是问题所在——她为什么要包庇他？是因为害怕吗？还是想要保护他？"

"你都不确定这个人是否真实存在，只是靠一些身份不明的指纹猜测出来的。这归根结底只是一个推测。"

"这不仅仅是一个推测。'野兽'是真实存在的。"奥唐纳倾身向前，轻声地、几乎是亲密地说，"她在弗吉尼亚州被捕的时候就是用的这个称呼。警察审讯她时，她原话是这么说的：'那个野兽让我这么做的。'是他指使她杀了那两个女人。"

在随之而来的寂静中，莫拉仿佛能听到自己的心跳，快得像鼓声一样。她吞了吞口水，说道："但她是一个精神分裂症患者，一个很有可能出现幻听的女人。"

"又或者，她提到的是一个真实存在的人。"

"'野兽'？"莫拉笑了，"可能是她心里的魔鬼，一个从她的噩梦中爬出来的魔鬼。"

"但那个魔鬼留下了指纹。"

"可是陪审团并没有在意这一点。"

"他们忽略了那个证据。我当时就在庭审现场，亲眼见到检方对一个患有精神疾病的女人提起诉讼。即便检方也觉得她不应该为自己的行为负责，但她就是那个容易被针对的目标，容易被定罪的人。"

"即便她确实疯得很明显。"

"哦，没人怀疑她到底是不是真正的精神病患者，是不是受人指示。那个声音有可能冲着你尖叫，让你敲碎一个女人的头骨，让你烧毁她的尸体，但是陪审团依然认定你有判断是非的能力。阿玛提亚就是检察官认定的凶手，他们也确实给她定了罪。但他们搞错了，他们忽略了他。"奥唐纳向后靠在椅子上，"而你的母亲是唯一一个知道他身份的人。"

莫拉把车停在法医鉴定中心后面的时候已经下午六点了。停车场里还停着两辆车——吉岛的蓝色本田和科斯塔斯医生的黑色萨博。一定又是台耗时很长的尸检,她心里带着一丝愧疚想道。今天本来应该她值班的,她却让同事们帮她顶上了。

她打开后门走进大楼,直奔办公室,一路上没有碰见任何人。莫拉在自己的办公桌上找到了要拿的东西——两个文件夹,上面贴着一张黄色便利贴,露易丝在上面标注:你要的文件。她在办公桌前坐下,深吸了一口气,打开了第一个文件夹。

这是特蕾莎·威尔斯的档案,她是受害者当中的那个姐姐。档案封面上写着受害者姓名、案件编号以及验尸日期。她没见过这个验尸官的名字——詹姆斯·霍巴特。她两年前才到法医鉴定中心工作,而这份尸检报告是五年前的事了。她打开了霍巴特医生的报告。

  死者为一名营养良好的女性。年龄不详,身高五英尺五英寸,体重一百五十磅。通过牙齿X光片进行身份最终确认。无法获取指纹。身体和四肢大面积烧伤,皮肤严重烧焦,肌肉组织暴露。脸部及上肢烧伤程度较轻。衣物残留已确认,包括八码蓝色GAP牛仔裤,拉链闭合,纽扣完好;已烧焦的白色毛衣及内衣,挂钩完好。呼吸道检查显示并无烟灰沉积,血液碳氧血红蛋白饱和度极低。

当尸体被灼烧时,特蕾莎·威尔斯已经停止了呼吸。从霍巴特医生拍摄的X光片中可以明确看出死因。

  头骨正面及侧面X光片显示,右侧顶骨呈粉碎性凹陷,钝器创口为四厘米宽,带有楔形头骨碎片。

也就是死者头部受到了致命一击。

报告书底部，霍巴特医生签名的下方，莫拉看到了一串熟悉的首字母缩写，这说明当时是露易丝负责转录的口述。病理学家可能会来了又走，但露易丝一直都在。

莫拉翻到文件的下一页，是一份尸检工作表，上面罗列了所有采集过的X光片，以及血液、体液及痕迹证据。管理页记录了尸检流程、死者个人财产以及尸检负责人的姓名。其中一人就是吉岛，他曾是霍巴特医生的助手。另外一个参与者她就不认识了，是菲茨堡的一名警官，叫斯威格特。

她翻到文件的最后一页，是一张照片。莫拉愣住了，她被那张照片吓了一跳。火烧焦了特蕾莎·威尔斯的四肢，暴露出了她躯干上的肌肉组织，她的脸却出奇完好地保存了下来，很明显是女性的脸。特蕾莎·威尔斯只有三十五岁，莫拉已经比她多活了五年。如果她还活着的话，现在刚好和莫拉同龄。如果她的车没有在十一月的那一天爆胎的话。

她合上了特蕾莎的档案，然后拿起了另一份。打开文件夹前，她又一次停了下来，对里面恐怖的内容感到畏惧。她想起了一年前自己负责解剖的烧伤死者，还有即使在她离开验尸房之后依然弥漫在头发里和衣服上的气味。那一整个夏天，她都没有在后院烧烤，因为受不了烤肉的气味。而现在，当她打开尼基·威尔斯的档案时，她几乎又一次闻到了那种始终飘荡在记忆中的味道。

虽然特蕾莎的脸在大火中保存了下来，但她的妹妹就没有那么幸运了。那场只烧焦了特蕾莎一部分尸体的大火几乎将它所有的能量都聚集到了尼基·威尔斯的尸体上。

死者被严重烧焦，部分胸部及腹壁被完全烧毁，暴露出内脏。面部及头皮软组织同时被烧焦。可见颅骨及面部骨骼的粉碎伤。无衣物碎片残留，但于第五肋骨处可见一小型金属颗粒物，或为内衣挂钩。耻骨上方存在一块金属碎片。腹部 X 光片显示胎儿骨骼遗骸，由颅骨直径判断，大约妊娠三十六周……

对于凶手来说，尼基·威尔斯怀有身孕是显而易见的。然而，怀孕并未让她和她未出生的孩子得到同情或怜悯，只有一场树林中的火葬。

她翻到了下一页，然后停住了，皱着眉看向尸检报告中的下一句话：

X 光片中未显示胎儿的右胫骨、腓骨[①]及跗骨[②]。

这句话上还用笔画上了一个星号，并用潦草的字迹附着："见附录"。莫拉翻到附录页开始阅读：

于死者三个月前的妇产科门诊记录中发现胎儿异常。孕中期超声检查显示，胎儿右下肢缺失，很可能由羊膜带综合征导致。

胎儿畸形。在去世前几个月，尼基·威尔斯被告知她的孩子将一出生就缺失右腿，但她依然选择继续妊娠，留住她的孩子。

莫拉知道，文件的最后几页是最难面对的。她无法忍受那张

---

①腓骨，下肢小腿长骨之一。位于小腿外侧，较细。
②跗骨，组成足骨的后半部的短骨。

照片，但还是强迫自己翻开了那一页。照片里没有漂亮的女人，也没有怀孕带来的红润的脸色。上面只显示着一个头骨，在烧焦的面部组织之下，暴露着因受到致命伤而凹陷的面部骨骼。

是阿玛提亚干的。是我的母亲敲碎了她们的头骨，还把尸体拖到了棚子里。当她把汽油浇在尸体上，点燃火柴，看着火焰呼啸而起时，她是否得到了快感？她是不是还徘徊在大火附近，吸入烧焦的头发和肉体散发的恶臭？

莫拉再也无法忍受那个画面，合上了文件夹，转而看向了同样放在她办公桌上的两个X光片袋。她带着X光片走向灯前，用夹子夹住特蕾莎·威尔斯的头颈部照片。灯箱的光照亮了幽灵一般的骨骼阴影。X光片看起来比照片舒服多了，尸体没有了可以辨认的肉体，不再那么恐怖。这个头骨看起来跟其他头骨一样，它可能属于任何一个女人，爱人或是陌生人。她注视着破裂的颅顶，盯着那块被击中的三角形碎骨。这不是简单的一击，只有粗暴地挥动手臂，才能在顶叶留下如此深的伤痕。

她取下特蕾莎的X光片，从另一个袋子中拿出一张新的，夹到灯箱上。这是另一个头骨——尼基的。和她姐姐一样，尼基的头部也遭到了击打。这一击正中额头，造成了额骨凹陷，两个眼眶被严重挤压到快要破裂了。尼基·威尔斯一定是眼睁睁地看着撬棍砸下的。

莫拉取下头骨X光片，拿起了另一张。这张显示的是尼基的脊椎和骨盆，骨骼在被火烧毁的肉体之下完好无损。盖在骨盆上的是胎儿的骨骼。尽管大火将母子俩烧成了融在一起的焦团，但在X光片中，莫拉依然可以分辨出他们的骨骼。两副骨头，两个受害者。

不过她还看到了别的东西：一个明亮的斑点，即使是在交错的骨骼阴影中也能分辨出来。这个斑点在尼基·威尔斯的耻骨上，像针尖一样小。是一小块金属碎片吗？这也许是她衣服上的一个拉链，黏在了她烧焦的皮肤上？

莫拉又从袋子里找出了躯干侧面的X光片，放到了正面X光片的旁边。侧躯干X光片中的金属片依然存在，但是从这个角度可以看出金属片并不是附着在耻骨上，而是插在骨头里的。

她把尼基档案袋中所有的X光片都取了出来，一次两张挨个儿夹了起来。她看到了霍巴特医生所说的胸部X光片中显示的金属颗粒物，他认为那或许是内衣挂钩。侧躯干X光片显示，这些相同的金属物质明显是嵌在软组织中的。她又一次贴上了骨盆X光片，盯着嵌在尼基·威尔斯耻骨中的金属片。虽然霍巴特医生在尸检报告中提到了这一点，但他并没有对此做进一步说明。也许他觉得这只是个微不足道的发现，相较于头部残酷的击伤，这又算什么？

吉岛当时是霍巴特医生的助手，也许他还有印象。

莫拉离开办公室，走下楼梯，推开双扇门走进验尸房。验尸房里空无一人，尸检台已经被清理干净了。

"吉岛？"她喊道。

莫拉穿上鞋套，穿过验尸房，经过不锈钢尸检台，来到冷库门前。她推开门，往冷库里看了一眼，里面只有死者——被并排摆在轮床上的两个白色尸体袋里。

她关上门，在空无一人的验尸房里站了一会儿，听了听有没有说话声、脚步声，或是任何能证明大楼里还有其他人的声响。但是她只听到了冷柜制冷的声音，以及外面街道上救护车的呜呜声。

科斯塔斯和吉岛一定已经回家了。

十五分钟后，莫拉走出大楼，看到萨博和丰田确实已经开走了。除了她的黑色雷克萨斯，停车场里就只有三辆停尸房运送车，车上印着：马萨诸塞州法医办公室。夜幕降临，她的车孤零零地停在路灯映射下的黄色光影中。

特蕾莎·威尔斯和尼基·威尔斯的样子依然盘旋在她的脑海。走向雷克萨斯时，她警惕着周围的每一道阴影、每一点儿响声和动静。她在距离车还有几步远的地方突然停住了，死死地盯着副驾驶的车门，脖子后的汗毛猛地竖了起来。莫拉抱着文件夹的手突然麻木，文件散落在地。

三道平行的划痕刻在她闪闪发亮的副驾驶门上——爪痕。

快跑。快躲进去。

莫拉转身跑向大楼，站在上锁的门前，不停地摸索着钥匙。钥匙在哪儿？哪把才是这扇门的钥匙？终于找到了钥匙，她把它插进锁孔，推门而入，砰的一声关上了身后的门。她用身体死死抵着门，仿佛想加固防护一样。

空荡荡的大楼里，寂静得连她自己惊慌失措的呼吸声都听得一清二楚。

她沿着走廊跑到办公室，把自己锁在屋里。直到这一刻，被熟悉的一切包围着，莫拉才平静了下来，双手也停止了颤抖。她走到办公桌前，拿起电话，拨通了里佐利的号码。

18

"你做得很好。迅速逃离，到一个安全的地方去。"里佐利说。

莫拉坐在办公桌前，盯着里佐利从停车场帮她取回的皱皱巴巴的文件。尼基·威尔斯的档案页现在乱七八糟的，上面沾满了泥土，还有惊慌之中踩在上面的脚印。即便是现在，在里佐利的陪伴下安全地坐在这里，莫拉仍然感觉心有余悸。

"你在我的车门上找到指纹了吗？"莫拉问道。

"很多。你能想到的指纹车身上都有。"

里佐利拖了一把椅子靠在莫拉的办公桌旁，坐了下来，手支在圆圆的肚子上。里佐利妈妈，怀着孕，全副武装。还会有比她更不像救世主的人来营救我吗？

"你的车在停车场里停了多久？你说你是六点左右到的。"

"但是划痕可能在我来之前就有了。我也不是每天都会开副驾驶门的，除非要装东西。我今晚看到划痕是因为停车的方向，而副驾驶门的位置上刚好在路灯下。"

"你最后一次注意副驾驶门是什么时候？"

莫拉伸手按着太阳穴。"昨天早上我看的时候还好好的。那会儿我刚要离开缅因州，我把行李包放到了副驾驶座位上。如果那时有划痕我应该会注意到的。"

"好吧。你昨天开车回家，然后呢？"

"车在我家的车库里停了一夜。然后今天早上,我去了施罗德广场找你。"

"你当时把车停在哪儿了?"

"就在警署附近的停车场里,靠近哥伦布大道的那个。"

"所以我们去监狱里探视的时候,车整个下午都在那里?"

"是的。"

"那个停车场监控覆盖很全,你知道的。"

"是吗?我没注意……"

"之后你去哪儿了?我们从弗雷明翰回来之后?"

莫拉犹豫了。

"医生?"

"我去找乔伊斯·奥唐纳了。"她对上了里佐利的目光,"别这么看着我,我必须去见她。"

"你当时有想过要告诉我吗?"

"当然了。我其实只是想更了解我的母亲一些。"

里佐利向后靠到椅子上,嘴巴抿成了一条线。她对我不满意了,莫拉想,她告诉过我要离奥唐纳远点儿的,但是我没听她的。

"你在她家待了多久?"里佐利问。

"大概一个小时。她和我说了一些我不知道的事,阿玛提亚是在福克斯港长大的,这就是安娜去缅因州的原因。"

"那你离开奥唐纳家之后呢?你又去哪儿了?"

莫拉叹气道:"我直接到这儿来了。"

"你没有注意到有人跟踪你吗?"

"我为什么要注意这个?我脑子里在想的事情太多了。"

两人对视了片刻,谁也没有说话。紧张的气氛依然萦绕在她们之间。

"你知道你们这里的监控摄像头坏了吗？"里佐利问，"就是停车场里的那个。"

莫拉笑了，然后耸了耸肩。"你知道今年我们的预算削减了多少吗？那个监控摄像头已经坏了好几个月了，你几乎都能看到电线露在外面。"

"重点是，那个监控应该可以吓跑大多数坏人的。"

"但不幸的是，它没有。"

"还有谁知道那个监控坏了？法医鉴定中心的人都知道，对吧？"

莫拉感到有些沮丧。"你不要这么暗示，很多人都注意到它坏了。警察、运送尸体的面包车司机，任何一个往这儿送过尸体的人只要抬头就能发现它坏了。"

"你说你到这里的时候还有两辆车在，是科斯塔斯医生和吉岛医生的车。"

"是的。"

"然后你八点左右从大楼里出来的时候，那两辆车已经不见了。"

"他们在我出来之前就走了。"

"你和他们两个相处得怎么样？"

莫拉露出了难以置信的苦笑。"你在逗我吗？这些问题简直太离谱了。"

"我可不是疯了才问你这些问题的。"

"那你为什么要这么问？你认识科斯塔斯医生的，简，你也认识吉岛。你不能把他们当作嫌疑犯。"

"他们两个都经过了那个停车场，刚好就是从你的车旁经过的。大约六点四十五分，科斯塔斯医生先离开了。吉岛是在那之后离开的，大概七点五十分。"

"你跟他们谈过了？"

"他们都告诉我没有在你的车上看到划痕。他们应该能看到的，尤其是吉岛，他的车就停在你的车旁边。"

"我们已经一起工作两年了。我了解他，你也一样。"

"我们自以为了解。"

不要这样，简，她心想，不要让我连自己的同事都害怕。

"他在这栋大楼里工作了十八年。"里佐利说。

"亚伯也在这里工作了很久，露易丝也是。"

"你知道吉岛是独居吗？"

"我也是。"

"他四十八岁，未婚，而且还独居。他每天到这里来上班，你也是。你们近距离接触，也都和尸体打交道，处理同样严峻的问题，所以你们之间一定存在着某种联系，有些可怕的事情只有你和他见识过。"

莫拉想起她和吉岛在那个放着不锈钢尸检台和锋利工具的验尸房里度过的时光。他似乎总是不用她说就知道她需要什么。是的，他们之间当然存在联系，他们是一个团队。但是他们脱下手术服，脱掉鞋套后，就会走出门，回到自己的生活。他们没有私交，从没在下班之后一起喝过酒。他们是两个只有在面对尸体时才会相遇的孤独的人。

"听着，"里佐利叹了口气说，"我很喜欢吉岛，我甚至很讨厌提出这些假设，但这是我必须要考虑的事情，不然我就无法推进工作。"

"你的工作是什么？让我变成偏执狂吗？我已经够害怕的了，简，别让我害怕每一个我需要相信的人。"莫拉一把拿起办公桌上的文件,"你检查完我的车了吗?我要回家了。"

"嗯,检查完了。但是我不确定你能回自己家。"

"那我该去哪儿?"

"还有别的选择。你可以住酒店,可以睡我家的沙发。我刚刚还和巴拉德谈过,他说他家有个空房间。"

"你为什么要和巴拉德说这些?"

"他每天都和我一起查这个案子。我们大概一个小时前通过电话,我告诉他你这里发生了什么,他马上就赶过来了。"

"他现在在停车场?"

"他刚到没多久。他很担心你,医生,我也是。"里佐利停顿了一下,"所以你打算怎么办?"

"我不知道……"

"好吧,你还有几分钟可以考虑一下。"里佐利站了起来,"走吧,我陪你出去。"

两人沿着走廊走过,莫拉心想:这真是个荒谬的时刻,我被一个几乎没法自己从椅子上站起来的女人保护着。但里佐利很明确地表示了她是负责人,承担着保护莫拉的角色。她率先打开门走了出去。

莫拉跟着她穿过停车场,来到她的雷克萨斯前。弗罗斯特和巴拉德就站在那儿。

"你还好吗,莫拉?"巴拉德问道。路灯投下来的光把他的眼睛遮在了阴影里,她抬头看着这张看不出表情的脸。

"我没事。"

"情况可能还会变得更糟。"他看向里佐利,"你告诉她我们的想法了吗?"

莫拉看着她的车,上面的三道划痕格外醒目,甚至比她记忆里的还要难看，就像捕食者的爪子留下的痕迹一样。

杀死安娜的人正在跟我对话。我永远都不知道凶手离我有多近。

弗罗斯特说："犯罪现场调查组的人还发现驾驶座车门上有一小块磕碰的痕迹。"

"那是之前的，几个月前有人在停车场撞了我一下。"

"好吧，那就只有这些划痕了。他们提取了几个指纹，还需要你的指纹，医生，你等下要去实验室取一下样。"

"没问题。"她想起了他们在验尸房里工作的时候，总是要按照流程把冰冷的手指印在卡片上。现在他们在开始之前就来取她的指纹了，在她还活着的时候。她把双手环在胸前，尽管外面的夜晚很暖和，她还是感觉冷。她想到了自己一个人在家，把自己锁在卧室里的时候。尽管有那么多保护屏障，可它依然只是栋房子，而不是一座堡垒。那就是一栋窗户能被轻易敲碎，纱窗也能被轻易划开的房子。

"你说是查尔斯·卡塞尔划伤了安娜的车。"莫拉看向里佐利，"但是这道划痕不会是卡塞尔弄的，他不会划我的车。"

"是的，他没有理由这么做。你车上的划痕明显是为了警告你。"里佐利静静地说，"也许是安娜搞错了。"

我才是那个被盯上的人。死的本应该是我。

"你今晚打算住哪儿，医生？"里佐利问道。

"我不知道，"莫拉说，"我不知道该怎么办……"

"好吧，但是我可以建议你不要站在这附近吗？"巴拉德说，"站在这个人人都能看见你的地方。"

莫拉瞥了一眼人行道，看到了那些被巡逻车警灯的闪光吸引过来的人群。围观者站在阴影中，莫拉看不清他们的脸，但是她就站在这里,在路灯下,就像明星一样被灯光包围。

巴拉德说:"我家还有个空房间。"

她没有看他,而是凝视着那些看不清脸的人影。这一切都发生得太快了,她的很多决定都是在一时冲动之下做出的。那些她可能会后悔的决定。

"医生?"里佐利说,"你怎么想?"

莫拉终于看了巴拉德一眼,再一次感受到了那种令人不安的吸引力。"我不知道还有其他什么地方能去了。"她说。

他开着车紧紧跟在她后面,近到他的车前灯直直地照在她的后视镜里,仿佛他很怕她会在混乱密集的车流中甩掉他一样。即使他们已经驶入了更安静一些的牛顿郊区,他依然跟得很紧。她还按照他的指示在街道上绕了两圈,确保没有汽车尾随他们,可他依然不放心。当她终于把车停在他家门前时,他几乎是同一时间站在了她的车窗前,敲响了玻璃。

"开进我的车库里。"他说。

"我会占了你的地方的。"

"没事,我可不想让你的车停在大街上。我去开车库门。"

她转向车库通道,看着门轰隆隆地打开,露出了井然有序的车库。车库里的工具整齐地挂在钉板上,墙上的嵌入式置物架上摆着一排排油漆罐,甚至连水泥地板也干净得反光。她慢慢开进车库,门立即在她身后关了起来,从街上已经看不到她的车了。她坐在车上,听着发动机冷却下来的声音,为即将到来的夜晚做好思想准备。就在不久之前,回自己家似乎并不安全,也不明智,而现在她则在思考选择来这里是否更不明智。

巴拉德拉开了她的车门。"进来吧,我教你怎么设置安防系统。万一我不在,你可以自己设置。"

他领着她走进屋,沿着一条短玄关走到前厅,指向装在前门旁边的密码锁装置。

"几个月之前我才刚刚更新了系统。首先,你要输入安全密码,然后按下'启动'键。一旦你启动了这个,有人开门或者开窗,它就会触发警报,警报声很大,会震得你耳朵嗡嗡响。而且它还会自动通知保安处,他们会打电话过来。如果想解除警报,还是输入同一个安全密码,然后按'解除'键就可以了。我讲清楚了吗?"

"明白了。你要告诉我密码吗?"

"我正准备告诉你。"他看了她一眼,"你也明白吧,我马上要把我家的安全密码告诉你了。"

"所以你在考虑是否能信任我?"

"你只要保证不会把密码给你讨厌的朋友就行。"

"天知道,我可有一大堆讨厌的朋友。"

"是啊,"他笑道,"而且他们很可能还都佩戴着徽章。好了,密码是一二一七,我女儿的生日。你能记住吗,还是要拿笔记下来?"

"我能记住。"

"很好。现在启动它吧,我们要准备过夜了。"

当她输入密码的时候,他就站在她身边,呼吸吹到了她的头发。她按下"启动"键,然后听到了轻轻的哔声,数字屏显示"系统已启动"。

"堡垒安全了。"他说。

"真够简单的。"她转过身,发现他正专注地看着她,她有种后退的冲动，想在两人之间拉开一个安全的距离。

"你吃过晚饭了吗？"他问道。

"我都顾不上去想吃晚饭这件事，今天晚上发生太多事了。"

"那来吧，我可不能让你饿肚子。"

他家的厨房和她想象中的一模一样，结实的枫木橱柜和厚木质台面，锅碗瓢盆整齐地挂在墙壁的架子上。没有其他多余的装饰，就是一个简单实用的空间。

"我不想太麻烦你。"她说，"鸡蛋和吐司就够了。"

他打开冰箱拿出一盒鸡蛋："炒鸡蛋？"

"我自己可以做，里克。"

"你去准备吐司怎么样？面包就在那边，给我也来点儿。"

她从袋子里取出两片面包，放进烤面包机里。转身看着他站在火炉边，搅和着碗里的鸡蛋。她想起了他们上次一起吃的那顿晚餐，两个人都光着脚，开心地大笑，享受着彼此的陪伴。然后简打来的电话让她对他产生了戒心。如果没有那通电话，他们之间又会发生什么呢？她看着他把鸡蛋倒进锅里，然后打开了炉子。她感觉自己的脸通红，仿佛他也点燃了她心里的另一簇火焰。

她转过身看向冰箱门，门上贴着巴拉德和女儿凯蒂的照片，凯蒂婴儿时被妈妈抱在怀里的照片、凯蒂幼年时坐在高脚凳上的照片等一系列记录凯蒂成长的照片。现在凯蒂已经成了一个金发少女，脸上挂着勉强的微笑。

"她变得太快了，"他说，"我都不敢相信那些照片上的是同一个孩子。"

她抬头看他："她放在储物柜里的毒品，你们最后是怎么处理的？"

"哦，那个啊。"他叹气道，"卡门正在管教她，还要惩罚她一个月不许看电视。我也正准备把我的电视锁起来，以防我不在家的时候凯蒂偷偷看。"

"你和卡门保持的统一战线还不错。"

"没别的办法，真的。不管离婚有多痛苦，为了孩子我们都得保持一致。"他关掉炉子，把炒鸡蛋分别装到两个盘子里，"你没有孩子吧？"

"没有，真是万幸。"

"万幸？"

"我和维克多可不会像你们两个一样和平相处。"

"我们也并没有看上去那么好，尤其是自从……"

"什么？"

"我们尽量保持表面上友好相处。就这样。"

他们摆好桌子，放上了鸡蛋、烤面包和黄油，然后面对面坐下。婚姻失败这个话题让两人的心情都有点儿低落，他们都还没能从感情的创伤中恢复过来。无论他们如何吸引彼此，现在都不是在一起的时候。

但是之后，当他送她上楼的时候，她知道两人的脑袋里肯定都跳动着同样的想法。

"这是你的房间。"他说着打开了凯蒂卧室的门。她走进房间，墙上挂着布兰妮·斯皮尔斯的海报，布兰妮勾人的眼神从墙上向下注视着她，书架上也满是布兰妮的人偶和CD唱片。这个房间会让我做噩梦的。

"这个房间有独立浴室，穿过那扇门就是。"他说，"柜子里应该有两把备用牙刷。你也可以穿凯蒂的浴袍。"

"她不会介意吗？"

"她这周和卡门一起住,她不会知道你来过。"

"谢谢你,里克。"

他顿了顿,好像在等她再说什么,等着可能会改变些什么的话。

"莫拉。"他说。

"嗯?"

"我会照顾你的。我只是想让你知道,我不会让发生在安娜身上的事再发生在你身上了。"他转过身准备离开。轻声说道:"晚安。"然后关上了身后的门。

我会照顾你的。

有人能保护自己,这不正是人们想要的吗?她已经忘记被人保护是什么感觉了。自从她嫁给了维克多,她从未有过被保护的感觉。他太自私了,除了他自己,他不会照顾任何人。

莫拉躺在床上,听着床头柜上的时钟滴答作响,还有巴拉德在隔壁房间的脚步声。然后整栋房子慢慢安静了下来。她盯着时钟,看着时间流逝。午夜时分,凌晨一点,可她依然无法入睡,明天她会非常疲惫的。

他会不会也在床上躺着还没睡着呢?

她几乎不了解这个男人,就像她嫁给维克多时也几乎不了解他一样。结果就是她的生活一团糟,白白浪费了三年的时光。都是化学反应搞的鬼,所谓的"火花"。莫拉不敢相信自己对异性的判断,她最想一起睡的那个人可能正是最糟糕的那个。

凌晨两点。

汽车前灯的光从窗前划过,街道上传来发动机的声音。她紧张地想:没什么,可能只是邻居回来晚了。接着她突然听到了门廊上的脚步声。她屏住了呼吸。突然间,刺耳的警报声划破了黑暗，她一下子从床上弹了起来。

安全警报。有人到屋子里来了。

巴拉德砸着她的门。"莫拉？莫拉？"他大喊着。

"我没事！"

"锁好门！别出来！"

"里克？"

"待在屋里！"

她爬下床，锁上门，蹲在地上，双手捂着耳朵挡住刺耳的警报声，警报声吵得她什么声音都听不见了。她想到了正在下楼的巴拉德，想象着一片漆黑的房子里，有人在楼下等着。你在哪儿，里克？除了刺耳的警报声，她什么都听不见。黑暗之中，她看不到也听不到任何可能正在朝她屋门移动的东西。

警报声戛然而止。随之而来的寂静中，她终于能听到自己惊慌失措的呼吸声和心跳声了。

还有说话声。

"我的老天！"里克大喊着，"我差点儿一枪崩了你！你到底在想什么？"

然后是女孩的声音，既受伤，又生气。"你把门锁上了！我没法进屋关掉警报！"

"别冲我吼。"

莫拉打开屋门，走进走廊。现在声音更大了，那两个人都怒气冲冲。越过栏杆，她看到里克站在楼下，穿着蓝色牛仔裤，赤裸着上身，下楼时手中拿着的枪正别在裤腰带里。而他的女儿正瞪着他。

"已经凌晨两点了，凯蒂，你怎么到这儿来的？"

"我朋友开车带我来的。"

"大半夜？"

"我是来拿我的书包的，好吗？我忘了明天要用，我不想吵醒妈妈。"

"告诉我你那个朋友是谁？谁开车送你来的？"

"他已经走了！警报声把他吓跑了。"

"是个男孩？他是谁？"

"我不会给他惹麻烦的！"

"那个男孩是谁？"

"别这样，老爸。"

"你就在这儿站着告诉我，凯蒂，别上去——"

脚步声踏上楼梯，突然停了下来。凯蒂僵硬地站在楼梯上，盯着莫拉。

"你下来！"里克喊道。

"行吧，"凯蒂小声嘟囔着，目光依然在莫拉身上，"现在我知道你为什么要把我锁在外面了。"

"凯蒂！"里克被突然响起的电话铃声打断了，他转身接起电话，"你好？是的，我是里克·巴拉德。家里一切正常。不，不用派人过来了。我女儿刚刚回家，没有及时关掉警报……"

女孩依然带着明显的敌意盯着莫拉："你就是他的新女朋友。"

"你没必要为此生气，"莫拉静静地说，"我不是他的女朋友。我只是需要找个地方过夜。"

"哦，是吗，所以你就来和我爸睡一起？"

"凯蒂，不是这样的——"

"这个家里没有一个人说过实话。"

楼下，电话铃又响了。里克又一次接起电话。"卡门，卡门，你冷静点儿！凯蒂在这儿，她没事。一个男孩送她回来拿她的书包……"

女孩又狠狠地瞪了莫拉一眼，转身下楼。

"是你妈妈的电话。"里克说。

"你打算告诉她新女朋友的事儿吗？爸爸，你怎么能这么对她？"

"我们得聊一聊。你必须接受我和你妈妈已经分开了的事实，情况已经变了。"

莫拉回到卧室，关上了门。换衣服的时候，她依然能听到他们在楼下争吵的声音。里克的声音沉稳而坚定，女孩的声音则因为愤怒而变得尖锐。莫拉很快就换好了衣服。当她走下楼时，巴拉德和他的女儿正坐在客厅里，凯蒂像一只发怒的豪猪一样蜷缩在沙发上。

"里克，我准备走了。"莫拉说。

他站了起来。"你不能走。"

"不，我没关系的。你需要时间跟你的家人独处。"

"你现在回家不安全。"

"我不回家，我等下找个酒店住。真的，我没事的。"

"莫拉，等等——"

"人家想走了，好吗？"凯蒂大声说道，"你就让她走吧。"

"等我到了酒店跟你打电话。"莫拉说。

当她从车库倒车出来时，里克站在车道边看她。他们隔着车窗对视，他走到车前，像是想要再次劝她留下来，回到安全的家里。

另一辆车的灯光照了过来。卡门的车停在了路边，她走下车，金色的头发凌乱不堪，睡衣外面还裹着浴袍。这是另一位被犯错的青少年从梦中惊醒的家长。卡门朝莫拉的方向看了一眼，然后对巴拉德说了几句话就进屋了。透过窗户，莫拉看到母女俩紧紧地拥抱在一起。

巴拉德在车道上徘徊，看看房子，又看看莫拉，在两个方向中左右为难。

她替他做了决定。她挂上挡，踩下油门离开了。她在后视镜中最后瞥了他一眼，看着他转身走进屋子，回到家人身边。即使是离了婚，她想，也无法抹去在这么多年的婚姻中形成的羁绊。就算是已经签完协议，完成公证很久之后，这些牵绊依然存在。其中最有力的牵绊便是孩子。

她深深吸了一口气，突然感觉摆脱了诱惑，自由了。

正如她对巴拉德承诺的那样，她没有回自己的家，而是向西驶向九十五号公路，这条公路沿着波士顿郊区形成了一条宽阔的弧线。她在经过的第一家汽车旅馆前停了下来。她住的房间里弥漫着烟草和象牙香皂的味道，马桶盖上放着一条"已消毒"的纸条，浴室里的杯子是塑料的，不远处高速公路的交通噪声贯穿薄薄的墙壁传进房间里。她已经不记得上一次住这么便宜、破旧的汽车旅馆是什么时候了。她给里克打了通电话，只有短短的三十秒，告诉他她在哪里。然后她关上了手机，钻进了破旧的被窝。

这一晚，她睡得比这一周的任何一天都安稳。

19

没有人喜欢我，每个人都讨厌我，我要去吃虫子。①

虫子，虫子，虫子。

别再想那个了！

马蒂闭上眼睛，咬紧牙关，却还是抵挡不了那个单调的儿歌旋律。这个旋律在她的脑海中一遍又一遍地回荡着，还伴随着飞来飞去的虫子。

我不会吃它们，但它们会把我吃了的。

哦，想点儿别的吧。美好的东西，美好的东西。鲜花，裙子。带着装饰的雪纺婚纱，她婚礼的那一天。对，想想这个。

她想起自己坐在圣约翰卫理公会的新娘等待室里时，望着镜子里的自己心想：今天是我一生中最美好的一天。我要嫁给心爱的男人了。她还想起妈妈走进房间帮她戴头纱，弯下腰，松了口气似的说："真没想到我还能等到这一天。"终于有个男人娶了她女儿的这一天。

而现在，七个月过去了，马蒂再次想起了妈妈这句让人有些难受的话。可是在那一天，没有什么事能影响她的喜悦。不管是早晨的孕吐，不合脚的高跟鞋，还是在新婚之夜因为喝了太多香

---

①出自美国儿歌 *Nobody Likes Me*。

槟而在她从浴室出来之前就睡着了的德韦恩。只要她是普维斯太太，这些都不要紧。她的生活，她真正的生活，终于要开始了。

而现在一切都要在这里结束了，在这个箱子里，除非德韦恩来救我。

他会来的，对吗？他想让我回家，对吗？

哦，这真是比被虫子吃掉还糟糕。换个话题吧，马蒂！

如果他不想让我回家呢？如果他一直都希望我不在呢？这样他就可以和那个女人在一起了。如果他就是那个……

不会的，不是德韦恩。如果他想让她死，为什么还要把她关在箱子里呢？为什么还让她活着呢？

她深吸了一口气，眼里噙满了泪水。她想活下去，为了活着，她什么都愿意做。但她不知道该怎么从这个箱子里逃出去。她已经想了好几个小时了，一次又一次地敲着箱子的四周和顶部，还想过拆开手电筒，或许用它的零件能制作一个……什么呢？

一个炸弹。

她仿佛都能听见德韦恩在嘲讽她："是啊，马蒂，你真是个马盖先[①]啊。"

那我该怎么办呢？

虫子……

虫子又出现在她的脑海中，闯进她的未来，侵入她的皮肤，在她的皮肤下游走着吞噬她的肉体。它们现在就在箱子外面的土里候着。等她一死，虫子就会爬进来享用它们的盛宴。

她转过身，浑身颤抖。

必须得想个办法逃出去。

[①] 马盖先，美国电视剧《百战天龙》的主人公。剧中马盖先在美国政府的一个绝密部门工作，拥有过人的天赋、非传统的手段和丰富的科学知识。

20

吉岛站在尸体旁边，戴着手套的手里拿着一支十六号针头的注射器。死者是一名年轻女性，但她如此瘦弱，腹部像一个瘪掉的帐篷一样搭在髋骨上。吉岛将她腹股沟的皮肤绷紧，然后将针头斜插进股动脉。他抽回针栓，抽出血液，近乎黑色的血液慢慢充满了注射器。

莫拉走进屋时他并没有抬头，而是继续专注于自己的工作。她默默地看着他拔出针头，将血液注射到各种试管中。只有处理过无数次尸体血液的经验，才能如此冷静高效地工作。她想，如果她能被称为"亡灵女神"的话，那他就是"亡灵之神"。他褪去尸体的衣服，为他们称重，将他们的身体器官泡进福尔马林溶液中。每当尸检完成，结束解剖的时候，他就会拿起针线，将切割开的皮肉重新缝合在一起。

吉岛剪断了针头，将用过的注射器丢进医疗废物垃圾箱中。然后他顿了一下，低头注视着他刚刚采集过血液的女人。"她是今天早上被送过来的，"他说，"她的男朋友醒来时发现她死在了沙发上。"

莫拉看着尸体手臂上针眼的痕迹。"真可惜。"

"是的。"

"谁负责的尸检？"

"科斯塔斯医生。布里斯托医生今天要出庭。"他把托盘推到桌子上,开始摆放仪器。在尴尬的沉默中,金属碰撞的叮当声听起来十分响亮。两人的交流一如既往有条不紊,但今天吉岛没有看她。他似乎在刻意避开她的目光,而且对于昨晚发生在停车场的事情也避而不谈。但问题就摆在眼前,没办法忽视。

"我听说里佐利警探昨晚给你打过电话。"她说。

他停下了手中的工作,侧身对着她,放在托盘上的手一动不动。

"吉岛,"她说道,"我很抱歉,如果她暗示你有任何——"

"你知道我在法医鉴定中心工作多久了吗,艾尔斯医生?"他打断她,说道,"从我退伍之后蒂尔尼医生就雇用了我,到现在已经十八年了。我在停尸房里为这些死者工作。处理这么多年轻人的尸体是很难受的,他们大多死于事故或自杀,却身不由己。年轻人总会去冒险,他们会打架,或者超速驾驶,还有的人因为妻子离开了他们,拿起武器自杀。我一直觉得,至少我可以为他们做些什么,我可以像对待军人一样尊敬他们。他们中有些人甚至还是孩子,都没到长胡子的年龄。这就是最让人难过的地方——他们那么年轻,我却要处理他们的尸体,因为这是我的工作。我都已经记不得上次请假是什么时候了,"他停顿了一下。"可是今天,我不想走进验尸房。"

"为什么?"

他转身看着她。"你知道在这里工作了十八年之后,被人当作嫌疑犯是什么感觉吗?"

"如果她让你有这种感觉,我向你道歉。我知道她会有点儿粗鲁——"

"不,事实上她完全没有。她非常礼貌,也非常友好,是她提的问题让我意识到发生了什么。'和艾尔斯医生一起工作感觉怎么样？''你们两个的关系好吗？'"吉岛笑了，"所以你觉得她为什么要问我这些呢？"

"例行公务，仅此而已。她并没有指控你什么。"

"听起来却像是。"他走到尸检台旁边，将装着福尔马林溶液的罐子排成一列，准备用来采集组织样本，"我们一起工作将近两年了，艾尔斯医生。"

"没错。"

"据我了解，你从未对我的工作表示过不满。"

"从来没有，我最愿意和你一起工作。"

他转身面向她。在刺眼的灯光下，莫拉看到他的黑色头发中已经泛出了一些灰色。她一度以为他才三十多岁，那张平滑完美的脸和修长的身材，好像永远不会老一样。而现在，看到他眼角的细纹，她才终于意识到他是一个已经悄然步入中年的人，和她一样。

"我从来没有，"她说，"我从来没有怀疑过你可能是——"

"但是你必须要考虑一下，不是吗？既然里佐利警探提了出来，你就必须要考虑我有可能划过你的车子，我有可能是那个跟踪你的人。"

"不，吉岛，我不会的。我不会去怀疑你。"

他注视着她。"那么你就是对自己不诚实，也对我不诚实，因为这个可能性确实存在。只要你对我有一点点不信任，跟我在一起你就会感到不安。我能感觉得到，你也能感觉得到。"他脱下手套，转身，在标签上写下死者的名字。她能看到他的肩膀在用力，脖子上的肌肉紧绷。

"会过去的。"她说。

"也许吧。"

"不是也许,是一定会的。我们还要一起工作。"

"好吧,我想这应该取决于你。"

她注视了他片刻,想知道怎么才能让他们的关系重新回到之前亲切热情的状态。或者也许他们本来就没有那么亲密,只是她自作多情。其实一直以来,他都在对她隐藏自己的情绪,就像她也隐藏了自己的情绪一样。我们可真搭,扑克脸二人组。每个星期,发生的悲剧都会被送到他们的尸检台上来,但她从来没有看见他哭过,反之亦然。他们就像车间里的工人一样机械地处理着关于死亡的问题。

他贴好了标本罐上的标签,转过身,看到她还站在身后,于是问道:"有什么需要帮忙的吗,艾尔斯医生?"他的声音和表情完全没有透露他们之间刚刚发生的事情。这就是她认识的吉岛,安静又高效,随时准备为别人提供帮助。

她也亲切地回应。她从信封袋中取出 X 光片,然后将尼基·威尔斯的 X 光片夹在灯箱上。"我希望你对这个案子还有印象。"她说着打开了开关,"这是五年前的案子了,发生在菲茨堡。"

"死者的姓名是?"

"尼基·威尔斯。"

他皱眉看着 X 光片,然后立马注意到了那个覆盖在母亲骨盆上的婴儿的骨骼。"是那个怀孕的女人吗?和她姐姐一起被杀害的那个?"

"所以你还记得。"

"两具尸体都被火烧了?"

"没错。"

"我记得,那是霍巴特医生的案子。"

"我没见过霍巴特医生。"

"对,你不可能见过他,他在你来的大概两年前就离开了。"

"他现在在哪儿工作?我想和他谈谈。"

"那可能会有点儿难。他已经去世了。"

她皱起眉:"你说什么?"

吉岛伤心地摇了摇头:"蒂尔尼医生太为难了。他觉得自己也有责任,尽管他当时别无选择。"

"发生了什么?"

"霍巴特医生出了一些……问题。他先是弄丢了几张X光片,然后又放错了器官,被家属发现了,家属起诉了我们法医鉴定中心。当时简直是一团糟,负面新闻四起,但蒂尔尼医生依然支持他。后来霍巴特医生又弄丢了个人物品中的一袋药物,所以蒂尔尼医生别无选择,只能让霍巴特医生辞职了。"

"后来呢?"

"霍巴特医生回到家,吞了一把奥施康定①。他们三天都没找到他。"

"这些问题和他的专业能力有关吗?"

"他的确犯过一些错误。"

"严重的错误吗?"

"我不明白你指的是什么。"

"我在想他是不是忽略了这个。"她指了指X光片上嵌在耻骨中的那块金属物,"他没有在尼基·威尔斯的尸检报告中解释这块金属物。"

---

① 奥施康定,一种止痛药。用来缓解持续的中度至重度疼痛。

"这张 X 光片上还有其他的金属物阴影，"吉岛指着 X 光片说，"我在这里看到了一个内衣挂钩，这里还有一个像是搭扣的东西。"

"没错，但是你看侧躯干图。这块金属物是嵌在骨头里的，不是在尸体表面。霍巴特医生有跟你提过这一点吗？"

"这我不记得了。他的报告里没有写吗？"

"没有。"

"那他一定是觉得这个不太重要。"

这意味着在审判阿玛提亚的时候并未将此考虑在内。吉岛重新回到工作中，摆好盆和桶，在笔记板上整理他的文件。尽管旁边就是一名年轻女子的尸体，莫拉却没心思管她，她的注意力在尼基·威尔斯和她孩子的 X 光片上，她们的骨头被火烧成了一团。

为什么要烧掉她们？这么做是为了什么？看着火焰吞噬她们，阿玛提亚感到了快乐吗？还是她想借助大火掩盖其他东西？掩盖一些她不想被人发现的痕迹？

她的视线从胎儿的头骨轮廓转移到了尼基耻骨处嵌入的金属碎片。这个碎片很薄，就像……

刀刃。从刀片上折断的刀刃。

但尼基的致命伤是头部的重击。为什么要在一个刚刚被你用撬棍砸碎头部的受害者身上动刀呢？她盯着那块金属片，它隐含的可能性突然令她震惊，她顿时脊背发凉。

她走到电话前，按下对讲机按钮。"露易丝？"

"怎么了，艾尔斯医生？"

"你能帮我接通多吉特·辛格医生吗？他在缅因州奥古塔斯的法医鉴定中心。"

"稍等。"一阵沉默后，对方说，"我接通辛格医生的电话了。"

"多吉特？"莫拉问。

"没有，我没忘记我还欠你一顿饭！"他回答道。

"如果你能帮我回答这个问题，那就是我欠你一顿饭了。"

"怎么了？"

"我们在福克斯港挖出的那些骨骼遗骸，你确认身份了吗？"

"没有，可能需要一段时间。汉考克和沃尔多县的档案里都没有和这些遗骸相关的失踪人口报告。要么这些骨头是很久之前的，要么这些死者不是当地的。"

"你有没有申请过查询国家犯罪信息中心？"她问。国家犯罪信息中心是联邦调查局负责管理的，那里有可搜索的全国失踪人口案件数据库。

"我查过，但是没法把时间缩小到任何特定的十年之内，所以我带回了一大堆名单——新英格兰地区所有的失踪记录。"

"也许我可以帮你缩小一下时间范围。"

"怎么缩小？"

"选定一九五五年至一九六五年间的失踪案件。"

"我能问一下为什么是这十年吗？"

因为那是阿玛提亚还住在福克斯港的时候。是她杀了那些人。

但莫拉只是说："一个有根据的猜测。"

"你真是太神秘了。"

"等见面了再跟你解释。"

这一次，里佐利让莫拉来开车，但只是因为她们开的是莫拉的雷克萨斯。她们一路向北，驶向缅因州收费公路。昨晚，一阵风暴从西边吹来，莫拉被雨点打在屋顶上的声音惊醒。她煮了点儿咖啡，看了会儿报纸，都是平日早晨她会做的事情。即使将要面对恐惧，也无法打破她的习惯。昨晚她没有再住汽车旅馆，而是回到了自己家里。她锁好了所有的门，开着门廊的灯，面对夜晚的威胁做出了薄弱的防御。但她还是在狂风暴雨中睡着了，一觉醒来觉得自己又重新掌握了生活的主动权。

她已经受够了担惊受怕，她不会让凶手再到她的地盘上来撒野了。

现在，她和里佐利一起开车前往缅因州。天上的乌云更厚了，她已经做好了反击的准备，她要扭转局面。她想：不管你是谁，我都会追查到你。我也可以是一名猎人。

当她们到达位于奥古斯塔的缅因州法医鉴定中心时，已经是下午两点了。多吉特·辛格在接待处和她们碰面，带她们下楼前往验尸房。两箱尸骨已经被放在尸检台上了。

"这可不是我最首要的案子。"他一边抽走塑料布一边承认道。塑料布在不锈钢尸检台上发出轻柔的沙沙声，就像降落伞的伞布一样。"他们可能已经被埋了几十年，耽误几天也不会有太大区别的。"

"你从国家犯罪信息中心拿回最新的搜索名单了吗？"莫拉问道。

"早上刚拿到的。我已经打印好名单了，就在那张桌子上。"

"牙齿 X 光片呢？"

"我已经下载好了他们用电子邮件发送过来的文件，还没来得及看,想等你们两个到了再一起看。"他打开了第一个纸箱,开始往外取尸骨,将它们轻轻地放在塑料布上。先拿出的是一个颅骨已经凹陷的头骨,接着是覆盖着泥土的骨盆、长骨和脊椎,然后是一捆肋骨,像风铃一样咔咔作响。除此之外,多吉特的验尸房一片寂静,就像莫拉在波士顿的验尸房一样干净而明亮。优秀的病理学家生来就是完美主义者,他正是展示出了个性中的这个特点。他绕着尸检台走来走去,像跳舞一样将骨头排列在一起,动作优雅得像一位淑女。

"这是哪个死者?"里佐利问道。

"这是那位男性,"他说,"股骨长度说明他的身高在五点十英尺至六英尺之间。右侧颞骨有明显的挤压性骨折。此外,还有一处科雷氏骨折,愈合良好。"他看了一眼困惑的里佐利,"就是手腕骨折。"

"你们医生为什么要这么做?"

"做什么?"

"起这些花里胡哨的名称。为什么不直接叫手腕骨折?"

多吉特微笑道:"有些问题没有那么简单的答案,里佐利警探。"

里佐利看着那些骨头。"他还有什么别的情况吗?"

"死者脊柱没有明显的骨质疏松或关节炎,这是一名年轻的成年男性,白人。这里还有牙医工作的痕迹——十八号和十九号牙齿用银汞合金补过。"

里佐利指了指那块凹陷的颞骨。"这是死因?"

"这一定是致命一击。"他转身看向第二个箱子,"轮到这位女性死者了。她是在大约二十英尺外被发现的。"

他在第二张尸检台上又铺了一张塑料布。他和莫拉一起将另一套骨架摆放到位,两人就像两个挑剔的服务员在摆放晚餐的位置一样。骨头碰撞尸检台发出咔咔的声音。一样布满泥土的盆骨,另一个娇小一点儿的头骨,眼眶比男性更精致一些,然后是腿骨、臂骨和胸骨,一捆肋骨还有两个装着松散的腕骨和跗骨的纸袋。

"这位就是我们的无名女尸。"多吉特说着,看向摆好的骨架,"我无法现在就告诉你们死因,因为在死者身上看不出什么来。这是位年轻女性,也是个白人,年龄在二十岁到三十五岁之间,身高大约五点三英尺,无旧骨折伤。牙齿状况非常好。犬牙的位置装有一个牙冠,四号牙这里还有一个金属牙冠。"

莫拉瞥了一眼 X 光片灯箱,上面挂着两幅 X 光片。"这是他们的牙片吗?"

"左边是男性的,右边是女性的。"多吉特走到水槽边洗掉手上的污垢,然后抽出一张纸巾,"两位无名氏。"

里佐利拿起了国家犯罪信息中心早上通过邮件发给多吉特的失踪人员名单。"天哪,这么多人名。这么多人都失踪了。"

"这些只是新英格兰地区的失踪人员,年龄在二十岁到四十五岁之间的白人。"

"都是发生在一九五〇年至一九七〇年的。"

"这是莫拉指定的时间范围。"多吉特走到他的笔记本电脑前,"好了,我们来看看他们发来的 X 光片吧。"他打开了国家犯罪信息中心通过邮件发送给他的文件,出现了一排图标,每个图标都带有案件编号。他点击第一个图标,X 光片充满了整个屏幕。一排歪歪扭扭的牙齿,就像翻滚的白色多米诺骨牌。

"这肯定不是我们要找的人,"他说,"你看看这个人的牙!这简直就是牙科医生的噩梦。"

"也可能是牙科医生的金矿。"里佐利说。

多吉特关掉了第一张 X 光片,然后打开了下一张。下一张 X 光片上,两颗门牙之间有缝隙。"这个也不是。"他说。

莫拉的注意力又回到了尸检台那个无名女人的尸骨上。她低头看着她的头骨,眉骨纤细,颧骨精致,是一张五官柔和的脸。

"哎呀,不错。"她听到多吉特说,"我想我认出这些牙了。"

她转身看向电脑屏幕,看到了下臼齿的 X 光片以及明亮的补牙材料。

多吉特从椅子上站了起来,走到放着男性骨架的尸检台旁边,拿起他的下颌骨回到电脑旁作比较。

"十八号和十九号的汞合金补牙材料,"他一边指着说,"没错,没错,对得上……"

"X 光片对应的失踪者姓名是什么?"里佐利问道。

"罗伯特·萨德勒。"

"萨德勒……萨德勒……"里佐利翻看着打印的名单,"好了,我找到了。罗伯特·萨德勒,白人男性,年龄二十九岁,身高五英尺十一英寸,棕色头发,棕色眼睛。"她看了看多吉特,对方点了点头。

"信息符合这名男性遗体的情况。"

里佐利接着往下读。"死者是一位建筑承包商,最后一次出现是在他的老家缅因州肯纳邦克波特。一九六〇年七月三日失踪,同他的……"她停住了,转身看向了放着女性骨架的尸检台,"同他的妻子一起。"

"妻子的姓名是?"莫拉问。

"凯伦。凯伦·萨德勒。我把案件编号给你。"

"让我看看,"多吉特说着转向电脑,"让我看看这里面有没有她的 X 光片。"莫拉跟在他的身后，越过肩膀看着他点开了对应的图标，图像出现在电脑屏幕上。这是凯伦·萨德勒还在世的时候，坐在牙医的椅子上拍的照片。她的面容看起来很焦虑，也许是在担心自己的龋齿牙洞以及接下来不可避免的牙钻。但她无法想象到的是，自己在牙科门诊拍摄的未曝光胶片，有一天会出现在病理学家的电脑屏幕上。

莫拉看着那一排白齿，以及上面顶着的一块闪亮的金属光晕。她走到 X 光片灯箱旁边，多吉特截出了他拍摄的女性死者的牙齿全图。她轻声说："是她，这些骨头就是凯伦·萨德勒的。"

"所以两个人都匹配上了，"多吉特说，"丈夫和妻子。"

他们身后，里佐利还在翻阅打印的文件，寻找凯伦·萨德勒的失踪人口报告。"找到了，她在这儿。白人女性，二十五岁，金色头发，蓝眼睛……"她突然停住了，"这里有点儿问题，你们最好再检查一下 X 光片。"

"怎么了？"莫拉问。

"你们再检查一下。"

莫拉观察了一下牙片的全图，然后转身看电脑屏幕。"匹配得上。简，有什么问题吗？"

"你们遗漏了一组尸骨。"

"谁的？"

"一个胎儿的。"里佐利看着她，脸上露出震惊的表情，"凯伦·萨德勒当时已经怀孕八个月了。"

一段长长的沉默。

"我们没有找到其他遗骸。"多吉特说。

"有可能是你们遗漏了。"里佐利说。

"我们筛过那里的土，把整个墓地都翻遍了。"

"有可能是食腐动物把胎儿的尸体拖走了。"

"对，有可能。但这个女性遗骸的确是凯伦·萨德勒没错。"

莫拉走到尸检台边，低头盯着女人的盆骨。她想到了曾经在X光灯箱上看过的另一个女人的盆骨。尼基·威尔斯当时也怀孕了。

她把放大镜在桌子上摆好，然后打开了灯。原本有软骨组织连接的盆骨积着红色的土。"多吉特，你能帮我拿点儿湿的棉签或纱布之类的能把这里擦干净的东西吗？"

他盛了一盆水，然后撕开一包棉签放在她旁边的托盘上。"你要找什么？"

莫拉没有回答。她集中注意力，擦掉那些污垢，露出下面的骨头。随着泥土慢慢化开，她的心跳也随之加快了。盆骨上的最后一块土掉落了下来，她盯着放大镜下显露出的部位，然后直起身子，看着多吉特。

"你发现了什么？"他问道。

"你来看一眼。就在骨骼连接处的边缘。"

他弯下腰，看着放大镜。"你是说那块小裂口吗？你看到的是这个吗？"

"是的。"

"这也太小了。"

"但它确实存在。"她深吸了一口气，"我带来了X光片，就在我车里。我觉得你应该看看。"

当莫拉走出停车场时，雨水打在她的伞上。按下车钥匙上的解锁键时，她不禁瞥了一眼副驾驶门上的划痕——一道为了吓唬她的爪痕。这就是为了激怒她，而她要开始反击了。她把X光片袋从车后座拿出来，裹在外套里带进了大楼。

多吉特看着她把尼基·威尔斯的X光片夹在灯箱上，有些困惑。"你给我看的是什么案子？"

"五年前发生在马萨诸塞州菲茨堡的一起谋杀案。死者的头骨受到撞击碎裂，之后尸体被烧毁。"

多吉特皱着眉看着X光片。"怀孕的女性。胎儿看起来有几个月大了。"

"但我注意到的是这里。"她指着尼基·威尔斯耻骨联合处嵌入的一小块亮片，"我觉得这是断掉的刀刃。"

"但是尼基·威尔斯是被轮胎撬棒击中死亡的。"里佐利说，"她的头骨被击碎了。"

"没错。"莫拉说。

"那凶手为什么还要用刀？"

莫拉指着X光片上尼基·威尔斯骨盆上缩在一起的胎儿骨骼。"这就是原因。这才是凶手真正想要的。"

多吉特一时没有说话，但莫拉知道，沉默代表他明白了她的意思。他转向凯伦·萨德勒的遗骸，拿起骨盆。"是正中间的一道切口，就在腹部下方，"他说，"刀片划到了骨头，就在裂口这里……"

莫拉想到了阿玛提亚手拿着刀，在这个年轻女性的腹部一刀切下去，直到碰到骨头才停下来。她还想到了自己的职业，以及在工作中刀具发挥的至关重要的作用，还有她在验尸房里度过的那些时光，那些皮肤和器官组织的切片。

我们都是手握刀刃切割人体的人，我和我的母亲。但是我解剖的是尸体，而她解剖的是活人。

"这就是你当时没有在埋葬凯伦·萨德勒的地方找到胎儿尸骨的原因。"莫拉说。

"但是你的另一个案子——"他指着尼基·威尔斯的 X 光片说,"那个胎儿并没有被取走,而是和他的妈妈一起被焚烧了。为什么凶手切开了母体,又把孩子也杀了呢?"

"因为尼基·威尔斯的孩子先天残疾,患有羊膜带综合征。"

"那是什么?"里佐利问。

"是一条有时候会横跨羊膜囊的膜状组织。"莫拉说,"如果这个膜状物缠绕在胎儿的四肢上,就会阻断血流,甚至截肢。这个问题是在尼基妊娠的第六个月被诊断出来的。"她指了指 X 光片,"从这里能看到胎儿膝盖的下方没有右腿。"

"这不是致命性缺陷吧?"

"不是,孩子能活下来,但凶手能立马看出残疾,她会发现这不是个健全的婴儿。我想这就是她没有取走孩子的原因。"莫拉转身看向里佐利,无法回避里佐利怀孕的事实——她隆起的腹部,还有她由于雌性激素而泛红的脸颊,"她想要的是个完美的孩子。"

"但凯伦·萨德勒的孩子也不完美。"里佐利指出了这一点,"她那时才怀孕八个月,胎儿的肺部还没有发育成熟吧?得需要婴儿恒温箱才能活下去。"

莫拉低头看着凯伦·萨德勒的尸骨。她想到了凯伦被发现的地点,以及埋在了二十英尺以外她丈夫的遗骸。两个人没有被埋在一起,而是单独分开了。为什么要挖两个洞呢?为什么不把妻子和丈夫埋在一起?

她突然变得口干舌燥。问题的答案让她顿时愣在了原地。

他们不是被同时埋起来的。

21

小屋蜷缩在被雨淋湿的树枝下,就像是在避雨一样。莫拉一周前第一次见到它时,只觉得这是一栋让人感到压抑的房子,一个慢慢被树林吞噬的黑色小屋。而现在,她从车里注视着它,屋子的窗户却像恶魔的眼睛一样回望过来。

"这就是阿玛提亚长大的地方。"莫拉说,"安娜想要查到这些信息并不难。她只需要查查阿玛提亚的高中档案,或者在旧电话簿里找找兰克这个姓。"她看着里佐利,"女房东克劳森小姐告诉我说,安娜当时指定要租这栋房子。"

"所以安娜一定知道阿玛提亚曾经在这里生活过。"

就像莫拉一样,安娜也渴望更多地了解母亲,了解那个给了她们生命又抛弃了她们的女人。

雨水打在车顶上,像银色的帘子一样顺着挡风玻璃滑下来。

里佐利拉上雨衣拉链,罩上帽子。"走吧,我们进去看看。"

她们冒着雨走上台阶来到门廊,在门口抖掉身上的雨水。莫拉拿出她刚刚从克劳森小姐的房地产办公室拿来的钥匙,插进锁孔里。一开始钥匙完全转不动,好像房子在和她作对,坚决不让她进去一样。当她终于打开门时,门发出了吱吱呀呀的警告声,打算和她对抗到底。

屋里比她记忆中更加阴暗幽闭,空气中弥漫着霉味,像是屋外的湿气穿透墙壁深入了家具和窗帘。光线透过窗户,在客厅里投下了灰色的阴影。这座房子不欢迎我们,她心想,它不想让我们发现它的秘密。

她碰了碰里佐利的手臂。"你看。"她说着,指向两个门闩和黄铜锁链。

"全新的锁。"

"这是安娜装上的。让人很好奇,对吧?她到底想把谁锁在门外?"

"如果不是查尔斯·卡塞尔的话。"里佐利透过客厅的窗户,注视着窗外滴着雨帘的树叶,"嗯,这个地方偏僻得出奇,没有邻居,除了树林什么都没有,是我也会想多装几把锁的。"她不安地笑了笑,"你知道吗,我不喜欢待在树林里。高中的时候,有一次我们去露营,开车前往新罕布什尔州。睡袋就在篝火旁边,我一夜没合眼。当时我一直在想:我怎么知道外面会有什么在看着我?躲在树上的,或者躲在灌木丛里的。"

"来吧,"莫拉说,"我想带你看看房子的其他地方。"她带路来到厨房,拨开了墙上的开关。荧光灯发出不详的嗡嗡声,刺眼的灯光让老旧的油毡上每一条裂缝、每一处破损都暴露了出来。她低头看着磨损泛黄的黑白棋盘格图案,想到这么多年来上面一定会留下溢出的牛奶或者泥土的痕迹。还有什么会在这上面留下印记呢?那些可怕的案件会不会也留下了证据呢?

"这些也是全新的门闩。"里佐利站在后门说道。

莫拉走到地窖门口。"这就是我想让你看的。"

"另一个门闩?"

"但是你看看这把锁有多旧?它不是新的,已经在这儿很久了。克劳森小姐说她是二十八年前在拍卖会上拍得的这处房产,那时候这个门闩就已经存在了。这就是奇怪之处。"

"什么？"

"这扇门通向的唯一地方就是地窖。"她看着里佐利，"这是条死路。"

"那为什么有人要锁上这扇门呢？"

"这就是我想知道的。"

里佐利打开门，黑暗中飘来了潮湿的泥土气息。"哦，天哪，"她小声嘀咕道，"我讨厌地窖。"

"那里有条灯绳，就在你头上。"

里佐利伸手拉了拉灯绳，灯泡亮了。微弱的灯光从狭窄的楼梯上洒落下去，地下只有阴影。"你确定没有其他入口能进入这个地窖？"她低头凝视着阴影，问，"运煤口之类的通道？"

"我在这座房子外面来来回回绕了个遍，没发现任何能从外面进入地窖的门。"

"你下去过吗？"

"我没有任何理由下去。"直到今天为止。

"好吧。"里佐利从口袋里掏出一个迷你手电筒，深吸了一口气，"我想我们应该下去看看。"

两人走下吱吱作响的楼梯时，灯泡在她们的头顶晃动，阴影也来回摆动。里佐利缓缓移动着，仿佛在用自己的体重试探面前的每一步。莫拉以前从未见过里佐利如此谨慎，如此踌躇不决，这也让莫拉更担心了。当她们走到楼梯底部时，厨房的门已经远远高于她们，看起来就像在另一个维度。

楼梯底的灯泡已经烧坏了。里佐利拿着手电筒扫过一层被雨水打湿的泥土，灯光照亮了靠在墙边的一堆油漆罐和一张卷起的地毯。房间角落里还放着一个板条箱，里面装满了客厅壁炉用的柴火。这里似乎没有什么不寻常的地方，莫拉在楼梯顶感到的恐惧也消失殆尽。

"好吧，你说得对，"里佐利说，"确实没有其他出口。"

"只有上边的那扇门，通往厨房。"

"也就是说门闩没有任何意义，除非……"里佐利的手电筒光突然定在了远处的墙上。

"那是什么？"

里佐利穿过地窖，注视着墙上。"这东西怎么会出现在这儿？用它做什么？"

莫拉凑近了一些，当她看清里佐利的手电筒照亮的东西时，感到后背涌上一阵寒意。那是一个铁环，嵌在地窖的一块巨大的石头里。它是做什么用的？里佐利刚刚已经问过了。问题的答案吓得莫拉连忙后退了几步，脑海中浮现出的画面让她毛骨悚然。

这里不是地窖，而是一座地牢。

里佐利突然举起了手电筒。"屋里有人。"她轻声说。

透过自己的心跳声，莫拉听到了头顶上地板吱吱呀呀的声音。沉重的脚步声穿过屋子，走进厨房。一道人影突然在门口闪过，上面照下来的手电筒光太亮了，莫拉被晃得什么都看不见，只好转过身去。

"艾尔斯医生？"一个男人喊道。

莫拉眯着眼睛对着光。"我看不到你。"

"我是耶茨警探，犯罪现场调查组也刚到。开始之前你要带我们看一下房子吗？"

莫拉猛地呼出一口气："我们上来了。"

等到莫拉和里佐利从地窖爬上去，厨房里已经站了四个人。一周前，莫拉在树林的空地上见过缅因州的科索警探和耶茨警探。两名自称是皮特和加里的犯罪现场调查组成员加入了他们的行列,几个人互相握手致意。

耶茨说:"所以这是某种寻宝活动吗?"

"我们不一定能找到宝藏。"莫拉说。

两名犯罪现场调查组的成员环顾着厨房,扫视着地板。"这个油毡看起来很破旧了。"皮特说,"这是什么时候的房子?"

"萨德勒一家四十五年前就失踪了,犯罪嫌疑人那时还和她的堂兄一起住在这里。他们离开后,房子空了很多年,后来才被拍卖。"

"四十五年前?那这个地毯确实有年头了。"

"我知道客厅里的那块地毯稍新一点儿,大概有二十年了。"莫拉说,"我们得把它掀起来检查地板。"

"我们还没勘查过十五年以上的现场,这对我们来说会是个全新的纪录。"皮特说完瞥了一眼窗户,"至少还有两个小时才会天黑。"

"那我们先从地窖开始吧。"莫拉说,"地下够黑了。"

他们一起从车上卸下各种勘查设备:摄像机、照相机和三脚架,装着防护设备、喷雾器和蒸馏水的箱子,装着化学药品的易酷乐[①]保温箱,还有电线和手电筒。他们搬起这些东西,沿着狭窄的楼梯走下地窖,六个人和这些器材挤在一起,空间突然变得拥挤不堪。就在半个小时前,这个阴暗的空间还让莫拉感到不安,现在,她看着他们架起三脚架,解开电线,忽然就变得没有那么害怕了。这里只有潮湿的石头和压实的土,不会有鬼的。

"我不太确定。"皮特说着把水手棒球帽转向后面,"这儿的

---

①易酷乐,美国知名保温箱、冰箱制造品牌。

地面上有很多土，含铁量会很高，到处都会是亮的，检测起来会很难。"

"我更好奇的是这些墙面。"莫拉说，"这些污渍，飞溅的印记。"她指向挂着铁环的花岗岩石块说，"我们从那面墙开始吧。"

"我们首先需要一张基线图，好让我架三脚架。科索警探，你能帮我把尺子挂到那面墙上去吗？它是能发光的，可以给我们做参考。"

莫拉看向里佐利。"你应该到楼上去，简。他们准备混合鲁米诺①了，我觉得你不能接触到它。"

"我觉得它还没有那么大毒性。"

"不行，你不能冒险。你还怀着孩子。"

里佐利叹气道。"好吧，好吧。"她慢悠悠地走上楼梯，"但是我不想错过灯光秀。"地窖的门在她身后关上了。

"天哪，她不是应该要休产假了吗？"耶茨问道。

"她还有六周才到预产期呢。"莫拉说。

其中一名技术人员笑了起来。"她就像《冰血暴》②里的那个女警官，不是吗？挺着个大肚子，还能追捕罪犯？"

透过紧闭的地窖门，里佐利喊道："嘿，我虽然挺着大肚子，但我不是个聋子！"

"而且她还带着武器。"莫拉说。

科索警探说："我们可以开始了吗？"

"箱子里有面罩和护目镜，"皮特说，"你们互相传一下。"

科索递给了莫拉一个呼吸机和一副护目镜。她把装备佩戴

---

① 鲁米诺，又名发光氨。常温下是一种黄色粉末，是一种比较稳定的人工合成有机化合物。对于犯罪现场肉眼无法观察到的血液，鲁米诺试剂可以显出极微量的血迹形态。
② 《冰血暴》，美国惊悚悬疑电影。其中身怀六甲的女警官玛戈·冈德森接手了杀人案，负责抓捕凶手。

好，看着加里开始配比化学物质。

"我们要准备用试剂了，"他说，"试剂会更灵敏一点儿，也更安全，但是这东西对皮肤和眼睛会很刺激。"

"那些是你要混合的物质吗？"莫拉问道，她的声音透过面具变得有些低沉。

"是的，我们把这些试剂保存在冰箱里，然后在现场将三种物质与蒸馏水混合在一起。"他盖上容器的盖子，使劲摇晃，"有人戴着隐形眼镜吗？"

"我戴了。"耶茨说。

"那你最好离开这个地方，警探。即使戴着护目镜，你也会更加敏感的。"

"不了，我想看看。"

"那等下我们喷试剂的时候你站远一点儿吧。"他又晃了几下容器，然后把试剂倒进一个喷雾瓶里，"好了，我们可以准备喷溶剂了，让我先拍张照片。警探，你能让开那面墙吗？"

科索走到一边，皮特按下了快门键。闪光灯闪了一下，在那堵墙喷上试剂之前拍下了基线图像。

"现在要关灯吗？"莫拉问。

"先让加里就位。等到灯一灭，我们就该四处磕碰了。所以我们每个人先选定一个地方，然后待在那儿别动，好吗？只有加里一个人行动。"

加里走到墙边，举起装着鲁米诺试剂的喷雾瓶。头戴护目镜和面罩的加里看起来就像个灭虫人员，正准备对付那些令人讨厌的蟑螂。

"关灯，艾尔斯医生。"

莫拉伸手摸到身边的泛光灯，关掉开关，地窖里一片漆黑。

"去吧,加里。"

他们能听到喷雾剂的嘶嘶声。在一片漆黑中,突然出现了一片片蓝绿色的光点,宛如夜空中的繁星。然后出现了一个圆环,就像飘浮在黑暗中发光的幽灵。是那个铁环。

"那可能根本不是血,"皮特说道,"鲁米诺试剂会和很多物质产生反应,铁锈、金属还有漂白剂。不管上面有没有血,那个铁环都可能会发光。加里,你能在我拍这张照片的时候往旁边移一点儿吗?大概要曝光四十秒,所以你得站稳。"终于按下快门时,他说道:"开灯,艾尔斯医生。"

莫拉在黑暗中摸索着泛光灯的开关。灯亮的时候,她正盯着那面石头墙。

"你怎么看?"科索问。

皮特耸了耸肩。"没什么特别明显的。这里可能会有很多误导性信息,那些石头上全都是泥土。我们还会再试试其他几面墙,但是除非你能看到手印或者大量的飞溅物,否则这种墙面材质不容易沾上血迹。"

莫拉注意到科索看了看手表。检测鲁米诺反应的过程很漫长,她能看出他已经开始怀疑这么做是不是在浪费时间了。

"我们继续吧。"她说。

皮特挪动了三脚架,然后将相机镜头对准了旁边的墙壁,他拍下了一张开着闪光灯的照片后,说:"关灯。"

房间又一次变得漆黑一片。

紧接着发出了喷雾剂的嘶嘶声。当鲁米诺试剂与石头上的氧化金属发生反应,精确地产生闪光点时,更多的蓝绿色斑点出现了,就像黑暗中闪烁的萤火虫。加里在墙上喷出了一道新的弧线,又一束星星出现了,接着又被他走过时影子的轮廓遮住。突然砰的一声巨响,那道人影猛地向前一踉跄。

"该死。"

"你还好吗,加里?"耶茨问道。

"我的小腿绊到了什么东西上。我想应该是楼梯。这地方应该没有其他什么鬼东西……"他停住了,然后喃喃道,"嘿,大家快看这儿。"

当他挪到一边时,一片蓝绿色浮现在了视野中,是一片幽灵一样的外质① 物。

"这是什么?"科索说。

"开灯!"皮特喊道。

莫拉打开了灯。那片蓝绿色的光消失了,她只看到了通向厨房的木质楼梯。

"就在那个位置,"加里说,"刚才我被绊倒的时候,那里溅上去了一些喷剂。"

"我来重新摆一下这台相机,然后我需要你走到楼梯的顶部。等下我们关灯之后,你觉得你能走下来吗?"

"我也不知道。如果我走得慢一点儿的话——"

"你一边往下走,一边喷台阶。"

"不,不,我想我还是从下往上走吧,我不喜欢在黑暗里下楼梯。"

"你怎么方便怎么来。"相机的闪光灯闪了一下。"好了,加里,我已经定好基线了,你准备好就可以开始了。"

"好的。可以关灯了,医生。"

莫拉关上了灯。

---

①外质,细胞的外胚层质,也表示神鬼附体者身上渗出的物质,可能形成死者的外形。

他们又一次听到了喷雾瓶的嘶嘶声,细密的鲁米诺雾气向外喷散着。靠近地面的地方,出现了一道蓝绿色的痕迹;再往上,又出现了一道痕迹,像一摊幽灵水池。透过加里的面罩,他们能听到他粗重的呼吸声。他一步步向上走,台阶一阶一阶地亮起,形成一道醒目的发光瀑布。

血的瀑布。

没有别的可能了,她想。血迹溅在每一级台阶上,顺着楼梯两侧流淌下来。

"天哪,"加里小声说道,"最上面的那一级台阶更亮。好像是从厨房来的,从门下面渗出来,然后又顺着楼梯向下流。"

"每个人都在原地别动。我在拍照片,需要四十五秒。"

"现在外面天应该已经够黑了,"科索说,"我们可以开始测房子里的其他地方了。"

当他们拖着设备走上楼梯时,里佐利正在厨房里等着他们。"听声音像是一场轻松的灯光秀啊。"她说。

"我想我们还会看到更多。"莫拉说。

"你现在想从哪里开始喷试剂?"皮特问科索。

"就从这儿。从最接近地窖的地板开始。"

这一次灯灭的时候,里佐利并没有离开房间。她退到后面,远远地看着鲁米诺试剂喷洒在地板上。一些几何图案在他们脚下闪闪发光,一个个蓝绿色的图案显现在油毡组成的棋盘格中。整个棋盘像蓝色的火焰一样,在大地上蔓延开,又垂直向上延伸,大面积地四散开,形成明亮的水滴弧形。

"开灯。"耶茨说道,科索拨动了开关。

痕迹消失了。他们盯着厨房的墙面,上面已经不再闪着蓝光,磨损的油毡也恢复了黑白色的棋盘图案。现在这里并不恐怖，只是一个地板发黄、电器陈旧的房间。然而他们所在的地方，就在刚刚，还有鲜血在向他们尖叫。

莫拉盯着墙面，刚刚看到的画面依然在她的脑海中盘旋。"那是动脉喷出的血迹。"她轻声说道，"就是在这个屋子里发生的。这里就是他们死去的地方。"

"但你们在地窖里也看到了血。"里佐利说。

"在台阶上。"

"好吧。那我们现在知道至少有一名受害者是在这个房间里被杀害的，因为墙上有动脉喷溅出的血迹。"里佐利踱步穿过厨房，蓬乱的头发遮住了她的眼睛。她专注地看着地板，然后停住了。"我们怎么能知道这里还有没有其他受害者呢？怎么判断这些血迹是不是萨德勒夫妇的？"

"我们没法判断。"

里佐利走到地窖前，打开了门。她在那里站了一会儿，注视着漆黑的楼梯，然后转身看向莫拉。"地窖的地面上都是土。"

片刻的沉默。

加里说："我们面包车里有探地雷达装置，两天前还在马柴厄斯的农场里用过。"

"把它拿到屋里来吧，"里佐利说，"我们看看泥土下面是什么。"

22

GPR（Ground-penetrating radar），即探地雷达，运用电磁波探测地表以下的情况。技术人员从车上卸下的底物诱导呼吸系统[①]装置有两根天线，其中一根用于向地面发射高频电磁能量脉冲，另一根用于测量地下特征并反射回波。计算机屏幕将会显示出数据，将各个地层划分为一系列水平层。技术人员将设备搬下楼梯时，耶茨和科索在地窖的地面上画出了一米间隔的探测网格。

"刚刚下过雨，"皮特边说边展开电缆，"泥土会变得很潮湿的。"

"这会有什么区别吗？"莫拉问道。

"探地雷达装置响应会因地下含水量而异，需要调整电磁波频率来解决这个问题。"

"两百兆赫兹？"加里问。

"我会从这个频率开始测。一次不能调得太高，不然就会传回太多局部信息。"皮特将电缆连接到背包控制台，然后接上了电脑，"这里可能会出现类似的问题，尤其是周围还有这么多的树。"

[①]底物诱导呼吸系统，一种广泛用于测定土壤微生物量的生理方法。

"和这些树有什么关系?"里佐利问。

"这栋房子建在一块树林中的空地上,所以下面很可能会有许多腐烂的树根留下的空洞,会影响成像效果。"

加里说:"帮我挎上背包。"

"这样可以吗?还需要调整肩带吗?"

"不用了,这样刚好。"加里吸了口气,环顾了一圈地窖,"我从那一头开始。"

当加里移动探地雷达装置从地面上走过时,地底下的轮廓以起伏状条纹的形式出现在了笔记本电脑的屏幕上。因为有深厚的医学功底,莫拉对于人体的超声波和计算机断层扫描十分熟悉,但她看不懂屏幕上的这些轮廓条纹。

"你看到了什么?"她问加里。

"这里这些黑色的区域是正雷达回波,负回波显示为白色。我们正在寻找一切异常的情况,比如说双曲线反射。"

"那是什么?"里佐利问。

"它看起来像是一个凸起,把这些不同的水平层向上抬起。这是由埋在地下的东西引起的,它们会向各个方向散射雷达波。"他停了下来,研究着屏幕,"看到这里了吗?在大约三米深的地方有一个东西,它反射出了双曲线。"

"你觉得会是什么?"耶茨问。

"可能是一个树根。我们先标记下来再继续探测。"

皮特在地上插了一根木桩,记下了这个地方。

加里继续向前探测,沿着网格来回移动,雷达回波在笔记本电脑屏幕上导出波纹。每隔一段时间,他就会停下来,让皮特拿木桩在地上做标记,等到第二遍探测时再重新检查。当他已经转身沿着网格中间返回时,突然停了下来。

"这个地方有点儿意思。"他说。

"你看到了什么?"耶茨问。

"等等,让我再测一下这里。"加里后退了一些,将探地雷达再次移到他刚刚探测过的地方,又往前走了一点儿。他盯着笔记本电脑,再一次停了下来。"这里有个体积较大的异常物体。"

耶茨靠近了一些:"让我看看。"

"不到一米深,这里有个大袋子,看到了吗?"加里指着屏幕,上面的一个凸起使雷达回波变得扭曲。他盯着地面说道:"就是这里有东西,埋得不是很深。"他看向耶茨,"你打算怎么办?"

"你车里有铲子吗?"

"嗯,有一把,还有几把镰刀。"

耶茨点了点头。"好的,我们去把工具拿过来。还需要更多灯光。"

"车里有一盏泛光灯,还有很长的延长线。"

科索走上楼梯,说:"我去拿工具。"

"我来帮你。"莫拉说着,跟着他走上通向厨房的台阶。

屋外,倾盆大雨已经变成了毛毛细雨。他们钻进犯罪现场调查组的面包车,找到了铲子和增加照明的设备,科索拿着它们走进屋子。莫拉关上了车门,正要拿着一箱小号挖掘工具跟上科索,却发现了树林中闪烁的前车灯。她站在车道上,看着一辆熟悉的皮卡车开了过来,停在面包车旁边。

克劳森小姐下了车,一件超大号的雨衣像披风一样拖在她身后。

"我以为你现在该收拾完了,我在想你为什么还不把钥匙送回来。"

"我们还要在这里待一会儿。"

克劳森小姐看着车道上的车:"我以为你只是想在附近转转。犯罪实验室的车在这里做什么?"

"我们花的时间比我想象的长,也许我们整晚都要待在这儿了。"

"为什么?这里已经没有你妹妹的衣服了,我已经用箱子打包好了,你直接把它们带回去就可以了。"

"这不仅仅关于我妹妹,克劳森小姐。警察来这里是为了调查别的事情,很久以前发生的事情。"

"多久以前?"

"可能是四十五年以前,在你拍下这座房子之前。"

"四十五年前?那就是……"女人停顿了下来。

"是什么?"

克劳森小姐的目光突然落在了莫拉手里的挖掘工具上。"你这铲子是干什么用的?你准备在我的房子里做什么?"

"警察正在搜查地窖。"

"地窖?你是说他们正在下面挖掘?"

"他们必须这么做。"

"我不允许你们这么做。"她转过身,重重地踏上门廊,雨衣后摆拖过台阶。

莫拉跟着她走进厨房,把工具箱放在一边的柜子上。"等一下。你听我说——"

"我不允许任何人破坏我的地窖!"克劳森小姐猛地推开门,低头盯着手拿铲子的耶茨警探。他们已经挖开了地面,脚边堆着一堆泥土。

"克劳森小姐,不要打扰他们工作。"莫拉说。

"这房子是我的,"女人在台阶上大喊道,"没有我的允许,谁都不许挖这里的地!"

"女士,我们保证搜查完之后会填好这个洞的。"科索说,"我们只是想在这儿稍微看看。"

"为什么?"

"我们的雷达显示出了很大的反射回波。"

"我听不懂你在说什么,反射回波?地底下有什么?"

"我们正要把它找出来,如果你可以让我们继续进行的话。"

莫拉把她从地窖里拽了出来,关上了门。"让他们继续工作吧。如果你拒绝的话,他们只能申请强制搜查令。"

"他们到底为什么要在下面挖来挖去?"

"有血。"

"什么血?"

"厨房里到处都是血。"

女人的目光落到地板上,扫视着油毡。"我怎么没看到。"

"肉眼看不到的,需要用化学喷剂才能让血液显现出来,但是你相信我,这里真的有血。地板上有一些,墙壁也溅上了,血迹还穿过地窖的门缝流下台阶。有人试图通过清洗地板、擦拭墙壁来消除这些血迹。也许他们以为血迹都被清理干净了,因为肉眼看不到了,但是血依然在,它渗进了这些缝隙,还有木材的裂缝中。它就在这座房子里,在这些墙上。"

克劳森小姐转过身盯着她。"谁的血迹?"她轻声问道。

"这正是警察想知道的。"

"你们该不会是觉得我——"

"不,我们认为血迹是很久以前的。你拍下这座房子的时候,可能就已经是这样了。"

女人坐在餐桌旁的椅子上,一脸茫然。雨衣的帽子从头上滑落,露出一头豪猪刺一样的白发。那件超大号的雨衣穿在身上,显得她更渺小、更老了,就像一个快要缩进坟墓的女人。

"现在没有人会愿意从我这里买走这座房子了。"她低声说,"别人听到这件事之后肯定不会来买了,我又不能把这该死的东西送出去。"

莫拉在她对面坐下。"我妹妹为什么要租这栋房子?她有和你提起过吗?"

克劳森小姐没有回答,她摇着头,一脸震惊。

"你说她在路上看到了'出售'牌子,然后就到地产办公室打电话给你了。"

她终于点了点头:"非常偶然。"

"她和你说了什么?"

"她想了解一下这处房产,谁在这里住过,之前的房主是谁。她当时说她正在这片区域找房子。"

"你有没有告诉她关于兰克一家的事情?"

克劳森小姐僵住了。"你知道他们?"

"我知道他们曾经是这栋房子的房主。当时这里住着一对父子,还有那个父亲的侄女——一个名叫阿玛提亚的女孩。我妹妹也向你问起过他们吗?"

女人深吸了一口气。"她当时想知道这些,我也理解。如果你想购置房产,就会想知道房子是谁建造的,谁曾经在这里住过。"她看着莫拉,"这些和兰克一家有关,是吗?"

"你是在这个小镇长大的吗?"

"是的。"

"那你肯定认识兰克一家了。"

克劳森小姐并没有立刻回答，而是脱下了雨衣，挂到了厨房门附近的一个挂钩上。"他和我是一个班的。"她说道，依然背对着莫拉。

"谁？"

"伊利亚·兰克。我不是很了解他的表妹阿玛提亚，因为她比我们低了五个年级，还只是个孩子。但是我们都认识伊利亚。"她的声音低到像在说悄悄话一样，仿佛不太愿意大声说出这个名字。

"你对他了解多少？"

"需要知道的我都知道。"

"听起来你不是很喜欢他。"

克劳森小姐转过身看着她。"你很难喜欢一个能把你吓死的人。"

透过地窖的门，她们能听到铁锹敲击泥土的声音，它在深入挖掘木屋的秘密。许多年过去了，这座房子仍在默默见证各种可怕的事情。

"那时这里只是个小镇，艾尔斯医生，不像现在，好多外地人到这里买房避暑。那个时候，这里只有当地人，大家都相互认识，所以你就会知道哪家人很好，哪家人得离远点儿。我十四岁的时候就知道了，伊利亚·兰克，这个男孩就是你必须得离得远远的人。"她又回到桌边，坐了下来，好像已经筋疲力尽了。她盯着福米卡家具的塑料贴面，仿佛看到了自己的倒影：一个十四岁的女孩，还在害怕那个住在这里的男孩。

莫拉盯着那个低着头、一头浓密白发的女人，等着她继续说下去。

"你为什么会怕他？"

"我不是唯一一个。我们当时都很害怕伊利亚,自从……"

"自从什么?"

克劳森小姐抬起头,说:"自从他活埋了那个女孩之后。"

屋内陷入一片寂静。莫拉可以听到地窖深处传来人们挖掘时的低语声,能感觉到心脏在肋骨间跳动。天哪,她想,他们会在下面找到什么?

"爱丽丝·罗丝,"克劳森小姐说,"她当时是新搬到镇上的孩子之一。其他女孩会在背后悄悄议论她,笑话她。你可以随便说爱丽丝的坏话,也不会受到惩罚,因为她听不到你的声音。她从来都不知道我们在取笑她。我知道这很残忍,但十四岁的孩子就是这样,在他们学会换位思考、亲身体会那种痛苦之前。"她叹了口气,心中充满了对童年错误的悔恨,但一切都已经太迟了。

"爱丽丝怎么了?"

"伊利亚说那只是个玩笑,他说当时他打算过几个小时就把她拉上来的。但是你能想象被困在一个洞里是什么感觉吗?吓得都尿湿了裤子?没有人能听到你的尖叫声。除了那个把你扔进洞里的男孩,没人知道你在哪儿。"

莫拉静静地等着,她害怕听到故事的结局。

克劳森小姐看出了她眼里的担忧,摇了摇头说:"哦,爱丽丝没有死,她家的狗救了她。它知道她在那儿,那个傻家伙不停地狂吠,把人引了过去。"

"然后她得救了。"

克劳森点了点头。"那天晚上人们找了很久才找到她。她被发现的时候,已经在洞里待了好几个小时。他们把爱丽丝拉上来的时候,她已经说不出话了,像个僵尸一样。几周之后,她们一家就搬走了,我不知道他们去哪儿了。"

"伊利亚后来怎么样了?"

克劳森耸了耸肩。"你觉得他会怎么样呢?他一直坚称那只是个恶作剧。我们其他这些孩子每天对爱丽丝做的事情,的确都是在折磨她,我们都让她痛苦。但是伊利亚,他的所作所为完全是另一回事。"

"他没有受到惩罚吗?"

"如果你只有十四岁,你就会得到第二次机会,尤其是家里有人需要你的时候。你的爸爸成天酗酒,家里还有个九岁的表妹和你住在一起。"

"阿玛提亚。"莫拉轻声说。

克劳森小姐点了点头。"想象一下生活在那样的家庭里,在野兽的家里长大。"

野兽。

气氛突然变得紧张了起来。莫拉的手脚冰凉,她想起了之前阿玛提亚的胡言乱语。快跑。在他找到你之前快跑。

她还想到了自己车门上的划痕。野兽的标记。

地窖的门吱呀一声开了,莫拉吓了一跳。她转过身,看到了站在地窖门口的里佐利。

"他们挖到了什么东西。"里佐利说。

"挖到了什么?"

"木头。类似木板的东西,大概在地下两英尺的地方。他们正在尝试清理掉上面的泥土。"她指了指放在柜子上的一盒泥刀,"我们需要那个。"

莫拉把盒子搬下地窖的楼梯。她看到挖出的成堆泥土围绕在沟槽边,差不多有六英尺长。

是一副棺材的大小。

正挥着铲子的科索警探抬头看向莫拉。"木板很厚的样子,但是你听,"他用铲子敲了敲,"底下不是实心的,这里面还有一些空间。"

耶茨说:"需要我来接手吗?"

"需要,我的腰都快断了。"科索把铲子递了过去。

耶茨跳进了沟槽中,砰的一声踩在木头上。是空洞的声音。他一鼓作气地铲起土,然后扔到一旁慢慢变高的土堆上。越来越多的成员加入,大家都默不作声。两盏泛光灯刺眼的光线投射在沟槽上,耶茨的影子像木偶一样在地窖的墙上来回晃动。其他人都静静地看着,就像盗墓者在急切地等待着第一眼看到坟墓的样子。

"我已经清理完这一边了。"耶茨说。他一边喘着粗气,一边拿铲子在木头上刮擦。"看起来像是板条箱一类的东西。我已经用铲子敲过了,但不想破坏这块木头。"

"我这里有泥刀和刷子。"莫拉说。

耶茨直起身,气喘吁吁地从坑里爬了出来。"好吧,也许你们可以清理干净上面的污垢。在撬开它之前,我们要先拍几张照片。"

莫拉和加里跳进了沟槽,她感觉到木板在承受了他们的重量之后有些颤动。她想知道脏兮兮的木板下面到底隐藏着什么可怕的东西,她还不禁想象到了移走木板之后的恐怖画面——腐烂的肉体埋在里面。她没有理会自己怦怦直跳的心脏,跪下来开始清理木板。

"也给我一把刷子。"里佐利说完,也准备跳进去。

"你不行,"耶茨说,"你为什么就不能在一边老老实实地待着呢?"

"我又不是残废,我讨厌在一边站着干瞪眼。"

耶茨无奈地笑了笑。"是啊,没错。可我们也不想看见你在下面卖力干活,而且我也不想跟你老公解释。"

莫拉说:"这里没有多余的空间了,简。"

"好吧,那我重新帮你们挪一下灯,这样你们能看得清。"里佐利挪动了一盏泛光灯,光线照到了莫拉正在工作的角落。莫拉跪在木板上,用刷子清理木板上的泥土,她发现了一些生锈的东西。"这里有几个旧钉头。"她说。

"我车里有撬棍,"科索说,"我去拿过来。"

莫拉继续刷去污物,露出了更多锈迹斑斑的钉头。下面空间狭窄,她的脖子和肩膀开始酸痛。她挺直了后背,听到了身后的叮当声。

"嘿,"加里说,"看看这个。"

莫拉转过身,看到加里的泥刀刮到了一英寸长的破损管道。

"看起来像是从木板边缘直通向上的。"加里说。他用手指小心翼翼地摸着生锈的突起物,然后抠掉了上面附着的泥垢。"为什么要把管子插在……"他停住了,然后看着莫拉。

"这是个通气口。"她说。

加里盯着膝盖下面的木板,轻声说道:"这里面到底是什么东西?"

"你们两个从里面出来吧,"皮特说,"我们要拍几张照片。"

耶茨伸手拉莫拉上来,她在沟槽里往后晃了一步,因为站起来得太猛了,她突然感觉头晕眼花。她眨了眨眼,被相机的闪光灯弄得有些晕乎。她穿过泛光灯的强光和墙上闪光灯映出的影子，走到地窖台阶上坐了下来。这时才突然想起，她现在脚下踩着的楼梯上，沾满了阴森森的血迹。

"好了，"皮特说，"我们把它打开吧。"

科索跪在沟槽边，用撬棍的尖端掀起木板的一角。他用力翘起木板，生锈的钉头发出了刺耳的声音。

"没有撬动。"里佐利说。

科索停了一下，用袖子擦了擦脸，额头蹭上了一抹土。"唉，明天我的腰肯定该痛了。"他又一次把撬棍的尖端伸进了木板的边缘，这次更往里了一些。他深吸了一口气，把自己的全部重量压在了支点上。

钉头嘎吱一声弹开了。

科索把撬棍扔到了一边，和耶茨一起伸手从沟里抓住了木板的边缘，将它抬了起来。一时间，谁都没有说话。所有人都盯着木板下的洞，眼前的景象在泛光灯的照射下显露无遗。

"我不明白。"耶茨说。

板条箱里是空的。

当天晚上她们开着车，沿着高速公路回家，潮湿的路面反射出灯光。莫拉车上的雨刷缓缓地扫过雾蒙蒙的挡风玻璃，像是在催眠一样。

"厨房里的那些血迹，"里佐利说，"你知道那意味着什么。阿玛提亚之前就杀过人，尼基·威尔斯和特蕾莎·威尔斯的案子已经不是她第一次杀人了。"

"她不是一个人住在那座房子里的，简，她的表哥伊利亚和她住在一起。凶手有可能是他。"

"萨德勒一家失踪的时候她已经十九岁了。她肯定知道自己家的厨房里发生了什么。"

"但这并不意味着人就是她杀的。"

里佐利看着她。"你真的相信奥唐纳的理论？她嘴里的那个'野兽'？"

"阿玛提亚患有精神分裂症。你告诉我一个精神错乱的人杀害了两个女人，然后有条不紊地通过烧毁尸体来消灭证据，这说得通吗？"

"她在消灭证据上做得并不好。她被抓住了，记得吗？"

"弗吉尼亚警方很幸运，能在例行的交通检查中抓住她，并不能证明他们的侦查工作做得很出色。"莫拉盯着前方空荡荡的公路上飘过的薄雾，"她不是单独作案。当时一定有人帮助她，那个人在她的车上留下了指纹。从一开始那个人就和她在一起。"

"她的表哥？"

"活埋那个女孩的时候伊利亚只有十四岁。什么样的男孩能做出那种事？那样的男孩长大又会变成什么样的人？"

"我不想再往下想了。"

"我觉得我们都清楚，"莫拉说，"我们都清楚厨房里的那些血迹意味着什么。"

雷克萨斯在公路上呼啸而过。雨已经停了，但空气中还弥漫着水汽，薄雾还挂在挡风玻璃上。

"如果他们真的杀了萨德勒一家，"里佐利说，"那就意味着……"她看着莫拉，"他们到底对凯伦·萨德勒的孩子做了什么？"

莫拉什么都没说。她注视着眼前的高速公路，沿着道路一直向前。没有弯道,也没有岔路。她一直往前开。

"你知道我在想什么吗?"里佐利说,"我在想,四十五年前,兰克兄妹杀害了一名孕妇,而婴儿的尸体不见了。五年后,阿玛提亚·兰克带着两个刚刚出生的女儿出现在了波士顿,范·盖茨的事务所。"

莫拉抓着方向盘的手指已经麻木了。

"如果那两个孩子不是她亲生的呢?"里佐利说,"如果阿玛提亚不是你们的亲生母亲呢?"

23

马蒂·普维斯坐在黑暗中，正在思考一个人被饿死需要多长时间。她的食物消耗得太快了，袋子里只剩下六根好时巧克力棒、半包苏打饼干和几条牛肉干。她必须把食物分配好，她还要靠这些吃的撑很长时间……

撑着做什么？撑着直到被渴死吗？

她咬了一口珍贵的巧克力。虽然很想再咬一口，但她还是克制住了那份冲动。她小心翼翼地把剩下的巧克力包好备用。如果真的什么都不剩了，至少她还能吃纸。纸也是可以吃的，不是吗？纸是木头做的，鹿饿了都会吃树皮，说明树皮也是有营养价值的。对，要留好这些包装纸，让它们保持干净。她不情愿地将吃了一部分的巧克力棒放回了口袋，闭上眼睛，想起了汉堡和炸鸡，还有自从德韦恩说她"就像一头奶牛"以来，所有她不敢吃的食物。德韦恩说了那句话之后整整两周，她只吃沙拉，直到有一天她头晕目眩地坐在了梅西百货商场的地上。当周围担心的女士们围过来，一遍又一遍地问她是否还好时，德韦恩的脸红了。他一边咂舌暗示马蒂站起来，一边挥手让大家离开。"形象就是一切。"他总是这么说。而现在宝马先生正和他穿着孕妇弹力裤、在地板上打滚的母牛妻子在一起。是啊，德韦恩，我就是一头母牛。一头漂亮的、怀着你孩子的母牛。该死的，赶紧来救我们。

救救我们，救救我们。

头顶突然传来了脚步声。

当绑架她的人靠近时，她抬起头。马蒂已经能听得出他的脚步声了，轻快又谨慎，就像一只跟踪猎物的猫。每次他来看她时，她都恳求他放自己出去。而每次，他都直接走开，继续留她在这个箱子里。现在她的食物快吃完了，水也越来越少。

"太太。"

她没有回答。让他好奇去吧。他会担心她的健康，然后就会打开箱子。他必须让她活着，不然就得不到宝贵的赎金。

"说句话吧，太太。"

她依然保持沉默。求救没有用，那么也许这样能吓到他，然后他就会放她出去了。

头顶上传来重重的一击。"你还在里面吗？"

她还能在哪儿？这个该死的浑蛋。

安静了很长时间。"好吧，如果你已经死了，那我就没必要放你出来了，对吧？"脚步声渐渐远去。

"等等！等等！"她打开手电筒，开始不停地敲击头顶的木板，"回来，该死的！回来！"她听着声音，心怦怦直跳。当她听到他接近的脚步声时，终于松了口气。多可悲呀，她已经沦落到了乞求他关注自己的地步，就像一个被忽视的情人一样。

"你醒了。"他说。

"你跟我的丈夫谈过了吗？他什么时候付钱给你？"

"你现在感觉怎么样？"

"你为什么从来不回答我的问题？"

"先回答我。"

"哦，我感觉好极了！"

"孩子呢？"

"我快没有吃的了，我还需要更多。"

"已经给你足够多的食物了。"

"不好意思，但我才是被关在下面的那个，不是你！我快被饿死了。如果我饿死了你还怎么拿到你的钱？"

"冷静点儿，太太。放松，一切都会没事的。"

"一切都非常不好！"

没有回答。

"喂？喂？"她大喊道。

脚步声再次慢慢远去了。

"等等！"她敲着头顶的木板，"回来！"她用拳头敲打着木板，瞬间充满了怒气，一股前所未有的怒火喷薄而出。她尖叫道："你不能这么对我！我不是个牲畜！"她瘫倒在墙上，双手瘀青，不停地颤抖着，身体因为抽泣而发抖。这是愤怒的抽泣，而不是挫败的抽泣。"去你妈的，"她说，"去你妈的。去你妈的德韦恩。去你妈的世界上所有的浑蛋！"

她精疲力竭地倒了下去，伸手拂过眼睛，抹去泪水。他到底想从她身上得到什么？现在德韦恩肯定已经付钱给他了，那她为什么还在这儿？他到底在等什么？

孩子踢了她一脚。她把手放在肚子上，轻微的震动通过皮肤传了过来。她感受到了宫缩，第一次宫缩的阵痛。可怜的小家伙。可怜的……

孩子。

她静静地思考着，回想着他们隔着通风口的对话。对方从来没有提到过德韦恩，也从来没有谈起过钱。这说不通。如果那个浑蛋要钱，他就必须去找德韦恩，但是他从没提起过。如果他根本没有打电话要钱呢？如果他要的根本就不是赎金呢？

那他想要的是什么？

手电筒的光暗了下来。第二组电池又快没电了，还剩下两组新电池，然后她就要永远处于黑暗之中。这一次，她没有慌张，而是把手伸进袋子，撕开一包新电池。她已经换过一次了，再来一次没什么难的。她拧开了手电筒的后盖，慢慢地滑出旧电池，又插进新电池。明亮的光线暂时缓解了她对漫长黑夜的担忧。

每个人都会死，但她不想死在这个箱子里，不想死在一个没人能找到她的尸体的地方。

保留好光源，尽可能地节省光源。她关掉了开关，躺在黑暗之中，恐惧悄悄逼近了。没有人知道，她想，没有人知道她在这里。

打住，马蒂。坚持住。你是唯一一个能救自己的人。

她侧过身，抱住了肩膀。她听到有什么东西滑过了地板。是一块旧电池，现在已经没用了。

如果没人知道她被绑架了怎么办？如果没人知道她还活着怎么办？

她环着双臂抱住自己的肚子，回想着自己和绑匪的每一次对话。你感觉怎么样？他每次都会这么问她，问她感觉怎么样，好像他很在意这一点。好像任何一个把孕妇塞进箱子里的人都会这么想，但他总是在问这个问题，而她总是在恳求他放自己出去。

他在等一个不同的答案。

她把膝盖蜷缩了起来，脚踢到了什么正在滚动的东西。她坐起来，打开了手电筒，开始四处寻找所有换下来的电池。她总共有四个旧电池，袋子里还有两个新的，加上手电筒里的两个。她再次关上了开关。保存好光源,节省光源。

黑暗中,她开始解自己的鞋带。

24

乔伊斯·奥唐纳医生走进凶案组会议室，大摇大摆的样子好像她才是这里的主人。她身上那套时尚的圣约翰①套装可能抵得上里佐利一年买衣服的花销，三英寸的高跟鞋更加凸显了她已经傲视群雄的身高。坐在桌边时，虽然有三名警察在看她，但她的脸上完全没有流露出丝毫不适。她知道如何掌控局面，这一点让里佐利羡慕不已，尽管她确实鄙视这个女人。

而这种不喜欢明显是相互的。奥唐纳冷冷地瞥了里佐利一眼，又将视线从巴里·弗罗斯特身上移开，最后将全部注意力放在了凶案组的高级长官马凯特身上。奥唐纳当然会把注意力集中在马凯特身上，她才不会在下属警官身上浪费时间。

"这真是个意料之外的邀请，长官。"她说，"我还真是不常被邀请到施罗德广场来呢。"

"是里佐利警探提议请你过来的。"

"那就更是意料之外了，鉴于……"

鉴于我们处于对立阵营，里佐利想，我负责抓捕怪物，而你负责为他们辩护。

"但是我已经在电话里和里佐利警探说过了，"奥唐纳继续说

---

① 圣约翰（ST. JOHN），美国著名的高级时装品牌。

道,"除非你们帮助我,否则我没办法帮助你们。如果你想让我帮你们找到那只'野兽',就必须跟我分享你们的信息。"

作为回答,里佐利将一个文件夹推到了奥唐纳面前。"这是我们目前了解的关于伊利亚·兰克的信息。"那位精神病医生眼中闪烁着急迫的目光。这就是奥唐纳活着的真正目的:窥探怪物,抓住接近恶魔之心的每一个机会。

奥唐纳打开了文件夹。"他的高中档案。"

"从福克斯港拿到的。"

"智商一三六,但成绩只是中等水平。"

"典型的成绩低于智商的学生。"一位老师曾经说伊利亚"如果足够努力,就能成就一番大事",但他一定没想到伊利亚·兰克的成就会把他带向何方。"在他母亲去世后,父亲雨果抚养他长大。他的父亲没有长期稳定的工作,很显然,他大部分时间都在酗酒,并在伊利亚十八岁时因患胰腺炎去世。"

"这也是阿玛提亚生活的家庭。"

"是的。母亲去世后,阿玛提亚在九岁那年搬进了舅舅家,甚至没人知道她的父亲是谁。所以现在你已经了解了福克斯港的兰克一家:酗酒的舅舅,反社会人格的表哥,一个长大之后患有精神分裂症的女孩。真是和谐美好的美国家庭。"

"你说伊利亚有反社会人格?"

"一个为了好玩而活埋同学的男孩,你还能用什么词来形容他?"

奥唐纳翻到了下一页。任何人读到那些内容都会露出惊恐的表情,而她脸上流露出的是痴迷。

"被他活埋的女孩当时只有十四岁。"里佐利说,"爱丽丝·罗丝是转校生,患有听力障碍,这就是其他孩子捉弄她的原因，也可能是伊利亚选择她的原因。她很脆弱，很容易成为目标。他邀请她到家里做客，然后把她带到树林中他挖的一个洞旁边。他把爱丽丝推了进去，用木板盖住洞口，还在上面堆满了石头。后来被问起，他却说整件事都只是个恶作剧。但我觉得他是真的想杀了那个女孩。"

"这份报告里说，那个女孩被毫发无伤地救出来了。"

"毫发无伤？可不能这么说。"

奥唐纳抬起头："但她确实活下来了。"

"爱丽丝·罗丝在之后的五年里患上了严重的抑郁症和焦虑症。十九岁那年，她爬进浴缸，割腕自杀了。我认为，伊利亚·兰克要为她的死负责。她是他的第一个受害者。"

"你能证明还有其他人吗？"

"四十五年前，一对名叫凯伦·萨德勒和罗伯特·萨德勒的夫妇在肯纳邦克波特失踪，妻子凯伦当时已经怀孕八个月了。他们的遗骸上周被发现，就在伊利亚活埋爱丽丝的同一个地方。我认为萨德勒夫妇就是被伊利亚所杀，是他和阿玛提亚一起干的。"

奥唐纳一动不动，好像屏住了呼吸。

"你是第一个提出那个假设的人，奥唐纳医生。"马凯特长官说，"你说过阿玛提亚有个同伙，一个被她称之为'野兽'的人，那个人帮她杀害了尼基·威尔斯和特蕾莎·威尔斯。你是这么和艾尔斯医生说的，对吗？"

"没人相信我说的话。"

"好吧，现在我们相信了。"里佐利说，"我们认为那个'野兽'就是她的表哥，伊利亚。"

奥唐纳挑眉笑道："表兄妹共同作案？"

"他们也不是头一例。"马凯特指出这一点。

"没错,"奥唐纳说,"肯尼斯·比安奇和安杰洛·布诺①——山坡绞杀手——也是表亲。"

"所以这是有先例的,"马凯特说,"表亲共同作案。"

"这些不需要我来告诉你。"

"你最先察觉到了那个'野兽'的存在,"里佐利说,"你一直试图找到他,通过阿玛提亚和他取得联系。"

"但是我没有成功,所以我不知道该怎么帮你们找到他。我甚至想不通你为什么会找我过来,警探,因为你并不看好我的研究。"

"我知道阿玛提亚和你谈过。昨天我去见她的时候,她一句话也不肯跟我说。但是警卫告诉我她会跟你说话。"

"我们的会话内容是保密的,她是我的病人。"

"她的表哥不是,他才是我们要找的人。"

"好吧,他最后一次已知的出现位置是哪里?总要有一些可以开始着手调查的信息吧。"

"我们没有他的信息,我们对他几十年来的生活一无所知。"

"那你知道他现在是否还活着吗?"

里佐利叹气道:"不知道。"

"他现在已经快七十岁了,对吧?对于一个连环杀手来说,这岁数有点儿大了。"

"阿玛提亚六十五岁了,"里佐利说,"但是没有人怀疑她杀了特蕾莎·威尔斯和尼基·威尔斯这件事。她敲碎了她们的头骨,把她们的尸体泡在汽油里,然后焚烧殆尽。"

奥唐纳向后靠在了椅子上,盯着里佐利看了一会儿。"告诉

---

① 肯尼斯·比安奇,安杰洛·布诺,美国最凶残的连环杀手之一,两人是堂兄弟关系。他们在洛杉矶山区绑架、强奸,并扼杀了十二名女性。

我，为什么波士顿警察局要追查伊利亚·兰克？这些是很久以前的凶杀案了，甚至不在你的管辖范围，你为什么会对这个案子感兴趣？"

"安娜·莱尼的谋杀案可能与此有关。"

"怎么说？"

"在安娜被杀害之前，她问了很多有关阿玛提亚的问题。也许她知道的太多了。"里佐利把另一个文件夹推给了奥唐纳。

"这是什么？"

"你知道联邦调查局的国家犯罪信息中心吗？他们有一个数据库，可以搜到全国各地的失踪人员信息。"

"嗯，我知道国家犯罪信息中心。"

"我们提交关键字申请搜索了'女性'和'怀孕'，这是从联邦调查局那里得到的名单。他们数据库里的案件可以追溯到二十世纪六十年代以来，所有在美国大陆失踪的孕妇。"

"为什么要指定孕妇？"

"因为尼基·威尔斯当时已经怀孕九个月了，凯伦·萨德勒怀孕八个月。你不觉得这有点儿太巧了吗？"

奥唐纳打开文件夹，看着打印出的页面。她惊讶地抬起头。"这名单上的人太多了。"

"考虑到这个国家每年都有数千起人口失踪案件，如果时不时有孕妇失踪，并不会引起注意，也不会触发危险警报。但是如果每个月都有一名女性失踪，四十多年累计起来，总数就十分可观了。"

"你能把这些失踪案中的任何一起和阿玛提亚·兰克还有她的表哥联系在一起吗？"

"这正是我们给你打电话的原因。你和她已经有过十多次会话了,她有没有告诉你她都去过哪里、在哪里住过、在哪里工作过?"

奥唐纳合上了文件夹。"你这是要让我违反医患保密协议。我为什么要这么做?"

"因为杀戮并没有结束,他并没有停止。"

"我的患者杀不了任何人,她现在在监狱里。"

"但她的同伙还逍遥法外。"里佐利向前倾着身子,凑近了这个她十分鄙视的女人。但她现在需要奥唐纳,所以努力压抑了自己的反感。"那个'野兽'很让你着迷,不是吗?你想要了解他。你想走进他的思想,想知道是什么让他这么疯狂。你喜欢听所有的细节。这就是你会帮助我们的原因,这样你收集的怪物就又能增加一个。"

"万一我们都错了呢?万一这个'野兽'只是我们想象出来的呢?"

里佐利看向弗罗斯特。"为什么不打开那台幻灯机看看呢?"

弗罗斯特将幻灯机摆放到位,打开了电源开关。在这个属于电脑和PPT的时代,幻灯机已经是石器时代的科技了,但她和弗罗斯特选择了最快、最直接的方式来展示他们的案件。弗罗斯特打开了一个文件夹,从中取出了多张透明胶片,他们用各种颜色的记号笔在上面标记了数据。

弗罗斯特将一张图放在了幻灯机上,幕布上出现了一张美国地图。然后他将第一张透明胶片覆盖在了美国地图上,六个黑点出现了。

"这些点是什么意思?"奥唐纳问。

"这是国家犯罪信息中心在一九八四年前六个月的失踪案件报告,"弗罗斯特说,"我们选择这一年是因为联邦调查局当时开始全面启用计算机化数据库。这些点中每一个都代表了一个失踪孕妇的案件。"他用激光笔瞄准幕布,"这些案件有一定的地理分布规律,一件发生在俄勒冈州,一件发生在亚特兰大。但是请注意看,西南部这里有一个小的聚集群。"弗罗斯特圈了一下地图上对应的位置,"亚利桑那州有一名女性失踪,新墨西哥有一名女性失踪,还有两起失踪案发生在南加利福尼亚州。"

"所以我应该从中看出什么?"

"好,让我们再来看看接下来的六个月,也就是一九八四年七月至十二月的。"

弗罗斯特在地图上放了另一张透明胶片,画面上出现了一组新的点,是用红色的笔标记的。

"再来看一次,"他说,"你会看到分布在全国各地的案子。但是注意看,这里又出现了一个聚集群。"他圈起了一组三个红点,"分别是圣何塞、萨克拉门托和俄勒冈州的尤金。"

奥唐纳轻声说道:"这下开始有意思了。"

"等到你再看看接下来的六个月。"里佐利说。

接下来是第三张透明胶片,屏幕上又增加了一组点,这次的点是绿色的。到目前为止,这个规律是没错的。奥唐纳难以置信地盯着那些标记。

"我的天哪,"她说,"聚集群一直在移动。"

里佐利点了点头,面无表情地看着屏幕。"聚集群从俄勒冈州开始向东北方向移动。在接下来的六个月里,有两名孕妇在华盛顿州失踪,然后第三名孕妇在蒙大拿州失踪。"她转身看着奥唐纳,"它并没有就此停止。"

奥唐纳在椅子上来回晃动,她的表情像一只正在捕猎的猫一样警惕。"聚集群下一步移动到哪里了?"

里佐利看着地图。"在那一年的夏季和秋季,聚集群直接向东,到了伊利诺伊州、密歇根州、纽约和马萨诸塞州。接着它突然转向了南边。"

"哪个月份?"

里佐利看了一眼弗罗斯特,他正在翻阅打印文件。"下一个失踪案件发生在弗吉尼亚州,时间是十二月十四日。"他说。

奥唐纳说:"聚集群是根据季节变化移动的。"

里佐利看着她:"什么?"

"根据季节变化。你看它是怎么在夏季突然穿过中西部向北移动的?秋天的时候,聚集群在新英格兰,接着到了十二月,它又突然向南移动,就是在天气变冷的时候。"

里佐利皱着眉看着地图。天哪,她想,这个女人说得没错,我们怎么没发现这一点?

"接下来是什么情况?"奥唐纳问。

"它连成了一个完整的圆圈,"弗罗斯特说,"从佛罗里达州南部到得克萨斯州,然后回到了亚利桑那州。"

奥唐纳从椅子上站了起来,走到屏幕前。她在那儿站了一会儿,研究着地图。"这一圈下来过了多久?走完这条路线需要花多长时间?"

"一共用了三年半,绕国家一圈。"里佐利回答道。

"真是悠闲的节奏。"

"没错,但是要注意,凶手从不会在一个州停留太长时间,也不会在一个州绑架太多受害者。他一直在移动,所以当地警方才没能发现这个规律,他们从来都没有意识到类似的失踪案已经持续很多年了。"

"什么?"奥唐纳转过身,"这个规律一直在循环?"

里佐利点头。"他又开始循环了，还是同一条路线，就像古老的游牧民族放牛一样。"

"当地警方从来没有意识到这个规律？"

"因为凶手一直在不停地移动，不同的州，不同的司法管辖区。他在一个地方待上几个月就走，转移到下一个目的地，周而复始。"

"熟悉的领域。"

"'我们的目的地取决于我们了解的地方，我们了解的地方取决于我们的目的地。'"里佐利引用了地理犯罪特征分析的原则之一。

"有尸体出现吗？"

"一个都没有，而且这些还都是完结的案子。"

"所以他们一定得有个墓地，一个用来藏匿受害者、处理尸体的地方。"

"我们假设他们会选在偏僻的地方，"弗罗斯特说，"农村郊区，或者有水的地方，因为这些女性一个都没被找到。"

"但他们找到了尼基·威尔斯和特蕾莎·威尔斯。"奥唐纳说，"她们的尸体没有被埋，而是被烧掉了。"

"这两姐妹是在十一月二十五日被发现的。我们回去查了一下天气记录，那周下了一场罕见的暴雪，一天之内积雪就达到了十八英寸。马萨诸塞州紧急封锁了很多条道路，也许这就是他们没去常用墓地的原因。"

"也正是他们烧毁尸体的原因？"

"正如你所说，失踪案发生的范围似乎是随着天气变化移动的。"里佐利说，"天气变冷时，他们会向南转移。但是那年十一月，新英格兰地区的所有人都感到很意外，没人想到会那么早下雪。"她转身看着奥唐纳,"这就是你的'野兽',那些就是他在地图上留下的脚印。我认为阿玛提亚一路上都和他在一起。"

"所以你需要我做什么?犯罪心理侧写?还是解释他们为什么杀人?"

"我们知道他们为什么要杀人。他们并不是为了快感,或是寻求刺激。这和你那些寻常的连环杀手不一样。"

"那他们的动机是什么?"

"绝对平凡的动机,奥唐纳医生。事实上,他们的杀人动机对于你这样的怪物猎手来说可能十分无趣。"

"我一点儿都不觉得谋杀无趣。那你觉得他们为什么要杀人?"

"你知道阿玛提亚和伊利亚都没有就业记录吗?我们找不到任何证据能够证明他们中至少有一个人有过稳定的工作,或者缴纳过社保基金,甚至是缴税记录。几十年来,他们都像隐形人一样,生活在社会最边缘。他们靠什么吃饭呢?他们拿什么买吃的、找住的地方呢?"

"我猜,是现金支付。"

"但是他们的现金又是从哪儿来的呢?"里佐利转向地图,"这就是他们的谋生手段。"

"我不认同你的说法。"

"有些人靠捕鱼为生,有些人靠采苹果谋生,阿玛提亚和她的同伙也采集某种东西。"她看着奥唐纳,"四十年前,阿玛提亚将两个刚出生的女儿卖给了养父母。作为回报,她得到了四万美元。我不认为那两个孩子是她亲生的。"

奥唐纳皱眉:"你是说艾尔斯医生和她妹妹?"

"是的。"看到奥唐纳震惊的表情,里佐利感到了一丝满足。

里佐利想，这个女人根本不知道她在面对什么人。这个经常同怪物勾结的精神病学家终于也碰到了一次令她出乎意料的事。

"我评估过阿玛提亚，"奥唐纳说，"我认同其他精神病医生的意见——"

"你认为她是个疯子？"

"是的。"奥唐纳猛地呼了一口气，"但你给我看的这个——完全是另一种情况。"

"她没疯。"

"我不知道，我也不知道她到底是什么。"

"她和她的表哥为了钱而杀人，为了冷冰冰的钱，这在我看来并不是疯子的所作所为。"

"也许……"

"你和那些杀人犯相处得很好，奥唐纳医生。你和他们聊天，花几个小时和沃伦·霍伊特那样的人待在一起。"里佐利停顿了一下，"你了解他们。"

"我试图去了解他们。"

"那么阿玛提亚是个什么样的杀手？她是怪物吗？还是个女商人？"

"她是我的病人。我想说的只有这个。"

"但是你在质疑你的诊断，对吗？"里佐利指着屏幕说，"这些都是符合逻辑的行为，是游牧猎手在追捕着他们的猎物。你现在还觉得她是疯子吗？"

"我再说一遍，她是我的病人，我必须保护她的利益。"

"我们对阿玛提亚不感兴趣。我们要找的是另一个人，伊利亚。"里佐利再次凑近了奥唐纳，直到两人几乎贴在一起，"他还没有收手。"

"什么？"

"阿玛提亚已经被关押了将近五年。"里佐利看着弗罗斯特，"给她看看自从阿玛提亚被捕以来的失踪案数据。"

弗罗斯特拿掉了之前的透明胶片，然后在地图上放了一张新的。"一月，"他说，"一名孕妇在南卡罗来纳州失踪。二月，失踪的是佐治亚州的一名女性。三月，在代托纳海滩。"他又放了一张透明胶片上去，"六个月后，失踪案发生在了得克萨斯州。"

"这时阿玛提亚一直被关在监狱里，"里佐利说，"但绑架案依然在继续，这个'野兽'一直都没停手。"

奥唐纳盯着不断移动的数据点。一个点，就代表了一名女性，代表了一个生命。"现在处于循环的什么位置？"她轻声问道。

"一年以前，"弗罗斯特说，"数据点到达了加利福尼亚，然后又开始向北转移。"

"现在呢？现在在哪里？"

"最近一次上报的绑架案发生在一个月前，在纽约的奥尔巴尼。"

"奥尔巴尼？"奥唐纳看着里佐利，"也就是说……"

"他就在马萨诸塞州，"里佐利说，"'野兽'就要进城了。"

弗罗斯特关掉了幻灯机。降温风扇停止运作，整个屋子都陷入了一片诡异的寂静。屏幕上虽然一片空白，但地图上的画面仿佛挥之不去，刻在了所有人的脑海里。在这个安静的房间里，弗罗斯特突然响起的手机铃声吓了他们一跳。

弗罗斯特说了句"不好意思"，然后就离开了房间。

里佐利对奥唐纳说："跟我们说说这个'野兽'吧，我们怎么才能找到他？"

"就像你们抓捕其他有血有肉的人一样。这难道不就是你们警察该做的事吗？你们已经知道他的名字了，那就顺着名字去找。"

"他没有信用卡，也没有银行账户。要想追踪他太难了。"

"我又不是猎犬。"

"你一直都在和他最亲近的人沟通，一个知道如何找到他的人。"

"我们的会话是保密的。"

"她有没有提到过他的名字？她有没有暗示过那是她的表哥，伊利亚？"

"我无权分享任何与患者的私人谈话。"

"但伊利亚·兰克并不是你的病人。"

"阿玛提亚是，而这个案子提出的指控也与她有关。那可是多项谋杀案。"

"我们对阿玛提亚不感兴趣，伊利亚才是我们要找的人。"

"帮你们抓捕你们要找的男人不是我的工作。"

"那你那该死的公民义务呢？"

"里佐利警探。"马凯特说。

里佐利的目光依然盯着奥唐纳。"你想想看那张地图，那些标记的点，那些失踪的女性。他已经来了，正在准备下一次捕猎。"

奥唐纳的视线落在了里佐利隆起的肚子上。"那我想你最好该小心点儿了，不是吗，警探？"

当奥唐纳伸手去拿她的公文包时，里佐利一言不发地看着她。"无论如何，我已经不知道还能帮你什么了。"奥唐纳说，"正如你所说，这个杀手是靠逻辑和实用性犯罪的，而不是欲望，也不是享受。他需要谋生，就这么简单。只是他选择的职业恰好有些与众不同。犯罪心理侧写没办法帮你抓住他,因为他不是个怪物。"

"但你发现了他的存在。"

"我是学着去辨认了。可是,你也看到了。"奥唐纳转身向门口走去,中途停了下来,回头淡淡地笑了一下,"说到怪物,警探,你的老朋友还时常会问起你,你知道吗?每次我去看他的时候都会。"

奥唐纳不需要说出他的名字。她们都知道她说的是沃伦·霍伊特,那个总是在里佐利噩梦中出现的男人。将近两年前,他的手术刀在她的手心留下了深深的伤痕。

"他还惦记着你。"奥唐纳说,脸上挂着另一种笑,安静又狡猾,"我只是觉得你应该想知道自己被人记住了。"然后她走出了门。

里佐利感受到了马凯特的目光,他正在观察她的反应,看她是否会立马失态。当他也终于走出房间,只留下里佐利一人收拾幻灯机时,她才终于松了口气。她收起透明胶片,拔掉幻灯机的插头,将电线紧紧地缠成一个线圈。她用手绕着电线,把所有的愤怒都发泄在了那根电线上。她推着幻灯机走进走廊,差点儿撞到弗罗斯特。弗罗斯特刚刚挂断电话。

"我们走吧。"他说。

"去哪儿?"

"纳提克。又有一名女性失踪了。"

里佐利皱着眉看着他:"她……"

他点了点头:"她已经怀孕九个月了。"

25

"你问我的这个案子，"纳提克的萨米恩托警探说，"只是另一个蕾西·彼得森案①罢了。不外乎婚内出轨，丈夫有了情人。"

"他承认他有情人了？"里佐利问。

"还没有，但是我能闻出来，懂吗？"萨米恩托点了点自己的鼻子，笑了起来，"另一个女人的味道。"

是的，他也许真的能闻出来，里佐利想道。萨米恩托看起来就像一个熟悉女性气味的男人。他带着她和弗罗斯特经过办公桌，桌上的电脑屏幕亮着光。他走路的样子自信又潇洒，右手因为腰间佩戴多年的枪而向外摆动，这个姿势又暴露了他的警察身份。巴里·弗罗斯特从来不会这样昂首阔步。站在身形魁梧、头发乌黑的萨米恩托身边，手拿钢笔和笔记本的弗罗斯特看起来就像个老实的职员。

"失踪的女性名叫马蒂尔达·普维斯。"萨米恩托说着，从办公桌上拿起一个文件夹递给里佐利，"今年三十一岁，白人。她与德韦恩·普维斯结婚七个月了，丈夫在镇上经营一家宝马经销店。上周五他见过自己的妻子，她来店里找他。很显然他们那天吵架了，因为目击者称看见他的妻子哭着离开了。"

---

①蕾西·彼得森案，二〇〇二年发生在美国加州的谋杀案。蕾西·彼得森遇害时已怀孕八个月，最终被出轨的丈夫所杀害。

"那他是什么时候报案妻子失踪的?"弗罗斯特问。

"星期天。"

"他过了两天才发现妻子不见了?"

"吵架过后,他说他想让两人都冷静冷静,所以就到酒店去住了,直到星期天才回家。回家时他发现妻子的车停在车库里,周六的邮件还在信箱,这才发现有些不对劲。他是星期天晚上报的案,今天早上我们就看到了你们发布的关于孕妇失踪案的警报。但我不确定这是你们所说的那种案子,看起来这只是典型的夫妻矛盾。"

"你查过他住的酒店了吗?"里佐利问。

萨米恩托笑着回答道:"上次我和他谈话,他说他已经记不得住的是哪个酒店了。"

里佐利打开文件夹,看到了一张马蒂尔达·普维斯和她的丈夫在婚礼当天拍的照片。如果他们现在才结婚七个月,那拍这张照片时她已经怀孕两个月了。新娘长相甜美,棕色的头发,棕色的眼睛,还有少女般圆圆的脸颊。她的笑容说明了她当时纯粹的幸福。那是个刚刚圆了毕生梦想的女人的模样。而站在她身边的德韦恩·普维斯看起来却一脸疲倦,甚至似乎感到无聊。这张照片的标题很可能就是:今后麻烦的日子。

萨米恩托带着他们穿过走廊,走进了一间漆黑的房间。透过单向玻璃,他们可以看到隔壁的审讯室,目前里面还空无一人。审讯室有着白色的墙壁,一张桌子和三把椅子,角落里还有一台架高的摄像机。这是用来揭露真相的房间。

透过窗户,他们看到审讯室的门打开了,有两个人走了进来。其中一位是警察:坚实的胸膛,秃顶,板着脸,是那种你看一眼就会感到害怕的表情。

"里格特警探负责这次的审讯,"萨米恩托低声说道,"看看我们这次能从他身上得到些什么新东西。"

"请坐。"他们听到里格特说。德韦恩坐了下来,面对着窗户。从他的角度看,这只是一面镜子罢了。他会意识到镜子对面有这么多双眼睛正盯着他吗?有那么一瞬间,他的目光好像直接聚焦在了里佐利的身上。她克制住自己想要后退,退回到更深的黑暗中的冲动。德韦恩·普维斯看起来并不危险。他三十岁出头,随意地穿着一件白衬衫,没有打领带,还穿着一条棕褐色的斜条纹棉质裤。他的手腕上戴着一块百年灵手表——不是什么聪明的做法,他是来接受审讯的,却戴着一块警察都买不起的奢侈品。德韦恩长得不错,还有些盲目自信,有些女人可能会觉得他很有吸引力——如果她们喜欢那种爱炫耀的男人。

"他肯定卖了很多辆宝马。"她说。

"他抵押的钱多得都快能把他埋起来了,"萨米恩托说,"他的房子抵押在银行。"

"他妻子的保险呢?"

"有二十五万美元。"

"他也不值当为了这些钱就把她杀了。"

"就算是,那至少有二十五万呢。但是没有尸体,他也很难拿到钱。目前为止,我们还没有找到尸体。"

隔壁审讯室里,里格特警探说:"好了,德韦恩,我只是想再回顾一下细节。"里格特的声音和他的表情一样毫无波澜。

"我已经和那个警察说过了。"德韦恩说,"我不记得他叫什么了,他长得像一个演员,本杰明·布拉特[①]。"

[①]本杰明·布拉特,美国著名男演员。曾出演美剧《摩登家庭》等。

"萨米恩托警探?"

"对。"

里佐利听到身边的萨米恩托开心地嘀咕了一声。看来他很高兴听到别人说他长得像本杰明·布拉特。

"我不明白你为什么还在这儿浪费时间,"德韦恩说,"你应该出去,去找我的老婆。"

"我们正在找,德韦恩。"

"那你把我叫到这儿来又有什么用呢?"

"也许你记得一些小细节,会对搜查结果产生很大的影响,谁也说不好。"里格特停顿了一下,"比如……"

"比如什么?"

"你那两天入住的酒店,你还记得酒店的名字吗?"

"就是随便一个酒店而已。"

"你是用什么方式支付的?"

"这不重要!"

"信用卡吗?"

"我猜是吧。"

"你猜?"

德韦恩愤怒地说:"是的,行了吧。我用的信用卡。"

"所以酒店应该是用你的名字登记入住的,我们只要查一下就可以了。"

一阵沉默。"好吧,我现在想起来了。我住的是皇冠假日酒店。"

"纳提克的那家吗?"

"不是,是韦尔斯利的那家。"

站在里佐利身边的萨米恩托立刻伸手拿起墙上的电话,小声说道:"我是萨米恩托警探。帮我查一下皇冠假日酒店,在韦尔斯利……"

审讯室里,里格特问道:"韦尔斯利离你家有点儿远啊。"

德韦恩叹了口气。"我需要一些喘息的空间,仅此而已,一点儿属于我自己的时间。我告诉你,马蒂太黏人了,而且我必须要去工作,店里和客户也需要我。"

"生活真不容易,对吧?"里格特直截了当地说,并不在乎这句话是否有些讽刺。

"每个人都想花好价钱买辆车。对于要我给他们摘月亮的客户,我只能尽力赔着笑脸,我又不能真把月亮摘下来给他们。像宝马这样的好车,他们必须要对价格做好心理准备。他们都是有钱人,这就是最要命的。明明他们都很有钱,却还想从我口袋里抠点儿钱走。"

他的妻子失踪了,甚至很有可能已经死了,里佐利想,他还有心情为买宝马车砍价的那些人生气?

"这就是我当时发火的原因。我们吵架就是因为这件事。"

"和你的妻子?"

"是的。吵架跟我们两个之间的事无关,是生意上的事。钱很要紧,你知道吗?我们现在手头不宽裕。"

"看到你们吵架的那些员工——"

"哪些员工?你找谁问话了?"

"一个销售员和一个技工。他们都说你妻子离开时看起来很伤心。"

"对,她怀孕了,总会无理取闹地发脾气。都是荷尔蒙搞的鬼,让她容易失控。孕妇就是这样,你又不能跟她们讲道理。"

里佐利觉得自己脸颊通红。她在想弗罗斯特会不会觉得她也是这样的。

"还有,她永远都在喊累。"德韦恩说,"帽子掉了她也哭。她一会儿背疼,一会儿脚疼,每隔十几分钟还要跑一趟厕所。"他耸了耸肩,"我觉得我已经做得很周到了,很为她考虑。"

"真有同情心。"弗罗斯特说。

萨米恩托突然挂断电话走了出去。接着,透过窗户,他们看到他到了隔壁房间。他把头探进审讯室,向里格特示意了一下,然后两个警探都离开了。现在只剩德韦恩独自一人坐在桌子旁边,他看了看手表,又在椅子上调整了一下坐姿,然后盯着镜子皱了皱眉。他从口袋里掏出了一把梳子,拨弄着头发,直到每一缕头发都完美无瑕。这位悲伤的丈夫已经为五点钟的新闻做好拍摄准备了。

萨米恩托溜回了里佐利和弗罗斯特所在的房间,对他们眨了眨眼。"搞明白了。"他小声说道。

"你们查到什么了?"

"看着吧。"

窗户那边,他们看到里格特又重新回到了审讯室。他关上了门,静静地站在那里注视着德韦恩。德韦恩一动不动,但他衬衫领子上方的脉搏跳动很明显。

"所以,"里格特说,"你现在准备跟我说实话了吗?"

"说什么?"

"你在皇冠假日酒店度过的那两晚?"

德韦恩笑了一声——这种情况下,这明显是个不合适的反应。"我不明白你在说什么。"

"萨米恩托警探刚刚给皇冠假日酒店打过电话了。他们确认你确实在他们那里住了两晚。"

"所以呢？我告诉你了——"

"和你一起登记入住的女人是谁？那位两天早上都和你一起在餐厅吃早饭的金发美女。"

德韦恩陷入了沉默。他吞了吞口水。

"你的妻子知道那位金发美女吗？这是你和马蒂吵架的原因吗？"

"不是——"

"所以她不知道她的存在？"

"不！我是说，这不是我们吵架的原因。"

"当然是了。"

"你这是在歪曲事实！"

"怎么，那位女朋友是不存在的吗？"里格特更凑近了德韦恩一些，几乎快贴到了他的脸上，"要找到你那位女朋友并不难。她可能会自己打电话告诉我们。她也许会在新闻上看到你的脸，然后意识到她最好直接站出来，说出真相。"

"她和这件事无关。我知道这看起来确实很糟糕，但是——"

"确实糟糕。"

"好吧。"德韦恩叹气道，"好吧，我确实出轨了，行吗？很多像我这样的男人都会犯这种错。当你的老婆变得那么臃肿，你什么都不能做的时候真的很煎熬。她挺着个大肚子，对其他事都不感兴趣。"

里佐利僵硬地直视前方，她在想是不是弗罗斯特和萨米恩托这时也会瞥她一眼。是啊，她确实是另一个挺着大肚子的女人，而丈夫还在外出差。她盯着德韦恩，想象着加布里埃尔坐在那张椅子上，说出那些话时的样子。哦，天哪，不要这么折磨自己，她想，不要让自己乱想。那不是加布里埃尔，而是一个名叫德韦恩·普维斯的失败者，他刚被抓到出轨别的女人，无法承担这个后果。你被妻子抓到了出轨，想的却是要和百年灵手表、一半的家产还有十八年的子女抚养义务说拜拜。这个浑蛋绝对有问题。

她看着弗罗斯特，他摇了摇头。两人都看得出来，这不过又是一场他们已经看过十多遍的悲剧在重演。

"那她有没有威胁你要离婚？"里格特问道。

"没有。马蒂对她一无所知。"

"她就只是到你店里找你吵了一架？"

"太蠢了，我已经和萨米恩托讲过了。"

"你当时为什么会生气，德韦恩？"

"因为她开着一辆爆了胎的车，开了那么远，她甚至都不知道车爆胎了。我的意思是，车轮毂在路上磨了半天她都没发现，她得有多迟钝？最后还是另一个销售员发现的。一个全新的轮胎，被她磨碎了，磨得都看不出样子了。我看到之后吼了她两声，她立马就哭了，哭得泪汪汪。这就更让我恼火了，因为她那样让我看起来像个浑蛋一样。"

你就是个浑蛋，里佐利想。她看了一眼萨米恩托。"我想我们已经了解得差不多了。"

"我说过的，还是老一套。"萨米恩托说。

"有新进展的话再告诉我们吧。"

"好的，好的。"萨米恩托的目光又回到了德韦恩身上，"对付这种蠢货，太简单了。"

里佐利和弗罗斯特准备转身离开。

"谁知道她那样开车开了多久？"德韦恩还在抱怨，"该死，我估计她去看医生的时候车胎就已经爆了。"

里佐利突然停住了。她转过身面对着窗户，看到德韦恩皱起了眉头。她感觉到太阳穴的脉搏在怦怦直跳。天哪，我差点儿就错过了。

"他说的是哪个医生？"她问萨米恩托。

"一位名叫费斯曼的医生，我昨天和她谈过了。"

"普维斯太太为什么会去见她？"

"只是常规的B超检查，没什么特别的。"

里佐利看着萨米恩托。"费斯曼医生是妇产科医生吗？"

他点了点头。"她在妇产科中心有个办公室，就在培根街那边。"

苏珊·费斯曼医生大部分时间都在熬夜，她满脸都写着疲惫。没顾得上洗的棕色头发扎成了马尾，皱皱巴巴的白大褂口袋里装满了各种检查工具，衣服重得仿佛快要把她压垮了。

"保卫科的拉里带来了监控录像。"她一边说着，一边领着里佐利和弗罗斯特从诊疗室进入走廊。她的网球鞋踩在油毡上吱嘎作响。"他正在后面的屋子里安装录像设备。谢天谢地，没人指望我去做这些。我家里都没安摄像头。"

"你们医院还有一周以前的录像？"弗罗斯特问。

"我们和分钟安保公司签了合同，他们会保留至少一周之内的录像。是我们考虑到所有可能存在的隐患，要求他们这么做的。"

"什么隐患？"

"我们是一家支持堕胎的医院。虽然院内不做堕胎手术，但我们取名叫妇产医院似乎引起了右翼群体的不满。我们需要密切关注每一个进入医院大楼的人。"

"你们之前遇到过类似情况?"

"你能想到的都有。恐吓信,装有假炭疽①病毒的信封。那些浑蛋四处游荡,偷拍我们的病人,所以我们要在停车场安装监控摄像头,密切关注每一个接近医院门口的人。"她领着他们走过另一条走廊,走廊上装饰着令人轻松愉悦的宣传海报,好像每个医生的办公室都有:母乳喂养指南、孕产妇营养表,还有"你的伴侣正在虐待你的五种迹象"。解剖图上画着孕妇腹腔内部的结构,这让走在弗罗斯特身边的里佐利感到很不自在,墙上那张海报时不时出现,就像她自己身体的解剖结构被放在那里展示一样。肠子、膀胱、子宫,还有正在腹中蜷成一团的胎儿。就在上周,马蒂尔达·普维斯也来过这里。

"我们都为马蒂感到难过,"费斯曼医生说道,"她真是个很好的人,很期待孩子的诞生。"

"她上次来检查时,一切都还好吗?"里佐利问。

"哦,是的。胎心音很强,胎位很正,一切看起来都很好。"费斯曼回头看了里佐利一眼,严肃地问道,"你们怀疑是她丈夫?"

"你为什么这么问?"

"嗯,一般凶手不都是丈夫吗?他只在最开始的时候跟她来过一次,表现出很不耐烦的样子。那之后,每次产检都是马蒂一个人来的。这让我非常看不惯,如果你们共同创造了这个生命,你们就应该一起来产检。但这只是我的个人观点。"她打开了一扇门,"这是我们的会议室。"

安保公司的拉里正在会议室里等他们。"我已经把录像准备

---

① 炭疽,由炭疽杆菌所致,是一种人畜共患的急性传染病。

好了。"他说,"我把录像缩小到了你们要查的时间范围。费斯曼医生,你需要在这里看着录像,如果你在录像中看到了自己的病人,请告诉我们。"

费斯曼叹了口气,在监视器前坐了下来。"我还从来没看过监控录像。"

"那你很幸运,"拉里说,"大多数时候都很无聊。"

里佐利和弗罗斯特在监视器的两边坐了下来。"好了,"里佐利说,"来看看你们录到了什么。"

拉里按下了播放键。

监视器上出现了医院正门的远景。这是阳光明媚的一天,阳光正照在医院大楼前停的一排汽车上,闪闪发光。

"这台监控摄像头安装在停车场的灯柱顶部,"拉里说,"你在屏幕底部可以看到时间,现在是下午两点五分。"

一辆萨博突然出现在画面中,停在了一个车位上。驾驶座的车门打开,高个子黑头发的司机从车上下来,朝着医院走去,进入大门消失了。

"马蒂预约的时间是一点半,"费斯曼医生说,"也许你应该再把时间倒回去一点儿。"

"接着看,"拉里说,"在那儿,下午两点半,那个是她吗?"

一个女人刚刚从医院大楼里走出来。她在阳光下停顿了片刻,揉了揉眼睛,好像是被太阳晃到了眼。

"就是她。"费斯曼说,"她就是马蒂。"

马蒂开始向大楼外走去,她走路的样子就是典型的鸭子步,和其他笨重的孕妇一样。她慢悠悠地走着,一边走一边在钱包里翻找车钥匙,看起来有点儿烦躁,心不在焉。突然,她停下,一脸茫然地环顾着四周,好像是忘了车子停在哪里。没错,马蒂可能真的没注意到自己的车胎爆了,里佐利想。现在她又转身,朝着反方向走去,消失在了画面中。

"只有这些吗?"里佐利问。

"这不是你们想看的吗?"拉里问,"确认她离开医院的时间?"

"但是她的车在哪儿?我们没看到她上车。"

"她上车的时候出了什么问题吗?"

"我只是想看到她离开停车场。"

拉里起身走向监视器。"我可以给你看看另一个角度的监控,是停车场另一边的监控摄像头。"他一边说着,一边换着录像带,"但我不觉得这会有多大用处,那个摄像头太远了。"他拿起遥控器,再次按下播放键。

另一个角度的画面出现了。这一次只能看到医院大楼的一个角落。屏幕上大部分都是停车场里停放的汽车。

"这个停车场和对面的外科中心是共用的,"拉里说,"所以才会有这么多汽车。好了,你看,那个是她吗?"

影像远处,马蒂正沿着一排汽车走着,她的头部清晰可见。片刻之后,一辆蓝色的汽车开出了车位,然后消失在了视线里。

"就是这些了,"拉里说,"她从大楼里出来,上车,然后开走了。不管她出了什么事,都不是在我们这里发生的。"他伸手去拿遥控器。

"等等。"里佐利说。

"怎么了?"

"往回倒。"

"倒多久?"

"大约三十秒。"

拉里按下了"倒带"键,显示屏一阵闪烁,重新回到了停放汽车的画面。马蒂出现了,她正在上车。里佐利从座位上站起来,走到了监视器前,盯着马蒂开车离开。一道白色的光从视野中一闪而过,与马蒂的宝马保持在了同一个方向。

"暂停。"里佐利说。画面静止住了,她指着屏幕,说:"这里,那辆白色的面包车。"

弗罗斯特说:"这辆车和受害者的车往同一个方向开了。"受害者。他已经对马蒂的命运做了最坏的预测。

"所以呢?"拉里问。

里佐利看着费斯曼:"你认识那辆车吗?"

医生耸了耸肩。"我一点儿都不关注汽车,对车型和品牌一无所知。"

"那你之前见过那辆白色的面包车吗?"

"我没留意。看起来就是辆普通的白色面包车。"

"你为什么对那辆白色面包车感兴趣?"拉里问,"你也看到了,她安全地上车,然后离开了。"

"倒回去一点儿。"里佐利说。

"重新播放一遍吗?"

"不是,我想看更久之前的。"她看着费斯曼,"你说她预约时间是一点半?"

"是的。"

"倒回到一点钟。"

拉里按下遥控器,屏幕上的画面再次闪烁,底部的时间显示到一点零二分。

"差不多了。"里佐利说,"开始播放吧。"

时间流逝,他们看着汽车在屏幕上进进出出。一个女人牵着两个蹒跚学步的孩子下车，走过停车场，两只小手被紧紧地抓在她的手里。

一点零八分，白色面包车出现了。它沿着一排汽车缓慢地行驶着，然后消失在了监控的范围之外。

一点二十五分，马蒂·普维斯的蓝色宝马开进了停车场。她被中间的一排汽车遮住了一部分，当她从车上下来，走向大楼时，他们只能看到她的头顶。

"可以了吗？"拉里问。

"继续放。"

"我们要找什么？"

里佐利感觉自己的心跳加快了。"那个。"她轻声说道。

白色面包车重新出现在了监视画面中。它依然沿着一排汽车慢慢地行驶，然后在监控摄像头和蓝色宝马之间停下了。

"该死，"里佐利说，"它挡住了我们的视线！我们看不到面包车司机在做什么。"

几秒钟后，面包车又继续前行。他们看不到司机的脸，更看不到车牌。

"刚才那是怎么回事？"费斯曼医生问道。

里佐利转身看着弗罗斯特。她一句话都不用说，两人都明白停车场里发生了什么。爆胎。特蕾莎·威尔斯和尼基·威尔斯的车也爆胎了。

这就是他找到她们的方式，她想。在医院停车场，孕妇们看医生的时候，她们的车胎被快速地划了一道，然后只要静静等待游戏开始就行了。当目标离开时你在后面跟着她，当她靠边停车时，你刚好就在她身后——

随时准备提供帮助。

* * *

弗罗斯特开车,里佐利坐在车上,想着住在她身体里的那个小生命。她想到婴儿的那层皮肤和肌肉是多么单薄。刀不用切得太深,只要快速划开腹部,从胸骨到耻骨。不必担心疤痕,因为根本就不会愈合,更不用担心母亲的安全,她只是一个一次性外壳,被人剖开之后取走腹中的宝物。她把手放在了肚子上,一想到马蒂·普维斯很可能在某一刻也要遭受那些,她突然感觉到一阵恶心。马蒂肯定也无法接受镜子里的自己。也许,她看着腹部的妊娠纹,会对自己失去了吸引力而感到绝望。丈夫看向她的眼神变得漠不关心,没有了情欲,也没有爱。她一定会感到悲伤。

你知道德韦恩出轨了吗?

她看向弗罗斯特:"他需要一个中间人。"

"什么?"

"得到一个新生儿之后,他会拿它去做什么?他必须把孩子带到一个中间人那里。那个人会把收养信息密封起来,起草好合同,然后付给他现金。"

"范·盖茨。"

"我们知道他之前至少做过一次中间人。"

"那是四十年前的事情了。"

"他从那以后又经手了多少次收养?他为多少付钱的家庭找到了收养的宝宝?这件事肯定有利可图。"他得有钱才能留住身边那个穿粉红色运动服的花瓶老婆。

"范·盖茨不会配合的。"

"想都不用想。但是现在我们知道了目标。"

"白色面包车。"

弗罗斯特沉默了片刻。"但是,"他说,"如果那辆面包车真的出现在了他家门前,那可能就意味着……"他的声音越来越小了。

意味着马蒂·普维斯已经遇害了,里佐利想。

26

马蒂背靠在一侧木板壁上,脚抵住另一侧木板,用力顶着。她倒数着,直到腿开始颤抖,脸上大汗淋漓。加油,再坚持五秒,十秒。她已经没有力气了,气喘吁吁,小腿和大腿感受到了畅快的酸痛感。在这个箱子里她几乎没有用过腿,她浪费了太多时间蜷缩在地上哭哭啼啼,腿部肌肉已经开始退化萎缩了。她记得自己患过一次流感,严重到只能卧病在床,发着烧,浑身颤抖。几天后,当她从床上爬起来时,感到非常无力,只能爬到浴室去。这就是躺太久对你的影响:你会变得没有力气。马蒂很快就会用到她的肌肉了。当他再次回来时,她必须做好准备。

因为他一定会回来的。

休息够了。她的脚又一次抵住了木板。用力!

她哼了一声,额头上又冒出了汗。她想起了《魔鬼女大兵》[1],还有黛米·摩尔[2]举重时的身材看起来是多么光洁和健美。马蒂在木板上发力时,脑中不停地想象着那个场景。她也要练出那样的肌肉,然后反击,狠狠地揍那个浑蛋。

她喘着粗气,抵在墙上的身体再次放松了下来,开始休息。

---

[1]《魔鬼女大兵》,美国电影。影片讲述了美国海军陆战队精锐部队的女兵欧尼尔立志完成海军陆战队训练,突破重重困难,赢得战友尊敬的故事。
[2] 黛米·摩尔,美国女演员。在《魔鬼女大兵》中饰演励志的女兵欧尼尔。

她一边深呼吸，一边等腿上的酸痛感消退。她正准备再次开始锻炼肌肉时，突然感觉肚子一紧。

又一次宫缩。

她静静地等着，屏住呼吸，希望宫缩能快点儿结束。之后宫缩渐渐缓和。只是子宫在锻炼自己的肌肉而已，就像她正在做的事情。这并不痛苦，但预示着她快要生了。

再等等，宝宝。你得再等一会儿。

27

莫拉又要暂时放下所有能证明身份的证件了。她把钱包放在储物柜里，连同手表、腰带和车钥匙一起。但即使拿着信用卡、驾照和社保卡，她也不清楚自己到底是谁。唯一知道答案的人就在监狱门的那边等她。

她进入访客安检区，脱下鞋子放在柜台上接受安检，然后通过了金属探测仪。

一名女警卫正在等她。"艾尔斯医生？"

"是的。"

"你申请了一间探视室？"

"我需要和囚犯单独谈话。"

"但是你依然会受到摄像头监控，明白吗？"

"只要我们的谈话是私密的就可以。"

"这是囚犯会见律师用的房间，私密性是可以保证的。"警卫领着莫拉穿过公共休息室，沿着一条走廊继续向前，然后打开了一扇门，挥手示意她进去。"我们会把她带到房间来，你先坐。"

莫拉走进屋内，面前摆着一张桌子和两把椅子。她在面向门的那张椅子上坐了下来。有机玻璃的另一边就是走廊，房间里有两台安装在对角线上的监控摄像头。她等待着，尽管屋里开着空调，她的手却依然在冒汗。她抬起头，吓了一跳，阿玛提亚那双无神的黑眼睛正透过玻璃盯着她。

警卫带着阿玛提亚走进了探视室,让她坐在椅子上。"她今天话不多。我不知道她能跟你说些什么,不过我把她带来了。"警卫弯下腰,在阿玛提亚的脚踝上铐了一副钢制的手铐,然后把另一边铐在了桌腿上。

"这真的有必要吗?"莫拉问道。

"只是按规矩办事,为了你的安全考虑。"警卫直起身,"结束的时候,按一下墙上对讲机上的那个按钮,我们会回来接她。"她拍了拍阿玛提亚的肩膀,"好了,和这位女士好好聊聊。好吗,亲爱的?她专程大老远跑过来看你的。"她默默朝莫拉递了个"祝你好运"的眼神,然后转身离开,锁上了身后的门。

片刻过去了。

"我上周来看过你,"莫拉说,"你还记得吗?"

阿玛提亚缩在椅子上,垂下眼睛盯着桌子。

"上次我要走的时候你跟我说了几句话。你说:'现在,你也快要死了。'这是什么意思?"

沉默。

"你是在警告我,对吗?你想让我离你远一点儿,不想让我调查你的过去。"

又一次,沉默。

"现在没有人在听我们说话,阿玛提亚,这间屋子里只有你和我。"莫拉把手放到桌面上,表示自己没有拿录音笔,也没有记事本,"我不是警察,也不是检察官。你可以对我说任何想说的话,只有我们两个能听到。"她凑近了一些,轻声道,"我知道你听得懂我说的每一个字,所以看着我。该死的,这个游戏我玩够了。"

尽管阿玛提亚依然没有抬头，但她的手臂突然紧张了起来，肌肉抽搐也消失了。她在听，很好，她在等着听莫拉接下来要说什么。

"你是在威胁我，对吗？你跟我说我也快要死了的时候，是想让我离你远一点儿，或者不要再去查安娜的事。我当时只觉得那是精神病人的胡言乱语，但你是认真的。你在保护他，对吗？你在保护那个'野兽'。"

慢慢地，阿玛提亚抬起了头，漆黑的眼睛与莫拉的目光相遇。她的眼神十分冰冷，像一个空洞，以至于莫拉向后靠了一下，不由得浑身发冷。

"我们知道他是谁了，"莫拉说，"我们知道你们两个的事情。"

"你知道什么了？"

莫拉没料到她会说话。她的声音轻到莫拉怀疑自己是否真的听到了声音。莫拉吞了吞口水，深吸了一口气，被那双空洞般的黑色眼睛震慑到了。那双眼睛里看不出精神失常，只有虚无。

"你和我一样理智、清醒，"莫拉说，"但你不敢让任何人知道。躲在精神分裂的面具背后要容易得多，因为没人会和疯子一般见识。他们懒得审问你，也不会深究，因为他们会觉得无论如何都是错觉。现在那些人甚至都不用给你吃药了，因为你很擅长伪装出药物的副作用。"莫拉强迫自己注视着那片空洞，"他们不知道那个'野兽'真的存在，可你知道，不仅如此，你还知道他在哪儿。"

阿玛提亚一动不动地坐着，但脸上已经露出了紧张的表情。她嘴巴周围的肌肉收紧，喉咙在不停地上下滑动。

"你没有别的选择了，不是吗？你只能装疯卖傻。你无法反驳那些证据——轮胎撬棍上的血迹、被盗的钱包。可是说服他们相信你是个精神病，没准儿会让你避免被进一步调查。可能他们也不会发现那些其他受害者——你在佛罗里达和弗吉尼亚杀害的那些女性，还有得克萨斯州和阿肯色州那些会判死刑的州。"莫拉又凑近了一些，"你为什么不出卖他呢，阿玛提亚？毕竟，他让你承担了所有的责任，却还逍遥法外，继续杀人。他在没有你的情况下仍在继续，回到相同的狩猎场。他刚刚在纳提克绑架了一个女人。你可以阻止他，阿玛提亚，你可以让这一切都结束。"

阿玛提亚似乎在屏着呼吸，继续等待。

"看看你自己，在这里坐牢。"莫拉笑了，"你是个失败者。你被关在这儿，为什么伊利亚却逍遥法外？"

阿玛提亚眨了眨眼。一瞬间，她所有的紧张仿佛都疏解了。

"跟我说话，"莫拉催促道，"这个屋子里没有别人，只有我们俩。"

那个女人的目光转向了角落里的一台监控摄像机上。

"是的，他们能看见我们，"莫拉说，"但他们听不见我们说话。"

"每个人都能听到我们说话。"阿玛提亚小声说道。她看着莫拉，深不可测的目光变得冰冷、凝重。而且她神志清醒得可怕，就好像突然发现了什么新大陆似的，那双眼睛直直地注视着莫拉。"你为什么来这儿？"

"我想知道，是伊利亚杀了安娜吗？"

停顿了很长时间。然后，那双眼睛里闪过了一丝诡异的笑意。"他为什么要那么做？"

"你知道安娜被杀害的原因，不是吗？"

"你为什么不问一个我知道答案的问题？一个你真正想问的

问题。"阿玛提亚的声音低沉而温柔,"是关于你自己的,对吗,莫拉?你想知道什么?"

莫拉盯着她,心怦怦直跳。那个问题如鲠在喉。"我想让你告诉我……"

"什么?"这只是一声轻语,如虚如幻,莫拉甚至怀疑是自己想象出来的。

"谁才是我真正的生母?"

阿玛提亚的嘴角勾起了一丝笑意:"你是说你真没看出相似之处?"

"告诉我真相就行。"

"你看看我,再看看镜子。那就是你的真相。"

"我在自己身上看不出任何你的影子。"

"但我在你身上看到了我自己。"

莫拉笑了,她很惊讶自己竟然能笑出来。"我真不知道我为什么要来,这就是在浪费时间。"她把椅子向后一推,准备起身。

"你喜欢和死人一起工作吗,莫拉?"

莫拉被这个问题吓了一跳,她刚从椅子上起身,还没完全站起来,就这么僵在了原地。

"你就是做这个的,对吗?"阿玛提亚说,"你解剖人体,取出他们的器官,用他们的心脏做切片。你为什么要这么做?"

"工作使然。"

"那你为什么要选择这份工作?"

"我不是来和你聊我自己的。"

"是,你就是。这都是和你有关的,关于你究竟是谁。"

莫拉慢慢坐回原位:"你为什么不直接告诉我?"

"你剖开他们的肚子,把手浸在他们的血液里。为什么你会觉得我们不一样?"女人往前凑近了一些。莫拉被吓了一跳,她突然意识到阿玛提亚离她有多近。"照照镜子。你会在镜子里看到我的影子。"

"我们甚至都不像同一个物种。"

"如果这是你想相信的,那我又怎么能改变你的想法呢?"阿玛提亚目不转睛地盯着莫拉,"DNA总会说实话。"

莫拉快要不能呼吸了。虚张声势,她心想,阿玛提亚正在等着看我吃不吃这一套。如果莫拉真想知道真相,DNA确实不会说谎。从阿玛提亚身上取个样,她就能得到答案了,就能确认她最担心的事情了。

"你知道哪里能找到我。"阿玛提亚说,"等你准备好听真相的时候再回来找我。"她站了起来,脚踝上的手铐碰到桌角,叮当作响。她抬头看向监控摄像头,示意警卫自己想要离开。

"如果你是我的母亲,"莫拉说,"那告诉我,我的父亲是谁?"

阿玛提亚回头看了她一眼,嘴角又浮现出了笑容。"你还没猜到吗?"

门打开了,警卫探头进来。"一切还好吗?"

她立刻就变了模样。就在一刹那之前,阿玛提亚还在用冰冷的目光捉弄莫拉,而现在刚刚那个人消失了,取而代之的是一副茫然的躯壳。她扯拽自己脚踝上的手铐,好像很困惑自己为什么不能动弹。"走,"她嘀咕着,"要——要走。"

"好了,亲爱的,我们这就走。"警卫看着莫拉,"我想你已经跟她说完了?"

"暂时说完了。"莫拉回答。

* * *

里佐利没有想到查尔斯·卡塞尔会来拜访她,所以当接待处的人打电话来通知她卡塞尔博士正在大厅等她的时候,她感到很惊讶。里佐利走出电梯看到卡塞尔,被他的变化惊呆了。短短一周的时间,他好像老了十岁,瘦了许多,面容苍白憔悴,毫无血色。他的西装虽然毫无疑问是高级定制的,现在却邋遢地披在下垂的肩膀上。

"我需要跟你谈谈,"他说,"我想知道案子进展得怎么样了。"

她冲前台点了点头,说:"我带他上去。"

她和卡塞尔一同走进电梯。他说:"没人告诉我任何事情。"

"你应该明白,我们不能对外透露案件的调查情况。这是规定。"

"你们要准备控告我吗?巴拉德警探说这只是时间问题。"

她看着他:"他什么时候这么跟你说的?"

"每次跟我联系的时候他都会这么说。这是你们的策略吗,警探?吓唬我,然后逼我认罪?"

她什么都没说。她并不知道巴拉德一直都在跟他联系。

他们下了电梯,里佐利把他带到了审讯室,两人面对面坐在桌子两边。

"你有什么新情况要跟我说吗?"她问,"没有的话,这次见面真的没什么必要。"

"我没有杀她。"

"你之前已经说过了。"

"我想你也不是第一次听到我这么说了。"

"你还有什么要跟我说的吗?"

"你查过我的航班信息了,对吗?我给过你航班号。"

"西北航空公司已经确认过你那天确实在飞机上,但这并不意味着安娜遇害的那天晚上你有充分的不在场证明。"

"还有她邮箱里那只死鸟。你有没有确认过那只鸟出现的时候我在哪儿?我当时不在城里,我的秘书可以证明。"

"不过,你应该明白这依然不能证明你的清白。你可以雇别人拧断一只鸟的脖子,然后把它放到安娜的信箱里。"

"我会坦率地承认所有我做过的事情。没错,我确实跟踪过她,我开车从她家门前经过了六次左右,而且我那天晚上确实打了她——我并不觉得光彩。但是我从来没有对她进行过死亡威胁,也从没杀过任何一只鸟。"

"你来就是说这些的吗?如果是这样的话——"她准备起身。

让她震惊的是,他伸手抓住了她的胳膊。他的力气非常大,以至于里佐利立刻做出了自卫反应。她扭开了他的手。

他痛苦地哼了一声,坐了回去,看起来很吃惊。

"你想让我把你的胳膊扭断吗?"她说,"你再碰我一下试试。"

"对不起。"他小声说着,痛苦地看着她。刚刚谈话时他积攒起来的怒火好像一瞬间都消耗光了。"天哪,对不起……"

她看着他蜷缩在椅子上,想道:他是真的很伤心。

"我只是想知道案子调查得怎么样了。"他说,"我需要知道你确实在调查这个案子。"

"我在做我的工作,卡塞尔博士。"

"而你的工作内容就是调查我。"

"并不是这样,调查覆盖面很广。"

"巴拉德说——"

"巴拉德警探不是案件负责人，我才是。相信我，每一种可能性我都在调查。"

他点了点头，深吸了一口气，坐直了身子。"这就是我想听到的，你们在从各个方面调查。不管你们是怎么看待我的，我对天发誓，我是真的爱她。"他把手插进头发，"身边的人离你而去，真的太可怕了。"

"是的，确实是这样。"

"当你爱一个人的时候，想要牢牢抓住她是件很自然的事情。你会做出一些疯狂的举动，一些过激的举动——"

"比如谋杀？"

"我没有杀她。"他看着里佐利的眼睛，"但是没错，我确实愿意为她杀人。"

电话响了，里佐利从椅子上站了起来。"不好意思。"她说完就离开了房间。是弗罗斯特的电话。"侦查小组刚刚在范·盖茨的住处发现了一辆白色面包车。"他说，"大约十五分钟前，车子从他家附近经过，但是没有停留。面包车司机可能发现了我们的人，所以他们已经离开了一段时间了。"

"你为什么觉得就是那辆车？"

"车牌是偷来的。"

"什么？"

"他们看到了车牌号。车牌是三周前从皮茨菲尔德的一辆道奇篷车上取下来的。"

皮茨菲尔德，她想，刚好和奥尔巴尼的州界相邻。

那是上个月有一名女性失踪的地方。

她站在那里，听筒贴在耳边，心脏开始剧烈跳动。"那辆面包车现在在哪儿？"

"我们的人蹲守在原地没有动，没能及时跟上那辆车。当他们查到车牌信息时，车已经不见了，目前也没再出现。"

"我们换一下车，把刚刚那辆车安排到另一条平行的街道上，换一队人接着盯住房子。如果面包车再次出现，我们可以两队车轮流跟踪。"

"好的，我现在就去安排。"

她挂断了电话，转身看向审讯室里依然坐在桌边的查尔斯·卡塞尔，他正低着头。我看到的是爱还是痴迷？她想。

有时候，你也没办法分辨出两者的区别。

28

里佐利抵达戴德姆大街时，天色已经渐暗了。她看到了弗罗斯特的车，于是把车停在了他的车后，然后下车，坐进了他的副驾驶座。

"怎么样？"她问，"进行得怎么样了？"

"什么都没有。"

"该死。已经过去一个小时了，我们是不是吓到他们了？"

"也有可能那不是兰克。"

"白色面包车，从皮茨菲尔德偷来的车牌。"

"没错，但是那辆车并没有在附近转悠，而且到现在都还没回来。"

"范·盖茨上次出家门是什么时候？"

"他和妻子大概中午的时候去了一趟杂货店购物，那之后一直待在家里。"

"我们在附近逛逛，我想看看周围。"

弗罗斯特开车从门前经过，他开得很慢，里佐利仔细观察着那栋浮夸的房子。他们路过侦查小组，到了街区的另一边，然后把车停在了角落里。

里佐利问："你确定他们还在家？"

"侦查小组从中午就没见到过有人离开。"

"我看这房子有点儿太黑了。"

天色越来越暗,两人在车里坐了几分钟,里佐利感到越来越不安。屋里没亮灯,夫妻两人都睡了吗?还是他们趁侦查小组不注意偷偷溜走了?

那辆面包车来这附近做什么?

她看着弗罗斯特:"够了,不能再等了,我们得去拜访一下他们。"

弗罗斯特开车绕到房子的正门,停下,两人按响了门铃。没有人开门。里佐利从前门退回人行道上,注视着房子南面,那里有白色的柱子。楼上也没有亮灯。那辆面包车,她想,它到这儿来一定是有原因的。

弗罗斯特说:"你怎么看?"

里佐利能感觉到自己的心跳在加快,变得越来越不安。她歪了一下脑袋,弗罗斯特立刻明白了她的意思:我们要破门进去了。

她绕到侧院,打开了一扇栅栏门,面前只有一条狭窄的人行砖道,两旁围着栅栏,完全没有给花园腾出的空间,甚至连里面的两个垃圾桶都差点儿放不下。她跨进大门。两人没有搜查令,而且现在还出了点儿问题——她的手开始发麻了。那只被沃伦·霍伊特划伤的手出现了一些不适。

怪物会在你的身体和潜意识中留下他的印记。那之后,只要有另一个怪物出现,你都会感觉到那个伤疤的存在。

她经过漆黑的窗户和中央空调外机,热风轻轻吹在她冰冷的身体上,弗罗斯特跟在她身后。安静,再安静。他们要闯进别人的家里,她只是想看一眼窗户,再确认一下后门。

她绕过拐角处,发现了一个被栅栏围起来的小后院。栅栏门是开着的,她穿过小院走到那扇门前,朝外面的街道看去,外面空无一人。她转身向房子走去,快走到后门的时候,才发现门是半开着的。

里佐利和弗罗斯特交换了一个眼神,两人都拿出了手枪。整个动作是如此迅速,以至于她都不记得自己是怎么掏出手枪的。弗罗斯特推了一下后门,门猛地一下打开了,露出了屋内弧形的厨房瓷砖。

还有血。

他走进屋,拨动了墙上的开关。厨房的灯亮了,他们眼前突然出现了更多血迹,墙上、橱柜上到处都是。里佐利像被人推了一下,向后踉跄了几步。腹中的孩子突然警觉地踢了她一下。

弗罗斯特从厨房走到走廊。里佐利还愣在原地,低头盯着特伦斯·范·盖茨。他躺在血水里,像一个目光呆滞的游泳者。血还没干。

"里佐利!"她听到弗罗斯特大声喊道,"他的妻子——她还活着!"

她挺着大肚子跑到厨房外面,差点儿滑倒。走廊里是另一幅恐怖的画面,墙上有一连串动脉喷溅的血迹。她穿过走廊到客厅,弗罗斯特正跪在地上,一手按着邦妮·范·盖茨的脖子,一手拿着对讲机大喊着呼叫救护车,鲜血从他的指缝中不停地向外溢出来。

里佐利跪到了女人的身边。邦妮的眼睛瞪得大大的,惊恐地翻着白眼,仿佛能看到死神已经降临,正在她的头上盘旋着准备接她离开。

"我止不住血!"弗罗斯特大声说道,血液还在不停地顺着他的指缝往外流。

里佐利从沙发上拆下一个抱枕套,团成一团,然后俯身用这块临时的敷料按在邦妮的脖子上。弗罗斯特收回手,在里佐利按住伤口之前,伤口又喷出了一股血流,抱枕套立刻就被血浸透了。

"她的手也在流血!"弗罗斯特大喊道。

里佐利低头一看,发现邦妮被割破的手掌上鲜红的血液还在不停地流淌。我们无法阻止这一切……

"救护车呢?"她问。

"在路上了。"

邦妮猛地抬起手,抓住了里佐利的胳膊。

"躺着别动!别乱动!"

邦妮突然抽搐了一下,高高地举起了双手,就像一只惊慌失措的动物要抓住袭击她的人。

"快把她放平!弗罗斯特!"

"天哪,她力气太大了。"

"邦妮,你放手!我们在救你!"

她又抽搐了一下,里佐利没来得及按住伤口,一阵温热的血流喷到了她的脸上,她尝到了铁锈的味道。邦妮被自己的血呛到了,她往旁边一扭,双腿像活塞一样开始止不住地抽动。

"她开始抽搐了!"弗罗斯特说道。

里佐利用力将邦妮的脸贴在地毯上,重新用敷料按住她的伤口。血喷得到处都是,她在努力按着邦妮光滑的皮肤。弗罗斯特的衬衫上,还有里佐利的外套上全都是血。太多血了。天哪,一个人到底能出多少血?

脚步声突然闯进了屋子,是侦查小组的人,他们原本一直在街上。两个人冲进房间时,里佐利甚至都顾不上抬头。弗罗斯特大声喊他们来帮忙按住邦妮,但现在已经没有什么必要了,她的癫痫症状已经渐渐变成了痛苦的颤抖。

"她快没有呼吸了。"里佐利说。

"把她翻过来！快点儿！快！"

弗罗斯特把嘴贴在邦妮的嘴上，给她做人工呼吸。当他抬起头时，嘴上已经沾满了鲜血。

"没有脉搏了！"

其中一名警察把手按在她的胸前，开始做心肺复苏。一、二、三，一、二、三。他的手掌按在邦妮那不输给好莱坞影星的乳房上，每按一下，伤口处都只有一点点血渗出来。她的血管里只剩下一点儿血液来维持循环了，这些少得可怜的血液快要无法供给重要器官了。她的血已经快要流干了。

急救医护人员带着氧气管、心脏监护仪和输血瓶抵达了现场。里佐利后退，把空间留给他们，突然感到一阵头晕眼花，只好赶紧坐下。她一屁股坐在白色扶手椅上，低着头，突然间意识到椅子是白色的，身上的血迹很可能会把它弄脏。当她再次抬起头时，邦妮已经做上了插管。她的上衣被撕开，内衣也被剪掉了，心电图仪器线在她的胸前纵横交错。就在一周前，里佐利还觉得眼前的这个女人是个芭比娃娃，穿着粉红色的运动装和尖头高跟鞋，满满硅胶感。她现在也是一样，看起来软绵绵的，只是眼里已经没有了灵魂。里佐利发现了邦妮的另一只高跟鞋，掉在几米远的地方。她是否穿着那双费劲的鞋子试图逃跑？她想象着邦妮穿着那双尖头高跟鞋流血挣扎的样子，逃跑时高跟鞋咔嗒咔嗒的声音回荡在大厅里。即使医护人员已经把邦妮推走了，里佐利还是盯着那双没用的高跟鞋。

"她估计撑不过去了。"弗罗斯特说。

"我知道。"里佐利看向他，"你的嘴上有血。"

"你也应该去照照镜子。咱们两个身上都沾满了血。"

她想到了血液中可能携带的可怕病毒，艾滋病、肝炎等等。"她看起来很健康。"她只能这么说。

"还有，"弗罗斯特说，"你还怀着孕。"

所以她到底在这儿做什么，泡在一个死掉的女人的血里？她应该在家老老实实坐在电视机前，支起肿胀的脚。眼前这不是一个孕妇应该过的生活，也不是任何人应该过的生活。

她试图从椅子上站起来。弗罗斯特向她伸出手，她第一次握住了他的手，让他拉她起来。她想，有时候，你必须要接受别人的帮助，也不得不承认有些事自己一个人无法完成。染血的上衣已经干掉变硬了，她的手也变成了褐色。犯罪现场调查组马上就到了，接着就会是媒体。到处都有那些讨厌的媒体。

是时候收拾一下，继续工作了。

莫拉从车上下来，面对着无数麦克风和不停闪烁的闪光灯。巡逻警车的灯闪着蓝白相间的光，照亮了聚集在警戒线外的旁观者。她毫不犹豫地向着屋子走去，不给媒体任何靠近的机会。她冲着守在现场的警察点了点头，准备进入现场。

警察用疑惑的眼神回应了她的点头示意。"呃，科斯塔斯医生已经到了——"

"我也过来看看。"她说完，从隔离带下面钻了过去。

"艾尔斯医生？"

"他在里面吗？"

"在，但是——"

她知道他不敢拦她，便继续往里走。几乎没有警察敢质疑或挑战她的权威。她在门前停了下来,戴上手套和鞋套,这是涉及血液时必不可少的装备。然后她走进屋内,犯罪现场调查组的人没有多看她一眼。他们都认识她,没有理由质疑她的出现。她畅通无阻地从玄关走进客厅,看到了血迹斑斑的地毯和救护人员留在现场的医疗垃圾。地上满是注射器、撕开的包装纸,还有一团团血淋淋的纱布,但是没有人。

她沿着走廊继续往里走。走廊的墙上留下了行凶的痕迹,一边是一串动脉血喷溅的印记,另一边隐约留着几处凶手持刀甩出的血迹。

"医生?"里佐利站在走廊的尽头喊道。

"你为什么不给我打电话?"莫拉问。

"科斯塔斯在负责这个案子。"

"我刚刚听说了。"

"你没必要到这儿来。"

"你本来可以告诉我的,简,你可以让我知道的。"

"这和你的事情无关。"

"这和我的妹妹有关,就和我有关。"

"所以你才不能负责这个案子。"里佐利朝她走来,目光坚定不移,"这不用我跟你解释,你自己知道的。"

"我不是要求你让我作为法医来负责这个案子。我生气的是你没有告诉我。"

"我根本来不及,好吗?"

"这就是借口?"

"这是真的,该死的!"里佐利一巴掌拍在沾满血迹的墙上,"现场有两名受害者。我晚饭都还没吃,也没来得及洗掉头发上的血,甚至连尿尿的时间都没有。"她转过身,"比起跟你解释这些，我还有更重要的事情要做。"

"简。"

"回家去吧，医生，我还要工作。"

"简！对不起，我不该对你说那些话。"

里佐利转身面向她，莫拉看到了她刚刚没有注意到的东西：空洞的双眼，下垂的肩膀。里佐利已经快要站不住了。

"我也很抱歉。"里佐利看着血迹斑斑的墙说道，"我们差一点点就碰到他了。"她一边说着，一边把食指和拇指比在一起，"我们在街上安排了一队人盯着房子。我不知道他是怎么发现我们的，他直接开车经过，从后门进去了。"她摇着头，"不知道他是怎么做到的，怎么知道我们在找他的。所以他才会想处理掉范·盖茨……"

"她警告他了。"

"谁？"

"阿玛提亚，一定是她。她给他打了电话，或者送了封信，一定是通过其中一个警卫往外面送了什么。她在保护她的同伙。"

"她有这么清醒来做这些事吗？"

"有，她有。"莫拉犹豫着说，"我今天去见过她了。"

"你打算什么时候告诉我？"

"她知道关于我的秘密，她知道答案。"

"她还会幻听。"

"不，不是的。她是清醒的，知道自己在做什么。她在保护她的同伙，简，她永远都不会放弃他。"

里佐利沉默地看了她一会儿。"你最好来看看这个，你需要知道我们面对的是什么。"

莫拉跟着她来到厨房，在门口停了下来，眼前大屠杀的景象让她目瞪口呆。她的同事科斯塔斯医生正蹲在尸体旁边,时不时看向莫拉。

"我不知道你会加入这个案子。"他说。

"不,我只是想来看看……"她盯着特伦斯·范·盖茨,用力地吞了吞口水。

科斯塔斯站了起来。"非常干脆利落。死者没有自卫,也没有迹象表明他有过反抗的机会。凶手只划了一刀,从这只耳朵到另一只耳朵。刀口从左侧高一点儿的位置开始,划过了气管,右侧的截点低一些。"

"凶手是个右撇子。"

"而且还很强壮。"科斯塔斯弯下腰,轻轻抬起死者的头部,露出了一圈发亮的软骨,"从这里都能直接看到脊椎了。"他松开手,死者头部前倾,切口的上下两边重合在了一起。

"像是处刑。"她小声说道。

"差不多。"

"第二个在客厅的受害者——"

"妻子。她一个小时前在急诊室去世了。"

"杀这位的时候就没有那么利落了。"里佐利说,"我们认为凶手先杀害了男性。也许范·盖茨当时正等着他过来,甚至有可能是他放凶手进的厨房。他以为又有生意了,但没想到自己会受到袭击。他身上没有防御造成的伤口,也没有挣扎的迹象。他背对着凶手,像一只待宰的羔羊一样倒下了。"

"妻子呢?"

"邦妮就不一样了。"里佐利低头看着范·盖茨,看着他那被血染成一团的植发,这是一个老头子虚荣心的象征,"我觉得邦妮刚好撞见了这一幕。她走进厨房,看到了血,还有坐在地上的丈夫，他的脖子都快断了。凶手还在这里，手里拿着刀。屋里开着空调，窗户都关得严严实实的，而且还是双层的窗户，几乎隔绝了声音，所以就算我们当时在街上，也听不到她的叫声——如果她曾经试着呼救的话。"

里佐利转身看着通往大厅的门。她顿了顿，仿佛看到了那个死去的女人站在那儿。

"她当时看到凶手向她走来，但她和丈夫不一样，她会自卫。当那把刀落在她身上时，她抓住了它，刀刃插进了她的手掌，穿过皮肤、跟腱，一直扎进骨头。刀切得太深了，她的动脉都被割断了。"

里佐利指着门口，望向远处的走廊。"她朝那个方向跑去，手还流着血。他就在她身后，把她逼到了客厅的角落。但她还是努力自卫，试图用手臂挡开刀刃。他在她的喉咙上又划了一刀，不像丈夫挨的那刀那么深，但也足够了。"里佐利看着莫拉，"我们发现她时，她还活着。你应该能想象到我们离他有多近了吧。"

莫拉靠在柜子上，低头盯着特伦斯·范·盖茨。她想到了树林中的小木屋，表兄妹两人结合成了罪恶的团伙。这个小团伙一直存活至今。

"你还记得第一次去见阿玛提亚的时候，她对你说的话吗？"里佐利问。

莫拉点头。

现在，你也快要死了。

"我们当时都以为那只是精神病人在胡说八道。"里佐利低头看着范·盖茨，说，"现在看来就非常明确了，那是个警告，是个威胁。"

"为什么？我知道的并没有你多。"

"也许是因为你的身份,医生。你是阿玛提亚的女儿。"

莫拉的后脊感到一阵凉意。"我的父亲……"她轻声说道,"如果我真是她的女儿,那我的父亲是谁?"

里佐利并没有说出伊利亚·兰克的名字,她没必要说出来。

"你就是他们关系的活生生的证明,"里佐利说,"你的 DNA 有一半是他的。"

莫拉锁上前门,插好门闩。她站在门口,想到了安娜在木屋里装的黄铜锁。我快要变成安娜了,她心想,很快我就得住到堡垒里去,或者从自己家逃出去,到一个新的城市,换一个全新的身份。

车前灯照在她家客厅紧闭的窗帘上。她往外瞥了一眼,看到一辆警车从窗前经过。这次不是布鲁克莱恩的警车,而是一辆侧面印着波士顿警察局标志的巡逻车。肯定是里佐利安排的。

莫拉走进厨房,给自己调了一杯酒。今晚不是什么特别的酒,不是她常喝的大都会①,只有橙汁、伏特加和冰块。她独自坐在厨房的餐桌旁啜饮,冰块在酒杯中叮当作响。一个人喝酒,这可不是什么好事,但是管它的呢。她需要酒精来麻醉自己,这样才能不去想今晚看到的东西。空调在天花板上嘶嘶地吹着冷风。今天晚上不能开窗,所有出入口都已经锁好并确认过安全了。冰冷的酒杯冻得她手指发凉,她放下酒杯,看着自己的手掌,毛细血管泛着淡淡的红晕。她体内真的流着他们的血吗?

门铃响了。

---

①大都会,一种鸡尾酒。由伏特加、君度、青柠汁和蔓越莓汁调制而成,口感酸甜。

莫拉猛地抬起头，看向客厅，心跳开始加速，全身的肌肉都变得僵硬了起来。她慢慢站起身，悄悄地沿着走廊走到了前门。她站在那儿，想到子弹穿过那块木头门会是多么容易。她慢慢走到旁边的窗户前，向外瞥了一眼，看到巴拉德正站在门廊上。

她松了口气，打开门。

"我听说范·盖茨的事了。"他说，"你还好吗？"

"有一点儿被吓到，不过我没什么事。"不，我不好。我被吓坏了，吓得刚刚正一个人在客厅喝酒压惊呢。"进来吧。"

他还从来没进过她家。他走进屋，关上了门，锁门的时候盯着门闩。"你需要装个防盗系统，莫拉。"

"我有这个打算。"

"尽快装，好吗？"他看着她，"我可以帮你选个最好的。"

她点了点头："谢谢你的建议，要喝点儿什么吗？"

"今晚不了，谢谢。"

两人走进了客厅。他停顿了一下，看着摆在角落的钢琴。"我不知道你还弹钢琴。"

"小时候学的，练得不够多。"

"你知道吗，安娜也会弹钢琴……"他停了下来，"我猜你可能不知道。"

"我确实不知道。这太诡异了，里克，每次我对她有新的了解，都觉得自己和她越来越像。"

"她弹得很好。"他走到钢琴前，掀开琴盖，按下了几个音符，然后又合上了盖子，站在那儿看着反光的黑色漆面。他转头看她："我很担心你，莫拉，尤其是听说了范·盖茨的事之后。"

她叹了口气，陷进沙发里。"我已经无法控制自己的生活了，甚至都不能开着窗户睡觉。"

他在对面的椅子上坐下来,她一抬头就能看到他。"我觉得你今晚不应该一个人待在这儿。"

"这是我家,我不会离开这儿的。"

"那你就待在这儿。"他停顿了一下,"要我留下来陪你吗?"

她转眼看着他:"你为什么要这么做,里克?"

"因为我觉得你需要保护。"

"而你就是那个保护我的人?"

"还有谁能来保护你呢?你看看自己!一个人住在这栋房子里,也没有朋友来照顾,我一想到可能会发生的事就觉得害怕。安娜需要我的时候,我没有陪在她身边,但是我可以在这儿陪着你。"他抓住了她的手,"你需要我的时候,我随时都在。"

她低头看他握着她的手。"你爱她,对吗?"他没有回答,莫拉抬起头看着他的眼睛,"对吗,里克?"

"她当时需要我。"

"我问的不是这个。"

"我不能袖手旁观,任由她受伤。我不能让那个男人伤害她。"

她一开始就该想到的,早就该看出来了——他看她的眼神,触碰她的样子。

"如果你那天晚上在急诊室见到了她的样子,你就会明白。"他说,"眼圈乌黑,满脸瘀青。我只看了她一眼,就恨不得把伤害她的人暴揍一顿。我不会轻易失控的,莫拉,但是一个打女人的男人——"他猛地吸了口气,"我当时就觉得不能让这种事再发生在她身上。但是卡塞尔不会善罢甘休的,他不停地电话骚扰她,跟踪她,所以我必须插手。我帮她多装了几把锁,然后开始每天都去看看她。直到有一天晚上,她让我留下来吃晚饭,然后……"他挫败地耸了耸肩,"然后我们就这样开始了。她很害怕,而且她需要我。我是出于本能,也许是警察的本能——想要保护她。"

尤其当她是个很有魅力的女人时。

"我当时想要保护她的安全,就是这样。"他看着她,"所以,没错,我最后确实爱上了她。"

"那这又是什么,里克?"她看着他的手,"你这又是在做什么呢?你是在抓着我,还是在抓着她?我不是安娜,我不是她的替身。"

"我在这里是因为你需要我。"

"就像一次剧情重播,你依然扮演相同的保护者的角色,而我只是恰好出现,替代了安娜。"

"不是这样的。"

"如果你不认识安娜,如果我们只是在派对上认识的呢?你还会在这儿吗?"

"会,我会在。"他凑近了一些,双手紧紧地抓着她的手,"我知道我一定会的。"

两个人沉默着坐了一会儿。她想相信他,相信他太容易了。

但是她说:"我觉得你今晚不应该待在这儿。"

他慢慢地直起了身子,目光还停留在她身上,但是现在他们之间已经有了距离。

还有失望。

她站起身,他也跟着站了起来。

他们默默走到前门。他停下脚步,转身看她,轻轻抬手摸了一下她的脸,她没有躲开。

"你当心一点儿。"他说完便走了出去。

她在他身后锁上了门。

29

马蒂吃掉了最后一块牛肉干。她像野兽啃食干瘪的腐肉一样咀嚼着,心想:蛋白质就是力量,为了胜利!她想到了运动员们为马拉松做准备的样子——努力摄取营养,迎接人生挑战。这也是一场马拉松。她有一次获胜的机会。

输了就死定了。

牛肉干像皮革一样难嚼,她吞下去的时候差点儿被噎到,但还是喝了一口水把肉顺了下去。第二壶水也快要喝光了。快结束了,她撑不了多久了,而且现在出现新的担忧:宫缩变得越来越厉害了,就像一个攥紧的拳头。虽然还不算太痛苦,但是这说明孩子快要出生了。

该死的,他到底在哪儿?为什么让她一个人待了这么久?她没有手表可以确认时间,不知道距离他上次出现过了几个小时,还是几天?她在想,是不是上次自己冲他大喊大叫惹他生气了。这是在惩罚她吗?他是想吓唬她一下,让她明白自己必须懂礼貌、尊重他吗?马蒂一直都很有礼貌,但看看这给她带来了什么好处?懂礼貌的女孩总是会受人欺负。她们被插队,被甩在队伍的最后,都不会有人在意。她们嫁给了那些很快就会忽略她们的男人。她就是太有礼貌了。如果她想离开这儿,就必须要有脾气。

但现在首先要离开这儿,所以她必须先装作有礼貌。

她又喝了一口水,感到了一种奇怪的满足,好像自己刚刚饱餐一顿又喝了些酒一样。等待时机,她想,他会回来的。

马蒂把毯子裹在肩膀上,闭上了眼睛。

她在一阵宫缩中醒来。哦,不,这次好痛。她躺在黑暗中疼得汗流浃背,努力回忆着拉玛泽①的课程,但那些教程似乎都已经是上辈子的事了,仿佛是另一个人的生活。

吸气,呼气,把气吐出……

"太太。"

她突然变得浑身僵硬,抬头看向通气口,轻轻的说话声是从那里传来的。她的心脏开始剧烈跳动。是时候行动了,魔鬼女大兵。但是马蒂躺在黑暗中,一边呼吸着恐怖的气息,一边想:我还没有准备好,我永远都不会准备好,为什么我之前会觉得自己能做到呢?

"太太,跟我说话。"

就是现在。这是她唯一的机会。

她深吸了一口气。"我需要帮助。"她呜咽着说。

"怎么了?"

"我的孩子……"

"说。"

"我要生了。好痛。天哪,放我出去吧!我不知道还能撑多久……"她抽泣道,"放我出去,我要出去。我的孩子快出生了。"

外面安静了。

她紧紧抓着毯子,不敢呼吸,害怕自己错过他说话的声音。

---

①拉玛泽生产呼吸法,一种孕妇在分娩前的锻炼方法,也被称为心理预防式的分娩准备法。

他为什么不说话了？难道他又走了？接着她听到砰的一声，然后是刮擦的声音。

是铲子，他开始挖土了。

机会来了，她只有这一次机会。

又是一阵砰砰声。为了挖出更多的泥土，铲子听起来更加用力了，刮擦声像粉笔摩擦黑板一样刺耳。她现在呼吸急促，心脏在胸腔里怦怦直跳。她是生是死，就靠现在来决定了。

刮擦声停止了。

马蒂的手抓着搭在肩上的毯子，手指冰凉。她听到木头在吱吱作响，然后是铰链发出的刺耳声音。泥土从木板缝中漏下来，掉进了她的眼睛里。哦，天哪，我的天，我要看不到了，这样可不行！她转过身去挡住自己的脸，免得土再次进到眼睛里。她低着头不停地眨眼，想把眼里的沙子弄干净，所以没发现他已经站在了她的头顶上方。他看到了一幅什么画面呢？他盯着洞里，看到俘虏蜷缩在毯子底下，浑身脏兮兮的，正在被分娩的痛苦折磨，惨不忍睹。

"是时候出来了。"他说，这一次声音不再是从通气口传来的。他的声音很平静，很正常。恶魔的声音听上去怎么会如此正常？

"帮帮我。"她呜咽着说，"我爬不上这么高的地方。"

她听到了木头碰撞的声音，有什么东西掉在了她身边。是一架梯子。她睁开眼，抬头一看，一个人影正映衬在星空之下。马蒂被囚禁在漆黑的监狱里这么久，夜空都像是一片光芒。

他打开手电筒，照亮木梯。"只有几步的距离。"他说。

"我阵痛得太厉害了。"

"我会抓着你的手，但是你首先得爬到梯子上来。"

她吸了吸鼻子，慢慢站了起来，然后又摇晃着倒下了。她已经好多天没有站起来过了,让她震惊的是,尽管她做了那么多锻炼,尽管肾上腺素依然在她的血液中流动,但她还是这么虚弱。

"如果你想出来,"他说,"就必须站起来。"

马蒂呻吟着,摇摇晃晃地站了起来,像一只刚出生的羔羊。她的右手依然将毯子紧紧抓在胸前,然后用左手抓住了梯子。

"这就对了,往上爬。"

她踩上最底下的一级木梯,然后停下来稳住自己,又腾出空闲的手来准备接着往上爬。她又爬上了一级。洞并不深,只要再多爬几级,她就能出去了,她的头和肩膀已经到他的腰部了。

"帮帮我,"她恳求道,"拉我上去。"

"把毯子拿开。"

"太冷了,求求你拉我上去!"

他放下手电筒。"把手给我。"他说着,冲她弯下身子,一个看不清脸的剪影向她伸出了一只手。

差不多了,他已经离得够近了。

他的头现在就在她的正上方,非常近,但马蒂一想到接下来要做的事,就突然犹豫了。

"别浪费我的时间,"他命令道,"快点儿!"

突然,她想象是德韦恩的脸正俯视着她,是德韦恩的声音在斥责她,眼神还充满蔑视和不屑。形象就是一切,马蒂,你看看自己的样子!马蒂像头母牛一样紧紧抓住梯子,她感到很害怕。她不敢救自己,也不敢救自己的孩子。你已经配不上我了。

不,我配得上。我配得上!

她松开手,毯子从肩上滑落,露出了她一直藏在下面的东西:她的袜子,里面装着八块手电筒电池。她抬起手,像挥舞狼牙棒一样挥起袜子，愤怒地砸了过去。她的动作毫无章法，也很笨拙，但当电池猛地撞到头骨上时，她听到了令人满足的声音。

影子晃了一下，然后倒在了地上。

她几秒钟就爬上梯子，从洞里出来了。恐惧没有让她变得迟钝，反而让她的感官更加灵敏，身体像瞪羚一样敏捷。踩到坚实土地的一瞬间，她迅速观察周围的情况。天上的弦月从树枝后探出头来，到处都是泥土和潮湿树叶的气味。还有树，到处都是树，周围高耸的树木将头顶的天空遮蔽，只剩下一小片圆形，几颗星星挂在天上。我在一片森林中。马蒂迅速扫了一眼，记住周围的环境，然后立刻做出了判断，朝着树木的缝隙冲了过去。她突然滑下了陡峭的山沟，冲进一片荆棘。荆棘丛中还有细得像鞭子一样的树苗，它们并没有被折断，反而报复似的抽打在她的脸上。

马蒂手脚着地，迅速爬起来接着往前跑，但已经一瘸一拐了。她扭到了右脚踝，只能跳着走。我弄出的动静太大了，她想，就像一头大象在狂奔。不能停下，不能停下——他可能就在身后。接着跑！

但她在这片树林中根本找不到方向，只有星星和月亮能勉强帮她指路。没有灯，没有路标，她完全不知道自己在哪里，又应该往哪个方向逃。她对这里一无所知，就像在噩梦中的流浪者一样迷失了方向。她努力穿过灌木丛，依靠直觉下坡，让地心引力决定自己该往哪个方向走。山脉能通向山谷，山谷能通向溪流，而溪流能帮她找到人。嗯，听上去不错，但真的是这样吗？她只摔了一跤，膝盖就僵硬了。如果再摔一次，她可能就走不动了。

而现在，另一种痛苦匆匆袭来。她的呼吸变得急促，快要喘不过气了。又是一阵宫缩。她蹲下来蜷起身子,等着疼痛过去。当她终于能站起身时,浑身都被汗水浸透了。

突然身后有什么东西沙沙作响。她转过身,看到一片漆黑的阴影。她感到恶魔正在靠近,立刻跑了起来,树枝划破了她的脸,恐惧攥紧了她的心灵。跑快点儿!再快点儿!

到下坡的地方,她突然失去重心,滚了下去。如果不是被树枝拦住,她就要摔到肚子了。可怜的宝宝,我差点儿就压到你了!背后没有追赶的声音,但她知道他一定就在身后。恐惧促使她穿过交错的树枝,继续逃离。

接着,树林奇迹般地消失了。她冲出了最后一团灌木丛,双脚结实地踩在了泥土地上。她惊呆了,一边喘着粗气,一边凝视着月光反射出的阵阵涟漪。面前是一片湖,还有一条路。

而且,在远处,有一个剪影,那是一栋木屋的轮廓。

她刚走了几步就停住了,呻吟着,又一阵宫缩痛得她无法呼吸。她只好蹲在路上,喉咙里涌上一阵恶心。她听到湖水拍打堤岸的声音,还有湖面上方的鸟鸣。她痛得头晕目眩,几乎快要昏倒在地。现在还不行!不能在这儿停下,在路上太显眼了!

她踉跄着继续向前,宫缩渐渐缓和了一些。她强迫自己不停地走,那间小屋充满了未知的希望。她跑了起来,每往前一步,膝盖都会痛得抖一下。再快点儿,她想,他能在湖面上看到我的倒影,要在下一次宫缩来临之前快跑。距离下次还有多久?五分钟,还是十分钟?那栋木屋看起来那么遥远。

她奋力奔跑着,双腿止不住地颤抖,氧气呼啸着从她的肺里穿过。希望就像火箭的燃料一样。

我要活下去,我要活着。

木屋的窗户是黑着的。她只敲了敲门,不敢喊出声,生怕声音会传到路上，传到山上。屋里没人应。

她只犹豫了一秒。去他的乖乖女！直接砸开这该死的窗户就行了！她抓起门口的一块石头，用力砸在了玻璃窗上，玻璃破碎的声音打破了夜晚的寂静。她用石头敲掉了剩下的几块玻璃碎片，手伸进屋里，打开了门。

踹门进去，就现在。快，魔鬼女大兵！

进入屋内，她闻到了雪松和陈旧的空气的味道。这是一个封闭了太久的废弃小屋。她到处寻找墙上的开关，玻璃碎片被她踩在脚下嘎吱作响。灯亮的一瞬间，她突然意识到：他会发现的。但是现在已经来不及了，先找个电话。

她四面环顾着房间，看到了一堆备用的柴火和格子布装饰的家具，但唯独没有电话。

她跑到厨房，看到橱柜上放着一部手机。她拿起手机，按下九一一时才发现听筒里并没有拨号音，电话拨不出去。

客厅里，破碎的玻璃声正穿过地板。

他进来了。快出去，赶紧逃出去。

她溜出厨房，将身后的门悄悄关上，发现自己正在一个小车库里。月光从一扇窗户中透过来，刚好能让她辨认出拖车上划艇的轮廓。这里没有其他掩体，没有地方可以躲藏。她从厨房门边退开，尽可能地缩在阴影里。她的肩膀撞到了架子，金属发出碰撞声，扬起了积了很久的灰尘。她在黑暗中顺着架子寻找武器，摸到了一些油漆罐，盖子被黏住了。接着她又摸到了一把毛毡油漆刷，稀疏的刷毛已经干硬了。然后手指触到了一把螺丝刀，她一把将它握在手里。这个可怜的武器，杀伤力跟指甲锉差不多，简直就是螺丝刀家族里的小弟。

厨房门微微打开，露出了一丝灯光。一道黑影在亮光的门缝前晃动着,然后停住了。

她的呼吸也跟着停住了。她向后退到了车库的门前,心已经跳到了嗓子眼。只剩下一种选择了。

她伸手去拉门把手,门的合页发出刺耳的声音,像是在大声喊着:她在这儿!她在这儿!

门打开的一刹那,马蒂从门缝中钻了出去,飞奔着跑进了夜色中。她知道他能看到她在沿着裸露的河岸移动,也知道自己无法摆脱他。鞋子陷进了泥土里,可她还是沿着月光照耀的湖边挣扎着前行。她听到他正穿过沙沙作响的芦苇丛向她靠近。游泳吧,她想,跳进湖里。她转向了湖边。

突然到来的宫缩痛得她立刻弯下了腰。这次的痛感是前所未有的,她跪在了地上。随着阵痛不断加剧,她陷进了齐踝深的水中,疼痛使她紧紧地蜷缩成一团。她瞬间眼前一黑,感觉自己栽向一边,倒下了。她尝到了泥土的味道,一边咳嗽着,一边翻过身,仰面躺在水里,像一只翻倒的乌龟一样无助。宫缩渐渐停止了。她能感觉到水抚过她的头发,轻拍她的脸颊。水里一点儿都不冷,反而像在沐浴一样温暖。她听到了他的脚步声,还有芦苇折断的声音。她眼前的香蒲被拨开了。

他就在那儿,从正上方看着她,身形魁梧高大。他来摘取胜利果实了。

他跪在她的身边,水中的倒影反射在他眼里,微光闪烁,他手中的刀刃也同样在闪闪发光。当他蹲在她身边时,似乎知道她已经筋疲力尽了。她的灵魂正等着从那疲惫不堪的躯壳中解脱出来。

他抓住她的孕妇裤,一把拉了下来,露出了她圆鼓鼓的腹部。她依然一动不动,紧张地躺着。她已经投降了,已经"死"了。

他一只手放在她的肚子上，另一只手握着刀，将刀刃贴在她裸露的肚皮上，准备切下第一刀。

突然，她的手从泥泞的水中伸了出来，溅起了银白色的水花。她手握螺丝刀，用尖端对准他的脸，肌肉愤怒地紧绷着。她用力扎了过去，用可怜的小武器对准他的眼睛来了致命一击。

这一下是为我自己扎的，浑蛋！

这一下是为我的宝宝！

她深深地刺进去，感觉到螺丝刀穿透了骨头，刺进大脑，直到螺丝刀的手柄卡在他的眼眶上，无法再往更深处扎了。

他一声不吭地倒下了。

一时间，她无法动弹。他倒在了她的大腿上，她能感觉到他的热血浸透了她的衣服。死人很重，比活人重多了。她一边哼着，一边努力把他推开，触碰他的身体让她感到厌恶。终于，她把他推到了一边，他重重地倒在了芦苇丛中。

她跌跌撞撞地站起来，晃晃悠悠地走向高处，远离水，远离鲜血。她倒在了岸边稍远一点儿的草地上，躺在那里，等着宫缩再一次到来。一阵接一阵。她忍受着剧痛，透过模糊的视线看着弦月从天空中划过，星星逐渐消失，东边的天空泛起粉红色的光芒。

太阳从地平线升起，马蒂·普维斯迎来了女儿的降生。

30

土耳其秃鹫张开漆黑的羽翼,在空中悠闲地盘旋。这说明有新鲜的腐肉出现了,死人很容易引起大自然母亲的注意。腐肉的气息吸引了苍蝇、甲虫、乌鸦,还有一些啮齿类动物,所有这些生物都因为死亡的恩惠而聚在了一起。而她又有什么不同呢?莫拉一边这么想着,一边沿着长满水草的河岸走向水边。她也一样被死者所吸引,像个食腐动物一样戳刺着冰冷的肉体。这项阴冷的任务在这个如此美丽的地方显得十分突兀。湛蓝的天空万里无云,湖面像银白色的玻璃一样,但是就在水边,一张白色的单子挡住了天上盘旋的秃鹫,盖在了它们想要饱餐一顿的食物上面。

简·里佐利和巴里·弗罗斯特站在一起,旁边还有两名马萨诸塞州的警察。看见莫拉,他们一同走上前去迎接她。"尸体原本躺在几厘米深的水里,周围都是香蒲,是我们把他拖到岸上来的。跟你说明一下,让你知道尸体已经被我们移动过了。"

莫拉低头盯着那具盖着布的尸体,但并没有碰他。她还没有完全准备好去面对盖在那张白布下面的东西。"那个女人没事吧?"

"我在急诊室见过普维斯太太了,她受了点儿伤,但很快就能恢复。孩子也很好。"里佐利指着河岸,那里长着一簇簇羽毛一样的水草,"她当时就在那儿,一个人把孩子生了下来。公园管理人员开车路过时，发现她正坐在路边给孩子喂奶。"

莫拉抬头注视着河岸，想象着她在这片荒郊野岭独自生下孩子，没人能听到她痛苦的呻吟声，而在十几米之外，还有一具尸体已经冷却僵硬了。"他把她藏在哪儿了？"

"一个地洞里，离这儿大概有两公里。"

莫拉皱眉看着她。"她徒步跑到这儿的？"

"是的。你想象一下她一个人在黑暗中奔跑，穿过树林，而且当时已经在分娩的过程中了。她从树林里一路跑出来，从那边的斜坡下来跑到了这里。"

"简直无法想象。"

"你应该看看他关着她的那个箱子，就像个棺材一样。她被活埋在里面整整一个星期，我不知道她是怎么从里面出来的，而且还能保持神志清醒。"

莫拉想到了年轻的爱丽丝·罗丝，多年前她也被困在过洞里。在她短暂的一生中，只有那一整夜的绝望和黑暗在不停困扰着她。最终，恐惧夺走了她的生命。但是马蒂·普维斯不仅神志清醒，还做好了反击的准备，并且最终活了下来。

"我们找到了那辆白色面包车。"里佐利说。

"在哪儿？"

"停在一条施工中的道路上，距离活埋她的地方有三十到四十公里。要不是她逃出来了，我们估计永远都找不到她。"

"你们发现其他遗骸了吗？那附近肯定还埋着其他受害者。"

"我们才刚开始搜查。那是很大一片树林，很大的搜查面积，我们得需要点儿时间才能厘清这座山上的坟墓。"

"这些年来，所有失踪的女性，其中很可能有我的……"莫拉停住了，她抬头望着斜坡上的树。其中可能会有她的妈妈。也许她身体里根本就不是流着怪物的血,也许她的亲生母亲在很多年前就去世了,可能是另一个受害者,被埋在那片树林的某处。

"在你做出任何其他推测之前,"里佐利说,"你得先看看尸体。"

莫拉皱着眉看她,又低头看了看脚下躺着的尸体,然后蹲下来,伸手抓住了白布的一角。

"等等,我得先告诉你——"

"什么?"

"这不是你想象的那样。"

莫拉犹豫了,抓着白布的手悬在那里。周围的蚊虫嗡嗡作响,它们在贪婪地吸食着鲜血。她深吸了一口气,掀开了布。

她盯着白布下的那张脸,一时间哑口无言。令她震惊的并不是被刺穿的左眼,也不是卡在眼眶里的那把螺丝刀,这些只是她要在验尸报告中说明的情况,她要暂时将这些可怕的细节记在脑子里,然后在口述报告的时候记录下来。真正吸引她注意的是这张脸,是这张脸让她感到了害怕。

"他太年轻了,"她小声嘀咕道,"这个男人太年轻了,不可能是伊利亚·兰克。"

"我猜他也就三十到三十五岁。"

莫拉惊讶地呼出了一口气:"我不明白……"

"但眼见为实,不是吗?"里佐利轻声问道,"黑头发,绿眼睛。"

像莫拉一样。

"我是说,当然,可能还有一百万个人和他有同样颜色的头发和眼睛。但这相似度……"她停顿了一下,"弗罗斯特也看到了,我们都看到了。"

莫拉把尸体上的布完全掀开,后退了几步。她被死者那张脸上无可辩驳的真相吓到了。

"布里斯托医生正在来的路上,"弗罗斯特说,"我们觉得你应该不想负责这台尸检。"

"那为什么还打电话给我?"

"因为你说过,你想了解每一个细节,"里佐利说,"因为我答应过会告诉你,还因为……"里佐利低头看着那个盖着白布的尸体,"还因为,你迟早会知道这个人是谁。"

"但是我们并不知道他是谁。你们说你们觉得很相似,但这并不足以证明什么。"

"还有别的原因。我们今天早上查到了一些信息。"

莫拉看着她:"什么信息?"

"我们一直在努力追查伊利亚·兰克的下落,查了任何可能出现他名字的地方——拘留记录、交通罚单,几乎所有的记录。今天早上我们收到了北卡罗来纳州的政府工作人员发来的传真,里面是一份死亡证明。伊利亚·兰克八年前就去世了。"

"八年前?那就不是他和阿玛提亚一起杀害了特蕾莎·威尔斯和尼基·威尔斯。"

"没错,当时阿玛提亚已经开始和新的同伙一起作案了,一个接替了伊利亚位置的人,由他来继续家族事业。"

莫拉转身盯着湖面,波光粼粼,有些刺眼。我不想再听了,她想,我不想知道。

"八年前,伊利亚因心脏病在格林维尔的一家医院去世,"里佐利说,"他当时因为胸痛去了急诊。根据医院的记录,他是被家人送到医院的。"

家人。

"他的妻子,阿玛提亚。"里佐利说,"还有他们的儿子,塞缪尔。"

莫拉深吸了一口气,空气中既有腐烂的味道,也有夏天的味道。生与死的味道交织在一起。

"对不起,"里佐利说,"我很抱歉告诉你这些。但是你知道,我们对这个男人身份的判断依然有可能是错误的,也许他和他们没有血缘关系。"

但他们不可能是错的,莫拉很清楚这一点。

她一看到他的脸就已经明白了。

当天晚上,里佐利和弗罗斯特走进J.P.道尔餐厅时,吧台周围的警察全都热烈地鼓掌以表示对他们的敬意,这个气氛一下子让里佐利红了脸。真是见鬼,就连平时那些不是很喜欢她的人都在为她成功破案而鼓掌,对她致以战友般的敬意。与此同时,酒吧上方的电视里也在播放着五点钟新闻以示庆祝。里佐利和弗罗斯特走向吧台时,所有人都在跺着脚欢呼,笑容满面的酒保为他们准备好了两杯喝的。弗罗斯特的是一杯威士忌,而里佐利的……

是一大杯牛奶。

大家都哄堂大笑的时候,弗罗斯特侧过身在她耳边悄悄地说:"我今天胃有点儿不舒服,要换着喝吗?"

最搞笑的是,弗罗斯特是真的喜欢喝牛奶。她把自己的杯子推到他面前,然后向酒保要了杯可乐。

她和弗罗斯特一边吃着花生喝着饮料,一边和走过来的警察同事们握手击掌。她很想念自己平时常喝的亚当斯啤酒,今晚她错过了很多东西——她的丈夫，她的啤酒，还有她的腰围。但尽管如此，今天依然是美好的一天。不管怎样，凶手终于落网了，这是一件好事。

"嘿，里佐利！他们打赌你会生女孩的赌注已经累积到两百美元了，生男孩的赌注是一百二十美元。"

她转头瞥了一眼，看到范恩警探和邓利维警探正靠在吧台上，站在她身边。胖胖的霍比特人和瘦瘦的霍比特人正举着他们的健力士黑啤。

"如果我生出两个孩子来呢？"她问，"龙凤胎？"

"哦，"邓利维说，"我们还真没想到这一点。"

"如果是这样算谁赢呢？"

"我猜应该是没人赢吧。"

"或者每个人都算赢？"范恩说。

两个人站在一起思考了片刻，就像山姆和佛罗多正站在厄运山①上进退两难。

"好吧。"范恩说，"看来我们需要再增加一项赌注了。"

里佐利笑道："是啊，你们几个再增加一项好了。"

"对了，干得漂亮。"邓利维说，"看着吧，接下来你就会登上《人物》杂志了。那种凶手，那么多受害的女性，他们可有的写了。"

"你想听实话吗？"里佐利叹了口气，放下手里的可乐，"这不能算是我们的功劳。"

"为什么不能？"

弗罗斯特抬头看着范恩和邓利维："不是我们放倒的凶手，

---

①厄运山，小说《指环王》中，佛罗多的任务是要消灭魔戒，而只有将魔戒投进厄运山的火山口才能将它真正消灭，避免它再次落入敌人手中。

是受害者。"

"她只是一个家庭主妇,"里佐利说,"一个被吓坏的、怀着孕的、普普通通的家庭主妇。她没有枪也没有电击棒,只有一只装满电池的袜子。"

电视上,当地新闻已经结束了,酒保将频道调到了HBO[①],屏幕里出现了一部电影,里面的女性都穿着短裙,身材火辣。

"那黑爪子弹呢?"邓利维问道,"和案子有什么联系?"

里佐利抿了一口可乐,沉默了片刻:"我们还不知道。"

"找到凶器了吗?"

她发现弗罗斯特正在看她,心中泛起了一丝不安。这正是困扰着他们的细节。那辆面包车里没有枪。车里有打结的绳索和沾满血迹的刀,还有一本保存完好的笔记本,上面记录着其他九个来自全国的收养中间人的姓名及电话。特伦斯·范·盖茨并不是唯一一个。笔记上还有这些年来所有兰克夫妇收取现金的记录,以及婴儿母亲的信息。这些已经够调查人员忙上几年的,但是唯独杀害安娜·莱尼的凶器不在车里。

"哦,谁知道呢。"邓利维说,"也许不久就会出现了,没准凶器已经被他丢掉了呢。"

也许吧。又或者我们仍然漏掉了一些信息。

她和弗罗斯特离开道尔餐厅时,天已经黑了。但她并没有回家,而是开车去了施罗德广场,在酒吧里和范恩还有邓利维的谈话依然萦绕在她的脑海里。办公桌上的文件已经堆积成山,最上面的是国家犯罪信息中心发来的档案,他们在抓捕"野兽"时搜集了数十年间的失踪人员报告。正是安娜·莱尼的案子引

[①] HBO(Home Box Office)是时代华纳集团旗下的子公司。全天候播出电影、音乐、纪录片、体育赛事等娱乐节目。

发了整起调查行动，就像一颗落入水中的鹅卵石，激起了更大范围的涟漪。也正是安娜的死将他们引向了阿玛提亚这条线索，并最终带他们查到了那个"野兽"。然而现在，安娜自己的案子依然悬而未决。

里佐利挪走了国家犯罪信息中心的档案，一直往下翻，找到了安娜·莱尼的文件夹。尽管里面的内容她已经看了无数遍，但还是又翻开了。她重新看了证人陈述、尸检报告、头发及纤维报告、指纹信息以及DNA，在看到弹道报告时停了下来，目光停留在了"黑爪子弹"四个字上。她还记得安娜·莱尼头骨X光片中那块星形的子弹爆炸痕迹，也还记得那颗子弹在她大脑中造成的毁灭性伤害。

那颗黑爪子弹，那把曾经装过这颗子弹的枪到底在哪儿？

她合上文件夹，低头看着上周放在办公桌旁边的纸板箱，里面是范恩和邓利维借给她的关于瓦西里·蒂托夫谋杀案的相关记录。在过去的五年里，他是波士顿地区唯一一个死于黑爪子弹的受害者。她从纸箱中拿出文件夹，堆放在桌子上。她看了看文件夹堆起来的高度，叹了口气。尽管是很快结案的调查，也整理出了这么多的文件。范恩和邓利维早些时候跟她总结过案件的过程，她自己也翻阅过足够多的档案资料，可以确信他们逮捕的是真正的凶手，随后的审判以及对于安东宁·列昂诺夫的定罪更是佐证了这一点。就算她再一次阅读相关档案，案件的结果也不容置疑，真正的凶手确实已经落网。

邓利维警探的结案报告十分详尽且足够令人信服。列昂诺夫被警方监视了一个星期，当时他正等着运送塔吉克斯坦的一批海洛因。两名警探就坐在车上看着列昂诺夫到达蒂托夫家门前，敲了敲他家的前门，然后进去。片刻之后，屋内响起了两声枪响。

列昂诺夫走出来，正要爬上自己的车离开，就被上前的范恩和邓利维逮捕了。屋子里，蒂托夫被发现死在了厨房，头部中了两枪，均为黑爪子弹。弹道技术人员后来证实，两颗子弹的确都是列昂诺夫开枪射出的。

案件一目了然——被定罪的凶手，被警方扣押的武器。除了凶器都是黑爪子弹之外，里佐利根本看不出瓦西里·蒂托夫的案子和安娜·莱尼的死有任何关系。这种子弹的确十分稀有，但并不足以构成两起谋杀案之间的联系。

可她还是继续翻阅着文件，整个晚饭时间都没有休息。当她还剩下最后一个文件夹时，几乎已经累得没办法再看下去了。她想着看完手头的资料，然后就把文件打包起来，暂且搁置这个问题。

她打开文件夹，里面是搜查安东宁·列昂诺夫仓库的报告，包括了范恩警探对于抓捕事件的描述、列昂诺夫手下被捕的员工名单，以及被扣押的物品的名录，从板条箱到所有的现金账目。她快速浏览着，直到看到了案件现场的十名波士顿警察名单。她的目光定格在了一个熟悉的名字上，一周之前她阅读这些文件时还没有注意到这个名字。这只是一个巧合，并不一定就意味着……

她坐下来回忆了一会儿。她还是一名年轻的巡警时曾参加过的一次毒品搜查，现场充斥着噪音，每个人都很紧张，而且十分混乱。当十几名肾上腺素飙升的警察聚集在一座目标建筑内时，每个人都绷紧了神经，只关心自己。你可能根本就不会注意到你的警察同事在做什么，不知道他们把什么塞进了口袋——现金，毒品，或者一盒已经停产的子弹。总会有那种诱惑，让你想要带走些什么留作纪念，也许是今后会用到的纪念品。

她拿起电话打给了弗罗斯特。

31

死者并不是好的陪伴者。

莫拉坐在显微镜前,通过显微镜观察着肺、肝脏和胰腺的组织——从自杀的死者遗体上提取的组织切片。载玻片下,苏木精－伊红[①]染色剂将样本染成了鲜艳的粉红色和紫色。除了偶尔的电梯声和空调出风口微弱的嘶嘶声,整栋楼一片寂静。然而这里并不是空无一人。楼下冷库里还有六名沉默的访客,他们在裹尸布里静静地躺着。这些客人的要求并不高,他们每个人都有一个故事要讲,但只会讲给那些愿意剖开他们、深入研究他们的人听。

放在她办公桌上的电话响了。下班后,莫拉把电话模式切换成了语音信箱接听。这里除了死者,没有别人。

这台显微镜下的故事并不罕见。年轻的器官,健康的组织。这具身体本可以再活很多年,如果他的灵魂愿意,如果有谁能对这个绝望的人说一句:再等一等,心痛只是暂时的,痛苦很快就会过去,总有一天你会找到另一个心爱的女孩。

她检查完了最后一个切片,把它收回盒子里。她坐了一会

[①]苏木精－伊红,是组织学、胚胎学、病理学教学与科研中最基本、使用最广泛的技术方法。由于组织或细胞的不同成分对苏木精的亲和力及染色性质不一样,经苏木精染色后的组织样本会呈现不同的颜色。

儿，心思并不在刚刚看过的切片上，而是在想另一件事：一个黑发绿眼的年轻人。她并没有旁观他的尸检，下午布里斯托医生对他进行解剖时，她一直待在楼上的办公室里。但即使她一直在做口述报告，用显微镜检查组织样本，让自己一直忙到深夜，她依然在不停地想他。她也不知道自己是否真的想知道他是谁。直到她从办公桌上站起来，拿起钱包和一大堆文件准备离开时，她依然没有想明白。

电话又一次响了，她又一次没有理会。

她走在寂静的走廊上，经过紧闭的门扉和空无一人的办公室。她想起了之前那天晚上，当她走出空荡荡的大楼时，发现了车门上的爪痕。她的心跳不由自主地加快了。

他现在已经不在了。"野兽"已经死了。

她走出大楼的后门，进入夏日温暖柔和的夜晚，借着大楼外的灯光扫视昏暗的停车场。飞蛾被灯光吸引，蜂拥而至，拍着翅膀飞舞在灯泡周围。接着，她听到了另一个声音：关车门的声音。一个人影向她走来，走进灯光，身后的影子变幻出不同的形状。

当她看清是巴拉德的时候，才终于松了口气："你一直在等我吗？"

"我看到你的车在停车场。我一直在打电话给你。"

"五点之后，我把电话都转到语音信箱了。"

"打你的手机，你也没接。"

"我关机了。你不用这么关注我，里克，我没事。"

"真的吗？"

两人一起走向她的车时，莫拉叹了口气。她抬头看着天空，星星被城市的灯光映得苍白。"我必须决定怎么处理DNA，还得想清楚我是不是真的想知道真相。"

"那就不要管DNA了。你和他们有没有关系并不重要，阿玛提亚不会影响到你。"

"这是我之前说过的话。"在知道她可能会遗传谁的基因之前，在知道自己可能出生于一个怪物家族之前。

"恶魔的基因并不会遗传。"

"可是这种感觉还是很糟糕，当我知道家族里有许多连环杀人犯之后。"

她打开车门，坐进了驾驶席。她刚刚插进钥匙准备点火，巴拉德把头探进了车窗。

"莫拉，"他说，"和我一起吃晚饭吧。"

她顿了顿，并没有看他，只是依旧盯着仪表盘闪着的绿光思考是否接受他的邀请。

"那天晚上，"他说，"你问了我一个问题。你想知道如果我从来没有爱过你的妹妹，会不会依然喜欢你。我想你可能不会相信我的回答。"

她转过头看着他："没有真正的答案，不是吗？因为你的确爱她。"

"所以给我一个了解你的机会。这不是我凭空想象出来的，那天在树林里，你感觉到了，我也感觉到了。我们之间确实有些什么。"他靠得更近了，然后轻声说道，"只是一顿晚餐而已，莫拉。"

她想起刚刚在那座空荡荡的大楼里工作的几个小时，只有死者在陪伴她。今晚她确实不想一个人待着，她想和活着的人在一起。

"唐人街就在那边，"她说，"我们去那里吧。"

他坐进副驾驶座,两人对视了片刻。停车场的灯光斜照在他的侧脸上,把他的另一半脸投进了阴影里。他伸手摸了摸她的脸颊,想把她拉近些,但她已经靠过来了。两人凑得很近,他吻上了她的唇,她听到了自己的叹息声,感觉到他把她拉进了他温暖的怀抱。

突然的爆炸声吓到了她。

里克那侧的窗户炸裂开,她吓得往后躲,玻璃碎片划破了她的脸颊。她再次睁开眼睛看向他。他的脸被枪击中,炸飞了一部分,剩下一片血肉模糊。他的身体慢慢向她靠了过来,一头倒在了她的大腿上,热血浸透了她的膝盖。

"里克!里克!"

车窗外的动静吓得她目瞪口呆。她抬起头,黑暗中,一个身穿黑衣的人影出现,正一步一步朝她走来。

来杀我了。

快开车!快!

莫拉用力推着里克的尸体,挣扎着把他从变速杆上移开。他那张残破的脸不停地流血,沾满了她的双手,滑溜溜的。她费力地挂上了倒挡,一脚踩下油门。

雷克萨斯猛地向后冲出了车位。

杀手就在她车后的某个地方,向她靠近。

她一边抽泣着,一边用力把里克的脸从变速杆上推开,她的手指陷进了血肉之中。她重新挂挡,再次发动了车子。

后车窗炸开了,玻璃碴儿溅到了她的头发里,她蜷缩了一下。

她一脚踩下油门,雷克萨斯向前冲了出去。杀手堵住了停车场的出口,她现在只有一个方向可以去,那就是波士顿大学医疗中心旁边的停车场。两个地点之间只隔了一道突起的路缘,她朝那个方向驶去，准备好冲过障碍。当轮胎撞上路障弹起时，她的下巴猛地向前栽了一下，牙齿用力地磕在了一起。

又一颗子弹飞了过来，挡风玻璃也碎了。

破碎的玻璃像雨点一样散落在仪表盘，也砸向她的脸，莫拉俯身躲开了。雷克萨斯斜冲向前，失去了控制。她抬头一看，车子不可避免地直冲着撞上了前方的路灯。在安全气囊炸开之前，她闭上了眼睛，然后被重重地弹在了靠背上。

她慢慢睁开眼，然后愣住了。车喇叭在不停地轰鸣。甚至当她从爆开的安全气囊上翻滚开，推开车门爬向人行道时，喇叭声依然没有停止。

她摇摇晃晃地站了起来，开始嗡嗡地耳鸣。她设法躲在一辆停在路边的汽车后面，但双腿很难站稳，只好强迫自己沿着一排汽车继续匍匐前行。然后她突然停下了。

一大片空旷的人行道出现在她的面前。

她跪在一只轮胎后面，小心翼翼地盯着保险杠。当她看到黑色的身影从阴影中踱步而出，像机器人一样无情地朝着已经被撞坏的雷克萨斯走去时，她感觉血管中的血液都凝固了。黑影走进了路灯投下的灯光里。

莫拉看到了一闪而过的金色，是马尾的轮廓。杀手猛地拉开副驾驶的车门，探头进去看着巴拉德的尸体。突然，她的脑袋又从车里钻了出来，瞪大眼睛环视停车场。

莫拉躲在轮胎后面，太阳穴的脉搏在剧烈地跳动。她惊慌失措地大口喘着气，看向空荡荡的人行道，另一盏路灯正亮着。就在路灯的对面，在街的另一边，医疗中心"急诊室"的鲜红色标志十分醒目。她现在只需要穿过那条开阔的人行道，再穿过奥尔巴尼大街。她的汽车喇叭声一定已经引起了医院工作人员的注意。

非常近了,救援就在眼前。

她的心脏在怦怦直跳,双脚也不停地颤抖。她不敢移动,也不敢待在原地。她慢慢地从轮胎边窥视过去。

黑色的靴子就在车的另一边。

跑。

刹那间,她直冲向那条空旷的人行道。她根本没有想过逃跑,完全没有躲避的动作,只是在慌乱中奋力地向前冲。红色的"急诊室"标志在她面前闪着光。我可以做到,她想,我可以——

子弹狠狠地击中了她的肩膀。她向前栽了过去,扑倒在了柏油马路上。她试图站起身,但左手完全用不上力。我的手是怎么了?她想。为什么我的手不能用了?她呻吟着翻过身,看到了停车场刺眼的灯光。

卡门·巴拉德的脸进入了她的视野。

"我已经杀过你一次了,"卡门说道,"现在,我不得不再杀你一次。"

"求你了。里克和我……我们从来没有——"

"他不属于你。"卡门举起了手中的枪,枪口像一只黑色的眼睛瞪着莫拉,"该死的婊子。"她的手开始发力,正要扣下扳机。

另一个声音突然响起,是一个男人:"把枪放下!"

卡门吃惊地眨了眨眼,侧头瞥过去。

几米之外站着一名医院的警卫,他的枪对准了卡门。"听到了吗,女士?"他大喊,"把枪放下!"

卡门动摇了。她低头看了看莫拉,又看了看警卫。她很矛盾:一方面她充满了愤怒和对复仇的渴望,另一方面她开枪之后将承担严重的后果。

"我们从来都不是恋人。"莫拉的声音如此虚弱，以至于她担心卡门能否在汽车喇叭的咆哮声中听到，"他们也不是。"

"骗子。"卡门的目光猛地瞪回到莫拉的身上，"你和她一样。因为她，他离开了我。"

"那不是安娜的错——"

"就是她的错。现在，是你的错。"她的注意力一直集中在莫拉身上，并没有注意到刺耳的刹车声。又一个声音大喊道："巴拉德警官！放下手枪！"

是里佐利。

卡门又侧头看了一眼，她在做最后一次权衡。现在有两把枪正对着她，她已经输了。不管她做出什么样的选择，她的生命都已经结束了。当卡门低头盯着莫拉时，莫拉能从那双眼中看到她最终做出的决定。

莫拉看着卡门伸直了手臂，瞄准了她，准备开出最后一枪。她看着卡门握枪的手渐渐收紧，即将扣下扳机。

爆破声吓了莫拉一跳。卡门被枪击中，往一边踉跄了几步，然后倒下了。

莫拉听到了沉重的脚步声，还有越来越近的警笛声。一个熟悉的声音在她耳边响起："我的天哪，医生！"

她看到里佐利的脸出现在面前。街上灯火通明，周围有一群影子正在向她靠近。是鬼魂，它们正迎接她去往另一个世界。

32

这次莫拉换了一个身份。她成了一个病人,而非一位医生。当她躺在轮床上被推进大厅时,天花板上的灯从她眼前掠过。戴着手术帽的护士时不时低头看她一眼,眼中充满了关切。床下的轮子吱吱作响,护士微微喘着气,推着她穿过双扇门进入手术室。各种不同的灯光照在她的头上,越来越刺眼,就像验尸房的灯一样。

莫拉闭上了眼。护士把她抬到手术台上时,她想到了安娜。安娜也曾赤裸着身体,躺在同样的灯光下,身体被剖开,接受陌生人的注视。她感觉到安娜的灵魂正在她的头上盘旋,凝望着她,就像莫拉曾经俯视安娜那样。安娜,她想。戊巴比妥[①]注入了她的血管,眼前的光在渐渐地消失。你在等我吗?

但当她醒来的时候,看到的并不是安娜,而是简·里佐利。日光透过百叶窗的缝隙照进了屋子,当里佐利倾身看向莫拉时,光在她的脸上投出了一道道明亮的横条。

"嗨,医生。"

"嗨。"莫拉轻声回答道。

"你感觉怎么样?"

---

① 戊巴比妥,镇静剂。用于全身麻醉及缓解中枢神经兴奋中毒。

"不太好。我的胳膊……"莫拉痛得咧了咧嘴。

"看来需要再给你用些药了。"里佐利伸手按下了呼叫铃。

"谢谢。谢谢你为我做的一切。"

护士走进病房,给她注射了一剂吗啡,其间两人一直保持着沉默。护士离开后,沉默仍在持续,接着药物开始渐渐起效。

莫拉轻声说道:"里克……"

"抱歉,你知道他已经……"

我知道。

她眨了眨含着泪的眼睛:"我们从来都没有机会。"

"她不会让你有机会的。你车门上的爪痕也是因为他,为了让你离开她的丈夫。被敲碎的窗户,邮箱里的死鸟——安娜本以为是卡塞尔做的,但其实一直都是卡门。她想吓唬安娜,让安娜离开城里,离她的丈夫远点儿。"

"但是后来安娜又回到了波士顿。"

里佐利点了点头:"她再一次回来,是因为她知道自己有一个姐姐。"

我。

"卡门发现他的'女朋友'又回到了城里。"里佐利说,"安娜曾经在里克的语音信箱留下过一条信息,你还记得吗?她的女儿听到了,然后告诉了妈妈。卡门原本一直对复婚抱有希望,但那个女人又搬回来了,回到了她的地盘、她的家庭。"

莫拉想起了卡门对她说过的话:他不属于你。

里佐利说:"查尔斯·卡塞尔跟我说了一些关于爱情的看法。他认为,有一种爱是无论如何都不能放手的。这听起来似乎很浪漫,不是吗?'直到死亡把我们分开。'但是你想想看,有多少人是因为爱人不肯放手、不肯放弃而被杀。"

吗啡已经通过血液在全身扩散开来。莫拉闭上眼睛,准备迎接药物发挥的作用。"你是怎么知道的?"她轻声呢喃道,"你是怎么想到卡门的?"

"黑爪子弹,我是顺着那颗子弹的线索想到的。可我被兰克一家转移了注意力——那个'野兽'。"

"我也是。"莫拉轻声说。她感觉到吗啡正促使着她进入睡眠状态。"我想我已经准备好了,简。我准备好听那个答案了。"

"什么答案?"

"阿玛提亚,我必须要知道。"

"你想知道她到底是不是你的生母?"

"对。"

"就算她是,也不能说明任何问题,只是生物学上的关联。你非要知道这个做什么?"

"真相。"莫拉叹了口气,"至少我能知道真相。"

真相,里佐利一边走向自己的车一边想。抱着"自己不是怪物的后代"这最后一丝微弱的希望难道不是更好吗?但莫拉依然要求听到事实,而里佐利清楚,事实是残酷的。目前为止,搜查小组已经在森林的山坡上发现了两具女性尸体,距离马蒂·普维斯被囚禁的地方不远。还有多少孕妇曾经历过被关在同一个箱子里的恐惧?有多少女性曾在一片黑暗中醒来,冲着坚不可摧的木墙尖叫大喊?又有多少人像马蒂一样,意识到自己只是被当作一个活生生的孵化工具,而等着她们的只有可怕的结局?

我能在那样的恐惧中幸存下来吗?我永远都不会知道答案,除非我变成被关在箱子里的那个人。

当她到达停车场时，发现自己正不自觉地检查着车的四个轮胎是否完好，还扫视着周围的车辆，查看是否有可疑的人。这份工作就是这样，她想，你会开始觉得周围的一切都是邪恶的，即便事实并非如此。

里佐利坐进斯巴鲁，发动引擎。她静静地待了一会儿，空调吹出的冷风让车内的温度渐渐降了下来。她从包里掏出手机，心想着：我要听到加布里埃尔的声音，我要确定自己不是马蒂·普维斯，我的丈夫确实是爱我的，就像我爱他那样。

电话在响完第一声后就被接起了："我是迪恩探员。"

"嗨。"她说。

加布里埃尔有点儿惊讶地笑了出来："我正要给你打电话。"

"我想你了。"

"就等着听你这句话呢，我在去机场的路上。"

"机场？所以你——"

"我要赶下一班飞波士顿的航班。今天晚上和你的丈夫约会怎么样？可以暂时把我安排上吗？"

"永远都可以。快回家来吧，拜托，早点儿回家。"

电话那边停顿了一下，然后他轻声问道："你还好吗，简？"

泪水突然涌出了她的眼眶。"哦，只是该死的孕激素在作祟。"她擦了擦脸，笑着说，"我立刻就想见到你。"

"你别急，我已经在路上了。"

里佐利微笑着开车前往纳提克的另一家医院，去看望另一位病人，也是这场杀戮中的另一位幸存者。这真是两位特别的女人，她很荣幸能同时认识她们。

医院附近的停车场里全是转播车，大厅入口也挤满了记者，看来新闻界也认为马蒂·普维斯是一位值得去了解的女性。里佐利只好穿过记者群进入大厅。"被埋在箱子里的孕妇"在全国范围内掀起了一股新闻热潮，里佐利向两名不同的警卫人员出示了证件之后，才终于被允许敲开马蒂的病房门。见屋里没有人回答，她直接走进了房间。

电视还开着，但是没有声音。图像在屏幕上不断闪烁，却并没有人在看。马蒂躺在病床上，闭着眼睛，这时的她看起来一点儿都不像婚纱照上那个干净漂亮的年轻姑娘。她肿胀的嘴唇还泛着瘀青，脸上布满了伤痕。她的手背上用胶带粘着一根静脉输液管，手指上结满了痂，还有一根手指的指甲断掉了，看起来像一只野兽的爪子。但马蒂的表情十分平静，她并没有在做噩梦。

"普维斯太太？"里佐利轻声叫她。

马蒂睁开眼睛眨了几下，然后注意力才集中在了她的访客身上。"哦，里佐利警探，你又来了。"

"我觉得我应该来看看你，今天感觉怎么样？"

马蒂深深叹了口气："好多了，现在几点了？"

"快到中午了。"

"我睡了一上午？"

"你应该好好休息一下。别，不用坐起来，舒舒服服地躺着就行。"

"但是我已经躺累了。"马蒂掀开被子坐了起来，没有打理过的头发软塌塌地缠在一起。

"我在育儿室的窗口看到你的宝宝了，她真漂亮。"

"是吧？"马蒂笑了，"我准备叫她罗丝，我一直都很喜欢这个名字。"

罗丝。里佐利浑身颤了一下。这只是个巧合,是宇宙中那些无法解释的交会点之一。爱丽丝·罗丝。罗丝·普维斯。一个女孩早已去世,而另一个才刚刚开始她的人生。一条线,尽管是那么脆弱,却跨越了几十年,将两个女孩的生命联系在了一起。

"你还有什么问题要问我吗?"马蒂问道。

"嗯,实际上……"里佐利拉了一把椅子,在病床边坐下,"昨天我已经问过你很多问题了,马蒂,但是我还从来没问过你是怎么做到的,是怎么撑过来的。"

"怎么撑过来?"

"保持着理智,而且始终没有放弃。"

马蒂嘴角的笑容消失了,她睁着大大的、忧郁的眼睛看着里佐利,轻声说道:"我也不知道我是怎么做到的。我甚至从来没想过我能……"她停了一下,"我想活下去,仅此而已。我也想让我的孩子活下去。"

两人沉默了片刻。

接着里佐利说:"我应该提醒你小心外面的媒体,他们总想从你嘴里问出点儿什么。我刚刚过来的时候医院门口围着一大堆人,我费了好半天劲才进来。目前看来,医院已经在采取措施让他们离你远一点儿了,但是等你回家的时候就不好说了,尤其是因为……"里佐利停住了。

"因为什么?"

"我只是想让你提前做好准备,别的没什么了。不要让任何人强迫你做不想做的事。"

马蒂皱了皱眉,目光移到了正在静音播放的午间新闻上。

"每个频道都有他。"她说。

电视屏幕上，德韦恩正站在一大片麦克风前，马蒂伸手拿起遥控器调大了音量。

"这真是我人生中最幸福的一天，"德韦恩对着一大群记者说道，"我的妻子和女儿回来了。这一切对我来说真是一次无法描述的磨难，一场你们任何人都无法想象的噩梦。感谢上帝，感谢上帝给了我们一个美好的结局。"

马蒂按下了"关机"键，但她的目光依然停留在漆黑的电视屏幕上。"这一切都不像是真的，"她说，"好像一切都从来没有发生过一样。这就是为什么我还能冷静地坐在这里，因为我不相信我真的在那里待过，在那个被埋在地下的箱子里。"

"你确实经历了这些，马蒂，你需要时间来消化这件事。你可能会做噩梦，梦到自己又经历一遍。或者当你坐电梯时，会突然间觉得自己又回到了那个箱子里。但一切都会好起来的，我向你保证。你只要记住一切都在变好，就够了。"

马蒂含着泪看着她："你也经历过吗？"

是的，里佐利想。她合上双手，将掌心的疤痕掩盖起来。这是她经历过的磨难，也是她曾经战斗过的证据。活下来只是第一步。

门外传来了敲门声。里佐利起身，德韦恩·普维斯走了进来，他手里捧着一束玫瑰花，径直走向妻子的病床边。

"嗨，宝贝。我本来想早点儿上来的，但是下面围了太多人，他们都想来采访我。"

"我们在电视上看到你了。"里佐利说。尽管看着德韦恩的时候，她仍会想到在纳提克警察局审讯他时他说的话，但她依然努力保持着平静的语气。哦，马蒂，她想，这个男人配不上你，你值得更好的。

德韦恩转头看向里佐利。他穿着量身定制的衬衫，领带整齐地打着结，身上须后水的味道盖过了玫瑰的香气。"我表现得怎么样？"他迫切地问。

她说了实话："你看起来完全像个专业人士。"

"是吗？那太棒了，所有摄像机都在那儿，每个人都兴奋得不行。"他看着妻子，"亲爱的，我觉得我们应该记录下这一切。我们要把这些时刻记录下来。"

"什么意思？"

"就比如说，现在，此时此刻，我们就应该拍一张这个时刻的照片。你正躺在病床上，我给你送了一束花。我已经拍过孩子的照片了，我让护士把她抱到了窗边。但我们还需要特写镜头，也许是你抱着她。"

"她叫罗丝。"

"而且我们两个也还没有拍过照片，肯定也需要几张我们的合照。我把相机带来了。"

"我都还没有梳头，德韦恩。我看起来很糟糕，现在不想拍照片。"

"来吧。他们都要求看照片。"

"他们是谁？你要把照片拿给谁看？"

"这些我们待会儿再谈。我们还有时间，可以慢慢商量这些事。如果配上照片，整个故事就更有价值了。"他从口袋中掏出一台相机递给里佐利，"来，帮我们拍张照片吧。"

"这要看你妻子愿不愿意。"

"没事的，没关系。"他坚持道，"就拍一张。"他靠在马蒂身边，将手里的玫瑰花递给她，"这样怎么样？我把花递给她，看起来一定会很棒。"他灿烂地笑着，牙齿闪闪发光，是温柔体贴的丈夫在照顾他的妻子。

里佐利看了看马蒂,从她的眼里看不出任何反抗,只有一种奇怪的表情,像是火山一般的光芒。她举起了相机,将取景框对准了这对夫妻,然后按下了快门。

闪光灯闪了一下,刚好捕捉到马蒂·普维斯拿起玫瑰花束狠狠砸向丈夫的脸的画面。

33

四周后。

这次她不再演戏了，也没有装疯卖傻。阿玛提亚走进私人探视室，在桌前坐下。她看向莫拉的眼神清澈明亮，神志清醒。之前凌乱的头发梳成了一条整齐的马尾，五官变得更加突出了。莫拉盯着阿玛提亚高高的颧骨和直勾勾的眼神，心想：为什么我之前会拒绝看到这张脸呢？答案太明显了：因为这就是二十五年后我自己的脸。

"我就知道你会回来的，"阿玛提亚说，"现在你果然来了。"

"你知道我为什么要来这儿吗？"

"你已经拿到检测结果了，对吗？现在你应该知道我之前说的是实话了吧，即使你并不想相信我。"

"我需要证据。人们总是会撒谎，但 DNA 不会。"

"不管怎么说，你现在一定已经知道答案了。甚至在你拿到那宝贵的检测结果之前，你就已经知道了。"阿玛提亚靠在椅子上，用近乎是亲密的眼神微笑着看着她，"你的嘴巴很像你爸爸，莫拉。你知道吗？你的眼睛、颧骨都像我，我从你的脸上能看到我和伊利亚的影子。我们是一家人，有着同样的血脉——你、我、伊利亚，还有你的弟弟。"她停顿了一下，"你知道你的弟弟是谁了吗？"

莫拉咽了咽口水。"知道。"

那个你唯一留下的孩子。你把我和妹妹卖掉了,却留下了你的儿子。

"你还没有跟我说过塞缪尔是怎么死的,"阿玛提亚说,"那个女人是怎么杀了他的?"

"她是出于自卫,你只需要知道这一点就够了。她除了反击别无选择。"

"谁是马蒂·普维斯?那个女人是谁?我想再多了解她一些。"

莫拉没有说话。

"我在电视上看到了她的照片。她看起来很普通,我想不通她是怎么做到的。"

"人为了活命什么事都做得出来。"

"那她住在哪儿?哪条街?电视上只说她住在纳提克。"

莫拉注视着母亲那双漆黑的眼睛,突然感到一阵寒意。但并不是为她自己,而是为马蒂·普维斯。"你问这些做什么?"

"作为一个母亲,我有权知道。"

"母亲?"莫拉差点儿笑出声,"你真觉得你配得上这个称呼吗?"

"但我确实是他的母亲,而你确实是塞缪尔的姐姐。"阿玛提亚凑近了一些,"我们都有权知道。我们是一家人,莫拉,再没有什么比血缘更牢靠的了。"

莫拉看着那双和自己像得可怕的眼睛。在那里,她看到了智慧,甚至可以说是光彩,但那道光是扭曲的光,是破碎的镜子反射出的扭曲的光。

"血缘说明不了任何事情。"莫拉说。

"那你为什么还来这儿？"

"我来是为了最后再看你一眼，然后我就会离开。因为我已经决定了，无论 DNA 的结果如何，我的母亲都不是你。"

"那是谁？"

"是那个爱我的女人，而你不懂得什么是爱。"

"我爱你的弟弟，现在也可以爱你。"阿玛提亚越过桌子，抚摸着莫拉的脸颊。她的手是那么柔软，就像一位真正的母亲那么温暖。"给我一个机会。"她轻声说。

"再见，阿玛提亚。"莫拉站起身按下呼叫按钮，对警卫说，"我说完了，准备离开了。"

"你会回来的。"阿玛提亚说。

莫拉并没有理睬，甚至走出房间时都没有回头看她一眼。她听到阿玛提亚在身后大喊道："莫拉！你会回来的！"

访客更衣室里，莫拉取回她的钱包、驾照和信用卡，这一切可以证明她身份的东西。但这一次，她已经知道自己是谁了。

也清楚自己不是谁了。

室外，夏日炎热的午后，莫拉停下脚步深深地吸了一口气。日光的温暖清除了她肺里来自监狱的污秽，阿玛提亚·兰克的毒素也被清理一空。

她的脸上，她的眼里，都带着家族的证明，她的身体里也确实流着杀人犯的血，但恶魔的基因并不会遗传。尽管她基因里可能存在邪恶的潜能，但每个孩子出生的时候都是这样。从这个角度来说，我并没有什么不同。我们都是怪物的后代。

她离开了那栋囚禁着灵魂的建筑。面前是她的车，还有回家的路。她没有回头。

无名氏 ————
"妙女神探"系列短篇故事

1

莫拉·艾尔斯医生并不喜欢参加鸡尾酒会。在一个满是陌生人的房间里转来转去，简直就是受刑。然而她还是站在了这里，手拿着一杯香槟，站在一只霸王龙的脚下。莫拉不擅长应酬，霸王龙化石也不会指望她跟自己微笑或者聊天。在霸王龙的陪伴下，她第十次阅读了那块信息公告牌，并为此感到开心，因为这次她总算不用和那些成群结队的孩子争夺地盘了。今晚是仅限成年人的活动，是一场正式的招待会，以感谢波士顿科学博物馆的捐赠者。作为慈善委员会的一员，莫拉在演讲开始之前是不能从晚会上溜走的。她只好勉强笑着，小酌着酒杯里的香槟，看着身穿燕尾服的男士们和身着晚礼服的女士们从她身边经过，那些人聊天的闲情逸致和欢呼雀跃是莫拉从未有过的。

"你看起来和霸王龙很亲密。"一个男人的声音在她耳边响起。

莫拉转过身，看到一个迷人的黑发男人正对着她微笑。虽然她穿了十厘米高的高跟鞋，他还是比她高，穿着精致的燕尾服，裁剪合身。莫拉瞥了一眼他身上挂着的名牌，看到他的名字叫伊莱·乔高，贴在他名字上方的金色圆点说明他是博物馆的高级捐赠者。

"看来你也是慈善委员会的一员。"他说着，一边看着她的名牌，就像她刚刚那样，"今天是个不错的夜晚，艾尔斯博士。"

她以微笑回应。"这可不能算作我的功劳。我只是写了张支票,挂了一个名字。"她握了握他的手,"感谢您的慷慨捐赠。我们希望城里的每个孩子都能对科学充满热情。"

"我在你的名字前面看到了'博士'两个字。"他指着她的名牌,"所以你是医学博士还是博士学位的博士?"

"医学博士,我是一名法医病理学家。你呢?"

他充满敬意地耸了耸肩。"比你差多了。我的工作就是支持我认为有意义的事业。"

这正好解释了他名牌上的金点。他没有具体的职业,因为很显然他非常有钱。

"那你认为哪些事业是有意义的?"她问。

"其中一项就是扶持年轻科学家,所以今晚我们两个才会同时穿着舞鞋站在这里。"

"舞鞋?"她撇了撇嘴,"我穿着这双鞋更像是个瘸子,只能坚持两个小时。"

他低头看了看她的高跟鞋:"那两个小时后会怎么样呢?"

"要么它们被我踢掉,要么我被别人抬走。"

"两种情况听起来都很让人兴奋呢。"

她笑了起来,然后惊讶地发现自己正在和一个迷人的陌生人调情。她快速确认了他的手上没有结婚戒指。这个夜晚变得更有趣了:香槟更加美味了,她的脸也渐渐泛起了动人的红晕。

"你是一个人来的吗?"他问道,然后环顾周围,寻找她的同伴。

"没错。我在这里履行我的公民义务。"

"所以存在一位艾尔斯先生吗?"

她叹了口气:"很遗憾,并没有。你呢?"

"除非算上我的母亲，不然这里是没有乔高太太的。看来这对今晚来说是件好事，正因为这样我才能和一位穿着漂亮礼服的美丽女士一起毫无罪恶感地聊天。"

"嗯，"她笑着说，"看起来这是你的惯用话术了。"

"但今晚我是认真的。"他低头看了看她已经空了的酒杯，"我再去帮你续上，前提是你得保证不会消失。"

她把杯子递给他："谢谢你能帮我免除走去吧台的痛苦。"

"马上回来。告诉霸王龙先生别乱来。"

他迈着自信的脚步，端着她的香槟酒杯走开了，和那些身穿燕尾服的男士们一样。就在他走出视线的时候，音响发出了嗡嗡的声音。

"女士们先生们，大家晚上好！我是乔治·吉尔曼，很高兴看到有这么多人关注这座城市博物馆。这座博物馆正在用各种各样的方式丰富着我们的城市，激励着我们的孩子，唤醒我们对科学的好奇……"

莫拉对高跟鞋的忍耐已经快要到达极限。乔治·吉尔曼的介绍结束时，她已经靠在了一根柱子上，试图减轻麻木的脚趾所承受的压力。博物馆馆长拿起话筒，讲述起了他们作为教育家以及科学家的使命，这也是莫拉所深信的。她的目光停留在演讲者的身上，但她几乎听不清他在讲些什么，因为她被吵闹的人群还有酒精分散了注意力。除此之外，还有一个陌生人。

突然间，他回到了她身边。"给。"他低声说着，把满满一杯香槟递到了她的手中，"我错过了什么？"

"开场介绍。"

"霸王龙先生有没有不老实？"

"他一直都是个好孩子。"她一边抿着酒一边说。

"你吃过晚饭了吗?"

"那些甜点本身就可以当作晚饭了。"

"我来得太晚了,没机会品尝。所以……"

"所以?"她看着他。

"等演讲结束,跟我一起去一个吃甜点的地方吧。"

他正盯着她,就像在看甜点一样。香槟给她壮了胆,甚至让她变得有些鲁莽,但她从他眼中看到的东西让她有些犹豫了。她又喝了一口酒,给自己一点儿时间考虑要不要接受他的邀请。

"我们才刚认识,伊莱。"

"没错,但我可是戴着特殊的金点的人。"他一边说着,一边敲着自己的名牌,"这还不足以说明什么吗?"

现在她只能微笑。如果有那么一个场合能见到一些体面的大人物,那就很可能是在招待会上。她刚刚从他眼中看到的情愫,还有她自己心底的悸动都不重要了。

"演讲结束之后吧。"她说。

"当然,我们就是来这里听演讲的。"

"我还想听听有关你的事情。除了支持这些事业,你还做些什么?"

"吃甜点。我知道一个很棒的地方,一家法国咖啡厅,就在这附近。他们店里的草莓塔非常正宗,而且离这儿很近,我们可以走着去。"

"哦,"她低头看了看自己的鞋子,"千万别提'走'这个字。"

他同情地点了点头,说:"我可以帮你安排其他交通工具。南瓜马车,豪华轿车,或者担架。"

"甚至连南瓜马车听起来都非常不错了。"

今晚的演讲者拿起了麦克风,这是一位麻省理工学院杰出的气候学家。莫拉喝光了杯中的香槟,准备倾听接下来关于厄运的悲观演讲。极地冰川在逐渐缩小,浮游植物也正在消失。她只穿了一件丝质吊带裙,室内很暖和,而且并不通风。

"……鉴于我们学校取得的最新科研成果,国家应该如何机智地应对这些全球性的挑战呢?"

莫拉看了看其他参会者。他们不觉得热吗?四周都是穿着宝石色礼服的女士,看起来冷静而端庄。

她感觉到一只沉稳的手放在了她的手臂上,她抬起头,看到了伊莱的脸。

他从她手中接过空香槟酒杯,放在了附近的托盘上。"我想你需要透透气了。"他说。

"……这就是我们如今所在的地方,一个被迅速崛起的亚洲科学强国映衬得黯然失色的国家,在这里……"

阳光刺痛了她的眼皮。莫拉转过头,想要避开那道强光,但它正像一盏加热灯一样照在她的脸上,灼热到足以烧焦她的皮肤。她的嘴巴很干,头也很痛,而且那该死的电话铃还响个不停。

她睁开眼睛,眯着眼望着从客厅窗户照进室内的阳光。我怎么不在床上?莫拉努力地集中精力观察周围,看到了家里的茶几、波斯地毯,还有书架。一切都很正常。

除了我。我怎么会睡在沙发上?

电话铃不再响了。

她呻吟着坐起身,感觉整个房间都在晃动。她只好再一次躺下，翻了个身，双手捂着脸。她突然意识到自己还穿着前一晚在科学博物馆招待会上穿的衣服，吊带裙的丝绸被她睡得皱皱巴巴，茶几下还有一只高跟鞋。另一只鞋子在哪里？她已经想不起来了。

很多事情她都想不起来了。她昨晚是怎么回的家，又是怎么从前门走进屋的？

她又一次慢慢地直起身子，房间终于不再晃动了。她在地板上发现了钱包，旁边还放着钥匙。我一定是自己开车回家的，她想。我打开了家门，一头倒在了沙发上。

为什么我一点儿都想不起来了？

莫拉站了起来，像个喝醉的女人一样跟跟跄跄。她跌跌撞撞地走进了厨房，喝了整整两大杯水。她贪婪地一饮而尽，水顺着下巴流了下来，但她并不在乎。终于不渴了，她靠在台子上，感觉自己比刚刚更冷静，也更有力气了。厨房的时钟显示现在是十一点三十五分。虽然今天是星期天，但她即使在周末也不会睡到这么晚。

昨天晚上我是怎么了？为什么我记不起来了？

她低头看了看自己的裙子。除了有点儿皱，还有一些溅上去的水渍以外，裙子完好无损。她还穿着连裤丝袜，左腿的袜子有些脱丝。她并没有被抢劫，因为钱包和钥匙都还在……

钱包。

她赶紧跑到客厅，拿起晚装包，在包里找到了名片盒、口红还有钱包。钱包被打开过了，她变得更加恐慌。她打开钱包，看到信用卡都还在，不由得松了口气。但是她的驾照不见了。等等，驾照就在那儿，在开着口的钱包下面压着。

门铃响了。

她转过身，心跳忽然加速。难道答案就站在她家门口吗？虽然刚刚喝完了两杯水，但当她打开门的时候，喉咙又开始干涩。这一次是因为焦虑。

简·里佐利警探摘下了墨镜，对着身穿正装的莫拉皱起了眉。"中午之前穿正装是有什么说法吗？"她问道。

莫拉伸手抓了抓乱蓬蓬的头："哦，天哪。简，我现在很混乱。"

"怎么了？"

"不知道。我不知道发生了什么。"

简走进屋子，关上了门。"看上去你需要坐一会儿。"她说着，带莫拉坐到了沙发上，"刚才那一个小时我一直在打电话给你，你在哪儿？"

"在这儿。"莫拉低头看着白色的靠垫，突然笑了起来，"就在这儿，真的，我醒来的时候就在这儿。"

"在沙发上？那你昨天晚上一定很疯狂吧。"

莫拉头痛地闭上了眼睛，她看都不用看就知道，简正在用警察审犯人的无情眼神看着她，而她现在不想面对这张脸。莫拉双手捧着头，说道："你怎么来了？"

"因为你一直不接电话。"

"今天是星期天，我不会随时待命的。"

"这我知道。"

"那你为什么还要来找我？"回应她的是一阵沉默。莫拉抬起头，发现自己对上了简的目光。运用手术刀是莫拉的工作，现在却是简在对她刨根问底，而莫拉不喜欢做那个被"解剖"的人。

"我刚从凶案现场回来。"简说，"在欧姆斯特公园的泥水河岸边发现了一具尸体,就在莱弗里特池塘南边。"

"这不是我的案子,起码今天不是,你为什么要跟我说这些?"

"因为我们认为你可能认识他。"

莫拉坐直了身子,看着她:"谁?"

"问题就在这儿,我们也不知道他是谁。尸体身上没有发现钱包,也没有手机。目前看来,是个无名男尸。"

"那你为什么会觉得我认识他?"

"因为我们在他胸前的口袋里发现了你的名片。"

"他能从各种途径得到我的名片,我会给任何一个可能合作的人递名片——"

"名片背后写着你的家庭住址,莫拉。"

莫拉静静地坐着,仍在努力摆脱心中的困惑。她几乎不会向任何人透露个人信息——电话号码不会,家庭住址更不可能。她非常看重隐私。"这个人,"她轻声问道,"他长什么样子?"

"黑头发,四十多岁,体格健壮。我想你应该会觉得他长得帅。"

莫拉抬起头:"他穿的是什么?"

"真有趣,你竟然会问这个问题。"简说着,看了一眼莫拉身上的衣服,"他穿着一件非常帅气的燕尾服。至少,在有人用刀捅他之前,那是一身非常帅气的衣服。"

莫拉猛地站了起来。"不好意思。"她喘着粗气跑进了浴室,差点儿来不及。在马上就要干呕出来的时候,她趴到了马桶上,却除了水什么都没吐出来。刚刚猛灌下去的两杯水就这么又被她吐了出来。她虚弱地颤抖着,几乎没有听到简的敲门声。

"莫拉?你还好吗,莫拉?"

"我马上……马上就出去。"莫拉摇摇晃晃地站了起来,盯着镜子里的自己。往常她总是精心打理的头发变得乱七八糟,她的脸呈现出病态的苍白,还有一抹被蹭花的口红。

死者穿着一身燕尾服。

她打开水龙头,冲了两遍脸,把剩下的妆洗净。她弯腰凑近洗脸池,把水拍在脸上。一个黑头发的男人,冲着她微笑。她想起了昨晚那个五彩斑斓的场景,身穿晚礼服的女士们站在他们周围。还有一杯香槟。

她站直了身子,水滴在吊带裙上。她再也不想穿这件衣服了。她拉开拉链,脱下裙子,连同内衣裤一起。她迫不及待地想要挣脱身上的一切,因为她觉得它们都已经脏了,被污染了。她把衣服扔在了角落,因为她清楚这些都是证据,不能洗。不仅如此……

她还不能洗澡。

莫拉在卧室里穿上了牛仔裤和 T 恤衫。但是她觉得干净衣服一碰到自己没有洗过澡的皮肤就被污染了,因为她本身是脏的——或者可能是脏的。

当她回到客厅时,简正在打电话。她看了一眼莫拉,连忙挂断。

"我想看看尸体。"莫拉说。

"他现在可能正在去太平间的路上。"

"你有照片吗?"

"有。我拍了一张,因为觉得你可能会想看看。"简在手机上找到了那张照片,但她在把手机递给莫拉之前停住了,"你确定要看吗?"

"我需要确认一下是不是他。"她接过简的手机,盯着屏幕里死者的脸。她想起了他将香槟递给她的时候是如何微笑的,还想起了那块带着金点的名牌。"伊莱·乔高。"她说。

"这是他的名字?"

"对。我昨晚在科学博物馆举行的招待会上见过他,他是捐赠者之一。"

"好吧,现在我们知道他的名字了。"简拿回手机的时候,目光还停留在莫拉的身上,"你现在要跟我讲讲剩下的故事吗?因为我觉得还有其他事情。"

"我需要去趟急诊室,简。"

"你生病了吗?"

"有可能,我要去确认一下……"莫拉走到扶手椅边上,坐了下来,"虽然我不觉得这件事发生过,但我还是得去做个检查,查一下我是不是被强奸了。"

"你自己不知道?"

"我想不起来了!"莫拉把头埋在了手里,"我不记得是怎么回家的,也不记得我是怎么在沙发上睡着的。"

"那你都记得些什么?"

"招待会。我在那儿见到他,我们当时一起离开了博物馆,那时候我觉得头很晕。我记得我们进了停车场,然后……"她摇着头,"再然后,我就记不清了。"

"但是不管怎么说,你最后还是回到家了。你的车还在吗?"

"我还没出去看过。"

简走出了客厅。几秒钟之后,她回来了。"你的车不在车库里。"

"但是我的钥匙还在。"她指了指地板。

"那就是有人开车送你回的家。有人打开了你的家门,把你扔在了沙发上。"

是那个在她的香槟里下药的人吗？那个已经被刺死的人？

简安抚地拍着莫拉的肩膀。"我开车带你去急诊，好吗？我还需要你的衣服，你昨晚穿过的衣服。"

"在浴室地板上。我身上所有的衣服都在那儿，我的内衣、丝袜。"莫拉叹了口气，"我知道这些规矩。"

"你也明白我现在遇到了问题，莫拉。你昨晚偶遇的人被人谋杀了，而你想不起来昨晚是怎么结束的。"

莫拉抬头看着她："我想我们都碰上麻烦了。"

2

简已经习惯了看到莫拉镇定自若的样子,她看起来总是一切都尽在掌握,即使是在尸检台边,亡灵女神也丝毫没有动摇过。因此,当莫拉穿着医院的病号服坐在急诊室里,看起来脆弱不堪的时候,简感到非常震惊。一根针扎进了她的静脉,深红色的血液流进了采血管,莫拉向后畏缩了一下。

"这是要做药物检测吗?"

"村田医生要进行一系列血液和尿液检测。"护士解开了止血带,将纱布贴在针孔上,全程就只说了这么一句话。"这些都是必要的检查。等下你在出院表上签个字,就随时可以离开了,艾尔斯医生。检查结果出来的时候我们会电话通知你。"她拿着采血管走了出去,拉上了病床旁的窗帘。

"谢谢你,简。"莫拉轻声说道,"谢谢你在这里陪我。"

"感觉好点儿了吗?"

"嗯。所以现在看来我没有……"莫拉还没说出这个词,声音就渐渐变弱了,"我只是想确认一下。"

"即便如此,"简说,"我们还是要留着你昨晚穿过的衣服,以及所有收集到的痕迹证据。"

莫拉皱眉道:"你要留着我的指甲屑?"

简还没来得及回答,手机就响了。"不好意思。"她一边说着，一边走了出去，直到走廊尽头，这样莫拉就听不到她的声音了。"我是里佐利。"她接起电话说。

"你猜怎么着？你给我的那个名字，伊莱·乔高……"是她的搭档，巴里·弗罗斯特警探。

"你联系到他的家人了？"

"不仅如此，我联系到了他本人。乔高先生并没有死，他正和他的男伴住在培根街上。"

"男伴？"

"没错。他说他确实是科学博物馆的捐赠者，但是因为昨天还有别的安排，所以并没有参加招待会。艾尔斯医生昨晚遇见的那个人一定是拿走了桌上剩下的其中一枚名牌。"

"这是未经邀请闯进派对的典型手段。不过在那种人群聚集的场合，这样做也是有风险的。那个圈子里的人有可能互相认识。"

"我给博物馆打过电话，他们已经整理好了监控录像。昨晚有四百名客人参加了招待会，所以很容易就能溜进去。如果他是穿着燕尾服去的，那他一定是个惯犯。真是的，我甚至连一件燕尾服都没有。"

"所以我们又回到了原点。那具无名男尸究竟是谁？"

"艾尔斯医生昨晚不是和他在一起吗？她不知道吗？"

"她说她记不起发生过什么了。莫拉的车呢？你找到她的车了吗？"

"找到了。车还停在博物馆的车库里，她说她昨晚把车停在那儿了。车锁着，没有什么异常之处。"

"如果她的车还停在博物馆，那一定是他开车送她回家的。"

"所以他的车在哪儿？尸体附近没有发现任何车辆。"弗罗斯特说。

她回想着波士顿的地图,如果开车从科学博物馆一路到莫拉的家,那死亡现场就在半路。她不喜欢这条线索代表的种种可能性,因为这意味着无名男尸很可能是在前往莫拉家的途中被杀害的,也就是说,事发时她可能和凶手在一起。

或者她就是凶手。

"查一下莫拉家附近街区的汽车,"简说,"任何不属于街区住户的车。"

"你该不会是认为……"

"我们必须这样,弗罗斯特,我们没得选。"她抬起头,看到莫拉正从检测室里走出来,她已经换好了衣服,"目前,她是我们唯一的嫌疑人。"

那辆车就停在莫拉家的街对面,是一辆带着马萨诸塞州车牌的黑色别克君越,车辆注册信息显示车主是克里斯托弗·斯坎伦。附近的居民都不认识这辆车,他们只知道一觉醒来它就停在这儿了。

"打开了。车钥匙还插在锁孔里。"弗罗斯特说,"你再看看那是什么。"他指了指副驾驶座的下面,简看到了一只女士高跟鞋,她的心也跟着震了一下。这只鞋和她在莫拉家茶几下面看到的那只是一对。

"拖车正在路上。"弗罗斯特说,"一旦把车拖回实验室,我敢保证犯罪现场调查组还会在车上找到她的指纹。"

"天哪,事情越来越糟糕了。"

"她要是别人,这会儿我们就该给她宣读权利了。"

"但她不是别人，"简说，"她是莫拉。"

"我们都清楚有些警察希望看到她被拘留。"莫拉最近在法庭上的证词将一名波士顿警察送进了监狱，因此很多警察都认为她的做法是对那道细蓝条[1]的背叛。

"我们对克里斯托弗·斯坎伦了解多少？"她问。

弗罗斯特调出了记录在智能手机上的数据，说："克里斯托弗·斯坎伦，四十岁，身高一米八九，体重八十二公斤。棕色头发，蓝眼睛。"他给她看了看那个人驾驶证上的照片，"看起来像是我们的受害者。"

"所以他不再是无名氏了。"

"还有这个。法医鉴定中心对受害者进行了自动指纹识别，结果在数据库中找到了斯坎伦。他有两次被捕记录，都是因为猥亵和暴力。"

"他是强奸犯？有被定罪吗？"

"没有。看起来我们的受害者是个非常坏的家伙，而且一直逍遥法外。"

但这次不是。简一边这样想着，一边穿过街道回到了莫拉的家里。

她发现莫拉依然坐在厨房，还是刚刚坐的那个位置，她的咖啡看起来也没有动过。简走进厨房时，她连头都没有抬。

"是他的车吗？"莫拉问。

"看起来是。他的真实姓名是克里斯托弗·斯坎伦，住在——曾经住在——布伦特里。你回想起什么来了吗？"

"我告诉过你了，昨晚之前我从没见过那个男人。"

---

[1] 细蓝条，源自美国蓝条旗。美国蓝条旗由七条黑条、五十颗白色星星以及一道蓝条组成。其中的细蓝条代表了对于保护社会秩序的英雄们的尊敬和敬佩。

简忍不住看了看厨房料理台上的木质刀架，看着其中一个空了的刀槽。

"是三叉牌①的刀吗？"莫拉轻声问道。

"什么？"

"杀害受害者的凶器。我们家的刀具就是这个牌子的，你就是在想这个问题，不是吗？"

"凶器还没有找到。"

"那你可能需要把我家的刀收走拿去做伤口比对了。指纹，血迹，当然不要忘记洗碗机里的刀。"她抬起头看着简，"这是你要做的工作，我理解你。"

简在餐桌旁边坐了下来："所以你也可以理解——"

"我是嫌疑人。"莫拉讽刺地笑了笑，"这下那些波士顿警察局的人一定开心坏了，他们都讨厌我这个傲慢的法医。"

"不是这样的。"

"他们会开心地说杀人是我的家族遗传，有其母必有其女。"

"她并不是你的母亲。"

"我的母亲是个怪物。你觉得我们会不会在牢里当邻居呢？"

"别说了，莫拉，别再说了。"

"我只是在陈述事实而已。"

"你还没从药物影响中恢复过来。无论他给你吃了什么，是那种药让你的精神状态一蹶不振，让你感到沮丧的。"简向前倾着身子，严肃地说，"我不会允许这种情况发生的。"

她们对视着沉默了片刻。

莫拉微笑着靠在了沙发上。

---

①三叉牌，德国著名刀具品牌 Wüsthof。

"每个人身边都应该有个自己的简·里佐利。"

简站起身,把椅子归位到桌边。"好吧,你的简·里佐利现在要去工作了。"

克里斯托弗·斯坎伦的住处是一套租来的两居室联排别墅,就在布伦特里的一条林荫道上。租房中介的西格尔先生等在那边,一边和他们握手,一边摇着头嘀咕道:"太糟糕了,真是太糟糕了。"几人从台阶走向前门,西格尔先生继续说:"他就是那种理想中的好租客,整幢房子他都保护得非常完好。"他挥着手指向门前修剪整齐的草坪,"你们看前院多整洁。"

"他从来没给你惹过麻烦吗?"弗罗斯特问道。

"从来没有。他大概是九个月或者十个月之前搬过来的,当时他的信用查询结果非常优秀,信用评级相当高。他的银行账户里有十万美元,提前支付了我三个月的房租。"西格尔打开门,"他就是那种每个租房经理都希望碰到的好租户。"

那是因为你还不知道这个完美租客是个强奸犯。

简和弗罗斯特走进屋内,看到了一张黑色皮质沙发、一台大屏幕电视,还有一张镀铬玻璃茶几。所有家具都是简易的,毫无舒适度可言。如果这里曾住过女人,屋子不可能连一点儿痕迹都没有。

"看,打理得多么井井有条。"西格尔先生说,"所有家具都非常完好。"

"这倒是。"简说着,注意到了墙上挂着的一幅巨大的带框照片。照片上是一只豹子,正站在草地上凝视着别处,眼睛闪闪发光,紧绷的肌肉随时准备跳跃。一只完美的捕食者。

"我猜你们是在寻找线索吧？"西格尔先生问道。简和弗罗斯特还在检查这处住所，从厨房到书房，再到卧室，所有房间都是黑白色的。

"你知道他家人或朋友的信息吗？"弗罗斯特问。

"从来没听他提起过，而且他是单身。"

"朋友呢？熟人呢？"

"我只是个租房经理，我的工作不是和租客维持亲密关系。"

简打开梳妆台的抽屉，看到叠得整齐的袜子、内衣和毛衣。

经理皱着眉头问道："话说回来，他是怎么死的？是被抢劫了还是什么？"

"还在调查中。"她回答道。

"他是被枪杀了？被刺杀？怎么回事呀？"

她并没有理会他的问题，而是专注于床头柜上的笔记本电脑。她打开电脑，发现需要输入密码。

"我怎么觉得这不仅仅是抢劫那么简单。"西格尔先生说道，"还有什么别的会让我担心的情况吗？比如说，他有没有从事违法活动？"他对简冷漠的反应感到不快，哼了一声，"哦，上帝，我一直都觉得他太好了，好得有点儿假！他预付了所有租金。他是毒贩之类的吗？"

"里佐利！"弗罗斯特在浴室里喊道。

她看到他正跪在水槽下面的柜子旁边。他站起身，手里拿着一个带拉链的袋子。"看看我发现了什么。这个东西藏在柜子最里面，就在清洁用品的后面。"

透过透明塑料袋，她看到了白色药片的泡罩包装，上面印着制药公司的名称：罗氏集团。她看着弗罗斯特，说："罗眠乐①。"

"什么？迷药？"西格尔先生说，"这里怎么会有这种鬼东西？"

"我只能想到一种原因。"简说着，转身看向了这位租房经理，"告诉我关于克里斯托弗·斯坎伦的一切。"

"我已经告诉过你了，他是个好租客。"

"是，是。他付完了房租，把草坪打理得井井有条。他往家里带过女人吗？附近邻居有没有抱怨过自己被打扰？"

"没有，从来没有。他没有在这里办过聚会，也没有传出过吵闹的音乐声。实际上，他晚上几乎不回来过夜。我还以为他是去了女朋友家里，但他跟我说自己没有女朋友。"

弗罗斯特的手机响了，他起身走进浴室接通了电话。

"他的工作是什么？你说他是一名软件开发人员。"

"他是自由职业，自己在家工作。我想我不需要看他的联邦纳税申报表了，他的银行账户里肯定有很多缴税记录。你觉得这些都不是真的？你觉得他并不是从事软件工作的？"

"我没办法确定关于斯坎伦先生的哪些信息是真的。"除了他有足够多的迷药，足以让他放倒几十个女人这一点。

弗罗斯特再次出现在了门口。"跟我到外面来一下，"他对她说道，"我们得谈谈。"

看到他难看的脸色，她立刻跟着他走出了房子。两人站在人行道上，在这里西格尔先生听不到他们的谈话。

"我刚刚得到了关于斯坎伦两次被捕的详细信息。"弗罗斯特说。

---

① 罗眠乐，洛喜普诺。一种强效安眠药，服用后可致暂时性失忆。

"为什么他一次都没有被定罪?"

"首先是第一个案子,从酒吧的监控里发现他当时与二十六岁的受害者基蒂·奥布莱恩一起乘车离开。但遗憾的是,她过了一个星期才报案。因为基蒂记不起当时到底发生了什么,所以最终指控被撤销了。那天晚上她醉得不省人事,这让这件事很难被立案。几个月后,她自杀了,拿着父亲的枪,对自己的头开了一枪。"

"斯坎伦毁了那个可怜的女孩的一生,却逍遥法外了?"

"基蒂的死让她的父亲伤心欲绝。哈利·奥布莱恩公开威胁过要杀死斯坎伦,所以可怜的奥布莱恩也受到了指控。"

"所以哈利·奥布莱恩是一个明确的嫌疑人。如果人真是他杀的,我会在逮捕他之前拍拍他的背感激他。"

"我也一样。"

"那斯坎伦第二次被捕呢?他第二次又是怎么被放出来的?"

弗罗斯特叹气道:"这回的情况就复杂了。"

"别告诉我第二次还是以受害者自杀告终。"

"没有,第二次强奸案的受害者还活着。一年半以前,三十二岁的莎拉·夏皮罗在艺术画廊的招待会上遇见了一个男人。第二天一早,她在自己的家中醒来,意识到自己被强奸了。前一天晚上画廊中有人注意到莎拉上那个男人的车时看起来有点儿不对劲,所以记下了斯坎伦的车牌号。他们就是通过这个最终确定是他的。"

"那为什么他还是没有被定罪?"

"斯坎伦声称他只是把莎拉送进了电梯,然后就离开了。"

"如果她被他强奸了,体内没有检测出他的 DNA 吗?"

"怪就怪在这儿。莎拉的体内确实检测出了男性 DNA,但并不是斯坎伦的。她自己也并没有男朋友。"

简盯着他,问:"是别人强奸了她?"

弗罗斯特点头道:"还有第二个强奸犯。DNA 数据库里有他的 DNA 档案,他曾经在马萨诸塞州犯过五次不同的袭击事件。"

"连环强奸犯。"

"比这还要糟糕。他最近的一位受害者,上个月被勒死了。这个强奸犯已经升级成了杀人犯,而且看起来我们的克里斯托弗·斯坎伦生前曾经把受害者交给过他。"

3

哈利·奥布莱恩今年六十二岁,但那个在门口注视着他们的男人显得苍老许多。他的双眼空洞,肩膀下垂,仿佛被沉重的悲伤压垮。"我就知道警察总有一天会来找我的。"他说,"所以斯坎伦又犯事了,对吗?"

"我们认为是的。"简说。

"像他那样的怪物,就不要指望他有一天会收手。他不停地作案,破坏别人的人生。"哈利站到一边,让他们进屋,"请进,警探们,告诉我怎么才能帮你们打倒那个浑蛋。"

这是一栋老房子,简一走进客厅就能闻到它的年头——灰尘的霉味,还有旧地毯用了很长时间积累的气味。最先映入眼帘的就是墙上挂着的一系列照片,这些不同时期的照片上都是同一个黑发女孩,有小时候坐在秋千上的照片,还有长大后拥抱着一个微笑的男人的照片。简看着照片中那个男人的脸,惊讶地认出那正是哈利·奥布莱恩。照片上的他比这个站在他们面前的男人看起来更年轻,更幸福。

"基蒂在这个世界上留下了很多东西,"他说着,看向女儿的照片,"不仅仅是她开朗的性格和灿烂的微笑。她很聪明,是我们家里第一个考上大学的孩子,她白天上学,晚上上班。那时她刚刚获得历史学博士学位,那天晚上说要出去庆祝,然后去了一家酒吧，在那儿喝了点儿酒。就是在那个时候，他……"奥布莱恩咽了咽口水，看向窗外，"直到一周之后她才把那天的经历说出口，去报案的时候已经失去了太多证据。她当时一直很自责，这么聪明的孩子，却觉得自己很蠢。"

"发生这样的事也不是她的错。"弗罗斯特说。

"你以为我没有劝过她吗？我跟她说了无数次。"奥布莱恩反驳道。他的怒气顿时又消散了，然后低下了头。"她当时用了我的枪，所以我也非常自责。我明明知道她有多沮丧，应该把枪放远点儿的。我只是没想到她……"他摇着头，叹了口气，"周围也有很多人心怀内疚。但斯坎伦才是罪魁祸首，他毁了我聪明美丽的女儿，我唯一的孩子。"

"克里斯托弗·斯坎伦已经死了。"简说。

奥布莱恩猛地抬起头："什么？"

"我们在欧姆斯特公园发现了他的尸体。"

"他是被谋杀的吗？"

"是的，没错。他是昨晚被杀害的。"

奥布莱恩沉默了片刻，终于明白了这个消息的含义。"很好，"他说，"我很高兴有人在我还活着的时候解决了他。"他停顿了一下，"这就是你们来找我的原因，对吗？"

"你曾经威胁过斯坎伦先生。"

"确实。我只是希望能亲手杀了他，可我没那个胆子。"他听起来像是很厌恶自己，"我没办法原谅自己。"

"那你可能也知道我接下来要问你什么了。"简说。

"我猜你要问我'你昨晚在哪里？'"

"你能回答一下吗？"

"可以。我昨晚去见了一位住在斯旺普斯科特的女性朋友。

我在她家吃了晚饭,看了几张DVD,还喝了点儿酒。大概是在午夜之后回的家。"

简看着奥布莱恩那张消瘦的脸和他脸上那双凹陷的眼睛,完全无法想象他能和一个女人聚会到那么晚。"你的那位朋友叫什么名字?"她问。

"莫妮卡·瓦尔加斯。她的母亲当时也在,她的号码就在电话簿上,你们可以给她打电话确认。"

"我们会的。"

克里斯托弗·斯坎伦的第二位已知受害者莎拉·夏皮罗并不太愿意和他们交流。她透过那扇几乎不算打开的门,一脸怀疑地看着他们,门的锁链一直挂在栓上。

"我真的不想提这件事。"她说。

"我们是在调查一起凶杀案,夏皮罗女士。"简说。

"如果斯坎伦死了,那我会好好庆祝一下。我要说的只有这么多。"

"你有充分的理由想让他死。"

"你说得太对了。"

"也就是说,我们有充分的理由到这里来。我知道提起他对你做过的事并不容易,但是你知道,这是必要的程序。"

莎拉叹了口气,终于解开锁链,打开了门。

"解决完这个问题,我就可以开瓶香槟庆祝了。"

她的公寓不免让人惊叹,落地窗面向联邦大道,家具和艺术品都十分高雅,乌木书架上摆满了看起来十分昂贵的艺术类书籍。看到简对她的藏书如此好奇,莎拉问道:"你对艺术感兴趣吗，警探？"

"我知道自己喜欢什么。"

"很少有人能这么说。"

"你拥有一家美术馆，对吗？"

"在纽伯里街上，不过我想你们应该已经知道了。"莎拉双眼无神地说，"他就是这么找到我的，在我朋友的一次艺术招待会上。他在人群中选中了我，就像狮子挑选羔羊那样。"

"很抱歉勾起了你痛苦的回忆。"弗罗斯特说。

"勾起？"莎拉摇了摇头，"这些回忆从未离开过我。他那时看起来是多么迷人，还那么迫切地想要帮我再倒一杯酒。第二天早上醒来时，尽管什么都记不得了，但我知道发生了什么。我当时就想：这件事不能就这么算了。我小心取证，做了一个强奸受害者应该做的一切。我没有洗澡，而是直接去了急诊室，并且向警方做了笔录。招待会上的另一位客人看到我前一晚昏昏沉沉地上了斯坎伦的车，当机立断记下了他的车牌号。我一看到他的照片，立刻就认出了他。我向警察发誓，克里斯托弗·斯坎伦就是那个给我下药的人。"

"但他并不是强奸你的人。"简说。

莎拉的脸绷紧了。"我当时一直告诉他们一定是搞错了，一定是犯罪实验室把DNA换掉了，或者是样本被污染了。但是并没有，他们都说是我的问题，说我是个不可靠的证人，说我错误地指控一个男人侵犯了我。"

"你记不得那天晚上是否还有第二个男人了吗？"

"很多事情我都记不得了。有时候会零散地蹦出几个记忆碎片——一张男人的脸，但我没办法确定那是真实的记忆，还是想象。"她发出了一声刺耳的尖笑，"据说我就是这么捏造了指控。任何检察官对这个案子都无从下手,尤其是当DNA检测结果出来之后。"

"但是你确定当时在招待会上见到的就是克里斯托弗·斯坎伦。"

"绝对是他。后来我发现,我不是他唯一的受害者,还有另一个女性,基蒂·奥布莱恩。她当时刚刚获得博士学位,他在酒吧接近她时,她正在庆祝。在她自杀后,我读到了关于基蒂的文章,然后意识到斯坎伦的目标就是特定类型的女性:自信的,有成就的。"

还有吸引人的,简看着莎拉·夏皮罗这么想道。她也会用这些词来形容莫拉。她一想到莫拉被捕食者盯上了,成了餐盘上的猎物,就感到后背一阵恶寒。然而,莫拉逃脱了莎拉和基蒂的命运:她没有受到侵犯。

恰恰相反,最终的受害者是斯坎伦。

"是谁干的?"莎拉问道,"谁杀了他?"

"我们正在试图寻找答案。"简回答道。

"而我存在杀人动机。"

"一个完全说得通的动机。"

"幸运的是,我有不在场证明。你说他是在星期六晚上被杀的?"

"没错。"

"星期六晚上有个朋友来看我。那天她留宿在我家,我们一起吃了饭,还聊了很久,直到半夜才睡觉。"

"你的朋友叫什么名字?"弗罗斯特拿出了笔记本,问道。

"茱莉娅·陈。"莎拉拿起她的电话簿,翻到了C开头的联系人列表,"我把她的电话给你们,你们肯定会找她谈的吧。"

* * *

"我们已经确认了他们的不在场证明。"弗罗斯特说,"茱莉娅·陈说确实和莎拉·夏皮罗一起度过了一个晚上,莫妮卡·瓦尔加斯也说当时哈利·奥布莱恩的确在她位于斯旺普斯科特的家里。看来他们的嫌疑都可以排除了。"

他们现在正在波士顿警察局进行晨间小组例会,会议室里有简和弗罗斯特,还有摩尔警探和克罗警探,以及他们的长官马凯特警官。距离他们发现斯坎伦的尸体已经过去了四十八个小时,凶器依然下落不明。尸检结果表明,受害者的死因是胸部和背部的多处刺伤,这是一次非常疯狂的袭击,可见凶手当时已经愤怒得失控了。

"所以我们又要回去调查艾尔斯医生了。"马凯特说。

"我一直都说,我们的注意力从一开始就应该放在她身上。"克罗说道。他从不掩饰自己对莫拉的厌恶。是她的权威惹恼了他,还是她的智慧威胁到了他?"她的鞋子和指纹都留在受害者的车里,博物馆的监控录像也显示他们是一起走出——"

"莫拉不是自己走出去的。"简说,"她当时已经不省人事了。"

"可他的车就停在她家对面。如果你问我的话,我会觉得他们就是一起离开招待会的。她在欧姆斯特公园刺杀了受害者,然后开着他的车回了家。"

"在她处于半昏迷的情况下?"

"失忆的故事太好用了,不是吗?另外,根本就没有性侵的证据,也没有检测出精液。如果斯坎伦费尽心思给她下了药,却只是把她送回了家,那是不是该给他颁个奖了?"

听到他如此随意地谈论这些给莫拉带来痛苦的细节，简感到非常生气。他们不仅仅是在讨论受害者，莫拉是她的朋友。她坐在椅子上，倾身向前，拳头已经放在了桌上。"那她裙子上的血迹呢？你跟我讲讲这个。你会在一个人身上捅十五刀，然后干干净净地离开？"

"她换过衣服了。"

"她第二天醒来时穿着的就是博物馆监控录像里她当天晚上穿的那件礼服。"

"如果他把她带回家后被其他人杀了，那他又是怎么到欧姆斯特公园的？"克罗说，"他的车就停在她家对面。"

"很显然还存在另一辆车，"简说，"还有别的人参与其中，那个人开车把斯坎伦带到了欧姆斯特公园，然后在那儿杀了他。"

"没错，就是你一直在说的那个神秘的第二个男人。"

"当时在莎拉·夏皮罗体内就发现了未知男性的DNA，所以确实存在第二个男人。"

"或者莎拉·夏皮罗就是个神经病。她跟男朋友发生了性关系，然后撒了谎，指控了一个无辜的男人。"

弗罗斯特说道："莎拉·夏皮罗并不是奇怪的人。她是一个非常专业且有头脑的人。"

克罗看着弗罗斯特笑道："我们的女性专家说得对。"

对于弗罗斯特来说，这是一种非常残忍的讽刺。他的妻子离开了他，而他至今仍然为婚姻破裂悲痛不已。但是尽管弗罗斯特身体僵硬，也并没有对于克罗的残忍讽刺做出反击，他从来都不会这么做。

"你过于针对莫拉了。"简对克罗说，"你只是在强行让证据符合你的逻辑。"

"你是唯一一个叫她'莫拉'的人。"克罗说道,"很明显这说明你在维持客观上存在问题。"他转向马凯特说,"当你的朋友是最主要的嫌疑人时,肯定很难进行调查。"

"她在这个案子里也是受害者。"简说。

"很明显这正是她想让我们相信的。"克罗说,"你听着,我并不是说斯坎伦没有罪。不管谁杀了他都算是帮了我们一个大忙。也许当时他正要袭击她,而艾尔斯医生勃然大怒并伸张了正义。毕竟,她确实是以解剖人体为生的。而且她足够聪明,能为整个案件想出一个好的封面故事。"

简环顾桌边坐着的人:"你不能拿这一点说事。"

"我们必须考虑到每一种可能性,里佐利。"马凯特说,"我们还有什么信息?"他转向摩尔警探,"斯坎伦的车上还有什么发现吗?"

摩尔向来是小组里最冷静的人,他回答道:"犯罪现场调查组仍在研究他们在前排座椅下面发现的那部手机。那是一部TracFone[①]手机,而且设置了密码,我们暂时还没有破解。手机被藏在座位底下,所以这可能只是一部他偶尔才会使用的电话。"

"为了联系他的同伙。"简说。

"等我们解锁了那部手机,也许就能查出'捕食者二号'的身份了。"摩尔说,"我已经查到了DNA数据库中所有与这个未知DNA相关的案子,所有相关的强奸案。这些案件都发生在过去的四年间,而且地点都距波士顿三十英里之内。"他在笔记本电脑上敲了几下,然后转动屏幕,向马凯特展示了三位女性的照片,"我们可以看到,这些受害者存在相似之处,包括莎拉·夏

---

① TracFone,美国移动运营商。

皮罗和基蒂·奥布莱恩,她们都是受过教育,且小有成就的女性。他挑选目标的地点都选在了高档场所,比如鸡尾酒招待会或者商务会议。大多数受害者对于自己在失去意识之前见到的男人的描述都和斯坎伦的特征相符。"

"但是她们当中没有任何一人的体内检测出了斯坎伦的DNA。"马凯特说。

"没错,"摩尔说,"斯坎伦可能绑架了她们,但他并没有强奸这些受害者。"

马凯特皱了皱眉头:"他只是供应商。"

"这可能就是他不需要工作的原因。"弗罗斯特说,"他声称自己是一位软件开发人员,但我们找不到任何一项就业记录来支撑这一点。他去世的时候各个账户加起来还存有三十万美元。所以提供受害者就是他的工作。"弗罗斯特指了指屏幕上的照片,"而且看来他因此能得到高额的回报。"

"难怪。"马凯特说,"所以斯坎伦才承担了所有的风险,他负责在公共场合露脸,把车里的女人送到她们的住处。"

"他很容易就能从受害者的驾照上获取住址信息。"弗罗斯特指出了这一点。

"然后这时,第二个男人就出现了。那些受害女性被下了药,所以她们完全看不到真正侵犯她们的男人的脸。DNA又不是斯坎伦的,所以即便他被捕,也不会被判强奸罪。这是一个完美的合作伙伴关系,而斯坎伦就是个打工的。"

"雇用他的人显然非常有钱,并且支付给斯坎伦的薪水也非常可观。"弗罗斯特说,"但也许斯坎伦变得贪心了,也许他当时试图勒索他的老板,这有可能会成为谋杀的动机。"

"那斯坎伦为什么还在继续为他工作?"马凯特问道,"因为看上去他周六那天晚上所做的事情——溜进那场招待会——就是为了寻找下一个受害者。"

而他选择的正是他的老板所渴望的那种女性，简心想，聪明、吸引人，还有所成就。这些描述都符合莫拉的特征。

"他只想要最好的。"她轻声说道，目不转睛地盯着摩尔电脑屏幕上的那些面孔，"他把受害者缩小到一个特定的范围，也许他害怕这样的女性，或者说，他厌恶这些女性。而这就是他征服她们的方式。但问题是，他为什么不自己动手呢？他为什么要承担有同伙的风险？"

"也许他已经毁容了。"弗罗斯特说，"他没办法接近受害者。"

"又或者是他太有名了，"摩尔提出了这一点，"有可能一眼就会被认出来。"

第二种可能性让简感到了不安。金钱和权力，她想。难道这就是他们反目的原因吗？那个凶手在等待斯坎伦冒着危险交付给他下一个受害者？

而那个受害者原本会是莫拉。

但周六那天晚上，这对同伙之间似乎出了点儿问题。在招待会上一切都开始得非常顺利，斯坎伦在那里选中了目标，在她的酒里下了迷药，接着又把醉得不省人事的受害者带到了他的车上。在莫拉的钱包里，他找到了她的驾照，还在她的名片背面记下了她的家庭住址，然后把名片塞进了自己的衣服口袋。他开车把她带到了她在布鲁克林的家里，用她的钥匙打开了门，把昏迷不醒的莫拉放在了沙发上，等着她被带走。

但是出于某种原因，他的同伙并没有接手。他那天晚上出现了吗？还是他决定等待下一次机会？

反正他已经知道哪里能找到她了。

4

　　傍晚时分，莫拉走进了法医鉴定中心。手里拿着咖啡杯的科斯塔斯医生看到她时僵在了咖啡壶旁边，秘书露易丝也隔着电脑屏幕看她。莫拉一句话也没说，经过露易丝的工位径直走进了自己的办公室，然后关上了门。她不用想也知道，大家一定都听说了这个消息。在医学和执法领域，几乎没有秘密。莫拉并没有参加克里斯托弗·斯坎伦的尸检，但她知道是布里斯托医生负责的，这也就意味着他知道斯坎伦的死因。他能看到受害者口袋里写有她家庭住址的名片，也知道斯坎伦的车就停在她家对面，并且他的车里有她的鞋子和指纹。

　　但最折磨她的并不是那些让她颇具嫌疑的细节，而是那些让她看起来像受害者的细节。这是个容易上当受骗的女人，被捕食者迷住，还被人家下了药。虽然她并没有被强奸，但她感觉自己和那些强奸受害者一样赤裸和羞耻。今天走进法医鉴定中心她已经用尽了所有的毅力。这就是反击的方式，她想，要从管理好面部表情开始。

　　露易丝敲了敲门，走进了她的办公室，然后关上了身后的门。"你还好吗？"她问，"我很担心你，我们都很担心你。"

　　"我很好，露易丝。"莫拉平静地打开了电脑，仿佛今天也和往常一样。今天她也照常检查别人的伤痕，而不是她自己的。

"真的吗？"露易丝已经在法医鉴定中心工作了很久，以至于莫拉完全想象不到如果哪天她不出来迎接她，或者不兴高采烈地给她端来一杯咖啡会是什么样子。在这个每天都在处理悲剧的办公室里，露易丝总是准备着一句充满善意的话，或是一个安慰的微笑。但是今天莫拉并不想得到她的同情。

"我想看一下克里斯托弗·斯坎伦的尸检报告。"她说。

这句话吓坏了露易丝："是……那个男人……"

"我知道他是谁，你可以帮我拿过来吗？"

"好的，当然可以。"露易丝打开门，正准备离开，又回头看了莫拉一眼，"如果你想找人聊聊天，或者有任何需要，我都在的。"

毫无疑问，露易丝认为莫拉需要的是一个拥抱，一个可以哭泣的肩膀。但莫拉最需要的是信息，任何能够帮她重建起那天晚上的情境的信息。

而目前的信息表明，那天晚上她杀了一个人。

她已经对克里斯托弗·斯坎伦了如指掌。她知道他曾经两次被捕，并且被两位受害人指控了惊人相似的罪行。斯坎伦在嘈杂的环境中接近她们，并提出帮她们续上饮品。基蒂·奥布莱恩和莎拉·夏皮罗都在几个小时后醒来，然后发现自己对事发经过一无所知。在这两种情形之下，指控最终都被撤销了。

基蒂·奥布莱恩没能从那种伤心失望的情绪中走出来。几个月后，她自杀了，案件以令人心碎的结局结束。

不，并没有完全结束。

她在网上找到了一篇关于基蒂的父亲哈利·奥布莱恩的新闻报道，上面说他曾扬言要杀死斯坎伦。在照片中，她看到了哈利脸上深不见底的悲痛，深深凹陷的眼中充满了失落。这张照片让莫拉目瞪口呆，甚至没注意到露易丝把斯坎伦的尸检报告放在了她办公桌上，然后离开。

哈利·奥布莱恩。为什么你看起来这么眼熟？

她打开尸检报告，读了关于斯坎伦的伤情描述。布里斯托医生统计出他的胸部和背部共有十五处不同深度的刺伤。她又看向尸检结论，却被布里斯托医生的结论陈述吓到了：

根据伤口的不同宽度和深度来看，凶手至少使用了两种不同的刀具。

疯狂的攻击，两把不同的刀。

据她所知，警方现在还没有找到凶器。她家的那套珍贵的刀具已经被波士顿警察局没收，正在犯罪实验室进行分析检测。她能做得到吗？一次接一次地刺向斯坎伦的胸部和背部？她知道在安必恩①的药物影响下，患者可以开车、吃饭或者有目的地完成一些行为，并且看起来是完全清醒的，等到他们醒来时却对自己的所作所为一无所知。服用罗眠乐之后，她能完成类似的机械化行为吗？还是说她的怪物基因，从她最黑暗的潜意识中被释放了出来，控制了她的行为？

也许我和母亲并没有什么本质上的不同。

想到这种令人担忧的可能性，她闭上了眼睛，努力寻找着最微弱的记忆。她回想起了灯光，还听到了什么声音，但那个声音像是从很遥远的地方传来的回声。没有任何记忆是清晰的，没有任何记忆是她能够准确地想起并且记住的。

如果我真的杀了他，我还能认出案发现场吗？

走出门时，她并没有向露易丝道别。她再次感受到了同事们

---

①安必恩，美国处方安眠药。

的目光。她也不知道自己能不能做到,她不知道答案。

这是一个温暖的夏日黄昏,当她到达欧姆斯特公园的时候,慢跑的人们正在认真跑步,情侣们在莱弗里特池塘边闲逛。根据尸检报告,她沿着泥水河岸边的小路找到了尸体被发现的地点。找到这里并不难,明晃晃的警用隔离胶带还缠在一堆荆棘之间。她认出了河岸边的长凳和她在案发现场照片上看到的那两棵大树,泥土中的平行轨迹是尸体被担架抬到河岸上时留下的。她低头看着这片被破坏过的泥土地,这说明调查人员就是从这里进出犯罪现场的。

尸检报告中说,斯坎伦是在铺石路上遭到的袭击,然后他的尸体滚下了河岸,落在了离河边不远的地方,那里的石头被染成了棕色。他就是在那里失血过多而死的。但是这里,她现在所站的地方,才是他被刺伤的地方。

她闭上眼睛,试图想象出那天晚上的情境,努力回忆起一些关于这里的记忆。她想象着自己手持刀具,一次又一次地扎进斯坎伦的身体里。

树枝的断裂声吓得她睁开了眼睛。她转过身,看到几十米之外,一个男人正站在那里。他一直站在那儿吗?是她过于专注想找到案发现场,所以刚刚一路过来的时候没有发现他吗?她突然意识到,这条河岸边与世隔绝的路段是多么寂静。这里没有跑步的人,也没有情侣,只有她和这个男人,而他正在树林中注视着她。

那个男人向她走来,当他从阴影中走进阳光的时候,她看到他的头发已经灰白了,从他的步态看来,这是个不太健康的人。她不再害怕了,而是站在原地,等着那个男人缓缓走来。

"你和警察一起来的吗?"他问道。

"不。不是的,我只是来看看……"

"所以你也听说了。星期六晚上有个男人在这里被杀了,新闻里到处都在说这个案子。"他在她身边停了下来,注视着脚下的河流,"没想到就是在这里发生的。"

她打量着他,突然意识到为什么这个男人看起来这么眼熟。

"你就是哈利·奥布莱恩。"她说。

他吃惊地看着她,她似乎从他的眼睛里看出了一些似曾相识的感觉。但这不太可能,他们素未谋面。

"你怎么知道我的名字?"他问。

"我知道你的女儿是他的受害者之一。"她指着河岸说道,斯坎伦的尸体就是在那里被发现的,"我在《环球报》上看到了那篇文章,上面报道了你威胁过他,在她……"她的声音渐渐小了下去。

他替她说完了那句令人痛苦的话:"在她自杀之后。"

"我很抱歉,奥布莱恩先生。我没办法想象失去孩子有多么可怕。"

"没人能想象得到,除非事情发生。到那时你就能够想象得到,也能够感受得到了。"他低头看着水流,"我就是为了冲他死的地方吐口水才过来的,这会让我看起来很邪恶吗?"

"你看起来更像一个悲伤的父亲。"

他点了点头,消瘦的肩膀下垂着。"得知他的死讯……并不像我想象中那么开心。我只觉得有点儿……宽慰。"他看着她,她又一次感受到了那种似曾相识的感觉。不知道怎么回事,我好像认识这个男人,而且他似乎也认识我。"你为什么来这儿呢?"他问。

"我想看看他死在哪里。"

"你认识他?"他停顿了一下,然后轻声问道,"这个浑蛋也伤害了你,对吗?"

她并没有回答,但他肯定能从她脸上的表情看出答案。

是的,他确实伤害了我。但问题是:我伤害他了吗?

"好好享受这一刻吧。"他说,"这个怪物的死值得庆祝。我曾经还担心自己活不到这个时候呢,但现在我亲眼见证了这一刻,他下地狱的这个时刻。"

最后的这句有些耳熟。不仅是语言,还有愤怒的声音,她之前听到过。

"不好意思。"她小声说道,然后后退,准备离开。

他直勾勾地盯着她,看着她的脸,好像看出了很多。

两个跑步的人绕过弯道,喘着粗气朝他们跑来,这给莫拉提供了逃跑的机会。她飞快地离开,朝着莱弗里特池塘和人群走去。她只回头看了一眼,却能看到他依然站在她离开的那个地方盯着她看。

她开着车径直奔回家里,抓着方向盘的手不停地颤抖。直到进到车库,安全地关上了门,她的呼吸才渐渐平稳下来,心跳也慢慢跟着缓和了。

进到屋子里,她打通了简的电话。

"哈利·奥布莱恩,"她说,"你们询问过他了吗?"

"我们当然问过了,"简回答说,"你怎么知道奥布莱恩的?"

"我知道他曾经威胁过斯坎伦。基蒂·奥布莱恩自杀之后,他上过报纸。简,我觉得案发时他在,我认出他的声音了。"

"你找他谈过了?你到底在干什么?你在参与调查?"

"我是在欧姆斯特公园偶然遇到的他。我去了案发现场,想看看我能不能想起什么来,奥布莱恩就在那儿。我们说了几句话，然后我突然……突然觉得有些熟悉。我之前听到过他的声音，简，也许就是在那天晚上。"

"星期六？"

"有可能，不是吗？即使我想不起太多的东西，但我还有一些微弱的记忆———张脸，还有一种声音。"

"那天晚上不可能是奥布莱恩，他有不在场证明。"

"你确定证词可靠吗？"

"他当天晚上在斯旺普斯科特拜访一位朋友。我和弗罗斯特去找过她，她发誓奥布莱恩的确在她家待到午夜时分才离开。"

"她的话可信吗？"

"她是一位建筑师，那天晚上她母亲也在。很显然她是想牵线搭桥，撮合自己的母亲和哈利在一起。这是铁定的事实，莫拉。"

即便是挂断了电话，莫拉依然坚定地认为，那天晚上她确实听到了哈利·奥布莱恩的声音。

她坐到客厅沙发上，靠在靠垫上，伸了伸懒腰，试图回忆起另一个细节。她星期天一早就是在这里醒来的。前一天晚上有人把她放在了这张沙发上，当时那个人有没有说过什么话，有没有说过什么她可能会想起来的话？她闭上了眼睛。

门铃响了。

她坐起身，心脏怦怦直跳。她艰难地从沙发上站了起来，透过窗户看着门外。

门廊上站着一个黑发的年轻女人，身材娇小，面容美丽。

莫拉深吸了一口气，紧张感随即消失了，她打开了门："你好？"

"很抱歉打扰你，"那个女人说道，"我正在找大卫·查特斯沃斯的家。我知道他就住在附近,但是我的手机没电了,我可以借用一下你的电话簿吗?"

"当然可以,稍等。"莫拉说完,转身走向了厨房,她的电话簿就放在那里。她才走到客厅的一半,突然听到前门砰的一声关上了。

脚步声在她的身后响起。

5

简坐在办公桌前,依然在回想刚刚和莫拉的对话。莫拉说她见到奥布莱恩之后"一眼就认出了他",确定之前见过他。但不可能是在周六晚上,因为奥布莱恩当时在朋友的家里。

她拿出了他们询问莫妮卡·瓦尔加斯时查到的档案,奥布莱恩过去经常拜访她。三十五岁的莫妮卡是一名建筑师,她独自住在一栋非常气派的海景房里。她很确定奥布莱恩当时在她家。她还说,奥布莱恩大约是在下午六点到的她家,和莫妮卡还有她的母亲一起吃了晚饭,之后三个人一起看了伍迪·艾伦的作品。奥布莱恩离开她家时已经是半夜了。如果警方需要进一步证实,莫妮卡还向他们提供了母亲的电话号码。

没错,这是无懈可击的不在场证明。

但是现在,再回想起那次询问,简想起了其他重要的细节:她的气质,她的美貌。这是个有吸引力的专业人士,她有自信,还有所成就。

就像莎拉·夏皮罗和基蒂·奥布莱恩一样,也像莫拉·艾尔斯一样。

她转身对着电脑,正准备对莫妮卡·瓦尔加斯进行背景调查时,手机响了。

"我们终于破解了斯坎伦的 TracFone 手机。"弗罗斯特说。

"可以查到他的通话记录吗？"

"都能查到。你可能不敢相信我们在这里面查到了什么。"

当她走进犯罪实验室时，看到了一脸兴奋的弗罗斯特。他正坐在电脑屏幕前，看着打印机工作。

"他几乎没有用这部手机打过电话。"他说，"但是他确实会用它发短信。"他指了指电脑屏幕，"所有短信都在这儿，时间可以追溯到四年前。一共有十几条短信，都是同一个收件人。"

简看着最近一条短信的日期，皱起了眉头。"斯坎伦在星期六晚上发了一条短信，时间是八点三十分。"

"你再看看他在短信里写了什么。"弗罗斯特点开了文件，屏幕上出现了一串文字，是布鲁克林的一处地址，正是莫拉的家。

"这就是斯坎伦通知他的同伙下一个猎物在哪里的方式。"她说着，然后兴奋地拍了拍弗罗斯特的后背，"我们有第二个嫌疑人了！"

"等等，你还需要看看别的东西——其他短信。"他向下滚动列表，"看到日期了吗？十八个月前，对应的就是莎拉·夏皮罗被性侵的时间。而这个，在莎拉·夏皮罗之前的一个，是基蒂·奥布莱恩。"

"所以我们现在得到了所有的性侵记录，每一个受害者的地址。"

"没错，你现在再看看这个。"他点开了九个月前的一条短信。

简盯着那个地址。斯旺普斯科特。"这是莫妮卡·瓦尔加斯的地址！她也是受害者？"

"只不过她并没有报案。"弗罗斯特说。

"还有茱莉娅·陈，给莎拉·夏皮罗提供不在场证明的那个女人，她的地址也在短信里。不知道怎么回事，这些女性互相取得了联系，她们找到了彼此。所以我们的一大批受害者在彼此掩护，我们不能相信任何人的不在场证明。"

"这也就是说，哈利·奥布莱恩很有可能杀了斯坎伦，他很有可能……哦，天哪。"简立马抓起了手机。

"怎么了？"

"莫拉今晚和哈利·奥布莱恩说过话，她认出了他。"

"他知道吗？"

简挂断了电话："她没有接。"

他们到达莫拉家里时，天已经黑了。屋里没有开灯，前门也没有上锁。简和弗罗斯特对视了一眼，严肃地确认了他们即将面对的情况。两人都掏出了枪。简轻轻推开了门，先溜了进去，走向客厅。

突然，灯亮了。简愣住了。

哈利·奥布莱恩正站在她面前，抓着莫拉挡住自己，他的枪指着莫拉的太阳穴。

"把枪放下！奥布莱恩！"简厉声呵斥道，然后举起了手中的枪。她听到弗罗斯特走到了她的身边，同样双手握枪。

"我们不想采取暴力，警探，"另一个声音响起，简吃惊地看到了莎拉·夏皮罗，她从扶手椅上站了起来，"哈利只想一次性解决掉所有问题。"

"通过杀死证人？"简说，"杀掉那个记起他在案发时来过这里的人？"她看向奥布莱恩，"你一直在跟踪斯坎伦。我知道，你是以正义的名义。那个人渣的确该死，任何陪审团都会谅解这一点的。"

"我不想进监狱。"他说。

"你在杀他之前就该想到这一点的。"

"我杀的吗？"他摇了摇头，"我告诉过你了，那天晚上我和朋友在一起。"

"她在替你打掩护，不在场证明已经不成立了。"

"不，不会的。我们建立起了一个阵营，警探。你只不过还没有意识到这一点，因为你还没有完成你的工作。"

"我知道你们已经串通在一起了，但我也知道这对你没有任何帮助。"她握紧了手中的格洛克手枪，"把枪放下。"

"为什么？我已经没什么可以失去的了。"

"你的人生呢？"

奥布莱恩苦笑道："我的人生早就结束了，早在基蒂去世之后就已经结束了。我现在只是在解决遗留问题。"

"斯坎伦？"

"还有他的同伙。"

他知道还有第二个男人。"我们会找到他的同伙的，哈利。我发誓我们一定会找到他，我们会让他付出代价的。"

"哦，我知道你们会找到他的。"

"先放下枪我们再谈。我们可以一起努力找到那个男人，正义会得到伸张的。"

他看上去像是在衡量她说的话，她在他的眼中看到了挣扎和犹豫。"正义永远不会来得那么快。"他轻声说道。

"什么？"

"正义。有时候，必须要你推它一把。"说完，他用力把莫拉推倒在沙发上,然后举起枪,枪口对准了简。

枪声响起,简和弗罗斯特同时开了枪。子弹击中了奥布莱恩的胸膛,他向后倒在了书架上。他靠在那里盯着他们看了一会儿,嘴角挂着奇怪的微笑。枪已经从他的手中滑落下去,他慢慢倒在了地板上。莎拉跪在他身边,抽泣着,尖叫着。

他并没有开枪。

莫拉趴在他的身体上,听到他还有脉搏,立刻为他做心肺复苏。但奥布莱恩眼里的光芒渐渐消失了,他们已经救不了他了。

一天后,他们找到了尸体。

他们查到了斯坎伦手机中那些短信的收件人,并且找到了四十二岁的威廉·希思科特在牛顿气派的住所。在那里,他们发现了希思科特先生瘫在他的银色奔驰的驾驶座上。他已经死了很多天了,这说明他很可能和斯坎伦死在同一天晚上。死因很明确:右侧太阳穴中了一枪。曾在一年前于迈阿密被报案丢失的一把九毫米口径的史密斯威森手枪,就握在他的手里。

奔驰的后备厢里放着一个塑料袋,袋子里装着两把厨具用刀,上面都沾满了干涸的血迹。

这几乎可以确定就是斯坎伦的血迹,看着犯罪现场调查组在上面做标记时简这么想道。再没有一个案子能如此完美地结案了。这些证据足以帮警方得出一个结论:希思科特在欧姆斯特公园刺杀了斯坎伦,然后开车回到家中自杀。在那个血腥的夜晚,两个捕食者的生命都走到了尽头。

其实简一点儿都不信,莫拉也是。

她们一起站在希思科特家门前的车道上,看着波士顿警察局的拖车带着奔驰开往犯罪实验室。傍晚时分，乌云密布，天空中传来了阵阵刺耳的雷声。

但对于莫拉来说，风暴已经过去了。"哈利是个英雄，简。"她说道，"他从没想过要伤害我，他来我家时，那支手枪里面一颗子弹都没有。"

"我们不知道，我们也别无选择。"

"你们当然没有别的选择。这件事就应该这样结束，他想要声势浩大地离开，这样他的女儿才会被人记住，而他也不用再面对任何问题了。"莫拉停顿了一下，"他得了癌症。"

"哈利告诉你的？"

"不是。布里斯托医生今早给他做了尸检，哈利的身体里长满了肿瘤。我想他应该知道自己快要死了，所以才选择以这种方式结束自己的生命。"

让我做着噩梦。简抬头看着黑暗的天空，心想。夺走一个人的生命会在你的灵魂上留下污点，即便你是被迫动手的，即便你杀死的人也想让你扣下扳机。

"我们都知道这是一场密谋。"简说，"哈利和那些受害者，这是他们一起计划好的，互相打掩护。据我所知，所有受害者都轮流刺伤了克里斯托弗·斯坎伦。十五处刺伤，两把不同的刀，而且没有留下一处指纹。"简无奈地叹了口气，"我知道事情的真相，却无法证明。"

"你真的想要证明吗？"

"你才是那个总把事实和真相挂在嘴边的人，现在你却愿意忽视这个案子的真相？"

"我差点儿也成了受害者。我就像一只被拴住的山羊，被麻醉然后躺在沙发上，当时任何事都可能会发生在我身上，但最终什么都没有发生。是他们阻止了这一切。我不知道当时我家里都有哪些人在,也不知道有几个人在。我只知道,这一次,受害者们反击了。他们抓住了那两个怪物然后杀了他们。"莫拉看着她的眼睛,"他们还救了我。"

这比任何真相都要有价值,看着莫拉坐进她的雷克萨斯开车离开,简在心里想。她还记得哈利·奥布莱恩说过的话:正义。有时候,必须要你推它一把。

你做到了这一点,奥布莱恩先生。你做到了。

BODY DOUBLE by TESS GERRITSEN

Copyright © 2004 BY TESS GERRITSEN, 2005 EXCERPT FROM VANISH BY TESS GERRITSEN
This edition arranged with JANE ROTROSEN AGENCY LLC
through BIG APPLE AGENCY, LABUAN, MALAYSIA.
Simplified Chinese edition copyright:
2023 New Star Press Co., Ltd
All rights reserved.

著作版权合同登记号：01-2023-0522

图书在版编目（CIP）数据

替身 /（美）苔丝·格里森著；郭朝伟译 . —— 北京：新星出版社，2023.5
ISBN 978-7-5133-5069-3

Ⅰ . ①替… Ⅱ . ①苔… ②郭… Ⅲ . ①长篇小说 – 美国 – 现代 Ⅳ . ① I712.45

中国国家版本馆 CIP 数据核字 (2023) 第 060501 号

替身

[美] 苔丝·格里森 著；郭朝伟 译

责任编辑	王　欢	特约编辑	郑　雁　郭澄澄
责任校对	刘　义	责任印制	李珊珊
装帧设计	hanagin		

出 版 人　马汝军
出版发行　新星出版社
　　　　　（北京市西城区车公庄大街丙 3 号楼 8001　100044）
网　　址　www.newstarpress.com
法律顾问　北京市岳成律师事务所
印　　刷　北京美图印务有限公司
开　　本　910mm×1230mm　1/32
印　　张　13.25
字　　数　207 千字
版　　次　2023 年 5 月第 1 版　　2023 年 5 月第 1 次印刷
书　　号　ISBN 978-7-5133-5069-3
定　　价　59.00 元

版权专有，侵权必究。如有印装错误，请与出版社联系。
总机：010-88310888　　传真：010-65270449　　销售中心：010-88310811